プロジェクト・ファザーフッド

Project Fatherhood

アメリカで最も凶悪な街で「父」になること

A Story of Courage and Healing in One of America's Toughest Communities

ジョルジャ・リープ
Jorja Leap
宮﨑真紀 訳

晶文社

ブックデザイン
鈴木千佳子

この本を
わたしの兄弟トニーとクリス、
そして父ダニエル・マノスに
捧げる

だが、神は自分で食い
扶持を稼ぐ子を
祝福する

ビリー・ホリデー

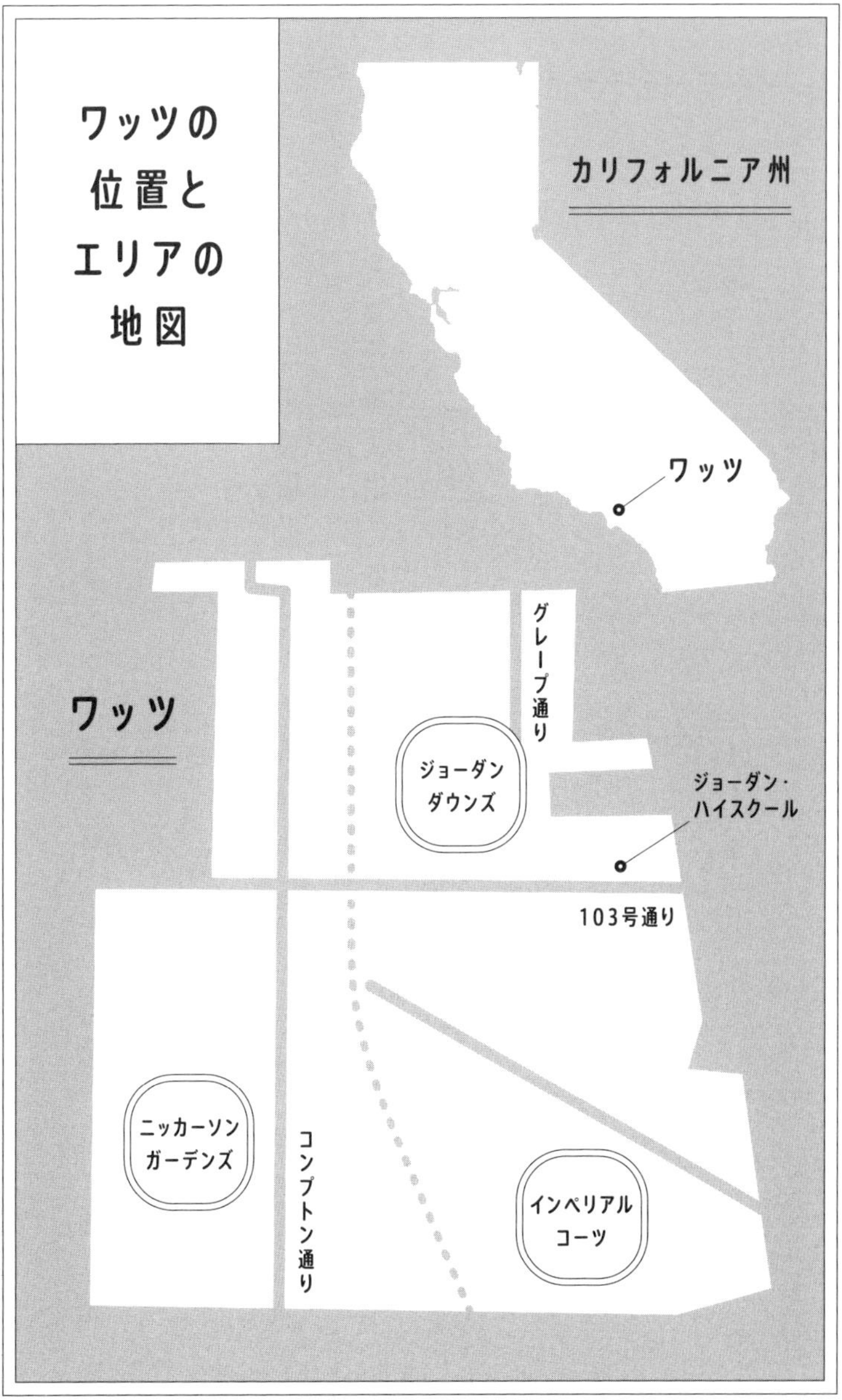
ワッツの位置とエリアの地図
カリフォルニア州
ワッツ
ワッツ
グレープ通り
ジョーダンダウンズ
ジョーダン・ハイスクール
103号通り
ニッカーソンガーデンズ
コンプトン通り
インペリアルコーツ

プロジェクト・ファザーフッド　目次

主要登場人物

〈プロジェクト・ファザーフッド〉メンバー

◆**ビッグ・マイク**
マイケル・〝ビッグ・マイク〟・カミングス長老。宗教家、レッカー車運転手。プロジェクト立ち上げから携わり、著者を招き入れた。共同リーダーの一人。

◆**アンドレ**
アンドレ・〝ロー・ダウン〟・クリスティアン。プロジェクトの前身の会合から携わってきた中心メンバーの一人。元ギャングでコミュニティ・インターベンショニスト。

◆**デュボワ**
デュボワ・〝デボ〟・シムズ。刑務所出所後に後遺症とうつ病発症。父親会の実質的なまとめ役。

◆**エレ**
ウィリー・〝エレメンタリー〟・フリーマン。刑務所生活中に息子が生まれる。父親会立ち上げ人の一人。

◆**リーリー**
リー・〝リーリー〟・スプリューウェル。二十代で殺人罪に問われ刑務所に。七人の子供をもつ。中心メンバーの一人。

◆**チャブ**
デルヴォン・〝チャブ〟・クロムウェル。十八歳で父親になり、二十代半ば。

◆**マット**
マット・ギヴァン。十八歳の高校生。成績優秀で、ギャング活動ともかかわっていない。

◆**サイ**
サイ・ヘンリー。ベンの実の兄。五人の子供の父親。グループ最年長の一人。

◆**ベン**
ベン・ヘンリー。サイの実の弟。フルタイムの仕事に就いている数少ない父親の一人。

◆**ロナルド（愛称ツイン）**
ロナルド・ベビット・ジェームズ。ドナルドと双子の兄弟。ドレッドヘアでいつもサングラスをかけている。

◆**ドナルド（愛称ツイン）**
ドナルド・〝ツイン〟・ジェームズ。ロナルドと双子の兄弟。重罪犯も多く収容されるサン・クエンティン州刑務所で三十二年間過ごした。

◆**アーロン**
アーロン・ピネダ。初期のころから父親会に参加しているラティーノの父親の一人。

◆**ルイス**
ラテン系アメリカ人で、三人の子供をもつ。

◆**タイニー**
タイニー・ウォーカー。年長の父親の一人。目が不自由。

◆**KSD**
キング・スパイダー・D・ウィリス。自営業者。

その他の人物

◆ジョルジャ・リープ

本書著者。人類学者でソーシャルワーカー。〈プロジェクト・ファザーフッド〉共同リーダーの一人。メンバーから「ドクタージョルジャリープ」「ドクター・リープ」「ミス・リープ」と呼ばれる。

◆ハーシェル・スウィンガー博士

〈プロジェクト・ファザーフッド〉を立ち上げた心理学者。

◆ジョン・キング

ロサンゼルス市住宅局（ＨＡＣＬＡ）政策担当部長。

◆キャプテンT

フィル・ティンギリーデス。ロサンゼルス市警察（ＬＡＰＤ）警部。

本文中の用語

◆ロサンゼルス市住宅局（HACLA）
ロサンゼルスの住宅開発を担当する市の機関。ワッツ地区にある三つの公営団地の管理もおこなっている。

◆ジョーダン・ダウンズ団地
ワッツの公営団地の一つ。〈グレープ・ストリート・クリップス団〉というギャング集団が一九八〇年代から仕切ってきた。

◆ニッカーソン・ガーデンズ団地
ワッツの公営団地の一つ。〈バウンティ・ハンター・ブラッズ団〉が仕切っている地域。

◆ベビー・ママ
自分との間に生まれた子供を育てている現（元）恋人のこと。男のほうを「ベビー・ダディ」とも呼ぶ。

◆インターベンショニスト
「介入者」であり、諸問題に介入して解決したり、支援したりする一種のソーシャルワーカー。本文中では「ストリート・インターベンショニスト」「コミュニティ・インターベンショニスト」「ギャング・インターベンショニスト」などで出てくる。

◆ホームボーイ・インダストリーズ（HBI）
子供とギャング団との関係を断ち切ることを目的とするロサンゼルスが拠点の非営利団体。職業訓練プログラムなどをおこなっている。

◆ネーション
〈ネーション・オブ・イスラム〉。過激な黒人イスラム運動ブラック・ムスリムから派生した組織。

01 ワッツ

ワッツはわが家だ。俺はワッツで生まれ育った……しばらくして引っ越したが、俺にとってワッツはいつまでもわが家だし、ワッツのすべてが好きだし、あそこが俺の原点だと思ってる。ワッツは金のない連中の住む場所で、ギャングがはびこり、街にはドラッグがあふれているが、今の俺をつくったのはワッツだ……ワッツの出身だってことが、よりよい行動をしよう、よりよい人生を目指そうと思う、原動力なんだ……ワッツのみんな《ワッツ》、ガンガンやってこうぜ《アップ》！

ヴィンス、二〇一一年二月二十一日、午後四時十三分
「マッピング・LA、ネイバーフッズ：おしえて、君にとってワッツって何？」
『ロサンゼルス・タイムズ』オンライン

ワッツにはその価値がある。

――ワッツ連合

わたしとワッツのかかわりは暴動で始まった。

一九六五年、九歳だったわたしは、サウス・ロサンゼルスに住むおじとおば――「セア」エイドリアンと「セオ」ピート――のところにお泊りするのが楽しみで仕方がなかった。ギリシャ系らしい大家族の中でも、セオ・ピートはわたしにとって特別なおじさんで、わたしは高校の歴史教師だったセオ・ピートの話を食い入るように聞く熱心な生徒だった。

わたしが物心つく頃から、セオ・ピートはわたしの心の教育に取り組み、本を与え、共産主義者はけっして悪者じゃないと言い聞かせ、大きくなったら宇宙飛行士か国連大使になるといいぞと励ました。それに、当時でさえわたしにはこだわりが強いところがあったので、セオ・ピートは完璧主義の芽を見つけるたびにこまめに摘み、完璧な人間なんて、この世に三人しかいないんだと話した。「ローマ教皇パウロ六世、セオ・ピート、それにメアリー・ポピンズさ」

だからそのときも、キッチンの白黒テレビの映像を観ながらセオ・ピートが解説するのを、わたしは惚れ惚れと聴いていた。でも、テレビ報道という形で観ていると距離を感じたが、そんなのは幻想だった。激しい暴動はそこから約八キロメートルも離れていないところで起きていた。八月の暑い夜で、普段はにぎやかなサウス・ロサンゼルスの通りもひと気がなかった。ひっきりなしにかかってくる電話におばが応えるうちに、あたりの空気にパニックと恐怖が漂い始める。セア・エイドリアンは電話に冷静に対処していたけれど、表情に浮かぶ不安は隠せなかった。九歳のわたしの小さな世界の中で、何か大変なことが起きているのがわかった。一晩じゅう途切れない電話からもたらされる噂話で、暴動の進行状況が明らかにされた。彼らは六ブロック先まで迫っている。ここはもう十ブロックも離れていないんだ。朝にはわれらがイングルウッドも巻き込まれているかもしれない。警察ではもう彼らを抑えられない。州兵が派遣されるらしいから、数時間もすればもう少しましになっているだろう。

「彼ら」というのが誰のことか、わたしにはわからなかった。

さまざまなデマが飛び交うなか、「彼ら」というのは、サウス・ロサンゼルスの最東端に位置する小さなコミュニティ、ワッツ地区に住む人々のことだとセオ・ピートが説明してくれた。彼らは自分たちの置かれた不当な立場に抗議しているんだ、とセオ・ピートは言い、この暴動のことは歴史の流れの中で考えなければならない、と続けた。ワッツの問題の根源は経済的なもので、人種問題と深く絡み合っている。当時はまだアフリカ系アメリカ人という用語は一般的ではなかったので、セオ・ピートも「ニグロ」という言葉を使い、彼らがあらゆるレベルで差別され、肌の色と、彼らは「白人」とは違うという幻想だけを根拠に、最悪の形で社会的排除を受けてきたのだと話してくれた。そのときセオ・ピートが言ったことがわたしの頭に強く焼きついている。暴動は正当なもので、抑えが効かなくなっているのは警察のほうだ。そもそも、暮らしのあらゆる面——仕事、住環境、学校、資産、未来——で白人との差がこれだけ大きいのに、何も起きないほうがおかしいじゃないか。

その晩はさまざまなイメージが記憶に刻みつけられた。テレビに映しだされた、暴徒鎮圧用装備で全身を固めた警官たち、振り回される警棒から身を守ろうとする黒人たちの怒りと絶望に満ちた顔、煙や燃えるゴムの匂い。人々は結婚写真や高価な銀器を鞄に詰め込んで、数日の予定で町を留守にした。でもセオ・ピートは頑としてその場に居座り、語り続けた。「暴動は避けられないことだった。ワッツは昔からずっとロサンゼルス一、貧しい地域だったが、みんな見て見ぬふりをしてきたんだ。今われわれが目にしているのはじつは暴動ではなく、社会抗議運動だ。問題は、暴力というものがおよぼす影響なんだよ。人々は問題を理解しようとするかわりに、怯えてしまう。そして何より悲惨なのは当事者自身だ。彼らは自分たちが暮らす界隈を、自分たちが普段買い物をする店を、焼いている。われわれはみな、彼らに何かされるんじゃないかと怖がるが、実際のところ、彼らはおのれを痛めつけているだけだ」セオ・ピートは少しだけ言葉を切り、首を振った。「だがこの出来事は、われわれに真実を突きつけることになるだろう。世の中は変わるよ」

その後の数十年間を眺めてみると、セオ・ピートの予言は楽観的すぎたように思える。

ワッツ暴動の六日間で焼かれた商店はそのまま閉店し、二度とその地域には戻ってこなかった。住民たちは南欧系移民の酒屋や、韓国系移民が家族経営する食料品店でしか買い物ができなくなった。その後しばらくワッツでは、板張りされた建物や空き家だらけの廃墟のような一帯が目についた。

　とはいえ希望もあった。暴動のあと、ワッツの中心地にマーティン・ルーサー・キング・ジュニア総合病院が建設され、公民権運動が盛り上がり、積極的差別是正措置《アファーマティブ・アクション・メジャーズ》が導入された。そして数十年のちには、初のアフリカ系アメリカ人大統領が誕生するに至ったのだ。本当に世の中は変わりつつあるのかもしれない、と思えることもある。

　しかし、四十七年後の二〇一二年二月のある夜、やはりよくわからなくなった。

　フロリダ中部で、黒人のティーンエイジャー、トレイヴォン・マーティンが自警団のジョージ・ジマーマンに射殺されてから、すでに二日が経過していた。ジマーマンは何のお咎めもなく釈放されたものの、全国で「何らかの措置が必要だ」という声が沸き起こっていた。ただし、その〝何らか〟が何かは、立場によって意見が違った。右翼の連中はネットで「ジョージ・ジマーマン弁護基金」を立ち上げて、すでに十万ドルを集めていた。オバマ大統領は、もし自分に息子がいたとしたら、彼がトレイヴォン・マーティンになっていたかもしれないと述べた。ジマーマンを一度は逮捕したのち釈放したフロリダ警察の外には、デモ隊が詰めかけた。二十四時間次々に流れるニュース番組でも、ネット世界でも、黒人コミュニティで暴動が起きる可能性が取り沙汰されていた。そうしたかまびすしい声によって、事件の根本にある重大な誤解がかき消されてしまっていた。その高校生がタイミング悪くまずい場所に居合わせたにしろ、そうでないにしろ、ギャングの一員だったにしろ、そうでないにしろ、とにかく彼はパーカーを着ていたというだけで撃たれ、そして死んだのだ。いや、問題はそれだけではなかった。

トレイヴォン・マーティンは黒人、ジョージ・ジマーマンはユダヤ系を匂わせる苗字にもかかわらずラテン系だった。ロサンゼルスでは、アフリカ系アメリカ人とラティーノ・コミュニティのあいだの溝が深まり、不安を感じる人が増えていた。この十年間で南カリフォルニアの人口構成が変化し、とくにサウス・ロサンゼルスでは地域が真っ二つに分かれて、あいだにくっきりとできた境界線を挟んで両グループが対立しつつあった。いがみ合いは日常化し、しかもそれはギャング間に留まらなかった。あたりにたち込める不安が肌にぴりぴりと感じられるほどで、ロサンゼルス市警察（LAPD）も警戒していた。身近に危険が迫っている、何かが起きそうだという予感を、誰もがやり過ごそうとしていた。そのうちアフリカ系アメリカ人コミュニティのどこかで不満が一気に爆発する、と多くの人が感じていた。その日の午後、サウス・ロサンゼルスに車で向かっていたわたしは、米公共ラジオ局でコメンテーターがこんな疑問を口にするのを聞いた。「黒人コミュニティではこの件についてどう感じているのでしょう？」

わたしはまもなくそれを知ることとなる。

二時間後、黒人とラティーノの男たち――現あるいは元ギャングや元囚人、十代の若者も

——が、ジョーダン・ダウンズ団地の中心にある集会所の小さな部屋に集まっていた。このグループは一年以上前から毎週水曜日の夜に会合をおこなっていたが、今夜はいつもと様子が違った。室内はしんと静まり返っていた。日光で熱された歩道から立ちのぼる熱気のように、緊張の波が押し寄せていた。一人がゆっくりと口を開いた。

「トレイヴォンがもし白人だったら、ジョージ・ジマーマンはとっくに殺されてただろうな。ああ、もうおっ死んでるさ」

男たちは全員うなずいた。別の男がしゃべった。

「あの子はキャンディを買おうとしてただけだ。パーカーを着てる黒人の子供を見て、すぐさま——バン！『ギャングだ』と早合点したのさ。キャンディを買おうとしてた、ただの子供だったのに」

「彼女と携帯で電話してたんだ」

「悪いのは警察だよ。ジマーマンはお巡りじゃなかったが、お巡りになりたがってた。警察があいつをまんまと逃がしたんだ」

「俺たちんところの子供だったとしても不思議じゃない」

「同じことはまた起こる」

「〝また〟って？　この界隈じゃ、ずっと起きてることだ」

「オバマが、そう、黒人がやっとアメリカ大統領になったって、関係ないってことさ。黒人の若者ばかり、いまだに背中を狙われてる」

「まったく、俺たちの墓場は満員御礼だ」

「白人が今でもてっぺんに立ち、すべてを思いどおりにしてる。いまだに黒人の若者たちをダメにしようとしてんだ」

「白人が考えてるのは、俺たちを踏みつけにし続けること、ただそれだけさ」

彼らの言葉には悲しみと怒りが滲んでいたが、その声や顔には別の感情も垣間見えた。中にはとまどいと無力感のあまり、うなだれている者もいた。彼らは傷つき、裏切られたと感じていた。グループのリーダーであるビッグ・マイクがゆっくりと口を開いた。

「今の気持ちを、みんなで話し合わなきゃならない。今こそ本当のことをぶちまけ合おうじゃないか」

「腹が立って仕方がねえ。何かしたい、何でもいいから!」一人がわめいた。彼の剃り上げた頭が頭上の蛍光灯を反射してぎらりと光った。

わたしは無言でみんなを眺めていた。そして、ワッツ地区の中心にみんなで集まって話し合っているということについて、考え続けていた。そこは、人々が不平等に苦しんだすえ、その苦しみを劇的な（そして破壊的な）方法で表現するしかなくなった場所だ。わたしはセオ・ピートとワッツ暴動について考えていた。でも、二十年前、ロドニー・キング裁判判決［一九九一年、スピード違反容疑の黒人男性ロドニー・キングに複数の白人警官が激しい暴行を加えて重傷を負わせたが、警官全員に無罪の判決が下された事件。ロサンゼルス暴動のきっかけになる］の余波の中、この部屋から約五キロメートルほど北にあるフローレンス通りとノルマンディー通りの交差点で、白人のレジナルド・デニーが運転していたトラックから引きずり出されて暴行を受け、危うく死にかけた事件についても思い出していた。それでもわたしは怖くはなかった。今はもっと別の感情が頭の中でせめぎ合っていた。信頼。無謀さ。信念。反骨心。そして、羞恥心。

「ここじゃ、連中はずっと俺たちをそう扱ってきた。お巡りってのはそういうやつらなんだ。あのジマーマンって野郎はお巡りになったつもりでいた。お巡り以下だぜ。ただの〝なりたがり〟だったんだからな」

一人がそう怒鳴った。ドナルド・〝ツイン〟・ジェームズだ。めったにしゃべらないが、いざ口を開くと爆発する。ほかの出席者たちがおずおずと笑った。

「そうさ、ツイン、あいつはお巡りじゃなかった。銃を持ったただのアホタレだ」

「メキシコ人だよ。ラティーノっていうのか？　何でもかまわねえが」

「そういう言い方はやめろ」

「そうだ、すぐにやめろ」

「ルイスとアーロン、おまえらのことを指したわけじゃない。そういうつもりじゃなかった」

この部屋にいるのはアフリカ系アメリカ人だけではない。大多数は黒人だが、彼らと刑務所で一緒だった、同じように貧しい人たちも何人か含まれている。肌の色が黒ではなく、褐色の人たちだ。

だから、グループの意見が一致するのは次の一点のみだ。

人が殺されれば、それはすべて白人の人種差別のせい。

「悪いのはヒスパニックでもなければ、黒人でもない」

「フロリダじゃ、連中がどんなふうだか知ってるだろ」

「悪いのは白人だ。連中は金と権力を欲しがり、すべてを操ろうとする」

「全部やつらの陰謀だ。俺たちには何も持たせるまいとしてる。もし俺たちが成功して、金を儲けたとしても、白人連中にかっさらわれる。トレイヴォンはスラムにいたわけじゃないし、団地に住んでいたわけでもない。住んでたのは父親の持ち家だったんだ」

「俺たちで何とかしないと。連中に皆殺しにされる」

男たちの声はどんどん大きくなり、怒気をはらんでいった。一人が立ち上がり、「とにかくむかむかする」と言うと、こぶしで壁を殴った。でも、室内で今にも怒りが暴発しそうになったそのとき、一人がきっぱりと言った。「何が起きたかは関係ない。白人は俺たちを殺そうとしてるわけじゃない」

室内がしんとなった。全員がサイに目を向け、彼は話を続けた。

「自分たちが何を言ってるのか、よく聞け。みんな嘘っぱちだ。白人たちは、俺たちを殺しにワッツに押しかけてきているわけじゃない。馬鹿な俺たちは、連中が手をくださなくてもいいようにしてやってるんだ。黒人の若いやつらがラティーノの若いやつらを撃ち、ラティーノの若いやつらが黒人の若いやつらを撃つ。だが、もっと悪いのは、黒人の若いやつらがたがいに撃ち合い、殺し合ってることだ」サイは言葉を切り、グループの一人ひとりを見た。「こういうのを今すぐやめなきゃならない。子供たちを救うんだ」

会話と怒りが凍りついた。

どこか遠くで子供が大声を出し、それから笑いだすのが聞こえた。

「子供たちを救うんだ」男たちは口々に繰り返し始めた。まるでお題目のように。

「殺し合いをやめるんだ」

「これ以上、子供たちがゆくゆく刑務所行きになるのを黙って見ているわけにはいかねえ」

男たちはたがいにさっと目を見交わし、うなずいた。ビッグ・マイクが立ち上がって目の前のテーブルにバンと両手をついた。

「で、俺たちはどうする？」

一同は黙り込んだ。公式にはビッグ・マイクとわたしがグループの共同リーダーということになっているが、実際に場を仕切っているのは一部のメンバーたちだった。その一人であるデュボワがそっと尋ねた。「なぜこういうことが黒人の若者たちに起こり続けてるか、考えたことがあるか？」室内にいるほかの男たちはみな首を振り、つかのま口をつぐんだ。

やがてリーリーがぼそぼそと言った。「毎回同じ話だよ。俺たちは若い連中をちゃんと見守らなきゃならない――ここにいるやつらも、いないやつらも」彼は隣に座っているティーンエイジャーのマットに目をやった。

話し合いのあいだ、マットはずっとそこに座り、物思わしげに黙りこくっていた。マットはトレイヴォン・マーティンとちょうど同い年だった。でも、その晩彼が心配していたのはアメリカの政治のことではなく、妊娠しているかもしれないガールフレンドのことだった。

その部屋にいる男たちは頭が切れた。そして腹を立てていた。一九九〇年代の不幸な「麻薬戦争」の犠牲になって、必要以上の量刑を食らった者も多かった。ここ五年のあいだに出所し、「元の生活」に戻ろうともがいているが、どうしていいかいまだにわからない状態だった。体はコミュニティに戻ってきたとはいえ、どうやって動かせばいいかわからず、足を踏み出しあぐねていた。彼らが黙り込んでいる中、ビッグ・マイクがもう一度尋ねた。

「父親として、男として、答えてほしい。問題はもうわかっている。で、俺たちはどうする?」


この本は、サウス・ロサンゼルスにあるワッツという町で生まれ育ったある男たちのグループが、この疑問に答えを出そうとする物語である——家族の中においても、コミュニティにおいても。〈プロジェクト・ファザーフッド〉というプログラムを通じて、彼らは週に一度集まり、親の役割にまつわる問題について考えた。しかしこのグループは、彼らにとってしだいにもっと大きな意味を持つようになっていった。会合で、彼らは冗談を飛ばし合う一方で、心に深い傷を残した経験についても話し、また、刑務所に入ったり疎遠になったりして、離れ離れになっていた子供との絆を取り戻そうとする喜びと悲しみについても打ち明けた。そこは、かつてみずから破壊しようとしたワッツというコミュニティを癒すための計画を練り、実行に移す場でもあった。

わたしは共同リーダーを務めてほしいと頼まれて加わったのだが、グループでの出来事は広く知ってもらうべき物語だとすぐに気づき、人類学者であり民族誌学者でもある自分の経験を活かすことにした。父親たちの物語を集める作業をしながら、どれだけ激しく心を揺さぶられたか。グループという枠組みをはずれた場での彼らを知るにつけ、この会合が始まる以前の、一人ひとりの過去を理解することがとても重要だと知った。そこで明らかにされたのは、警察による虐待行為、いわゆる「麻薬戦争」が引き起こした災害、そして貧困が人をどれだけ責め苛むかという厳然たる事実だった。しかし、彼らが歩んできた人生は、それぞれの個性の基盤にある生来の強さと負けん気《レジリエンス》を物語るものでもあった。彼らは面白くて強く、怒りを燃やし、凶暴で、そして何より、固い絆で結ばれている。わたしがワッツ・コミュニティで暮らし、父親たちと一緒に過ごすあいだに、とてつもない災難にぶつかった彼らの話をわたしは繰り返し記録した。ところが、そうして彼らの人生や暮らしについて書き留めるうちに、思いがけない結果が生まれたのだ。わたしは、彼らの癒しのプロセスをこの目で目撃することになった。わたしたちがともに日々を過ごし、変身していく中で、彼らに、そして自分自身に何が起こったか、わたしは四年間、記録を続けた。この本は、その変身の物語である。

02 父親としての傷

「お父さんにハグされるとどんな気分？」

「最高だよ」

「へえ、どんな感じがするものなのかなあ」

――二〇一三年カリフォルニア基金、非白人《カラード》の青少年キャンプでの会話より

携帯電話が鳴ったとき、わたしはコメディアンのジョン・スチュワートの番組を観ていた。いきなり不安がふくらんだ。今は夏で、夜で、しかも電話の相手は「ビッグ・マイク」だ。どれもみな大嵐の予兆だった。ビッグ・マイク、本名マイケル・カミングス長老は、かつてはギャング団のメンバーで、ドラッグの売人だった。今もワッツでさま

ざまな役割を担っているが、現在はレッカー車ドライバーであり、活動家であり、ストリート・インターベンショニストだ［「インターベンショニスト」は「介入者」であり、諸問題に介入して解決したり、支援したりする一種のソーシャルワーカー］。何より、ワッツの平和を守るために全力を尽くしている。街でどんな暴力事件が起きてもすぐに駆けつけ、緊張を少しずつ緩めて報復の応酬を阻む、さまざまな方策を講じる。わたしは電話に出るのが怖かった。何か大きな事件が、おそらくは悲劇が、起きたということだろうから。

「ドクタージョルジャリープ」ビッグ・マイクはわたしの正式な名前を、苗字と名を全部続けて発音した。「あんたはマスター・ソーシャルワーカーだ」断言しているように見えて、じつは今のは質問だった。ビッグ・マイクの人生と仕事についてわたしはよく知っていたが、彼のほうは、わたしの仕事は何かと訊かれてもうまく答えられないだろう。わたしがカリフォルニア大学ロサンゼルス校（UCLA）で教えていること、ギャングと公共政策に関する論文を書いていることは知っていても、それ以上はわからない。じつは、わたし自身もわかっていなかった。おおやけには、研究者であり、作家であり、活動家だった。書面にこう書いてあるととても印象的に見えるとはいえ、ルネッサンス人のようなマルチな女性というより、自分のアイデンティティに迷いを抱える人類学者と言ったほうが正しい。それでも社会福祉学の修士号《マスター》を持っていたし、二十年以上UCLAの社会福祉学部に所属しているので、ビッグ・マイクの質問には自信を持ってイエスと答えられた。

「よし。ジョーダン・ダウンズで父親たちの自助グループを始めようと思うんだが、監督してもらうマスター・ソーシャルワーカーが必要だ。あんたがなってくれないか?」

わたしは胸を撫で下ろした。悲劇が起きたわけではなかった。しかし安堵する一方で、まだ胸はどきどきしていた。職業人としてのわたしには、昔の彼氏と街角でばったり鉢合わせたみたいなシチュエーションだったからだ。サウス・ロサンゼルスで最も犯罪発生率の高い地区であるワッツとはずいぶん前に〝関係が破綻〟し、カリフォルニアの別の地域のギャングたちの研究に目標を変えていた。でも心の奥では、ワッツ地区を構成する、暴力によって激しく引き裂かれた三つの公営団地、ジョーダン・ダウンズ、ニッカーソン・ガーデンズ、インペリアル・コーツにいまだに恋をしていた。一刻も早くワッツの街に戻りたくて、勢い込んで「もちろん!」と答えたものだから、ビッグ・マイクもたじろいだようだった。

「ぜひやらせてもらうわ」

「わかった、わかった。まあ落ち着け。まだはっきり決まったわけじゃないんだ。来週の水曜の夜にジョーダン・ダウンズに来られるか? あんたとアンドレと俺で、作戦会議を開きたい」

「わかった。たしかにわたしは興奮してる。だから落ち着くわ。でも、どういうことか、まず事情を説明して」

「男たちを集めて、父親ってものについて話し合うグループを作ろうと思ってるんだ。みんながいい父親になれるように手助けするんだよ。やつらはみんな刑務所に入ってただろ? だから、出所した連中に手を貸したり、また刑務所に逆戻りしないようにサポートしたりするのさ」

　わたしは興奮はしていたが、急に慎重になった。このプロジェクトには、社会的にある程度の地位にあるソーシャルワーカーのお墨付きが必要だろう――まずいことになったときに尻拭いができるような、責任を取れる人物のお墨付きが。

「マイク、誰がまとめ役をしているの？」

「〈プロジェクト・ファザーフッド〉ってやつの一環なんだ。ハーシェル・スウィンガー博士を知ってるか？」

「ええ、知ってる。一緒に仕事をしたこともある」

「やっぱりな。あんたが適役だと思ってたんだ。スウィンガー博士は、いい父親ってのはどういうものか俺たちに教えるため、〈プロジェクト・ファザーフッド〉を一緒に立ち上げようとしてるんだよ」

　ビッグ・マイクが何を言おうとしているにしろ、心理学者のハーシェル・スウィンガーが関わっているなら、「家族力」を強めるという、スウィンガーをはじめ大勢の人々が熱心に提唱しているアプローチのことだとわかった。これは、「家族の価値」を声高に主張しつつ恐ろしく差別的な法律をこっそり制定するような保守派が、コミュニティの中に入り込ませようとするトロイの木馬などではなく、家族というもの（とくに貧困家庭）の伝統的な概念を根底から覆そうとするものだ。つまり、周縁部に弾き出された貧しい家庭の中にある「間違い探し」をするのではなく、どんなに壊れかけた家庭にも必ずある強みを見つけ、それを強化するという考え方である。理想を押しつけるのではなく、貧困家庭の複雑な問題を理解しない従来のシステムに縛られた家族像に、別の角度から見る視点を提供するのだ。この仕事を始めてまもなく、たとえどんなに問題を抱えた家族にも、どこかしらポジティブな側面が存在し、機能している部分がある、とわたしも気づいた。これは既存の研究や論文から得た〝絵に描いた餅〟的な知識ではなく、世が世なら有名弁護士や大物投資家にさえなっていたかもしれない、ギャング幹部たちの住所録をじかに見て知った。兄弟姉妹や年老いた祖父母を「養っている」のは、実の親ではなく彼らなのだ。わたしは、ドラッグの売買のために現金を巧みにやり取りしつつ、自分の赤ん坊を育てている恋人（ベビー・ママ）からの電話にも甲斐甲斐しく応じている売人たちをたくさん見てきた。彼らは子供を学校に迎えに行ったり、キャンプに連れていったりしながら、覚醒剤やヘロイン、マリファナをさばいていた。事情は複雑だ。彼らの暮らしや家族はとても複雑なのである。

こうした「家族力」という考えは、それまでの福祉専門家の伝統的な教えとは相反するものだ。かつての社会福祉は基本的に〝病理学〟だった。ソーシャルワーカーやセラピストはまず問題を特定し、それを解決するプランを立てる訓練を受けた。実際わたしも大学院では、政治家で社会学者のダニエル・モイニハンによる「黒人女性家長制」からオスカー・ルイスの「貧困の文化」研究まで、そうした世界観の中で学んだ。欠点に焦点を絞ると、貧困家庭は機能不全であるという考え方がますます強調され、しかもこのときの「家庭」とはおもにアフリカ系アメリカ人かヒスパニックのそれを意味していた。こうした議論は、授業においても、それ以外の場においても、家族の絆が強いとされるたとえば日系や中国系といったアジア系など、ほかの民族グループと比較しておこなわれる。当然ながら、そうした時代の流れの中で「家族そのものが機能不全と同意語である」という木で鼻をくくったような格言が誕生し、これはつまり、福祉のプロたるもの家族が何を必要としているか熟知しており、どんな問題でもみごと解決してみせるという宣言でもあった。一九七〇年代から一九八〇年代にかけてまだまだ半人前の無知なソーシャルワーカーだったわたしでも、このアプローチには少々疑問を感じ、原因と結果のつながりにあまり納得がいかなかった。問題ある家族の病理学には、生物学、歴史学、経済学などさまざまな要因がかかわっているのだ。そういう欠点には目をつぶって、ソーシャルワーカーはこの考え方のもと、人々の暮らしに介入したりアプローチしたりしていた——一九八〇年代半ばに「家族力」という考え方が生まれるまでは。

人々を支配している思考回路を変えるのは簡単なことではなかった。あちこちで抵抗が起き、その中には、結婚、貞操、宗教の三つ巴こそが、苦しんでいる親子のための唯一の解決策だと訴える思想的リーダーもいた。それに、今は隠れている才能や力をどう使えば家族を強くできるのかという課題もあった。こういう気運が高まっていた頃、わたしのほうも臨床や実地訓練から研究職に転身しようとしていた。不思議な巡り合わせだが、この新たな仕事に取りかかったことがきっかけで、わたしはハーシェル・スウィンガー博士とじかに接触を持つことになったのだ。

スウィンガー博士と知り合ったのは、家族の力を高めて子供の虐待を防ぐ「パートナーシップ・フォー・ファミリーズ」計画（ＰＦＦ）の効果を評価する、トッド・フランクル博士のチームの一員として研究をしていたときだった。臨床心理学で博士号を取得したアフリカ系アメリカ人教授のスウィンガーは、「家族力」のいわば提唱者であり、ＰＦＦ計画の主要立案者の一人だった。ＰＦＦ計画は、カリフォルニア全州の五歳までの子供たちに対する対策〈ファーストファイヴ・ＬＡ〉が支援するプログラムだった。ロサンゼルスじゅうの福祉業界で、スウィンガー博士を知らない者はおらず、誰もが彼の仕事に敬意を払っていた。

彼の研究は、コミュニティおよび家庭で暴力を受けてトラウマを抱えた子供がそれを乗り越えるために、家族力について検討する、ということだけにとどまらなかった。スウィンガーはとりわけ、父親不在の子供は不安障害やうつ病を発症しやすく、薬物乱用、学校の中途退学、そして前科（スラムの子供たちに履歴書を書かせたらお決まりの項目）を持つ確率が高いということを明らかにした。ただ、ビッグ・マイクから電話をもらって初めて、スウィンガーは、政治家や議員たちがそれをスローガンとして掲げ始めるずっと前から、「父親というもの」の大切さを訴えていたと知ったのだ。

スウィンガーは一九九六年に〈プロジェクト・ファザーフッド〉を立ち上げた。このプログラムは、さまざまなリスクを抱える、都市部で暮らす父親たちを支援し、父親力を高めることで、児童保護サービスの介入を避けつつ児童虐待やネグレクトを減らすことを目的に考えられたものだ。やがて、父親の役割の重要性を訴えるスウィンガーの主張は、共和党と民主党の垣根を越えて全国的に注目を集めた。二〇〇六年、プログラムが時のブッシュ政権から七百五十万ドルの助成金を獲得してからは、ロサンゼルス郡全体で五十もの団体がプログラムの導入を決めた。二〇一〇年、オバマ政権は〈プロジェクト・ファザーフッド〉を「模範的プログラム」と評価した。

でもわたしはこのプログラムについてほとんど知らなかった。ジョーダン・ダウンズでの作戦会議に出席するとビッグ・マイクに返事をしたときも、児童虐待を阻止する試み、みたいなものだろう、とぼんやり思っていた程度だった。だが、それどころではなかったのだ。ギャングや暴力といった枠組みではまったく収まりきらない、父親というもの、男性としてのアイデンティティ、家庭における痛みと喪失の経験について、じかに問う話だった。そのときのわたしはここまで深く考えていなかった。頭の中には、ジョーダン・ダウンズに戻りたい、ワッツというわが家に帰りたい、ただそれしかなかった。

こんなふうに切望するなんて、かなりの変わり者だと言っていい。わたしがワッツ地区の話を持ち出すと、肌の色にかかわらず、たいていの人はわたしを訝しげに見た。「忘れちゃだめだ。ワッツという土地はほかとは違う」ランチの席で、わたしがまたワッツに戻って、父親会みたいなものの共同リーダーを務めることになりそうだ、と話すと、ケニー・グリーンはそう言った。ケニーは、ギャング団に取り込まれた子供を救う活動を始めてすでに十七年になるベテランのソーシャルワーカーで、わたしがストリートで仕事をしていたときにガイド役を務め、ときにはボディガードもしてくれた人物だ。

「わかってる。でも、このプログラムはとてもいいアイデアだと思うのよね」

ケニーは首を振って警告した。「相変わらずわかってないな。あそこは、ロサンゼルスのどこと比べても、いや、サウス・ロサンゼルスという土地の中でさえ、特別おかしなことになっている場所なんだ」彼がそうやって慎重になるのもよくわかった。ワッツ地区は多くの人にとって、暴動、貧困、危険と同義語なのだ。でもわたしにしてみれば、ソーシャルワーカーとして一人前になり、最初の夫となる人と恋に落ち、公営団地で暮らす黒人家族たちに受け入れられたと感じることができた場所だった。彼らは「あんたはなんにもわかってない、やせっぽちの白人娘だ。黙ってよく聞け」とわたしに言ったものだった。ワッツはいつだってわたしの故郷だった。そこで家族力やら、〈プロジェクト・ファザーフッド〉やらについて何か始めるというのなら、ぜひ手伝いたかった。

実際、わたしはその仕事をするには準備不足だった。夫の連れ子のシャノンがわが子になったとき、わたしは親になるには少々遅すぎる年齢で、彼女との関係は不安だらけだった。「父親《ファザーフッド》であること？　母親になることさえままならないというのに」。父親の役割については、まったくの門外漢と言ってよかった。実の父親とのかかわりは、わたしが大学生だったときに父をガンで失ったことで、じっくりと構築する間もなくぷっつりと途絶えてしまった。わたしにとって父という存在は、男性性、言葉のいらない絆、そして何より喪失感と結びついていた。

わたしの中でこの結びつきは、二〇〇八年に、〈ホームボーイ・インダストリーズ〉という、子供とギャング団との関係を断ち切ることを目的とするロサンゼルスを拠点とする団体で、グレッグ・ボイル牧師の仕事にかかわり始めたとき、いっそう強まった。そこでわたしは、ホームボーイの更生プログラムに参加した元ギャングメンバーたちにとっても、「父親」という概念が深い心の傷や強い憧れとつながっているとすぐに気づいた。

グレッグもそれについてはっきり意識していて、わたしに何度もこう言った。「横道にそれてしまったここの少年たちは、みんな魂に父親の形をした穴があいている。ほとんどの子は、生まれたときから父親を知らず、父親を欲しがってるんだ。ここに来る子をよく見てほしい。もちろん母親たちはできるだけのことをしているが、それでも子供は父親というものに憧れていて、父親の存在を求めている。あるいは、父親が長らく薬物問題を抱えている子供もいる。そういう父親はたとえそばにいても存在していないも同然で、子供の人生にもかかわらない。そういう子供たちが求めているのは〝父親〟の存在なんだ。自分を大事にしてくれる誰か。本来父親がいるのが当たり前なんだと彼らはわかってる。そして自分が父親になったとき、わが子にちゃんと寄り添いたいと考えている。そういう子供たちを助けてやらなきゃならない」

プログラムを修了した子供たちへの就職斡旋など、ホームボーイが社会事業としてさまざまな努力をしていることは今や高く評価されているが、グレッグ牧師（あるいは単に〝G〟）は、元ギャングたちに職業訓練や就労支援、実際の雇用を提供するだけでは、彼らのアイデンティティ問題を本当の意味で解決することにはならないと強く主張していた。

「どんな職業プログラムも、本来セラピーとセットでおこなわれるべきなんだ。そうして初めて、一人ひとりが自分自身と、自分のトラウマや喪失感と向き合える。希望はそこから生まれるんだよ。希望を持っている子はギャングの仲間にはならないし、近所の仲間のもとにも戻らない。われわれはそう知っているんだ」グレッグは（そして、ホームボーイ・インダストリーズも）、プログラムの一環として、子供たちに親の愛情に触れる経験をさせようとしている。それこそが元ギャングメンバーだった子供たちに必要不可欠なことだと、わたしも知るようになった。

ホームボーイと五年間にわたって深くかかわるうちに、少年たちの語る話はどれも痛ましいほど似通っていることがわかった。終身刑で刑務所にずっと入っている父親、行方をくらました父親、家族を捨てた父親、ほかの女や子供と暮らし、こちらの家族には見向きもしない父親、薬物でオーバードーズした父親。そしてどの子もみな同じように、根っこの部分では父親を求めていた――どんな父親でもいいから。

グレッグは多くの子供たちのその求めに応じた。わたしたちは、長い一日のあと、彼のオフィスで座って話をした。一日じゅう引きも切らず、男たちはグレッグのもとにやってきては、ギャングから足を洗いたいこと、胸に潜む孤独、なかなか消えない不安について訴えた。「話に少し耳を傾けるだけで、自分は誰にも愛されていないと彼らが考えていることがわかる。誰も自分のことなんて気にしていない、と」グレッグが言った。「だからわれわれが彼らを受け止めなければならないんだ。われわれが彼らを大切にしなきゃならない。そうとも、このコミュニティは、われらが家族は、きっとギャングに勝つ。そしてもしかしたら、この世代で負の連鎖を食い止められるかもしれない。自分にはいなかった父親にどうしたらなれるか、教えてやればいい。父親不在の傷は深いものだからな」

わたしは話を聞きながらうなずいた。若者たちにインタビューをすると、子供が、とくに息子が生まれたとき、ギャングを辞める決心をする者が多いことがわかる。安全な環境で子育てし、子供が成人するのを見届けたいと彼らが言うのを繰り返し聞いた。子供の誕生は彼らが人生を変えるターニングポイントなのだ。

「俺には父さんがいなかった」無理に頭を剃り上げているように見える少年がグレッグに言った。「でも俺は息子の父親になりたいんだ」少年が立ち去ったあと、グレッグはため息をついた。「あの子を助けてやらなきゃ。あの子の父親の葬式はわれわれが出したんだ。あの子が生まれる前に、撃ち殺されたんだよ。葬式に現れたガールフレンドは、そのとき妊娠七か月だった。父親もいいやつだったんだ。時と場所さえ違っていれば、あんなことにはならなかった」

だが、そういう若者は彼だけではなかった。グレッグは、同じように癒えない喪失の傷を抱えた大勢の若者を目にしてきた。

「誰もが人とつながりたがっている」グレッグはよくわたしに言ったものだった。「血縁関係を、結びつきを、何かに所属することを求めている」ホームボーイにいると、彼の言葉が事実だということが目の前で証明されていく。来る日も来る日も、全身タトゥーだらけのこわもての男たちが現れては、グレッグと話し始めるや泣き崩れるのを、わたしは目の当たりにした。実際、そのギャングの怒りが激しければ激しいほど、泣き方も激しかった。年齢が十四歳でも四十歳でも、黒人あるいはラティーノのそうした男たちは、グレッグにほとんどすがりつくようにして愛情を示した。グレッグは「親父《ポップス》」や「G父さん」と必ず呼ばれた。そしてグレッグのほうは一人ひとりに「息子よ」と呼びかけ、「わたしがお前の父親で、お前のような息子がいたら、心から誇りに思うよ」とよく告げた。そう語りかけられたら、どんなに怖そうに見えるギャングでもはらはらと涙を流した。

そういう反応を見ていると、彼らがどれだけ絆を求めているかがわかり、心底驚いた。日頃から銃を使い、ドラッグを売買し、女たちを殴り、刑務所に行き、どうしたら父親になれるのか見当もつかずにいるそうした男たちは、まず自分自身が父親を求めていたのだ。彼らの喪失感の深さと強い欲求から、本人は直接口にはしないが、一つの疑問がひしひしと伝わってくる。「こんな俺がどうしたら父親になれるのか？」わたしはビッグ・マイクに誘われて、この疑問を抱え、父親になる方法を知ろうとしている男たちとかかわることになった。でもわたしの知る範囲では、そこには先生も、ガイド役も、マニュアルもない。これからどうなるのか、自分でもわからなかった。

一つ確かなのは、グレッグを見て理解したこと――喪失感、つながり、コミュニティ――が、わたしがこれからジョーダン・ダウンズでやろうとしている仕事の基盤になる、ということだった。男たちの誰もが父親を欲している。わたしは彼らの経験について知りたかった。

父親はいたのか？　自分の過去についてどう感じているのか？　そして何より、そうした過去の経験がわが子に対する態度に影響しているか？　答えなどないかもしれないが、そこに立ち会えば、答えに近いものが見つかるかもしれない。わたしがこれから向かおうとしているワッツでは、成人男性の多くが子供の頃から犯罪に手を染め、そのせいで刑務所で長い年月を過ごす。そこは、ロサンゼルス郡のどこより「不在の父親」が多い場所なのだ。

わたしはホームボーイ・インダストリーズでギャングメンバーにインタビューしたあと、そんなことを考えながらビッグ・マイクに会うためジョーダン・ダウンズに向かおうとした。ホームボーイの玄関のドアを開けたところで、小柄でやせたレズビアンのギャング、キーシャネイがわたしを呼び止めた。

「ママ、どこ行くの？」

「ジョーダン・ダウンズ団地だよ。ビッグ・マイクとミーティングするの」

「気をつけてよ、ママ」いつもより険しい目つきでわたしを見る。「あそこ、今危ないから。あんたに何かあったらやだよ」

仮にもママと呼んでくれたことが嬉しくて、わたしは彼女をぎゅっと抱き、安心させようとした。

「大丈夫。これでもけっこうタフだから」

最近のロサンゼルスの犯罪発生率がこの四十年で最低値だったことを考えると、なぜキーシャネイがそんなに心配するのか、そのときはピンとこなかった。ロサンゼルス郡に絞れば、五十年ぶりに低い数値だったのだ。この数値の影響はけっして無視できない。ロサンゼルス市の人口は四百万人近くだが、ロサンゼルス郡は一千万人近いのだ。しかしジョーダン・ダウンズでは先週、四件の殺人事件が起き、そのすべてがギャング関連だった。キーシャネイが危ないと言ったのは、あの一帯が急に物騒になった理由をよく知っているからにちがいない。でもかまわない。今大事なのは、わたしが古巣に戻ること、ただそれだけ。ワッツという古巣へ。

03 地元

俺にとって唯一の父親はこの地元《ネイバーフッド》だ。

——トレイヴォン・ジェファーズ

ワッツ地区まで車を走らせ、ビッグ・マイクと、やはり元ギャングメンバーで、今はコミュニティの抱える問題解決に奔走するコミュニティ・インターベンショニストのアンドレ・クリスティアンと会合して、父親会発足計画を練ってから、すでに一週間が経っていた。ジョーダン・ダウンズ団地で〈プロジェクト・ファザーフッド〉の集まりを組織するには、まずアンドレ、マイク、わたしの三人で、CII（チルドレンズ・インスティテュート社）で開かれる講座に出席しなければならなかった。第一回講座の参加者は全部で三十人。わたしたちは講師の言葉にとにかく耳を澄まさなければならなかった。

講師であるハーシェル・スウィンガー博士の声は、まるで囁きのようだった。鼻にプラスチックのチューブが挿入され、脇に携帯用の小型酸素ボンベが置いてある。しかし、息をゼーゼー切らしていても、メッセージの切迫感はいやでも伝わってきた。スウィンガーは命をすり減らしながらも、文字どおり息の続くかぎり言葉を届けようとしていた。

「何より大事なのは、彼らを子供たちと結びつけてやることだ。研究から明らかなように、父親がそばにいない子供はより苦しみ、よくない行動におよび、刑務所に行くはめになることもしばしばだ。いわば揺りかごから刑務所へのパイプラインだよ」

講座が終わると、わたしたち三人はランチに出かけた。アンドレは講座の内容に興奮していた。

「スウィンガー博士があそこで言ったことは、ずっとわかってたことだ。言葉にはできなかったけど。俺も子供の頃、父親を知らなかった。子供がいるワッツの連中も、やっぱり父親を知らなかったやつばかりだ。俺も父親になる方法を知りたいし、あそこにいるやつらもたいていそう思っているが、その方法がわからない。スウィンガー博士が話していたのはそのことだ。この情報を使って、俺たちでなんとかしなきゃならない」

「賛成だ《アーメン》」ビッグ・マイクが歌うように言った。「俺たちにできる、ものすごく大事な仕事だ」

「このプログラムに参加しようとする人がいると思う？」わたしは、スウィンガー博士が説明した、父親会を開くうえで必要な要素について考えていた――まず問題点を炙り出し、それについて話し合う。

「思う、だって？　もちろん、連中は参加する気満々さ」アンドレはきっぱり言った。

ビッグ・マイクとアンドレはそれぞれ、この近辺の住人の対照的な典型例だ。一方はとても普通の家庭で育ち、ギャングとつながってはいたものの、基本的にギャングメンバーというよりビジネスマンだった。もう一方はそもそも家族がギャングで、地元組織にどっぷり浸かり、命さえ落としかけた。

ワッツで過ごした子供時代のことを振り返るとき、ビッグ・マイクは幸せだったと語る。

「祖父母と過ごした時間が長かったな。父親は最初からいなかった。だが、当時はほかの子供もたいていそうだった。父親なんて、どこの家にもいなかったよ」マーカム・ミドルスクールに入ったとき、すべてが変わった。登校初日のランチの時間に〝強奪〟に遭った――サンドイッチを盗まれた――ことを覚えている。だから身を守るために地元ギャングに頼ったのだ。しかしハイスクールではまた別の道が開けた。体格が成人並みになり、アメリカンフットボールのスター選手になったのだ。体重がゆうに百五十キログラムを超え、タックルの威力はすさまじく、「ビッグ・マイク」の異名を獲得した。

「いい選手だったんだ」マイクはにんまりして言った。「コミュニティ・カレッジに行く準備を始めたとたん、あちこちからスカウトされた。どこにだって行こうと思えば行けたが、ドラッグは金になったから、そっちに魅力を感じた。暮らしの成り行きってやつだな」彼は違法薬物ＰＣＰを製造し、今でもそのドラッグを作るのに必要な化学薬品の組み合わせを列挙できるほどだ。ビジネスを軌道に乗せる傍ら、ドラッグ売買のテリトリーを広げるため、〈グレープ・ストリート・クリップス〉という地元ギャング団に加わった。ビジネスは、合法的な方面でも、そうでない方面でも、拡大の一途をたどった。「そりゃ儲かったさ」初めて会ったとき、ビッグ・マイクはわたしに言った。「一九八四年にレッカー移動のビジネスを始め、同時に麻薬の売買もしていた。ドラッグの金を使ってレッカー車を次々に買った。うまくいってたんだ。昔は十二台もレッカー車を持ってたんだぜ？　全部自分のものだった」彼は思い返した。

「それ、どうしちゃったの？」

「煙になっちまった。クラック［火で炙り煙を吸引するコカイン］の煙さ。それで消えた。クラックを吸うためにみんな売っちまったんだ」

その当時のビッグ・マイクの姿は、わたしには想像できなかった。

一九八〇年代に一大帝国を築いた悪名高き麻薬の売人、〝フリーウェイ〟・リッキー・ロスとつるむようになり、全国を渡り歩いて「製品」を売りさばいていたことについて、ビッグ・マイクは詳しく話してくれた。しかしドラッグにしだいに依存するようになり、とうとうレッカー車も、友人も、家族も失い、自分の命さえなくすところだったのだ。そういう暮らしにピリオドが打たれたのは、ついに検挙されて、三年の禁固刑を食らったときだった。刑務所にいたとき、母親に何度も金を送れと頼んだ。

「ヤクが欲しかった。出所したらパーティをするつもりだった。だからママに繰り返し金をせびった。だがかわりにママは聖句を送ってよこし、おまえのために祈っていると言った。俺は怒り狂ったが、時とともに聖句や聖書を読むようになり、出所したときには別人になっていた」

やがてマイクはサウナと結婚し、娘が生まれ、牧師として叙階を受けた。「もう元の暮らしには戻らなかった。俺は最悪だった。だって、前妻との二人の子供にはいっさいかかわっていなかったんだ。だが今度は違う。娘が生まれたとき、俺は天にまします神に向かって掲げ、父なる神よ、この子をあなたに捧げますと告げた。その瞬間、俺は娘の本物の父親になれる、そうわかったんだ」

ビッグ・マイクは以前の仕事に復帰し、ほかのレッカー会社に勤めて、お金が貯まったところで新しいレッカー車を一台買った。ただし、一台だけ。彼はワッツ地区に戻り、そこでレッカー車ドライバーとして働き始めたが、界隈では暴力の連鎖が止まらなかった。二〇〇〇年、リトル・ドーナツというあだ名の少年が、ジョーダン・ハイスクールのすぐ近くで射殺された。マーカム・ミドルスクールでの経験がよみがえり、マイクは「安全通行」プログラムを立ち上げる必要性があると感じ始めた。そうして、元ギャングメンバーを集めて、子供たちを学校まで安全に送迎する試みを始動させたのである。これをきっかけに、彼はコミュニティ・インターベンショニストとして活動を始めた。「今、俺の人生は最高だ」とビッグ・マイクは語る。

マイクと違って、アンドレの子供時代はトラウマと痛みであふれていた。アンドレが生まれた直後、父親は家族を捨て、母は再婚した。家の中ではつねに争いが絶えず、義父はことあるごとに母を殴った。アンドレは実の父を探しだし、家の状況について話した。すると父はすぐにアンドレにソードオフ・ショットガンを渡し、これで義父をなんとかしろと言った。

「結局そのショットガンは一度も使わなかったが、ある日、義父がまたママを殴ると直感して、その前に義父に飛びかかったんだ。俺はあいつをボコボコにした。ママにやめてと言われてやめたが、あいつはママに、こいつか俺のどっちか選べと告げた。そしたらママはあいつを選んだんだ。ママに出ていけと言われ、俺はその日のうちに家を出た。そんとき、たったの十二歳だ。俺はおばあちゃんと暮らし始めたが、トラブルや喧嘩に巻き込まれるようになって、またパパに会いに行き、どうしたらいいかと尋ねた。パパは俺にメリケンサックを渡して、喧嘩になっても絶対に逃げるなと言った。俺にはパパもママもいなかった。地元のギャングが俺の家族になった」

　結局、グレープ・ストリート・クリップス団がアンドレを受け入れた。彼らがアンドレを養い、世話をし、「卑しいやつ《ロー・ダウン》」というストリート・ネームで洗礼を授けた。アンドレはワッツじゅうを荒らしてまわった。犯罪行為でその名を馳せ、銃撃で二度死にかけたことさえある。最初のときは三発撃たれて、もうギャング団には戻りませんと神に誓ったが、結局、「俺たちは死なない、俺たちは増殖する」というグレープ・ストリート団の信念に支えられて生還した。グレープ・ストリート団はアンドレにとって唯一の家族だったが、そうやって暮らすうちに五人の父親になろうとしたことはあったのだ——実の娘が一人、連れ子が四人。

初めて撃たれてから二年後、ギャング同士の抗争に巻き込まれ、十発撃たれた。アンドレは、今回撃たれたのは、「三発は初回の分、七発は神への誓いを破った分」だと思うようになった。その後、「因果応報」なのだと気づき始め、おこないがしだいに変化した。だが、彼を「ロー・ダウン」のままでいさせよう、グレープ・ストリート団の幹部要員として活動させようとする仲間の圧力はなかなか消えず、アンドレが本当にギャングから足を洗うまでには十年もかかった。今は、地域に平和を取り戻すために人生をかけている。〈プロジェクト・ファザーフッド〉はその一環だった。

「スウィンガー博士の言ったことは真実だ。これはまさに子供たちの、次世代の問題なんだよ。こういう暮らしを真似させちゃだめなんだ」アンドレはサンドイッチにかぶりつく合間に主張した。

「お前の言うとおりだよ、ブラザー。男たちにとって、これは重要なことだ」マイクも賛同する。

「マイク、家にいない父親の影響は本当に大きいんだ」アンドレが言った。「同時に、家に父親がいることがどれだけ大事か、女たちにも教育する必要がある。たとえママがパパのことが嫌いでも、家族の仲間に入れないと！」

わたしは直感的にこの二人を信頼した。二人はインターベンション活動を通じて、現役のギャングメンバーだけでなく、刑務所から出所してきたばかりの元囚人たちとも深くかかわっている。二人は彼らの相談に乗っては仕事を斡旋しているが、その努力はギリシア神話のシシュポスさながら、やってもやっても報われなかった。マイクとアンドレは毎朝「社会復帰」という名の岩を丘の上に押し上げる。でも、現在のような就職難の状況では、岩はすぐに転がり落ちてしまうだろう。

「彼らは仕事を求めている。助けてもらいたがってるんだ。家族に対して責任を負わなきゃならないとわかってるから」アンドレが続けた。「もしこの暴力と刑務所行きのサイクルを止められれば、そこからが始まりだ。父親の誕生だよ。女だけじゃ手が回らないんだ」

そう考えているのは彼だけではない。予算カットや就労プログラムと同様、「父親の役割の見直し」も政治家が好んで持ち出すトピックで、オバマ政権による改革政策も例外ではない。民主党と共和党が真っ二つに分かれたワシントンDCでも、「父親の役割の強化」と「のらくらしているパパにも責任を」という呼びかけは両サイドの心を一つにした。しかし、それはけっして新機軸でも新たな視点でもないのだ。

二〇〇〇年、ビル・クリントン大統領は家庭における父親の役割の強化を宣言し、これを説明する標語「父親が働けば家族が豊かになる」のもと、〈責任ある父親〉計画を発表した。十年後の二〇一〇年には、バラク・オバマ大統領が新たに〈父親とメンター〉計画を開始。ホワイトハウスによれば、これはアメリカじゅうに「責任ある父親像」を広めることを目的とする構想だった。全体的な傾向として見れば、この二十年間、「男性はこうあるべき」論や、政治論争、自己啓発書、コメディドラマに至るまで、いずれにおいても、父親の役割の重要さ、不在の父親が子供の人生にもっと積極的にかかわるべきだという議論が、話題の中心だった。

学校の教室や社会文化の中で、不在の父親や「ぐうたら」パパが取り沙汰される一方で、そういう父親というのは貧しく、非白人で、犯罪にかかわる傾向がある、と考えている人が多いことが研究によって明らかになっている。そういう人々をターゲットとする「父親の役割」計画は多いが、どこかにギャップがある。父親に責任を持たせようとする計画や構想は数あれど、国会で証言したり、自分の考えを披露したり、リーダーシップをとったりする専門家グループが一つもないのだ。まさに「無責任な」父親の不在である。

わたしは、必死に変わろうとしているギャングメンバーや、死刑囚監房で順番を待つ囚人、職探しをする仮釈放された元囚人、トラウマを自分で癒そうとする依存症患者らの話を聞くとき、このことをときどき考えた。彼らの多くが、自分たちを裁き、刑務所にぶち込んでおいて、更生については口にしながら社会復帰する方法は何も教えてくれないシステムへの不満と怒りをあらわにした。最初に人類学者として街に出てギャングメンバーと接触し始めたときには、こういうことにはあまり注意を払っていなかった。当時は、なぜ人はギャングになるのか、その答えを探し、ギャングメンバーの日常を理解することが興味の中心だった。日々彼らが何をしているのか、どうやってそこから脱け出すのか、内心にどんな葛藤があるのか。彼らの人生にも別の側面があるということを見抜く視野がまだなかったのだ。インタビューした相手は、肌の色や犯罪歴、服役記録（あるいは前科《ジャケット》）にかかわらず、誰もが疎遠になってしまった子供に対する夢や心配について語った。そうして話しながら、多くの男たちが悩んでいた。父親を知らない自分がどうしたら父親になれるのか?

その日ランチの席で、そんなことが頭を駆け巡っていた。

「みんなが会に姿を見せるって、どうしてわかるの?」わたしはアンドレに尋ねた。

「お嬢ちゃん」アンドレがふざけて言った。「あんた、忘れちまったのか? ピクニックテーブルで起きたこと、思い出してみろよ」

二〇〇八年、ワシントンDCで父親の責任について政治家たちがこまごまと話し合っていた頃、そこから遠く離れたワッツでは、元ギャングメンバーの小さなグループが会合を開いていた。アンドレ・〝ロー・ダウン〟・クリスティアン、マイケル・〝ビッグ・マイク〟・カミングス、ウィリー・〝エレメンタリー〟・フリーマン、ジョン・〝レディ〟・ベイリー、フレッド・〝スコーピオ〟・スミス、ウェイン・〝ホンチョ〟・デイが金を出し合い、NPO〈ワッツ連合〉のもと、「公園のピクニックテーブル」で会を開くことにした。ピクニックテーブルと言っても、団地の脇にある寂れた公園の隅に三台並んだ、雨ざらしのコンクリート製のテーブルだ。

毎週水曜日にそのテーブルのあたりで髪を切ってもらえたり、バーベキューがおこなわれたりするという噂がジョーダン・ダウンズを駆け巡った。でもそこはただの野外バーベキュー場にはとどまらなかった。事実上のイベント企画者たちは、ギャング団や犯罪にかかわっているコミュニティの若者たちとつながり、メンターになり、できれば父親役さえ務めたいと考えていたのだ。

「ピクニックテーブルで起きたこと、思い出してみろよ」アンドレは繰り返した。「そこに来た若い連中を俺たちは助けたかった。誰一人として俺みたいになってほしくなかったんだ。地元でクソったれなことばかりして、ムショに行くようなことを。それにアドバイスもしたかった。まずは働けと話した。仕事を手に入れて、子供を育てろ、と。いつだってストリートが、そして郡が子供を育てていた。だが今こそ自分が父親になり、本気で子供を強く育てなきゃならないんだ。連中にもそれがわかっていた。だから毎回姿を現したんだ」

ピクニックテーブルに集まる若者の数はどんどん増えていったが、企画者たちのわずかな収入ではとても全員を満腹にはできなかった。そのうえ、ロサンゼルスが雨季に入ると、行き場がなくなった。アンドレもマイクも、男たちが集まって自分や家族について、築き直そうとしている人生について、話ができる場所が必要だとわかっていた。まだ二人とも、わずか数キロしか離れていないところにあるチルドレンズ・インスティテュート社で、ハーシェル・スウィンガー博士が〈プロジェクト・ファザーフッド〉拡大の準備を進めているとは知る由もなかった。二〇一〇年、この二つの運動は意外な仲介者によって結びつけられた。ロサンゼルスのあらゆる住宅開発、つまり「公営団地」を管理している機関、ロサンゼルス市住宅局（HACLA）である。

二十一世紀の最初の十年間、ワッツ地区の三つの公営団地、ジョーダン・ダウンズ、インペリアル・コーツ、ニッカーソン・ガーデンズは、ロサンゼルスの暴力そのものだった。とくにジョーダン・ダウンズとニッカーソン・ガーデンズは、「死の十年」という名がふさわしい一九八〇年代後半から一九九〇年代前半にかけて、ギャング関連犯罪の舞台となった。その間、ロサンゼルスでは年間の殺人事件が千件を超え、警察も政治家もこれはギャング「危機」だと大声で非難した。ジョーダン・ダウンズの〈グレープ・ストリート・クリップス〉団と〝ニッカーソン人〟の〈バウンティ・ハンター・ブラッズ〉団との抗争によって多くの命が奪われ、家庭が崩壊した。二〇一〇年になっても、この二つの公営団地は、そのシンダーブロックの壁の内側で普通に暮らそうとしている家族にとってさえ、危険な場所と見なされていた。とくにジョーダン・ダウンズの住民は、自分たちは自治体から無視され、まともじゃない家で希望のない暮らしを強いられていると感じていた。事態に追い打ちをかけるように、HACLAは、荒れたジョーダン・ダウンズを放置したまま、ニッカーソン・ガーデンズの塗装改修工事に予算を注ぎ込んだ。

しかし二〇一〇年、事態は一変した。ジョーダン・ダウンズの再開発が発表され、人々の見る日ががらりと変わったのだ。HACLAは派手なメディアキャンペーンを打ち、このグッドニュースを大々的に宣伝すると同時に、このところの非難の集中砲火をひっくり返そうとした(むしろそれが目的だったのかもしれない)。じつは、市の予算を使って乱痴気騒ぎがおこなわれるなど、当局のひどい浪費ぶりが盛んに報じられていた。まさにマフィアさえ羨むほどの腐敗だった。HACLAはポジティブな報道に飢え、スウィンガーは計画の最終期限に向けて必死に作業を進め、元ギャングの男たちのグループは変化を求めていた。

HACLAは、政策担当部長ジョン・キングの主導でばらばらのピースを一つにまとめた――ビッグ・マイクのリーダーシップ、コミュニティを管理するアンドレの手腕、そしてジョーダン・ダウンズに「人材拠点を確立する」というHACLAの計画。彼らはチームとして、HACLAが創設したNPO〈キッズ・プログレス〉社を通じ、〈プロジェクト・ファザーフッド〉計画へのCIIからの助成金を申し込んだ。認可には一つ条件があった。計画を助けるソーシャルワーカーを加えること。

「みんなでやっていくんだ、ミス・リープ」アンドレが言った。「信じるんだよ」

「大丈夫さ」ビッグ・マイクが助け舟を出す。「ワッツの連中を知ってるだろ？　最初は疑ってかかるかもしれないが、きっとやる気を出す」

「辛抱強くやっていこうや」それからアンドレが、お題目になりつつある一言で締めくくった。「ワッツにはその価値がある」

04 あんたも俺たちを見放すのか？

めそめそしたくないから、感情なんてなくなればいいとときどき思う。だが、めそめそしちまう。自分の子供たちのことだけじゃなく、俺が生まれ育ったコミュニティのことも心配なんだ。ワッツが大好きなんだよ。

――テランス・ラッセル

一

二〇一〇年十一月、〈プロジェクト・ファザーフッド〉が船出した。ビッグ・マイクとわたしは、ジョーダン・ダウンズの集会所の〝会議室〟で人が来るのを待った。会議室とはいえ、実際には窓のない大きめのクローゼットのようなものだった。テーブルが一つとそれを囲む椅子が十二脚、それにホワイトボードが一台。

十五分後、同時に二人の父親が現れた。マイクとわたしはグループの目的を話し、どういうことをするか概要を渡し、ほかの人にも伝えてほしいと伝えた。マイクは上機嫌だった。「来週は概要についてもっと詳しく説明し、あんたたちとしてはこのグループに何をしてほしいか話し合おう。じゃあ、またそのときに」

その後わたしたちは、女性グループの応対をしていたアンドレと落ち合い、マイクの言う「報告会」をした。アンドレは、おばあちゃんみたいにのんびりと話した。「女と子供たちがあんまり大勢詰めかけてきたんで、どうしていいかわからなかったよ」女性や子供はおおいに興味を示しているけれど、男性陣にアピールしないのではないかと、わたしとしては心配だった。女性グループを作ることはプロジェクト・ファザーフッド計画の一環だった。父親の役割を強化するには、「つれあい《シグニフィカント・アザー》」と子供のサポートが重要だった。

ここでは「妻」という単語はめったに使われない。「結婚していなくても、同居していなくても、かまわない。大事なのは、相手を尊重することだ」ビッグ・マイクは説明する。「だから、つれあいを尊重するべきだってことを、連中に教える必要がある」

ビッグ・マイクほど、つれあいを大事にしている男はいない。マイクのつれあいであるサウナは目の覚めるような美人だが、彼とサウナとの関係は、いろいろな意味で、現役あるいは元ギャングメンバーたちの普通とはだいぶ違う。まず二人は正式に結婚している。そしてサウナはおとなしいけれど、つねにマイクに寄り添い、それは娘のイモニ（マイクはいつもブーブーと呼ぶ）も同じだ。サウナとブーブーは、マイクにとってやり直しの家族だ。「今度こそちゃんとやるつもりだ」と彼から聞かされたことがある。そして、傍から見るかぎり、彼はその誓いを果たしているように見える。マイクには以前の女性関係によるすでに成人した子供が何人かいるが、その子たちの話はめったにしない。

次の会合にはもっと多くの父親を連れてくると全員が約束して、報告会は終わった。

一週間後、六人の男が姿を見せ、そこにはサイとベンのヘンリー兄弟もいた。マイクはたちまち元気になった。「サイはこのコミュニティでも最年長の一人なんだ」彼はわたしに言った。「それにベンは強い。これはいいスタートだ」マイクはもっと細かい情報が書かれたパンフレットを配って、この会は、何よりも、親として子供とどう向き合えばいいかを教えることで、父親になろうとする人たちを支援するものだと話し、プロジェクト・ファザーフッドの目的を伝えた。男たちは無言でパンフレットを眺めていた。もしかして、字が読めないのかも、とわたしは思った。読み書きができないことを認めたがる者はいない。でも、この界隈にいる男たちは、たがいに協力し合ってこの弱点を克服する方法を編み出していた。

マイクはわたしに、各セッションの内容を説明してほしいと言った。ゆくゆくは「ベビー・ママのドラマ」を観て話し合いをすると話すと、男たちがいっせいに笑った。ところがわたしがアイコンタクトをしようとすると、誰もが黙り込み、目をそらした。目を合わせようとする者はおらず、みんながうつむいた。不安が一気にふくらんだ。誰も来なくなってしまったらどうしよう？　このまま尻すぼみになり、絆もできず、何も達成できなかったら？　わたしが勝手に先読みして鬱々していたとき、マイクが発したたった二言で、男たちの顔が初めてぱっと明るくなった。

ギフトカード。

スウィンガー博士はほかの誰よりも、男たちを父親会に惹きつける難しさを知っていて、彼らの疑念や不信感に対抗するにはどうしたらいいか、具体的な対策をちゃんと用意していた。プログラムに出席したらご褒美をもらえるようにすればいい。四回出席するごとに、スーパーマーケットで二十五ドル分の買い物ができるギフトカードを配るのだ。マイクがそのギフトカードについて話し、それに加えて会合の最初に無料の軽食が振る舞われると伝えると、六人全員が必ず次回も来るし、ほかの仲間も連れてくると口々に言った。その日は報告会はしなかった。マイクとアンドレは、射殺されたある若者のためにおこなわれるキャンドル集会に出ることになっていたからだ。

翌日、わたしはワッツに戻ってアンドレと話をし、どうして会合にもっと人が来ないのか考えようとした。アンドレはわたしを笑った。

「お嬢さん、まだワッツのことがわからないのか？　おいおい、勘弁しろよ。連中は俺たちが〝本物〟かどうか見極めようとしてるのさ」

わたしは笑いだした。笑うしかなかったからだ。わたしにワッツのことが理解できる日がはたして来るのだろうか？　永遠に学ぶことばかりだった。このコミュニティが紡ぐ社会に、わたしが思いもよらない奇妙な形で織り込まれることになった今でも。普段のわたしは、ジョーダン・ダウンズ団地の白いマスコットみたいな気分だった。その前の週、わたしがスクィークという名の地元の若者に、彼のおばあちゃんの家でインタビューしていると、別のゼロという若者が大騒ぎしながらそこに現れた。「ミス・リープ、ミス・ジョルジャ・リープ！　ミニバンに乗った白人の女がいるんだよ！　いったい何がしたいんだか。あんたなら知ってんだろう？　彼女と話してくれよ」

「ゼロ、わたしはLAにいる白人全員を知ってるわけじゃないの。インタビュー中なのに、どうしてわざわざ邪魔するの？」

「話してくれよ、彼女と。俺らはしゃべりたくないんだよ。彼女、あんたのこと知ってるって言ってるよ」

　結局その女性は、ジョーダン・ダウンズの再開発について取材している『ロサンゼルス・タイムズ』紙の記者だとわかった。わたしは彼女にコミュニティのメンバーを何人か紹介することになった。アンドレと話をしながら、このときのことを思い出していた。

「つまり、わたしたちは信用されてないってこと？　あなたのことさえも？　ここで生まれ育った人間なのに。マイクだってそう！」

「連中は俺たちを試してるんだ。本気かどうか確かめようとしてる。まあ、待つことさ」

　わたしは待つのが得意ではなかった。アンドレが、市長室が旗振りをするインターベンション・プログラムに参加させようとしているギャングメンバーと会うために行ってしまうと、わたしは集会所を出て通りを渡り、ワッツ以外の世界を想像できずにいる二人の若者、リトル・ダミアン（LD）とスクィークに合流した。二人とも未成年で、首までギャング生活に浸かっている。スクィークは父親ではないが、いつそうなっても不思議ではなかった。なにしろ今のガールフレンドが、妊娠したかもと言っているのだから。リトル・ダミアンにはすでに子供が二人いるが、交代で会うガールフレンドの一人がまた妊娠して、今は六か月だった。「俺の子じゃねえよ」彼はわたしに言った。二人のどちらも、先の見えない不安定な自分の状況について、とくに心配していない。「べつにかまわない」スクィークは説明した。「俺は子供が欲しい。今は絶好のタイミングだ。死んだときのために、自分がいた証を残しておかないと」ギャングメンバーは根っからの運命論者で、できるだけ早く子供を作っておこうとする。べつに避妊がいやなわけではなく、死ぬ前に少なくとも一人は息子を残したいだけなのだ。

わたしとしては二人にぜひ父親会に来てほしいのだが、提案すると、LDは笑い飛ばした。アンドレ、リトル・ダミアン、スクィークと話をするうちに、なぜ会合に父親たちをあまり呼べなかったのか、わたしにもだんだんわかってきた。まず会の目的をみんなが疑ってかかっていること。そして、男たちがたがいを信用していないこと。さらには、集会所はギャング団の管理下になく、そういう場所にはみんなあまり入りたがらないこと。

「俺たちはあの建物に入る気はない。それで話は終わり。あそこにいるやつは誰も信用できない」リトル・ダミアンが言った。

「ああ、確かに」スクィークも同意した。

「あなたたちの子供のことはどうなの？　この会が子供との関係改善に役立つとは思わな

い？」わたしは何気なく尋ねた。

リトル・ダミアンが笑いだす。

「子供との関係に人の助けなんていらねえよ。どうせなら裁判のほうを手伝ってほしいね」

「裁判って、何の？」わたしはリトル・ダミアンが起訴される可能性について、記憶をたぐった。暴行、ドラッグ売買、銃所持……そのとき、頭の中でのチェックリスト作りを遮られた。

「ベビー・ママの一人が養育費を払わせようと、俺を法廷に引きずり出そうとしてるんだ。どうやって払うっていうんだよ。この三年、ずっと仕事にあぶれてる。あの女、馬鹿だと思う。俺から何か搾り取ろうだなんて。第一、俺を刑務所行きにして、どうするつもりなんだ？　ムショ暮らしをする俺から、どうやって金を巻き上げる？」

わたしには答えられなかったけれど、裁判が犯罪行為とは関係ないと知ってほっとしていた。リトル・ダミアンは、小分けにしたマリファナを売っているのを見つかって何度か逮捕されたことがある、ちゃちな麻薬の売人だった。今のところなんとか取り調べを切り抜けてはきている。とはいえ、三人のベビー・ママと二人（ひょっとすると三人になる可能性あり）の子供をジャグリングしているような状態だった。プロジェクト・ファザーフッドは彼のためにあるような会だ。そう訴えたかったけれど、そこは我慢して、ギフトカードのことだけ話した。リトル・ダミアンとスクィークはケタケタ笑いだした。

「俺のベビー・ママが俺に——何ていうんだっけ——そのギフトカードやらを使わせると思

うか？」

わたしは首を振ってから続けた。「とにかく、会場で待ってるわ」大笑いする二人をわたしはハグし、それから立ち去った。二人の来場は期待薄だった。

でも、ギフトカードの話はジョーダン・ダウンズ情報網——フェイスブックなんかよりはるかに有効なコミュニケーション・システム——を通じて広まり、翌週は会場がはちきれそうなほど人が集まった。

サイ・ヘンリーが手を挙げた。「議題やら考え方やらはさておき、俺が知りたいのは、これがいつまで続くのかってことだ」

「一年分の助成金をもらってる」

「たった一年かよ？」

「そうだ」ビッグ・マイクは繰り返した。「チルドレンズ・インスティテュート社から一年分の助成金が出ている」

「じゃあ、その一年が過ぎたらどうなるんだ？」

「さあな、ブラザー。できれば続けたいと思う」

ロサンゼルス市住宅局（ＨＡＣＬＡ）を代表して来ているジョン・キングは、ビッグ・マイクが話し終えるのを待ち、それからとても滑らかに話し始めた。（わたしはジョン・キングのことを、いつもフルネームでしか考えられない。たぶんその部屋にいる彼らがみんなそう呼んでいたからだと思う。）

「これは、市が住宅局を通じてやっている、もっと大きなプログラムの一部なんだ。われわれは人的資源を形成しようとしている。意味、わかるかね？」

一同は無表情で首を横に振った。

「ジョン・キング」サイが口を開いた。「いったい何の話だ？」

「このコミュニティの人々に投資する、ってことだ。コミュニティの人たちを育てるプログラムを作ろうとしてる」

「俺たちが今までどんなことをさせられてきたか、あんたにはわかってない」デュボワが口を挟んだ。「また別のプログラムか、って感じだよ」

「こんないいことがある、あんないいことがある、って希望ばっかり山ほど聞かされてきたんだ。年がら年中な」

「ドクター・リープは知ってるよ……」マイクが話しだす。

「そうね、知ってる」わたしは言った。「ワッツ暴動だって覚えてるわ」

「嘘つけ。ワッツ暴動を覚えてるにしちゃ、あんたは若すぎる」

「おまえ、ドクター・リープを嘘つき呼ばわりするつもりか？」ビッグ・マイクがかっかし始めたが、わたしには今のコメントの意味合いはわかっていた。これは彼らなりのお近づきのしるしなのだ。サウス・ロサンゼルスに来てそのことを理解するまでには少し時間がかかったが、今はもうわかる。たがいを罵倒し合うのは、ワッツでは親しみを示す、ごく普通の表現なのだ。スラム育ちでないことを指摘されるとやっぱり応えるとはいえ、わたしはこれまでの彼らの生き方をありのままに受け入れた。

「彼女には歴史を知ってもらわねえと」サイが提案した。

わたしは彼の提案に乗ることにした。

「じゃあ、教えて」

「そういう希望の言葉を俺たちがどれだけ聞かされてきたか、わかるか？　暴動や問題や暴行事件が起きるたび、連中がここに来る。ワッツ暴動のあと、ここには病院ができた。マーティン・ルーサー・キング病院だ。で、それがどうなった？　閉鎖だよ。そこに行った連中が、藪医者たちのせいで、みんな殺されたあとでな」

よく知っていた。かの病院が「殺人王《キラー・キング》」としてロサンゼルス郡全域に名を馳せ、その評判にけっして恥じない状況だったときに、わたしはそこに勤務していたのだ。連邦監査が入って不合格の烙印を押され、二〇〇七年についに閉鎖されるまでに、病院は三十五年にわたって、数々の誤診や不適切な治療、医療過誤による死亡事故の歴史を刻んだ。救急救命室で、治療を待つあいだに床や廊下の寝台の上に放置されたまま死亡した患者の話がいくつも転がっていた。

「そして、ロドニー・キング事件やら何やらの暴動のあと、連中はここで事業を始めると言った。俺たちは今もまだ待ってるんだ――どこに行っちまったんだ、大口叩いた連中は？　そして今、ジョーダン・ダウンズを再建するって聞かされた。まあ、それが実現したら信じるよ」

「べつにあんたらに腹を立ててるわけじゃないんだ、わかるよな？」リーリーが口を開いた。彼は賢い男だ。「ただ、どうしても考えちまうんだ……」

サイが咳払いをした。

「俺が知りたいのは……あんたらも途中で投げ出すんじゃないか、ってことさ。人的資源は実際どうでもいい。そういうのはずっと聞かされてきた。ああ、おやじの代だって一緒さ。プログラムがやってきてはしばらくここに居座って、すぐに消えちまう。で、二度と戻ってこない。あんたらもそういうプログラムなんじゃないかと思う。来ては行っちまうプログラム。それともずっとここにいるつもりか？」室内にいる男たちは全員がうなずいた。

ビッグ・マイクとわたしは、この会が終わることはないとあらためて主張した。

「俺たちはしばらくここにいるし、それだけじゃ終わらない。プロジェクト・ファザーフッドに真剣に取り組んでるんだ」マイクは訴えた。男たちはじっくり耳を傾けている。「ア・ミニット」というのはここでは「長いあいだ」という意味だ。しかもビッグ・マイクは、それでは終わらないと約束した。男たちは興味を持ったように見えたし、また来るよと約束してくれた者もいたが、その後の三週間、出席者の数は安定しなかった。二週目はあふれるほど人が詰めかけたが、その前後の週はまばらだった。でも、女性や子供たちはいつも熱心に姿を見せた。マイク、アンドレ、レディ（子供会を担当）、ジョン・キング、わたしはプロジェクト・ファザーフッドの会のたびに、終わると報告会を開いた。

「彼らに信用してもらうのに、あとどれだけかかるの？　彼らは何を求めてるの？　神様のお墨付き?」わたしの言葉はけっして冗談ではなかった。助成金の条件として、プロジェクト・ファザーフッドの各実施プログラムは一年間を通じて最低でも五十人の参加者が必要だった。理屈は理解できた。五十人の参加者がいれば、その中にしだいにコアグループができあがる。今の増え方だと、その目標人数が達成できるかどうかわからなかった。ベテラン役人のジョン・キングもわたしと同様に心配していた。でもほかはみな平気な顔をしている。

「女性たちは来ている」わたしは続けた。「子供は多すぎるくらい。でも父親が姿を見せない。もっと定期的に来てもらわないと」

「いつもこうだ。女たちは来るが、男どもは来ない」ビッグ・マイクはあきらめ顔だ。

「ほら、あんたたち二人は——何て言うんだ?」アンドレはしばらく考え込んだ。「非現実的。すごく非現実的なんだよ」彼は得意げに見えた。「今俺たちが何をしてるのか、忘れたのか? ずっと言ってんだろ、お嬢さん」アンドレはウィンクをしてから続けた。「連中はめちゃくちゃ疑い深いんだ。何回かミーティングをしたところで、俺たちがふいっと姿を消すんじゃないかと思ってる。サイの質問を俺も聞いた。あんたもちゃんと認識しなきゃだめだ。連中が今まで耳にしてきたプログラムはみんな消えちまったんだって」

アンドレの言葉がようやく理解できた。彼らはこれまで耳に胼胝《たこ》ができるくらい数々の計画について聞かされ、その一つひとつが判で押したように「これは長いあいだワッツ地区を苦しめてきた問題を真に解決するものです」と最初に宣言していたのだ。プログラムは、どんな問題もまるで解決されないうちに消えた。プログラムが始まる前より問題が悪化したことさえあった。そういうことは、リンドン・ジョンソン大統領［在任一九六三～一九六九年］の「偉大な社会」計画の頃からずっと続いているのだ。ここにいる男たちがあんなふうに尋ねてくるのももっともだった。父子問題だけでなく、コミュニティ全体にまつわる、交わされては破られた約束のことを考えた。

「アンドレの言うとおりね。毎週必ず来続けなくちゃ。そして、いつかはみんなが参加してくれると信じないと」自信たっぷりに聞こえるように言ったつもりだったけれど、実際には根拠はなく、妄信するしかなかった。このプログラムがどんな結果をもたらすか、わたしには見当もつかなかった。

数週間後、その日は今にも雨が降りだしそうな天気だった。それでも、会合には大勢の参加者が集まった。中にはギフトカードをもらえる回数分、通った者もいた。カードはその晩の会合の最後に配られる予定だった。しかし、会場の空気は重かった。ビッグ・マイクは、用意された食べ物が充分じゃなかったと言って腹を立てていた。そのうえ、その日の議題はダイナマイト級だった。「父親として、ドメスティック・バイオレンスをどうしたらいいと思うか？」

この話題をどう切り出せばいいか迷っていたのだが、ビッグ・マイクとも話して、単刀直入に話すのがいちばんだと結論した。マイクはこんな質問で会合を始めた。「おまえたちの中で、女を殴ったことがある者が何人いるだろう？」

室内はしんと静まり返ったが、わたしは不思議とリラックスしていた。不安な沈黙はグループワークになくてはならない要素だ。グループがまとまっていく過程に必要な、いわばチキンレースのようなもの。誰が我慢できなくなって最初にまばたきするか――この場合、話をするか――じりじりと待つ。ぎこちない沈黙が好きな者はいない。この部屋にいる父親たちはとくに。空白の時間はそう長くは続かなかった。テランスという名の父親が口を開いた。

「ここにいるやつなら誰でも女を殴ったことがあるさ。今じゃないかもしれないし、今付き合ってる女とは別の女かもしれないが、過去を振り返れば、どこかの時点で女を殴ってる。俺は堂々と認めるぜ。俺とのあいだに二人の息子がいるベビー・ママと別れたが、あの女にはとても我慢できなかった。もしあのまま一緒にいたら、いつか殺してた」

男たちみんながうなずいた。

「それに親父のことも覚えてる。家にいるときは、いつもお袋を殴ってた。俺の記憶にあるのは、テーブルの上にあるコップと、いつ振り上げられるかわからないこぶしだ。そういうふうに、お袋を殴る父親たちを誰もが見てきたんだ」テランスが続けた。「俺たちはみんな、テーブルの上のコップとともに育った」彼は紙コップを持つジェスチャーをし、男たち――実の父、義理の父、その他の男たち――が「座って安いモルトリカーの四十オンス瓶から酒を注いで飲み、おもむろに立ち上がっては女を殴っていた」ことを説明した。

「女ってやつは、ときには殴ってやらなきゃなんねえんだ」サイが言い、それから笑いだした。

「おまえはこうするのが怖いんだ」テランスがサイに続けて言った。「こうして話をしなきゃならないのに。本当は女を殴るべきじゃないんだ。何代にもわたってそうしてきたが、間違ったことだ」

「あなたはどうして殴るんだと思う？」わたしは純粋に答えが知りたかったからそう尋ねたのだ。

男たちはいっせいにしゃべりだした。

「俺に隠れて浮気した」

「俺に嘘をついた」

「俺を馬鹿にした」

「子供たちの前で俺を馬鹿にした」

「理由はわからねえ。だが、とにかく俺に向かってわめき散らすから、それでいらいらして、我慢できなくなる。あいつのわめき声をもう聞きたくなかった」

「親父はお袋を殴ったし、義理の父親もお袋を殴った。それで慣れちまったんだと思う」

「そうだな、俺たちはそうして育ってきたんだ」

「それに女たちのほうも殴られるのを待ってる」

「そうだ。それに向こうから殴ってくることもある。やつらも俺たちを殴る」そう言った男、ビッグ・ボブは巨漢だ。初めて会ったその瞬間、体重九十キロはゆうに超えていると直感した。

わたしは、彼らが言わなかったことのほうにもっと興味があった。誰もかれも、口にするのはDV研究論文から抜き出してきたようなことばかりだ。でも、彼らはある重要な要因について、あえて持ち出さなかった。つまり薬物やアルコールの乱用だ。

それを指摘しようとしたときドアが開いて、男が二人、部屋に入ってきた。部屋に、けっして誰も破れない、静寂のカーテンが下りた。一人は、膝まで隠れるライラック色の人工皮革のコートを着ていた。裾がめくれたとき、何か武器を所持しているのが見えた。じろじろ見るわけにはいかなかった。今はうつむいておとなしくしていなければならないとわかっていた。武器を持った人間がそこにいて、しかも彼は〈グレープ・ストリート・クリップス〉のグループカラーの服を着ている。

グレープ・ストリート・クリップスは、一九八〇年代からジョーダン・ダウンズを仕切ってきたギャング団だ。二人の男は、テーブルに座っている男たち一人ひとりに近づき、まっすぐに目を見て、握手をするか、こぶしを打ち合わせた。わたしのことは無視した。自分が透明人間になったか、この部屋から消えたかのような感じがした。彼らはビッグ・マイクと握手をしたが、何も言わなかった。無言で自分たちの伝えたいことを伝えていた。二人が立ち去るとすぐに会話が再開された。まるで、誰かがDVDの一時停止ボタンを押し、しばらくしてまた再生ボタンを押したかのようだった。

「あんたが話してるのは、ここの流儀のことだ。ここじゃ昔から男が女を殴るんだよ」デュボワが言った。半分笑い、半分挑むような言い方だ。

「女のほうから殴ってほしがることさえある」

「どうなのかな」グループの中の数少ないラティーノであるアーロンがそっとつぶやいた。毎回顔を出してくれて、妻とのあいだの問題について、会合の前にわたしに話してくれた。「女を殴るのはよくないことだと父さんは言った。だから女房を殴ると父さんに背いているような気がするんだ」

「俺の親父はそんなことは言わなかった」

「女はときどき殴ってやったほうがいいんだと、親父から言われたぜ」

「俺にはわかんねえな、アーロン。殴んなかったら、どうやってお行儀よくさせるんだ？」

「難しぃよ。ときどき張り倒したくなる。徹底的にな。だが、どうしてもできないんだ」

アーロンはあえぐように言った。

「大丈夫だよ」サイが彼の背中を軽く叩いた。

「言っとくけど、俺は一度だってガールフレンドのことも、つれあいのことも殴ったことがない。よくないことだよ」

　男たちはしんとなり、全員がいっせいにマットのほうを向いた。マットは十八歳で、ジョーダン・ハイスクールの四年生だった［アメリカの高校は四年制］。

　マットは会合ではめったに発言せず、黙々と夕食を食べ、男たちのやりとりを聞くだけだった。金色がかった緑色の目とモカ色の肌の彼は、生物学者になるという夢を持っていた。わたしは一度、高校での彼の様子を確認したことがある。優等生だった。シカゴからジョーダン・ダウンズに移り住み、今はおばと暮らしている。両親はどこにいるのだろう?

男たちはギフトカードのことが気になって、しだいにそわそわし始めた。ビッグ・マイクは閉会することにし、つれあいとの関係について考えておいてくれ、と全員に頼んだ。閉会後に数人がわたしのところに来て、「俺は女房を殴ったりしないよ、ドクター・リープ」と安心させてくれた。わたしは彼らをハグして言った。「そうしてくれると嬉しい」

突然の訪問者については、誰も何も言わなかった。

そのあとの報告会でも、やはりあの出来事はなかったことになっていたし、彼らのことを持ち出す者は誰もいなかった。夜遅く、男たちが帰ったあと、わたしは訪問者のことをビッグ・マイクに尋ねたが、話を途中で遮られた。「そのことには触れないほうがいい。俺たちはもう地元ギャング団の一員じゃない。ここはその話をするべき場所じゃない」わたしも試行錯誤のすえ、ここには深追いしてはいけない話題があると身をもって知った。ビッグ・マイクは、この話はこれでおしまい、というシグナルとして、「さあ、ジョルジャリープ、車まであんたを送ろう」と言った。集会所のすぐ目の前に車が停めてあろうと、関係なかった。ビッグ・マイクはとにかく車までわたしを送り、ドアロックをかけたことを確認した。車を出す前に、わたしは夫のマークに電話をした。たとえ犯罪率が過去四十年間で最低でも、誰もが言うように、やはり「ワッツは違う」のだ。

05 ブラザーズ

俺がおまえたちの分も刑務所でたっぷり過ごした。だからそっちには近づくな。

――サイ・ヘンリー

ヘンリー兄弟が〈プロジェクト・ファザーフッド〉に加わるようになったのは、幸先がよかった。毎週二人とも、会合が始まる時間よりはるかに早く現れ、椅子を並べるのを手伝ったり、室内を片づけたり、何かできることはないかとわたしに尋ねたりした。とくにベンは身なりもきちんとしていて、仕事場から直接集会所に来ることもあった。サイはどこにいても仕事の話はしなかった。アイデアマンで、記憶力もいい。二人のワッツ・コミュニティにおけるルーツは深く、わたしは二人の過去についてあちこちから話を聞いた。

ビッグ・マイクの言うとおり、サイが兄さんなのは間違いなかった。議論をしていると、ベンがサイに意見を聞いていることに、早くからわたしも気づいていた。サイは記憶をたぐる。「俺はここ、ジョーダン・ダウンズ団地の三六五号室で生まれ育った。近所のガキたちと遊び、いろんなことをして大きくなった。小学校から高校まで行って、高校は卒業した。それからアップワード・バウンド・プログラム〔低所得層の子供の大学進学を支援する連邦政府の教育プログラム〕を使ってUCLAに行くこともできたが、代わりに刑務所に行った。友だちと強盗して、人を撃ったんだ」

そのときサイは言わなかったが、彼が撃った相手は死亡したのだ。

サイはワッツのレジェンドだった。つまり地元語で「成功者」ということだ。十八歳の六月に高校を卒業し、七月に刑務所に入ったのだから。その年齢のおかげで、カリフォルニア州青年局（CYA）――地元の人たちは「ベビー・プリズン」と呼ぶ――で刑に服し、二十五歳で出所した。サイは明るく笑って言った。「それが俺の刑務所歴の始まりさ。その後二十年にわたって、ムショに入ったり出たりした。だがやっとお役御免になったところで、手を切った。それからはもう戻ってない。あそこは俺の居場所じゃない。結局入ることになっちまったが、あそこは俺の居場所じゃなかった。いや、言わせてもらえば、誰の居場所でもねえよ」

CYAから出所したとき、サイは「ありとあらゆる犯罪」に手を染めた。「わかってほしいんだが、黒人にはほんとに仕事がないんだ。警察は若いうちから俺たちをとっ捕まえるから、それで前科ができて、もうまともな仕事に就けなくなる。生活する金を稼ぐには、ほかのことをするしかないんだ。俺たちは誰も傷つけようとしてないし、殺したかったわけでもない。ただ生き延びようと、子供を食わせようとしてただけだ」

わたしは同じような話を大勢から聞かされた。みんな、どんな手を使ってでも、子供にひもじい思いをさせるまいとしているのだ。

「父親になったとき、世界ががらりと変わった。赤ん坊に必要なものを手に入れよう、ただそれだけだった。俺はストリートでいろんなことをしたが、それはいつだって子供たちのためだった。俺は負け犬なんかじゃねえ。なぜなら、刑務所に行くのは、いつだって子供に食わせるためだったからだ。わかってくれ、家族を養うにはそうするしかなかったんだよ」

サイとベンが子供の頃、家族はけっして機能不全に陥っていたわけではなかった。ベンによれば、両親は「どちらも家にいた」という。しかしストリートが彼らを呼び、それに応じると、警察とトラブルになった。とくにサイはそうだったのだが、幼い頃から「警察とはいつもいざこざがあった。何にもしてねえのに、うるさく言ってくるんだ」。

サイもベンも記憶にあることだが、コカインとクラックがストリートで売買されるようになってから、ワッツは一変した。次々に人が消えた——ドラッグにはまるか、刑務所に入るか、単に姿をくらますか（警察に捕まるのを避けるために州外に逃げたのだ）。そうこうするうちに、サイは二度結婚し、五人の子供をもうけた。息子が四人と娘が一人（十五歳の娘がいちばん下だ）。ほかにも付き合った女は何人かいたが、子供が増えることはなかった。

最初の妻アニーとは十六年とともに暮らし、今は二番目の妻のチェリースと住んでいる。サイは、四人の息子たちには逮捕歴がなく、教育を第一にしてきたことを誇りにしている。

「子供たちみんなにこう言っている。『学校に行け。おまえたちの仕事はそれだけだ。教育を受け、いい成績をとれ。俺とママは、おまえが欲しいものは何だって与える。高校を卒業しろ。できればその先へ進め』」

サイは、たとえ自分は犯罪者として人生を歩んできたとしても、子供には自分とは別の、よりよい価値観を少しずつでも与えていこうと心に決めた。「あいつらにも、そしてワッツにもそれが必要なんだ」彼はわたしに言った。サイの話を聞きながら、わたしは家族やコミュニティの力ということばかり考えていた。それはワッツを美化するという話ではない。実際ワッツは貧しく、人的資源にも乏しく、暴力がはびこっている。でもサイは息子たちをワッツの男として、コミュニティの一部として育てるために、惜しみなく力を注いでいた。

「息子たちにはとにかく愛情を注いだ。もし喧嘩をして、家を出る前に罵倒し合ったとしても、俺は必ず息子をハグし、俺が出かける前に笑顔を見せてくれと言う。たとえ何があっても俺はおまえを愛していると、息子にわからせたいんだ。息子たちをできるだけトラブルから遠ざけようとした。あいつらが外出する間際に、よくこう言ったものさ。『ヘンリー家の子供は人のあとに続くんじゃなく、人の先頭に立つ。自分からトラブルに飛び込むならまだましだが、誰かにつられたんならがっかりだ』息子たちが刑務所に入ったり犯罪行為に巻き込まれたりしないのは、自分で正しい判断をし、何かあってもそこから立ち去って、トラブルを避けられるからだと思う。よくこんなふうにも話した。『俺がおまえたちの分も刑務所でたっぷり過ごした。だからそっちには近づくな。俺がおまえたちを捕まえた。パパなら大丈夫だ』パパは大丈夫だ、って言ったとき、ちゃんとあいつらにも意味がわかってたと思う。息子たちが俺とは違う道に進んだことを誇りに思う。俺が進んでほしい方向にあいつらは行った。ストリートが選んだ方向じゃなく、俺が選んだ方向に」

ベンはサイよりおとなしく、ジョーク好きでもなかった。サイの五歳年下で、二人の過去について包み隠さず話した。

「ギャングが家族だったって言い方、変かな？　親父は〈サンズ・オブ・ワッツ〉の一員だった。背中にサンズ・オブ・ワッツって名前入りのバーガンディ色のダシキ［アフリカ民族衣装風の刺繍入りスモック］を着た、ワッツ出身の男たちのグループだ。自分ではギャングだとは絶対に言わなかった。だけど、俺が子供の頃、ギャング抗争が始まってさ。兄貴のサイが先に〈グレープス〉団に入った。兄貴はませてたんだ。俺は真面目だったよ。兄貴はいつも仲間とワルさばっかりしてた。車を乗り回したり、盗みを働いたり、何でも。俺は甘えん坊だったから、ママのそばで凧を作ったり、とんぼ返りの練習をしたり、水泳したり、ガキの遊びをしてた。同い年の仲間の中にはもうストリートに出てる連中もいたけど、俺はおとなしかった」

でも高校生のときにとうとうトラブルに巻き込まれた。「教師を殴っちまったんだよね。そしたら暴行罪だってさ。結局刑務所行きになっちゃって、親父にさんざんケツを叩かれたっけ」父親にそうして躾けられたにもかかわらず、ベンはたちまち高校で大麻やその他のドラッグの売買に関わるようになり、警察に目をつけられ始めた。

「ただの小遣い稼ぎだよ。一〇三号通り沿いの公営団地で子供時代を過ごせば、そこには薬を出すクリニックもあるし、ヤバい連中がうろつく駐車場もある。それにボブの酒屋も。酒屋に行けば、それが駐車場への招待状だ。そこではサイコロ賭博がおこなわれ、しゃれた車が並び、オーダーメードのぱりっとした三つ揃えを着た男たちがいる。自分が生まれ育った場所は人生に大きな影響を与えるものだ。地元の流儀に染まるか、染まらないか、どちらか選ぶことになる。たいていの人間は染まっちまうんだ」

ベンはグレープ・ストリート団の一員になったが、ドラッグビジネスを始めるようになると、「ギャング団のことは二の次になった。よその連中とも仕事をするようになったんだ」何年も前からわたしも知っている、ニッカーソン・ガーデンズ団地で生まれ育ったデニス・ペインのことを持ち出した。ペインはギャング団〈バウンティ・ハンター・ブラッズ〉の一員ではあるが、ジョーダン・ダウンズでも商売を許されていたのだ。

ベンがそれを裏付ける話をした。「クラックが出回り始めると、いろいろと金を稼ぐ道が増えた。こっちの地元にはこのドラッグがあり、あっちの地元には別のドラッグがある。すると普通はあっちが敵になる。だが、たとえばブラッズの中にも、仲良く付き合えて、取引もできるやつがたまにいるんだ。ギャング団そのものより金を稼ぐことに重点を置いているようなやつとのあいだは、つながりができる。そうやって、よその団地にも顔を出せるようになるんだ。ジョーダン・ダウンズの出身でも、いいやつだって言ってもらえる。俺はそんなふうだった」

それは父親会でも見て取れた。ベンは人柄がよく、めったに人と争わない。だから、みんなに好かれていたし、仲間内ですぐにいざこざを起こすようなメンバーさえ、彼とは仲良くやっている。だがそんなベンも、ほかの大勢の仲間たちと同様、ストリートではうまくやっていても刑務所ではまったく話が違うと語った。「囚人たちは人を試すから、ちょっと自分の限界を超えないといけなくなる」

ベンはグレープ・ストリート時代のことを懐かしく思い返す。今はもう現役メンバーではないし、かかわってもいないが、ギャング生活にもいい面はあったという。自分の中の強さはそこで培われたとベンは考えている。その口調は、どこかアンドレと似ていた。アンドレはこんなふうに言っていた。「グレープ・ストリート団のことで一つ言えるのは、どこに行くのもちっとも怖くなかったってことだ。月に行けと言われたとしても、行っただろうね。中には内弁慶のギャング団もある。地元でだけ威張ってるんだ。だがグレープ・ストリート団には、どこへ行こうと、その仲間でいたいって思わせるものがあった」

ギャング時代はもう過去のものだが、グレープ・ストリート団は今も自分のアイデンティティの一部だとベンは認める。「べつに美化するようなものじゃない。俺はそういうことをやってきたんだし、それが俺の人生の一部だ。誇りにするつもりはないよ。だが、俺の履歴の一部だってことは間違いない」

ギャング団の一員ではあったが、ベンは暴力行為にはあまりかかわらなかった。刑務所に入ったのは、いつも麻薬の売買が理由だった。でも、彼はビッグ・マイクと同じ悪魔に食い物にされた。ギャングになったとしても特有の「スラング」を使うだけならよかったが、ドラッグの売買から抜けられなかったのだ。八年間そういう暮らしを続け、とうとう両親から家を追い出されて、行き場を失った。それでもそのあいだずっと「次の一服をするためなら、何でもした」という。

ベンは当時を感謝とともに振り返り、「俺がこうしてここで生きているのは神様のおかげだ」と認める。刑務所が彼のリハビリ施設となった。「刑務所にいるあいだに、ある意味正気を取り戻したんだな。俺は、両親に育ててもらったままの、本来の俺に戻った。出所したとき、また地元に帰ったが、同じ失敗をするわけにはいかないと肝に銘じた。少なくともヤクに関しては」ガールフレンドの協力もあって、数か月はドラッグには近づかなかった。

しかしベンはストリートの誘惑に抗えず、またドラッグを売り始めた。依存症には戻らなかった。本人いわく、「仲間と」また付き合うようになり、「金が懐に入り始めた。それも大金が。いい気分だったよ」。取引場所にガサ入れがあり、また刑務所行きになった。罪に問われたのはドラッグの売買ではなく所持だったとはいえ、治療期間も含めて五年の禁固刑を言い渡されたが、最終的にはアデラント州刑務所で十五か月間過ごすだけですんだ。

彼は帰宅したものの、ガールフレンドとの関係は変化して、結局二人は別れた。それでもベンが言うには、今も「親友だ。俺が何か必要になって、それを彼女が持っていれば、いつでも彼女に電話する。彼女が何か必要なときは、俺が提供する」。

父親会に出席している男たちの中には、過去を悔やんでいる者もいるが、ベンはそうでもないようだ。彼は前向きに進んで、「団地の改修工事を手伝い、窓枠の鉛や断熱材のアスベストを除去する仕事をするようになった」。今の妻と出会って結婚し、初めての子供が生まれた。「あの頃は、子供が持てるなんて思ってもいなかったんだ。かわいいチョコレート色の女の子ができて、暮らしは順調だった」

ここで話が終わってくれればいいのに、とわたしは祈ったものだった。ベンは善良な男だ。わたしの父や兄弟、一緒に育った男友だちとも似ているところがある。でも彼には前科があり、そういう男たちが生活費を工面したり就労したりする苦労について、わたしはいやというほど知っている。暮らしていくために、ベンはまたドラッグを売り始めた。そこで彼の人生の物語は意外な展開を見せる。

「あるパートナーから頼まれ事をして、手を貸してやったんだよ。それが親切ってものだと思ってさ。金のためじゃなく、ただ手伝っただけだ。ところがやつは最初からFBIとつながってたんだ。気をつけろと忠告してくれたやつもいたんだが、俺には信じられなくてね。だって俺のパートナーだったんだからさ。それが世の中ってもんだろ？　人を信頼することで成り立ってる。それで頼まれ事を聞いたんだ。十八か月後、FBIが朝の四時に俺の家にやってきた。つまりは、逮捕されたんだ」

娘はわずか二歳だったという。ベンは口をつぐみ、やがて思い返した。

「俺がストリートに出てるとき、女房がよく携帯に電話をかけてきて、娘に話をさせたものだった。『パパ、早く帰ってきて』すると、俺はこう言う。『わかった、すぐ帰るよ』あの子は俺の死ぬほど大切な《ライド・オア・ダイ》宝物だ。ワッツじゃ、よく使う言い回しだが、本気で死ぬって意味じゃない。何があっても大事な相手、いいときも悪いときも絶対に離さない人ってことだ。そして、娘も俺を愛してるってわかってた。いろんな手続きのあと、刑務所に行くと、俺は家に電話した。ちっちゃなベビーが俺に言った。『パパ、早く帰ってきて』俺は赤ん坊みたいに泣いたよ。パパが娘のもとへ帰るには、しばらくかかるとわかってた。でもあの子にはわからなかった。だって、たった二歳なんだ。俺はつらくて泣きじゃくったよ」

それがベンの転機となった。刑期を終えて帰宅してからは、いっさい麻薬とはかかわっていない。もう二度とドラッグの取引はしないと心に決めたのだ。

ベンはフルタイムの仕事をしている数少ない父親の一人だ。ロサンゼルス国際空港近くの駐車場で働いている。その仕事に就いてもう七年以上になる。「そうなれると思っていた男になっただけだ」と彼は説明した。ベンからこの話を聞いたとき、わたしはグレッグ・ボイル牧師のことを考えていた。グレッグは、その人が人生の真実に気づいたときから癒しのプロセスが始まるとよく話す。

人生は闘いだとベンは言った。「よくもなければ、悪くもない。その中間にあるものだ。とにかくそこに留まること。前に進む俺を、もう誰にも引き留めさせない。時計を巻き戻して、団地で育った自分を振り返ると、いろんな経験から学んだなあと思う。誕生も見たし、死も見た」

ベンはけっして誇張したわけじゃない。

俺は本当にどん底まで行った。そこでは誰も俺に目もくれない。気にかけてくれるのは俺を本気で愛してくれる者だけだ。そんな場所にいる俺を見たくない、俺はもっといい人間になれる、俺はそんな人間に育ったわけじゃない、と思っているからだ。立ち直るには時間がかかった。こうしていられるのも、神様のおかげだ。だから毎日、一日中ずっと、神様に感謝してるんだぜ？　俺はワッツの暮らしが好きだし、ワッツを大切に思ってる。ワッツよりひどい場所はたくさんある。荒れていたときでさえ、大量殺人みたいなことはなかった。暴動も起きたが、第三世界はもっと大変だ。小学校で子供と教師二十人が殺されるようなことは起きたことがない。高校に行って十四人とか十五人とか生徒を殺すようなやつもいない。ワッツではそんなことは起きない。現場でいろいろなことが学べるところだ。替えのきかない場所だから、必ず帰ってきたくなる。アリゾナの刑務所を出所したとき、車体のクソ長いグレイハウンドバスに乗って高速の一〇号線でロサンゼルスを目指し、ダウンタウンが見えたときには、赤ん坊みたいににっこりしたよ。

06 虐待

俺はしたたか殴られたが、大丈夫だった。

――ロバート・〝ボビー〟・ウィンダム

翌週、部屋は満員御礼だった。これは先週の思いがけない訪問者のおかげだろうか？グレープ・ストリート団がこの取り組みを認めたということ？　あれこれ訊いてまわるのはやめたほうがいい。代わりにわたしは、会合の前にいろいろと相談しに来る人たちの話に耳を傾けた。

「息子に学校から宿題が出るんだが、俺にはできないんだ。誰か勉強を教えてくれる人がいれば、息子を助けてやれる。どうしたらいい？」

「ひでえ話なんだ。喧嘩をしたと言って、学校が娘を退学処分にした。親に電話も何もなしに、ただ家に帰したんだ。担任に会いに行ったら、とんでもなく無礼な態度でよ。ったく、信じられねえ。なんであんな教師を雇うんだか。かっとなって、さっさと帰ってきた。話の通じるやつさえいねえ。とにかく退学だ、の一点張りさ。なあ、どうしたらいいんだ？」

「児童家庭サービス局とのアポがあるんだ。一緒に来てくれよ、ドクタージョルジャリープ。連中に何て言えばいい？　子供を取られちまう。俺のガールフレンドは怒り狂ってる」

「部屋の電気が停められちまったんだ。ミスタージョンキングに話してくれないか？」

「金がねえんだ」

わたしはビッグ・マイクを見て、訴えと質問の大洪水を前に笑うしかなかった。いつものように混乱状態だった。これが、毎回会合が始まる合図だった。まずビッグ・マイクとわたしが、会合のあとでドクタージョルジャリープが一人ひとりについて対応します、と言って、混乱をなんとか収拾しなければならなかった。なにしろわたしは「マスター・ソーシャルワーカー」なのだ。それから勇敢にも、その日話し合う議題を紹介する。ハーシェル・スウィンガー博士は、〈プロジェクト・ファザーフッド〉を始める前の研修会で、議題とは、出席する男性たちが親業について理解し、自分の経験をみんなと共有できるようにする目的で提示するものだと説明していた。今日の様子を見るかぎり、スウィンガー博士はジョーダン・ダウンの父親たちとは一度も会ったことがなかったらしい。

「どうしてそんな馬鹿みたいな議題を持ち出すんだよ？　ただ話し合えばいいじゃねえか」

「話したいことがあるんだ。じつは問題があってさ、ええと何て言うんだっけ、ああ、つれあいと……」

「俺も問題があるんだ。警察にとっ捕まってさ……」

「うちの二人の息子がガールフレンドを妊娠させたらしくて……」

わたしにはプロジェクト・ファザーフッドのマニュアルはいらない。必要なのはホイッスルだ。男たちは全員わめいていた。サイがほほ笑みながら眺めていたが、おもむろに宣言した。「俺に会を仕切らせたほうがいいんじゃないか」

わたしは笑ってしまったが、会が始まる直前にも、メルという別の父親がわたしを脇に連れ出し、俺ならきっと会の進行を手伝えると言ったのだ。自分は二人のティーンエイジャーを育て、どちらもまともな大人になったが、じつはそのうち一人は今どこにいるのかわからないという。

そうして会を仕切らせろとしょっちゅう言ってくる割には、男たちはいつも情報や物を欲しがった。HACLAはいつジョーダン・ダウンズを取り壊すんだ？　俺たちに仕事はあるかな？　棟でパーティを開くから来てくれよ、ただし食べ物を持ってきてくれないか？　あんたのラップトップ・コンピューターを俺にくれよ。あんたより俺のほうがそれを必要としてると思う。質問は途切れることなく、臆面もなかった。彼らの持ち出すアイデアには驚かされどおしだった。いやはや、タブーなんてどこにもなかった。

だがそれはこの会合までの話だ。その晩、わたしたちはプロジェクト・ファザーフッド指定の三番目の議題を取り上げた。児童虐待だ。

カリフォルニア州法は、児童虐待をネグレクト、身体的虐待、性的虐待の三種類に分けている。わたしはこの分野には馴染みがある。ワッツ地区にあったマーティン・ルーサー・キング・ジュニア総合病院でソーシャルワーカーとして仕事を始めたとき、児童虐待について研究していたのだ。だがそういう経験を積んだわたしでも、ここにいる父親たちの前では、専門家とはとても名乗れなくなる。どの父親も、直接的にしろ間接的にしろ、ロサンゼルス郡児童家庭サービス局（DCFS）とかかわっている。父親たちはこの機関を「カウンティ（郡）」、「ソーシャルサービス」、あるいは「あのくそったれな保護サービス」と普段は呼んでいるのだが。わたしはかつて郡職員だったから、単独で団地を訪ねたりすると、彼らの脅し――ナイフを投げつけられたり、銃を振り回されたり――を受ける側だった。

ビッグ・マイクが児童虐待の議題を持ち出したとき、わたしはトワイライト・ゾーンに入り込んだかのような気分になった。三十年前にこちらに向けられた反感や疑いが、今もその部屋に生々しく息づいていたからだ。わたしは腰が引けた。たしかにDCFSはひどい機関だが、「郡」のために力を尽くしている高潔な職員もいるのだ。責任感の強い、思いやりある専門家なのに、政治家やメディア、それにこの部屋にいる男たちからいわれのない非難を受けている。弁解したくなるのをこらえて、わたしは、相互に絡み合う児童虐待の三種類のうちの最初の一つについて、どう思うか父親たちに尋ねた。

驚くことではなかった。父親たちはネグレクトについては山ほど意見があり、その根拠はみな同じだった。父親たちは誰一人として子供の世話をする主要責任者ではないので、それは全部女の責任だ、という考えである。

「俺の子供の世話をするのは、ベビー・ママの仕事だ。どの子についても全部」リーリーが口火を切った。「あいつらが子供を手元に置きたがり、だからそのとおりにした」

「あなたは子供を手元に置きたくなかったの？」わたしは尋ねた。

「置きたかったさ。全員な。だが、子供は母親が育てることになってる。女が子供の世話をするものなんだ」

「子育ては女の仕事だ」デュボワが続けた。「みんなそうわかってる。それが神の思し召しだ」

わたしは、父が兄に、夕食のテーブルを片づけることや皿洗いはしなくていい、それは女の仕事だと言っていたことを、思い出すまいとした。それに、この三十年間のフェミニズム運動によって世の中は大きく変わったのだとも、今は言うまいとした。デュボワは、まるで五歳の子供にでも教え諭すかのように、神が女をどう作ったのかを説明したが、ビッグ・マイクがそれを遮った。

「いいか、よく聞け。子育ては全員の仕事だ。おまえは父親だ。父親として、たとえ一緒に住んでいなくても、子供を世話しなきゃならない。俺は、子供を雨風から守る屋根やら、テーブルに並ぶ食べ物やら、暖房やらを、たとえ一緒に住んでなくても与えなきゃならないとわかってる」

マイクの声が部屋にわんわんと響き、全員がしんと静まった。わたしは少し言葉を足したほうがいいと思った。

「児童虐待、とくにネグレクトのおもな原因の一つは、ドラッグやアルコールなどの物質乱用なの」

男たちは全員神妙な面持ちになった。飲酒とドラッグは、彼らにとってけっして抽象的な概念ではなかった。実際、プロジェクト・ファザーフッドでは毎週それが問題を引き起こしていた。初めの頃、毎回のように酔っ払って、あるいはハイになって会合に現れ、そこをパーティ会場か何かと勘違いしている父親が複数いた。一同は、普通は善意から無視するようにしていたが、会を邪魔されては黙っていられない。そういうとき、ビッグ・マイクはアンドレを連れてきてくれとわたしに言う。当時アンドレは、くだを巻く父親を部屋の外に連れ出す役目を担っていたのだ。先週は、新顔の父親が来たのだが、食事を拒んだ。「たぶん、彼はハイになってると思う」とわたしはマイクに耳打ちし、十分もすると、その男がこくりこくりと居眠りを始めたので、わたしの疑いが正しかったことが証明された。会合が終わる直前に男ははっと目を覚まし、立ち上がって部屋から出ていった。わたしは外に出てみた。すると、わたしの車の横で眠りこけているではないか。そっと揺り起こすと、彼は慌てて起き上がり、しきりに謝って、来週は「しらふ」で来ますと約束した。よく発言する父親の一人、スコーピオが最近会に姿を見せないのだが、それは物質乱用の治療のため、リハビリ施設に入ったからだった。

その夜、子供が「刑務所システム」に行きつく最大の原因が飲酒やドラッグ使用だとわたしが言ったとき、父親たちは反論しなかった。

「親が使えば、子供もよくない方向に行く」

「それは事実だ。本当に問題だよ」

「だから、年中ハイになってる女とは子供を作りたくないんだ。付き合うのはかまわないとしても、そいつとの子供は欲しくない」

「じつはさ」テランスが口を開いた。「ネグレクトについてはよく知ってる。お袋はいつも酒を飲むか、ハイになってたから、子供をほったらかしだった。お袋がハイになってて、まだ小さかった弟を見てなかったせいで、弟が通りに駆けだして車に轢かれるのを、俺はこの目で見た。それで弟は死に、母さんも危うく死ぬところだった。そのあとそれまで以上に酒を飲み、ヤクをやるようになったから。そしたらソーシャルサービスが来て、母さんは薬物依存症だと言いやがった。わざわざ教えてもらわなくたってわかってるって！　連中は俺たちを引き離そうとしたが、結局ばあちゃんと一緒に暮らすことになった」

「俺の子供たちは全員ばあちゃんと暮らしてる。俺の女じゃ世話ができない」

「児童局がそう手配するのは、子供たち全員を家族として一緒に住まわせたいからなのよ。親族《キンシップ》による養育《ケア》というの」

「わかってる。だがどうして連中が俺たちの家族のことに口を挟む？」

わたしはビッグ・マイクに、州は子供を守りたいと考えていると耳打ちした。試行錯誤のすえ、そうやって彼に考えを伝えてもらったほうがうまくいくと悟ったのだ。マイクはそれを自分の言葉にし、さらに自分の考えも上手に付け足す。わたしよりはるかに父親たちとのコミュニケーションがうまいのだ。父親たちは彼の言うことには耳を貸す。

「子供が十八歳になるまでは、カリフォルニア州は危険な状態にある子供を保護しなければならないと法律で決まってる。州は大人についてもドメスティック・バイオレンスから守る。だが父親として、子供を守ってもらったほうがいいと思わないか?」

共和党州政府を喜ばせるようなコメントをするには、その部屋には反州政府感情が満ちすぎていた。

「俺の子育てについて、州政府にとやかく言われたかないね」

「連中は関係ねえ」

「やつらが口出しするのは、相手が黒人やラティーノのときだけだ。白人には何も言わねえ」

「そんなことはないわ」わたしは思わず口を挟んだ。「わたしにも、親から引き離されたいとこたちがいた。その子たちは、パパとママが援助を受けるまで、おばさんと暮らすことになった。両親は薬物依存症だったの」

男たちは疑わしそうにわたしを見た。

「連中はあんたのいとこたちにも同じことをしたのかもしれないが、そうされる黒人のほうがはるかに数が多い」

「一言言わせてもらっていいか」

全員が口をつぐみ、ファッジを見た。彼は最近刑務所から出所してきたばかりで、ビッグ・マイクもわたしも、彼が施設化されているのではないかと心配していた。施設化とは、刑務所生活に染まりすぎて、決まり事のない曖昧な日常生活にうまくなじめない状態を表す。

「児童家庭サービス局の連中は、俺の子供たちを連れ去りたがってる。俺の子かどうか本当のところはわからないが、俺が育てたと思ってるから、やっぱり俺の子だ。とにかく、近所のやつが俺たちを訪ねてきた。俺の女が子供たちを叩いていたから、通報したっていうんだ。それで福祉の連中がうちに訪ねてくるようになって、女が怒り狂ってる。子供は絶対に渡さないと女は言い張ってる。あいつがそう言うのもわかるんだ。あいつは福祉システムに組み込まれて育ち、おばあちゃんとか肉親じゃなく、見ず知らずの里親のところに預けられた。里親たちはあいつをひどい目に遭わせた。里親の父親にいたずらされてたんだ。あいつはいつもヒステリーを起こしているが、それは里親にレイプされたからなんだよ」

室内が静まり返った。アーロンが口を開いた。彼の声は震えていた。

「俺の女房も同じ目に遭っていた。あいつもシステムに取り込まれ、大勢の里親にいたずらされてきた。あいつは子供を叩くとか、そういうことはしない。だが、落ち込みが激しい。週に何日も、一日中ベッドから出られないときがある。あいつをどうしたら助けてやれるか、俺にはわからない」

「子供にいたずらをするやつは、自分もされたことがあるんだ」サイがきっぱり言った。

男たちはみなうなずいた。中にはうなだれて、床をじっと見ている者もいる。わたしには、それがどんな気持ちの表れなのかわからない。恥辱なのか、とまどいなのか、怒りなのか。この部屋の中にも性的虐待を受けたことがある者はきっといるはずだが、今はそれを話し合う場でもタイミングでもない。ただ、性的虐待――それが近親相姦にしろ性的いたずらにしろ――については全員の意見が一致していた。この会の非公式のリーダーの一人であるリリーが口を開いた。

「これについてはできれば話したくないが、それでも話さないわけにいかない。俺のおじが姉にいたずらをしていて、そのせいであいつは人生をめちゃくちゃにされた。姉はけっして立ち直れなかった。今はもう四十歳だが、いまだに立ち直れていない」

「最悪だよ。絶対に言い訳はできない」サイが言い添え、リーリーが続けた。

「思うんだが、マイケル・ジャクソンがその……ごめん……そのビョーキだったのに逃げおおせたじゃないか。殺してやりたいくらいだね。死んでよかったと思うよ。偉大な黒人エンターテイナーだってみんな褒めそやすが、はっきり言って、ひでえビョーキだ」

「だから子供にいたずらしたやつは刑務所に隔離しなきゃならないんだ。そうでもなきゃ、俺らで殺してるね」

「わかるわ。だから自分の子供の周囲を注意して観察しないといけないし、何かあったときに子供が発するシグナルを見逃さないようにすることも大事なの」わたしはなんとかわかりやすく伝えようとした。ビッグ・マイクは静かになっていた。

「シグナルなんて、俺は必要ない。俺の子供にそういうことをするやつを見つけたら、殺してやる。そんときは刑務所に面会に来てくれよな、ドクタージョルジャリープ。で、ケーキを持ってきてくれ」サイが切り返した。

男たちがどっと笑ったが、わたしは黙らなかった。

「そう簡単には見つからない。子供に性的虐待をする人はすごく用心深いの。見つかりたくないからね」

「連中がそんなに用心深いなら、どうやって子供を注意すればいいんだよ」

「子供の行動に目を光らせて」

「どんな行動に？」

「いつも明るい子が、突然ふさぎ込んでいないか？　学校の成績が急に悪くなってないか？　神経質になったり、びくびくしたりしていないか？」

父親たちはみなわたしをきょとんと見た。わたしが今描写したのは、ジョーダン・ダウンズの子供たちの普段の姿だ。危険なシグナルなんて、彼らにとっても、いや誰にとっても無意味だ。成績の急落？　性的虐待かもしれないし、学習障害かもしれないし、あるいは単に飽きたのか、先生がよくないせいかもしれない。性的虐待の危険性はいくらでもあるけれど、こんなことを言っても何の役にも立たない。今のわたしは、成績や推薦状の心配をしている学部生のグループに講義をするジョルジャ・リープ博士ではない。これはリアルな現実で、実用的でなければならないのだ。わたしはやり直した。

「子供が進んであなたに話をしたい、と普段から思うようにさせること。そうすれば、何かいやなことがあったとき、あなたに訴えようと考えるでしょう？　パパは強い、でも腹を割って話ができる存在でもある、そう思ってもらうの。それはつまり……子供を殴ってはだめってこと。だって、もしあなたたちが子供に別のタイプの虐待――身体的虐待をしていたら、性的虐待について訴えたいとは思わないはずよ」

ここは、子供を叩くことを虐待とは思っていない土地だった。実際、この部屋にいる父親のほとんどは、ときには息子や娘を叩く必要があると信じている。わたしにも似たような文化的背景がある。わたしが所属するギリシャ系コミュニティでは、こと子供を叩いて躾けることについては徹底的にやろうとする家庭が多く、その手の話を聞くといつも暗い気分になる。わが家の場合、父はとても自制心の強い人だった。一度、わたしがティーンエイジャーだったときに母を「ビッチ（売女）」と呼んで、父に平手打ちされたことがある。翌日父は、わたしにカードをくれた。カードには、父の謝罪の言葉と、おまえを心から愛しているという一言が書いてあった。

でも、今夜この問題を話し合いたい理由はほかにもあった。ソーシャルワーカーとして長年仕事をしてきて、子供の頃に身体的にも性的にも激しく虐待されたギャングメンバーや「職業的犯罪者」を大勢見てきたのだ。わたしはよくホセ・ロドリゲスのことを思い出す。彼は母親に背中をしたたかに殴られ、学校に行くときにTシャツを三枚重ねて着ていた。二枚だと血が染みて、友人たちに気づかれてしまうからだ。

「あんたはこの児童虐待って問題については、いっさい情け容赦しない人間だな」あるギャングメンバーが専門用語を使ってわたしにそう言ったことがある。もしあなたが子供を叩いているところを見つけたら、わたしみずから郡に報告する、と通告したからだ。

そして今、わたしは強敵と相まみえている。この部屋に集まっている男たちだ。

この問題には個人的に関心があるだけでなく、ソーシャルワーカーとしても、ハーシェル・スウィンガー博士とCIIから命じられた課題に取り組む責任があった。この会に与えられた助成金は、グループが男たちの父親力を強化し、児童虐待を阻止することが条件だった。児童虐待について、とくに虐待と躾の違いについて、どうやって問いかければいいか、わたしはすでにビッグ・マイクと長い時間をかけて話し合っていた。こうしてついにこの議題が提示された今、父親たちは身体的虐待とは何か、具体的に語ろうとしていた。

リーリーは、たちまちみんなの共通認識となりつつある考えを発表した。「子供の躾にはぴしゃりと叩いてやるのがいちばんだ」

クレイグ・マクグルーダーもすぐさま賛同した。マクグルーダーは長年ドラッグを使っていたが、心機一転、子供が小さいときに自分が依存症だったせいで父親らしいことを何もしてやれなかったことを反省して、親としてできることを学ぼうと決意した。わたしはそんな彼を心から尊敬していたのだ。マクグルーダーは、毎回二人のティーンエイジャーの息子を会に連れてきていた。だからわたしは、彼がそんなことを言うとは思ってもみなかったのだ。

「俺がこの二人をどうやってこの会に連れてきてると思う？　来なかったら殴るぞと言うんだ」

わたしはたちまち倫理観と感情の板挟みになった。ソーシャルワーカーとしては、児童虐待が疑われるときにはすぐに報告をあげることになっている。でも、父親たちの信頼を損ねるようなことはしたくなかった。この議題は一筋縄ではいかないようだった。

「おい気をつけろよ。ドクタージョルジャリープはソーシャルワーカーなんだぞ」

「ああそうだ。うっかりすると、郡に報告される」

今の言葉は半分は冗談だが、半分は戦略として言っているのだ。ビッグ・マイクの隣に座っているわたしはポーカーフェイスを貫いた。

「仮定として話したほうがよさそうだ。知り合いの誰かの話ってことにするのがいいかもな」

どうやらこちらをいいように操るつもりらしい。わたしはそれを肌で感じた。もう黙っていられない。嫌われようが、信頼を失おうが、この会から追い出されようがかまわない。もうたくさんだった。

「べつに何を企もうとかまわないけど、もしあなたたちの誰かが子供を身体的に、あるいは性的に虐待していると疑われたら、すぐに報告するから。気づいたときには、あなたたちの首はもう地面に落ちてるよ」

室内がしんと静まった。でもわたしの怒りはまだ収まらなかった。

「そして、郡がどうするにしろ、わたしも個人的にあなたたちを吊るし上げる」

「おいおい、俺たち相手に脅す気かよ、ドクター・リープ」ヘンリーが半笑いで言ったが、褒め言葉だということは聞けばわかった。

「いや、この人は本気だよ。俺は彼女の横でいつでも助太刀する覚悟でいる。ギャングの正義ってものが何か、おまえたちも知ってるだろ」マイクがはっきり言った。

「そして、俺たちは自分の行動をちゃんと説明する責任がある」リーリーが続けた。

ポリティカル・コレクトネスなど誰もかまっていなかった。その後の三十分間、子供をどう叩いたらいいいか、彼らは議論し合った。何恥じる様子もなく、表現に目くじらを立てる者もいない。そしてみんな自説に揺るぎない自信があった。リーリーが「鞭を惜しめば、子はダメになる」ということわざを引き合いに出し、論陣を張った。そこには、(彼らいわく)親だけでなく近所の人たちからもぶたれた、ワッツの「古き良き時代」への郷愁があった。

「住んでる通りのこっちの端で殴られたと思ったら、あっちの端でも殴られたもんだった。だがそうして〝敬意〟ってものを教わったんだ」みんなにでぶ《チャブ》と呼ばれているデルヴォン・クロムウェルが言った。わたしは黙っていられれず、思わず「それって、殴られたから？　それとも相手があなたを気遣ってくれたから？」と尋ねた。部屋がしんと静まった。

チャブは一瞬ためらったが、また口を開いた。

「たぶん両方だ」

「あんたにはわからない。スラムの出身じゃないんだから」サイが口を挟む。

現役あるいは元ギャングメンバーと何年も付き合ってきて、わたしは、あんたにはわからないと言われることにもう慣れっこになっていた。

「そのとおりよ。ロサンゼルスのウエストサイド出身のお馬鹿な白人娘には何もわかってないから、ちゃんと教えて」

サイは噴き出した。

「俺たちはあんたが好きだ。わかってるだろ？」

不安でいっぱいのわたしとしては、そう言われればやはり嬉しかったけれど、まだ怒りは収まらなかった。わたしは彼らの議論に耳を傾けた。

また別の父親、キング・スパイダー・D（あるいはKSD）は、祖母も母親も同時に彼を叩いたと語った。「二人が俺を叩いたのは、俺を愛してたからだし、俺も二人を死ぬほど愛してた」ほかの二人の父親――一人は黒人、一人はラティーノ――も、自分を育ててくれた義父には、問題を起こすたびに殴られたが、それでも義父を愛していたと話す。その二人のうちの一人、エイドリアンという父親はスペイン語で、「あの義父が実の父親だったら、と思うよ」ととつとつと言った。誰もが、たとえ叩かれても父親がいる（それがどんな父親でも）ということが重要なのだ、と言わんばかりだった。

ビッグ・マイクは議論のあいだずっと無言だった。腹を立て、疲れているように見えたが、議論の場で何が起きているにしろ、口は挟まなかった。ファッジも思いきって話を始め、今の苦労について訴えた。

「義理の父親が本物の父親だったらよかったのに、とおまえたちは言うが、俺は先週言ったように、子育てをしようと思ってるんだ。だがガールフレンドは、あんたの手は借りない、この子はあんたの子じゃないって言う。それでも俺は何かしなきゃって思うんだよ」さらに問題があった。ファッジのガールフレンドは、もし自分が子供を叩いて児童サービス局がまた来たら、娘は自分と同じ運命をたどることになるとわかっていた。つまり里親のもとに預けられ、性的虐待を受けるのだ。でも娘は相変わらず言うことを聞かなかった。

「仕方がないから娘を叩くつもりだ、とガールフレンドは俺に言った。俺も、娘にはときどきお仕置きが必要だと思う。俺のダチの一人も、殴ってやりたくなると言った。どうやらうちの娘はもう大人だと思ったらしい。だから娘はまだ十二歳だと話した。おっと、こんなこと話したのは馬鹿だったな。あんた、俺のことを報告するだろう？」

わたしは困ったように笑い、言った。「いいえ、報告はしない」それでも、全体として、この議論を聞いていると居心地が悪かった。どこまでなら目をつぶっていいのか自分でもわからない。サイの話は、わたしをさらに混乱させた。

「自分の子供の育て方には、最初からちゃんとプランがあった。俺がくぐり抜けてきたようなことを、あいつには経験させたくなかったからだ。俺は親父にしょっちゅうぶたれた。だが息子たちを同じ目には遭わせたくない。俺は一度もあいつらをぶったことがない。いや、何回か叩いたことはあるか。子供の一人は二度、もう一人は一度。それ以外は、言葉で叱っただけだ。今まで、俺は子供たちの母親に同じことを言ったもんだ。いや、これからも言うだろう。自分より子供たちのほうが頭がいいってふりをしろ！　どういうことかわかるか？子供たちを騙すんだよ！　騙して、こちらの思いどおりに操るんだ。俺はいつもこれを肝に銘じてる。相手はそれに気づいてもいないわけさ。つまりぶつ必要なんかなかったんだ。子供がこっちの方法じゃやりたくないっていうなら、別の方法を提供してやればいい。子供が楽しめる方法を。だがそれこそ、俺がやらせたいことをおまえたちにやらせるときに使う、基本的な戦略だ」

わたしは「叩く」と「ぶつ」はどう違うのか訊いてみたかった。カリフォルニア州法にだってそんな定義はないはずだ。

するとデュボワが話し始めた。

「俺は子供を叩かない。脅しを使うだけだ。脅しと愛情。そのバランスが大事だ。そして叩きはしなくても、体で覚えさせるのは悪いことじゃないと思う」

「同感だ」ジョン・キングが言ったので、わたしは驚きを隠しきれなかった。彼はいつも父親たちから距離を置いているように見えた。丁寧にアイロン掛けされたシャツとネクタイ姿で会合に加わっているロサンゼルス市住宅局（HACLA）の役人というスタンスだ。ところが今日は違った。

「父は海兵隊員で、躾の重要さを信じていたんだと思う。父はとてもタフで、厳しい人だった。従順だった母が父の言うことにたてつくようになり、言いなりにならないと、家から追い出した。わたしを育てたのは父だ。そしてわたしをよく殴った。わたしのためだと思ってやっていたんだと思う。正確なところはわからないが。いずれにせよ、わたしはまっすぐに育った。だが、わたしには子供を殴ることはできなかった。一人娘で、女の子は男の子より手がかからなかったせいかもしれないが、正直わからない。だが、殴っても役に立たない」

男たちは黙り込んだ。みんなジョン・キングのことを尊敬していた。ああいう人物になりたいが、とてもなれないと思える相手だった。ところが彼も自分たちと同じ経験をしていたのだ。マットが思いきって言った。

「俺は子供が欲しい。そして絶対に殴る気はない。絶対にだ。殴るのはいいことじゃない」

男たちは口々に反論した。

「今はそう言っていられるかもしれないが、そのときになってみろ――」

「来年またここに戻ってきたときには、俺たち側につくさ――」

「おまえの子供はおまえがどこまで我慢できるか試すぞ――」

マットは男たちの言葉を聞いていたが、違う違うというように首を振り続けた。わたしはとうとうしびれを切らし、ビッグ・マイクのほうに向き直った。

「あなたはブーブーをぶつ？」わたしは尋ねた。ビッグ・マイクは即座に答えた。

「俺はブーブーをぶたない。たぶんミスター・キングの言うとおりだ。女の子は男の子より手がかからない」

「何言ってんだ、女の子のほうが手がかかるぞ」

「わたしは二人の兄弟より手がかかったけど、女の子を叩くべきじゃないと父は信じてたわ」わたしは高らかに宣言した。

男たちが笑いだしたので、急いで付け足した。「もちろん、わたしは白人だし、スラムの出身でもないけど」

「そのとおり」サイが援護する。

でも、わたしも引き下がらなかった。

「アメリカの死刑囚監房にいる囚人のほとんど全員が身体的あるいは性的虐待を経験したことがあるって、知ってる？『鞭を惜しめば、子はダメになる』って言うけど、正反対よ」

男たちは口をつぐんだ。今度は誰も反論しない。

「虐待が何を引き起こすか、わたしはこの目で見てきた」わたしは勢いづいた。「子供はそれで傷つく。うつ病やPTSDの原因になるのよ」

ファッジはわたしをじっと見て、それから打ち明けた。「一つ言っておくよ。俺は子供の頃、義理の父親から殴られてた。今でもそのことを許してない」

男たちは黙り込んだ。会合は所定の時間をすっかり超過していた。男たちも、こんなに時間が経っていたことにふいに気づいたようだった。

「あんたにはわかんないよ」ベンが言った。「これが俺たち黒人の文化《カルチャー》なんだ。俺たちは代々子供を叩いてきた」

「あなたたちだけじゃない。わたしの文化だってそう。黒人家庭と同じことがギリシャ系家庭でも起きてるの」

でもベンは「白人の子供は違う」と言って、あんたの経験と俺たちの経験は別物だと言い張った。そういうことで喧嘩はしたくなかったので、わたしは矛先を収めることにした。だけど、本当に白人の子は違うと思う？　わたしはまだ議論は終わっていないと感じていた。

「でも、少なくとも頭は殴っちゃだめだってことには同意してくれるよね？」

「ああ」

「わかった。それならいい」

わたしと同様、男たちもこの議論に嫌気がさしたようだった。


三十分後、わたしが駐車場から車を出そうとしていると、父親たちの一人が別の男性と喧嘩をしているのが目に入った。わたしはビッグ・マイクを探しに行ったが、見当たらない。代わりに、集会所の女性スタッフであるミカエラを見つけた。彼女は外に出てきて、その父親が地面にへたりこんでいるのを見た。

「今すぐ車に戻って」彼女は小声で言った。「あなたは何も言わないで。わたしたちで何とかするから」

すでに暗くなり始めていた。マイクもアンドレも姿が見えない。わたしも仲裁に加わりたかったけれど、ミカエラの言うことを聞いたほうがいいと直感した。自宅の玄関にたどり着いたところで、携帯電話が鳴った。ビッグ・マイクからで、大丈夫かと訊いてきた。わたしは勢い込んで話し始めた。

「喧嘩を見かけたから、あなたを探しに行ったの。だけど見つからなかったから、喧嘩を止めたかったけど、やめておいたのよ。ちゃんと仲裁すればよかった」

「あんたは正しいことをした。ときにはストリートのやり方で裁いたほうがいいんだ」彼は言った。

「わたしたちはそういうやり方をしちゃいけないことになってる」

「わかってる。だが、男たちの中には──まだついていけない者もいるんだ。やつらはPなんとかで苦しんでる」

「PTSD」

「そう。それが今夜、闇から引きずり出された。辛抱強くやらなきゃいけない。あんたもわかってるはずだ」

　わたしは言葉を失った。そして父親会のことが心配になった。集まる人数のことではない。逆に、毎週新しいメンバーが姿を見せ、出席率もよく、うまく人が人を呼んでいる。男たちは会に出席し、議題について話をし、自分の考えを伝え、議論し、ギフトカードをもらって帰る。だが何かが足りなかった。メンバーというパーツを集めた全体像が、そこには見えていなかった。男たちはたしかにそこにいるが、一体感はなかった。核がないのだ。一人ひとり違う考えを言い、違うやり方で子育てしているが、せっかく新しい行動様式や考え方を紹介しても、彼らが理解してくれているのかわからなかった。それがわたしの心配のもとだった。でもどうしていいかわからず、もどかしさばかりが募った。マイクやアンドレは辛抱強くやれとよく言うけれど、わたしはおとなしく待ってばかりいられなかった。自分でなんとかしてみようと、一つ計画を練り始めた。そしてリーリーと話をすることにした。

07 リーリー

俺たちはみんな頭がどうかしているが、とても強い。

――リーリー・スプリューウェル

「誰をお待ちですか、奥さん？」

わたしは一瞬言葉に詰まった。リーリーの本名が出てこなかった。

「リー・スプリューウェルを」

「今電話中です。すぐに来ると言ってます」

「ありがとう」

わたしは「ワッツ・コーヒーハウス」にいた。名前から連想するような、スターバックスのライバル店ではない。そこはワッツ地区唯一の座席のあるレストランだ。ドライブスルー用の窓口も、ファストフードもないが、テイクアウトの注文はできる。店は満席だった。テーブルが空くのを待つ人、メニューを見ている人、おいしいハニービスケットやフライドステーキ、ブリスケットを前にして食事にとりかかろうとしている人。わたしは座って待ちながら、この二週間、会に姿を見せず、学校にも行っていないマットのことを考えていた。たいていの父親たちは自分のことで手一杯だったが、マットのことを心配している者もいた。

三十分後、リーリーが息を切らしながら現れ、すぐに「お待たせ。CPタイムだな」と言った。CPタイムとは「カラード・ピープル・タイム」の略語で、もとは「黒人は時間にルーズ」という差別表現だったが、今はむしろ黒人たちのあいだでジョークとして使われることが多い。心配事について話す前に、わたしはリーリーに今どんな気分かと尋ねた。彼は「自分はワッツを捨てた、そんな気がしてるんだ。だから何か役に立ちたいと思ってる」と言った。

「どういう意味？」

彼は一緒に住んでいる息子たちを守るために、イングルウッドに引っ越した。外界からネガティブな影響を受けないよう、子供たちを私立の学校に入れようと考えたのだ。リーリーはそういう影響についていやほど知っていた。五人の兄弟と一人の妹とともに、暴動後のワッツで生まれ育ったからだ。いちばん下の弟二人は父親が違うとはいえ。

「だが、違うと言っても、結局は同じだった。父親は近くにいなかったから」リーリーは言った。「それがここワッツの疫病なんだよ。男たちはみんな刑務所に送られ、息子たちはみんな父親を知らずに育つ。そういうのを変えなきゃならない。だが、あんたはワッツのメンタリティを理解する必要がある」リーリーは生まれながらの歴史家なのだ。彼はかつてのワッツについて説明した。

「俺はワッツで育った。ワッツは俺の一部だし、お袋は今もグレープ通りで暮らしている。大人になるまでそこで育ったし、グレープ・ストリートの人間だと自称する連中のことはみんな知っている。裏町の黒人連中、そして団地の黒人連中だ」

今も〈グレープ・ストリート・クリップス〉は、黒人が大部分を占めるギャング団だ。チームカラーの青か紫の服を身に着け、マイケル・ジョーダンのバスケットボールのイヤリングを逆さまにつける（つまり、「ジョーダン・ダウンズ」だ）。グレープ通りと一〇三号通りの交差点が縄張りの中心とされ、その縄張りには、ジョーダン・ダウンズ公営団地とジョーダン・ハイスクールが含まれている。リーリーは、ギャング団《ネイバーフッド》が〈ワッツ・バリオ・グレープ〉と呼ばれ、黒人とラティーノ両方のギャングメンバーが所属していた当時のことをいろいろと話してくれた。

とはいえ、「刑務所内の勢力図がそれを壊した」と彼は説明する。メキシコ人たちは「スレーニョス」の配下に入ることになったのだ。刑務所内では、南カリフォルニアのギャングのうちラティーノのメンバーは、「スレーニョス」あるいは「サザナーズ」（いずれも「南部人」の意味）と呼ばれる〈メキシカン・マフィア（ラ・エメ）〉のもとでまとまり、一方北カリフォルニアのギャングは「ノルテーニョス」あるいは「ノーザナーズ」（いずれも「北部人」の意味）と呼ばれる〈ヌエストラ・ファミリア〉のもとに集結した。これがワッツ・バリオ・グレープに分断をもたらしたのだ。

結局グループは、〈サウスサイド・ワッツ・バリオ・グレープ・ストリート13〉というラティーノギャング団と、全員黒人の〈イーストサイド・グレープ・ストリート・ワッツ・ベイビー・ロック・クリップス〉に分裂し、両者は同盟関係にあるとおたがいに考えていた。クリップスのほうは、〈バウンティ・ハンター・ブラッズ〉を長年の宿敵と見なし、以前から血なまぐさいギャング抗争を繰り広げてきた。しかし一九九四年に、グレープ・ストリート・ワッツ・クリップス、PJ・ワッツ・クリップス、バウンティ・ハンター・ブラッズ、ハシエンダ・ビレッジ・ブラッズ、つまりワッツ地区の全ギャング団が集まって和平協定を結び、〈プロジェクト・ファザーフッド〉が立ち上がった頃はこれがまだ有効だった。

「この協定はエジプト・イスラエル平和条約に倣ったものだと言う者もいる」リーリーは言った。「だが、ユダヤ人とアラブ人より俺たちのほうがはるかによくやってると思うよ」

リーリーの家族にとって、刑務所はグレープ通りと同じくらい馴染み深い場所だった。一九八九年から刑務所にいる彼の兄は、強制判決政策のもとで判決をくだされたワッツで最初の男たちの一人だ。リーリーいわく、父親会にいる父親たちの中には、いまだに刑務所内メンタリティのままでいる者がいるという。

「あんたも知ってのとおり、刑務所に入ったときには、勘を研ぎ澄まし、本能の声に従ったほうがいいんだ。恐怖心のおかげで、人は生き延びられる。何かを期待したり、神頼みにしたりすると、痛い目に遭い続ける。雑居房に入れられれば、争い事が絶えない。そうして殴り合いになったりすると、看守たちはそこにとんでもないものを投げ込む。手榴弾みたいな形状だが、中からゴム弾が飛び散るんだ。だから刑務所の中では、囚人同士が喧嘩するだけじゃなく、看守が事態をさらに悪化させている。しかも、そういうことを訴えるわけにもいかない。だから、わかってほしいんだ、あの会合に来ている連中はそういうのを全部経験してきたんだってことを。連中はＰＴ何とかに苦しんでるんだよ。彼らは人を信じるってことができない。自分自身でさえね」

リーリーの言うとおりだとわかっていた。〈プロジェクト・ファザーフッド〉に来ている男たちは、例外なく、どこかの時点で刑務所に入ったことがある。だが、トラウマはそれだけではない。彼らが育ったサウス・ロサンゼルスというのは、子供が遺体をよけながら学校に行ったり、銃弾を避けるために赤ん坊がバスタブで寝かされたりする土地なのだ。わたしは過去に、ワッツ地区の公営団地は「オートクリーニング装置のついたオーブンだ」と警官が言うのを聞いたことがある。警官でさえ中に入りたくないし、できれば敵対するギャング同士で勝手に殺し合ってほしい、というわけだ。見回せばあらゆるところにトラウマがあり、その傷をどうやって癒せばいいか、わたしにもわからなかった。わたしはリーリーに、自分が見たり経験したりしたことにどう対処しているのか、と尋ねた。

「知ってのとおり、俺は神とともに育った。だが、大事なのは、ワッツ・メンタリティを理解することだ。ワッツ・メンタリティは、そいつが裏町で生まれようと、公団で生まれようと同じだ。体の奥深くに埋め込まれている。みんな同じように歩き、同じようにしゃべるのさ。ワッツで生まれ育ったなら、喧嘩の仕方は心得ている。そして、自分がくぐり抜けてきたことを誇りに思えるようになる。ワッツ・メンタリティはワッツの人間そのものだ。車がなくても、サンダルがなくても、ブラをしないでおっぱいをぶらぶらさせながら買い物に行っても、全然平気だ。大家族で生まれ育ち、それで強くなった俺たちは、みんな頭がどうかしているが、とても強い」

わたしは、リーリーをはじめ、ワッツの人たちが言おうとしていることがだんだんわかってきた。

「大家族で育つうちに、いろんな出来事に遭遇した。六年生を終えたとき、お袋は俺をワッツの学校に行かせたくなかったんだ。だが俺は優雅な暮らしがしたかった。地元の仲間といたかったし、みんなと一緒に活動したかった。その活動で俺がどうなったかは知ってのとおりだ。逮捕されて、殺人罪に問われた」

リーリーは二十代のとき、死刑相当の罪に問われたのだ。謀殺である。それがどんなにつらいことだったたか、彼の表情を見ればわかった。

「俺はやってなかった。だがそれはもうどうでもいいことで、刑務所行きになることはわかっていた。俺は年配の白人弁護士にすべてをまかせ、そいつは司法取引になんとか持ち込んでくれた。故殺と前科二犯。取引に応じるべきかどうかわからなかったから、弁護士からはしばらく考えろと言われた。ここで、ウールフって男が登場する。やつのことは未来永劫忘れないと思うんだが、そいつは俺と似たような状況に置かれて、取引に応じなかったんだ。やつは俺に言った。『俺を有罪にできる材料なんて何もないのに、故殺で手を打たないかと言ってきやがった。だから突っぱねた。法廷に出ることになるが、すぐに家に帰れるよと弁護士が言ったんだ』そうして数週間後、やつは法廷に出て、結局また拘置所に戻ってきた。午前三時にうなだれて。『やられたよ。禁固二十年だ』そう聞いたとたん、俺は考え始めた。こっちも同じような内容の取引を提示されている。俺はすでに郡刑務所に三年もいたから、疲れ果てていた。だから取引に応じた。過失致死で十一年、窃盗で一年三か月、もう一つ何かの罪で一年。俺の刑期は十三年四か月だった。八九年に入って、九七年に出た。八年近い（七年とちょっと）お務めだった。帰宅し、仮釈放期間も終わった。だが、収監されたときには赤ん坊だった息子たちは、出てきたときにはすっかり大きくなっていて、俺なんかいなくても成長するんだな、と思ったよ」

子供のそばにいられなかった年月を後悔する気持ちは今も消えないという。子供たちはすでに成人し、二人とも高校を卒業して仕事をしている。だがリーリーは、もう二度とこんなのはごめんだと固く心に決めた。

誰か一人の女性と末永く、というわけにはいかなかったが、出所してから娘二人、息子二人に恵まれ、まもなくもう一人生まれることになっている。リーリーはそれぞれの生年月日や、母親やそのまた両親などについても暗記していて、子供の日常のこまごましたことも把握していた。父親として積極的に子育てにかかわり、子供たちみんなに愛情を注ぎ、毎日のように一緒に話をしている。自分の父親についてはどう思っているか、と尋ねてみた。

「ああ、親父は早くに家を出ていった。口やかましいお袋に我慢がならなかったんだ。お袋はタフだった。女手一つで七人の子供を育てたんだからな。だが一つ、お袋は大事なことをしてくれた。親父やその親戚連中とお袋自身は会いたくなくても、俺たちのために親父の電話番号を控えておいてくれたんだ。『あっちの家族と会いたくなったら、あたしが知ってることはちゃんと教えるから』親父とは一度も会ったことはないが、十八になったときに親父がどこにいるのか知りたくなって、お袋に言うと、その電話番号を教えてくれた。今はときどき親父と電話で話し、親父のことを理解している。だが、子供のとき親父がそばにいなかった経験があるから、俺は子供のそばにいたいと思ってる。〈プロジェクト・ファザーフッド〉が重要なのは、だからなんだ。どうしたら父親になれるのか、俺には見当がつかない。今ようやくそれを学んでる」

　この十年、リーリーは比較的安定した暮らしを送っている。でも、子供こそが、ぐるぐる回る世界の中で唯一の不動点であり、女はもっと込み入った存在だ。ある女性と五年間同棲していたが、関係が終わったとき、ワッツという故郷に戻ってきた。今は別のガールフレンドがいて、彼女のことは愛しているが、「俺と息子たちの空間には入らせ」たくないそうだ。

　リーリーは笑い、生きていくうえで困っていることが一つだけあって、しかもそれは自分にずっとついてまわっているという。今まで一度も安定した仕事に就いたことがないのだ。仕方がないので、ワッツで手っ取り早く金儲けができることについ手を出してしまう――

—麻薬の売人だ。刑務所帰りの男たちは往々にして仕事が見つからず、生活費を稼ぐ方法がほかにないため、今も麻薬の取引がおもな選択肢なのである。もちろん、それを選べば、べンやリーリーがそうだったように、必ず報いを受けることになる。「俺はもう一度刑務所に入ることになった」リーリーが思い返す。「暴行や襲撃じゃないから、三振法〔一九九〇年代に各州で制定された法律で、重罪で三回有罪判決を受けると、二十五年から終身刑の判決が下される〕には引っかからなかった。〇・四四グラムのコカインさ。二年間シャバから遠ざかったよ。だがミス・リープ、誓って言うが、もう二度とドラッグは扱わない。とにかくフルタイムの仕事を見つけなきゃならない。俺に必要なのはそれだけなんだ」

結局、父親会に関するわたしの心配については話さなかったけれど、べつにかまわなかった。リーリーと話をするうちに、頭が整理できた。彼が家族から、そしていまだに母親から心の安らぎをもらっているという話が重要だった。

ワッツの男たち、ワッツというコミュニティの中には、強い力がある。それは、プロジェクト・ファザーフッドにかかわる者全員が育む必要があるとハーシェル・スウィンガー博士が訴えた、家族の力だ。ここは天然資源の豊かな土地なのだという感じがする。それでも、一つ小さな問題がある。内在するその力を、男たちにどうやったら認識させられるのだろう？　どうしたら変化を起こせるのか？　その方法が、わたしにはわからなかった。でも、やる気を見せない子供をやる気にさせることについて、サイ・ヘンリーから聞かされた話がずっと頭にあった。「ときには子供たちを騙すんだよ……子供がこっちの方法じゃやりたくないっていうなら、別の方法を提供してやればいい。子供が楽しめる方法を。だがそれこそ、俺がやらせたいことをおまえたちにやらせるときに使う、基本的な戦略なんだ」

08 ファザーフッド

家族がすべてだ。俺にはとっくにわかっていたことだが、〈プロジェクト・ファザーフッド〉のおかげで、俺たちはけっして完璧ではないといっそう身に沁みた。全部完璧なものなんかない。逆境に遭っても、俺たちはなんとか切り抜けなきゃならないが、家族がいればなんとかなる。愛があればきっと勝てる。愛はやっぱり愛なんだ。愛がなければ無意味なんだよ。

――エレメンタリー・〝エレ〟・フリーマン

わたしは今までずっとマイクに従い、先週の会合のあと父親の一人が喧嘩をしているのを見たことも忘れようとした。でも、問題をそんなふうに完全に無視したりするのは、黒人ではなくアングロサクソン系プロテスタントのやり方だった。わたしは、父親たちのあいだに絆を築くにはどうしたらいいか、いまだに考えていた。わたしの危惧をよそに、翌週の会場も父親たちでぎっしり埋まっていた。出席率に気をよくして、マイクもわたしもちょっと大胆になった。自然な流れで、大前提となる問題を話し合おうということで二人の意見が一致した。「よい父親の条件とは？」

　男たちはいっせいに口を開いた。びっくりするほど激しい反応だった。

「俺たちにどうしてわかる？　あんたらが教えてくれるんだと思ったのに！」

「親父がそばにいたことは一度もなかった——」

「俺には父親なんかいなかった——」

「この会はそのための——」

「ドクタージョルジャリープ、俺たちにそれを教えるのはあんただ！」

　いつもならマイクにまかせるところだが、今度ばかりは、なぜ彼らがここに一緒にいるのか、その目的をはっきりさせようと決めた。

「今まであなたたち一人ひとりと、一対一で話をしてきた。誰もが、子供のそばにいてやりたいと言っていた。よい父親になりたい、と。でもまずは、よい父親になるには何をすべきか、ちゃんと話し合わなくちゃ。それも自分の言葉で」

　わたしはサイと目を合わせた。彼はそれに応じてくれた。

「俺は父親として、子供に手本を見せ、手本になろうとしてる。口で言うだけじゃなく、それを自分で実行するんだ。そうすれば子供たちは、パパは口先だけじゃなく、そういうふうに生きてるんだとわかる。とくに息子たちの前では、こういうヤバいことにおまえたちは手を出しちゃだめだって示そうとしてる。話して聞かせるだけじゃだめなんだ。ちゃんと行動で見せないと。俺はつねにそれを実践してる」

サイに続いたのがチャブだった。内気で、元々発言が少なかったが、最近だんだん心を開き始めていた。声が小さくて、耳を澄まさないと聞こえず、なんだか頼りない感じがしたけれど。「よい父親の条件はよくわからない。俺には父親がいなかったから。俺は子供を守りたいんだ。だからときにはめちゃくちゃ逆上するよ。『俺は娘を愛してる。娘を傷つけたら承知しない！』だが、そういうやり方をしちゃいけないと理解しなきゃならない。子供ってのは遊ぶものだ。たとえば娘がどこかのガキにぶたれて、泣いて帰ってきたとする。とても黙っていられないよな。仕返しをしてやりたくなる。だけど、相手は子供だ。遊んでるうちに、少々度が過ぎるってこともある。だから受け流さなきゃだめだ」

わたしはチャブの言葉を聞きながら、問題を解決したければ襲撃するか、ギャングの兄貴分に相談するのが常だった人間にとって、今この会に出席して別のやり方を身につけなければならないのは、やっぱり難しいものなんだな、とつくづく思った。

チャブは話を続けた。「俺は脇に引っ込んで、娘が自分で物事を解決するのを離れたところから見守る。そうすれば、娘はこれからも何か起きたときに俺に必ずしも頼らなくなる。そして自力で解決できるようになるだろう。もしかしたらあとで、こうしたらよかった、こうしないほうがよかったとアドバイスするかもしれないが、まずは自分でやらせたい。どう思う？」

ベンが考え込みながらチャブのほうを見た。

「賢いやり方だと思う」

チャブの顔がぱっと輝いた。ベンは、チャブが尊敬する兄貴分だ。ほかの誰よりベンから褒められることが、チャブには大事なのだ。ベンはさらに続けた。「そして、子供たちを愛してやることだ。たとえおまえにはまるで理解できないことをしたとしても、無条件に愛すること。俺たちワッツのギャング・メンタリティはいらない。必要なのは愛だけだ」

ウィリー・フリーマンがベンに続いた。彼は最近この会に顔を見せるようになった。たいていの人間は彼をエレ（小学校《エレメンタリー》の略）と呼ぶ。物静かで、思慮深い男だ。

「子供を守らなきゃならない。そして必要なものを与える。そして話に耳を傾ける」エレは勢いに乗っていた。「聞き手にならなきゃいけないと思う。だってさ、計算してみればわかるだろ？　神は俺たちに耳を二つ、口を一つ与えた。つまりたくさん聞き、しゃべるのは少しにしろってことだ。単純な計算だ、な？」

サイはエレメンタリーに賛成した。「エレの言うとおりだ。何にでも耳を澄まし、誰の意見だって聞かなきゃならない。そしていい意見だなと思ったら、使えばいい。よく聞く者はよく学ぶ者だ。しゃべってばかりいる人間は何も学ばない。何も知らないままだ。何にでも耳を傾け、学ぼうとすることだ」

「シンプルだが大事なことを、俺たちは忘れていると思う」リーリーが会話に加わった。「時間だよ。俺たちは子供と一緒に時間を過ごさなきゃならない。ここにいる俺たちは、父親がいなかったと訴える。本当に父親がいなかったわけじゃない。俺たちはみんな父親のことを知っている。ただ、一緒に時間を過ごさなかっただけだ。俺たちが本当に訴えたいのはそういうことだ。父親はそばにいてくれなかった。だから俺たちは子供のそばにいなきゃならない」

「ほんとに、俺たちは子供のそばにいなきゃだめだ」今度はデュボワだ。「父親は基本、その家の王様みたいなものだ。父親がいなかったら、王妃の心は空っぽになっちまう。ワッツには子供を教育できる父親がいないから、母親が教えなきゃならない。だが、女には男は育てられない。母親ほど子供を愛せる者はほかにいないが、父親ほど息子を教育できる者はほかにいない。だが現実を直視しなきゃだめだ。もし父親として子育てしようとしたとして、一方でストリートに戻って悪さをしていたら……それじゃあダメだ。ちぐはぐだよ。二つのまったく違う仕事に同時に取り組んでることになる。だから子供を持ったら、ストリートのこと——ギャング団で暴れたりドラッグの売買をしたり——は卒業しなきゃならない。子供ができたら、以前の仕事とはおさらばする。過去のことにするんだ。とくに息子だったら、俺が、俺たちが必要だ。統計値からもわかるように、父親あるいは父親役がそばにいないと、男の子が人生で成功する確率が低くなる。子供のそばにいて教育すること——それが、父親が子供にできるいちばん重要なことだ」

議論はこれまでにないくらい活発になっていた。ビッグ・マイクとわたしも発言を促す必要はなく、ただ全員が発言できるように司会進行するだけでよかった。ときどき興奮しすぎて、ほかの人の言葉を遮ってしゃべりだす者もいた。するとマイクが静かに言った。「ツインは次だぞ」シュガーベアやチャブのように今までは発言したことがない者も、意見を発表しようとした。何より感心したのは、男たちは言い争うのではなく、順番に意見を言い、人の話を聞き、質問をする点だ。

「俺はまだ話してねえ」ロナルド・ジェームズまたの名をツインが口を開いた。「一つ言いたいことがあるんだ。怠けるのはやめること。子供なんかそこにいないみたいな、自分は関係ないみたいな態度をしちゃだめだ。父親らしく振る舞い、父親らしい態度をとること。父親役を買って出ろ。父親として振る舞えるせっかくのチャンスを他人に渡すな。だってさ、あんたが子供のそばにいて、子供があんたのそばにいてくれる、こんなに最高なことはないんだぜ。赤ん坊じゃなくなって、名前を呼べば駆け寄ってきてくれる頃はとくに。電話もよこすかもしれない。そういう電話は必ずとるべきだ」

　これは、父親会で以前みんなが総意として言っていたこととは矛盾する――子育ては女の仕事だ、と訴えていたではないか。だが、べつにそれを指摘する気はなかった。自分たちが子供のときには、そんなふうに見えていたのかもしれない。目くじらを立てるほどのことではない。大事なのは、全員が「ファザーフッド（父親であること）」について熱心に話をしていることだ。

「俺たちはここに座って、親業について自分なりの意見を発表してきた。だが、そろそろもっと新しいことを考えるべきだと思う」サイはここで一呼吸置き、全員を真剣な顔で見回した。わたしは、彼が息子たちに「ヘンリー家の子供は人の先頭に立つ」と告げたときの話を思い出していた。たしかにサイは人の先頭に立っていた。そして、そのあと彼が言ったことはまさにお告げだった。

「自分の子育てのやり方だけじゃなく、ほかの人たちのやり方を知りたいんだ。何かをしようとするとき、俺はいつもまわりから学んできたからだ。自分ではわからない難しい状況になったとき、相談できる年上の人間がいつもいた。十五歳年上のその人は、俺の行動を客観的に見て、こうしたほうがいい、ああしたほうがいいとアドバイスしてくれた。それでいつもうまくいった。つまり、一人でやっちゃダメってことだよ」

ビッグ・マイクが話を引き継いだ。「サイ・ヘンリーはいい指摘をしてくれた。俺たちの中でも年長の父親が、若い父親の指導者になるんだ。そして、俺たちはここにいる全員の言葉に耳を傾けなければならない。おたがいに学び合うんだ」

みんながうなずいた。

「そしておたがいに教え合うこともできる」ベン・ヘンリーが付け加えた。

「今夜話し合ったことを振り返って、本気で取り組まなきゃいけないと思う」リーリーはこれからの計画を立てようとしていた。「言うだけじゃなく、行動しなきゃ。たがいに話をし、電話をし、そばで支える。この部屋の中でだけでなく、外でも」

「俺たち一人ひとりがこの会の一部であり、みんな強い」マイクがわたしのほうを注意深く見た。わたしたちは以前、父親たちの持つ力を強化するべきだと話したが、彼は今まさにそれをしていた。みんなが同意するようにうなずいた。プロジェクト・ファザーフッドは、キリスト教の伝道集会のような雰囲気になってきた。

「俺たちは強いと思う」ビッグ・ボブが言った。「だが、そう言ってくれる者は誰もいなかった。だからたがいにそう言い合うんだ」

「忘れちゃいけない、求めていることはみんな同じだってことを」サイが言った。「自分の子が大人になって、人生で成功する姿が見たいだけなんだ。子供を自分よりいい人間にするってのは、大きな挑戦だ。だが、それこそがよい父親になるってことだ。子供に言うんだよ。『俺よりいい人間になれ。パパを超えていかなきゃだめだ』と」

サイがそう言ったとき、わたしは泣きそうになった。男たちのあいだから「まったくだ《アーメン》」という言葉が漏れ、リーリーが「おまえは説教師だ、サイ」とそっと言った。サイは、彼らが子供に託す夢のすべてを語ってくれていた。

「小さかった頃、あんたみたいな人がいてくれたらなあ、サイ」マットが小声で言った。室内の父親たちが全員彼のほうを見た。「俺には父親がいなかった。兄弟たちもみんなそうだ。俺たち兄弟は一人を除いて同じ父親の子だけど、父親がそばにいたことはなかった。ドラッグ中毒だったからな。それはお袋も一緒で、二人ともそばにいたためしがなかった。俺たちは自分たちだけで生きなきゃならなかった。父親の顔は見たことがなかった。本当に、一度も。姿を消しちまったんだ。だからこの土地に来て、おばと住むことになった。おばが育ててくれたんだよ。するとある日父親から、会いたいって電話が来たんだ。親父ははるばるシカゴからここジョージダン・ダウンズに俺を訪ねてきた。それで一日一緒に過ごした。次に会ったのは、親父の葬式さ」

　男たちは首を振った。

「つらかったな」サイが言った。

「気の毒に」テランスが続ける。

「だがな、マット、おまえはまだ若い。それに俺たちがみんなついてる」ビッグ・マイクはそう励ますとすぐ、室内を見回した。

「おまえはまだいいよ。俺は自分の父親が誰かも知らねえ」ファッジが言った。「俺はいい父親になりたい。そして、いい父親になるにはどうしたらいいか、俺にわかったことは、父親とは正反対のことをするってことだけだ」

「俺は親父を知っていたが、何の役にも立たなかったよ」アンドレが言った。その週は女性の会合はなかったので、アンドレも父親会に戻ってきたのだ。「だが、いい父親になるには、自分自身の父親と和解することも大事だと思うんだ」

　男たちはみな考え込んだ。アンドレは続けた。

「俺は長いあいだ父親に腹を立てていた。ちっともそばにいなかったからな。だが気づいたんだよ。自分がいい父親になるには、まず親を許さなきゃいけないって」

「つまり、許すことが人をいい父親にするって言いたいのか？」サイがアンドレをまじまじと見た。

「ああ、たぶん」

「もう一つ言わせてくれ」今度はデュボワだ。「いい父親になるには、いつでも子供を助けてやることだと思うんだ。助けると言っても、靴を買ってやるとかそういうことだけじゃなく、子供が必要とするときにそばにいてやることも大事だ。子供にも自分なりの世界があるから、ときにはいやな目に遭うだろう。そういうときに父親が必要なんだ。俺には実際に体験がある。双子の息子の一人から学校でつらいことがあったと連絡が来たから、学校に駆けつけたんだ。息子と向かい合って、何があったのか話を聞いた。だが息子は元気そうだった。つらい一日だったけど、とにかく俺に学校に来てほしかっただけなんだ。俺は普段あんまり家に寄りつかないから、息子も妙な感じがしたと思う。俺は学校に行って息子に寄り添い、話をした。そうして元気づけたんだ。あとで先生に電話をしたら、息子は元気に過ごしてると話してくれた」

デュボワが話をするあいだ、男たちは熱心に耳を傾け、やがて一人、また一人と、彼を讃えた。

「それはまさに、子供のために俺たちがすべきことだ」ビッグ・マイクが続けた。「子供の学校へ行き、教師と話をし、子供が困っていることは何か知る。保護者懇談会だけじゃだめだ。子供の担任の名前を知っている者がどれだけいる？」

室内はしんとした。

「なるほど」ビッグ・マイクはため息をついた。「いろいろとやるべきことがあるな」

「だが、マイク」デュボワが口を挟む。「これがずっと黒人家族の問題だったんだよ。中には理想的なお手本がいる家庭もある。俺たちが手本になって、助け合う必要がある。俺のいちばん上の兄貴のビッグ・ボブみたいに。ボブが俺をすごく支えてくれたんだ。この会で、俺たちがたがいの手本になったらいいと思う」

「わかるよ、ブラザー。だが、このへんで全体を要約したほうがいいと思うな、デュボワ」ビッグ・マイクが言った。

「いい父親になるには、変化する覚悟をする必要がある。子供は親を変える。マット、おまえみたいに若い人間は、変わる覚悟ができてないかもしれない。だから若い父親は、簡単にあきらめちまうことがあるんだ」

「俺は違うよ」マットは憤慨するように言った。

デュボワが続けた。「いい父親になるには時間がかかるが、そういう時間の使い方は悪くない。人間として変われるんだから。さっきも言ったように、ここでは若いうちに子供を持つ連中が多いが、若さゆえに変わる覚悟ができてない。いまだにストリートに出て、ぶらぶら遊びたがってる。赤ん坊は父親なしのまま置き去りだ。女たちは一人で子育てするはめになる。それがワッツの問題の一つなんだよ。俺たちみんな一丸となってその問題に取り組み、助け合い、初めて父親になる若者を助けなきゃならない。この父親会にいる連中も、まだ来ていない連中も」

「そして、俺たち自身でやらなきゃならない。人に頼っちゃだめなんだ」ベンが静かに言い、リーリーがすぐにそれに賛同した。

「そのとおりだ。俺たちがやらなきゃならない。だって政治家だのソーシャルワーカーだのはここに来てはあれこれ約束して、投票をお願いしますと言うばっかりだ。だが具体的にどうしたらいいか教えてくれはしない。連中はいろいろと約束し、何か出来合いのものをさしだしてくれるかもしれない。だが、それじゃだめだ。自分たちでやらないと。ここで、家族の中で、そしてこのコミュニティで、父親になる。最初にそう宣言したんじゃなかったか？見せつけてやろうじゃないか、俺たち黒人やラティーノでもいい父親に、いや<ruby>グレート</ruby>な父親になれるって」

この話し合いのあいだ、わたしは一言もしゃべらなかった。会の中にはこれから父親になる若者が三人いた。マットを除くと、彼らは話を聞くだけで、ほとんど何も言わなかった。でもかまわない。グループはついに団結し始めた。目的を見つけたのだ。彼らはおたがいの父親役を務めようとしている。マイクが閉会しようとしていた。

「忘れるな、俺たちはたがいに助け合うんだ、と。みんなで一緒に父親になるんだ」

ビッグ・マイクは室内を見渡した。そして初めて、男たちに首を垂れるよう告げた。「祈ろう」

09 父親っ子

正気を保ちながら、過去の問題やこれまでどんなふうに生きてきたかってことと向き合うのは簡単じゃない。ときどき過去を振り返りたくなるし、過去を振り返らせてくれる人もいるが、状況を天秤にかけると、やめておこうと思う。父親として行動することが、俺が正気を保つ方法だった。父親になって、やっと正しい道を歩けるようになった。昔やっていたことを続けるんじゃなく、気持ちを集中できるものができたんだ。子供だけに目が向くようになった。娘のそばにいなきゃならない。そして大事にしてやるんだ。

――デルヴォン・〝チャブ〟・クロムウェル

この数週間、わたしはずっと自分の父について考え続けていた。毎週会合に来る男たちには父と共通する何かがあったが、それが何か、わたしにはうまく表現できない。簡単には消えない深い悲しみというか、これと名付けられない孤独感というか。それは黒人か白人かにかかわらず、彼らが分かち合っている、そう、「父親のトラウマ」から湧き上がるものだ。記憶にある父は母を愛していたが、いつもそこには距離があり、自分自身の父親への気持ちについて一人悶々と悩んでいた。

父の子育て方針については、一部を除けばほとんど覚えていない。習慣を守る、慎重で威厳のある人だった。パジャマ姿の父を見たことがないくらいだ。一九七一年、深夜に起きたシルマー地震が南カリフォルニア全土を揺るがしたときにも、寝室から現れた父はまるで魔法のようにきちんと着替えていた。毎週土曜日にはパンケーキを、日曜日にはビスケットを、水曜日にはワッフルを手作りした。私物は引き出しに整理整頓されていて、たとえば「突然の出費のための予備費」はコンドームの横に置いてあった。何より、父はけっして裏切らなかった——母を、弟のジミーを、姉妹のケイティとアーネスティンを。無口で堅固な、一家を支える大岩のような存在だった。

年月が経つうちに、とくにガンと診断されてからは、父が親としてとても悩んでいたことをわたしは知った。父の父は家族と打ち解けず、めったに家にいなかった。週に六日働き、日曜は一日中、寝ていた。「父と息子」の関係はないに等しかったが、それは移民家庭では珍しいことではなかった。父親と心のつながりがなかったことを表立って認めたことはなかったけれど、自分はよい父親だったのかどうかわからないと時折こぼしていたことは事実だ。たとえば、父のこんな言葉が忘れられない。

「わたしには父親役がいないも同然だったから、どう振る舞ったら親として正しいのか、わからなかったんだ」まず母親を、一年後に父親も亡くしたことで、父は胸の内を告白したくなったのだろう。今まで知らなかった父の人生について、初めて本人から聞かされたのだ。

わたしはセラピー至上主義者の熱心さで、一度セラピーに行ってみたらどうかと勧めた。

「パパのお父さんについて誰かに話したら、楽になるとは思わない？　たとえば、セラピストを相手に」

「いや、思わないね。おまえの母さんには話をするし、神にも話す」

「でも、パパの助けになってくれる第三者のほうがいいんじゃない？」

「わたしに助けは必要ない。わたしは祈りを捧げ、それで気分はよくなる」

たとえば父親会のギフトカードみたいな、父の気を引けそうなものは何もなかった。ガンと診断されたとき、父は神と話をし、〝天にまします父〟が自分を助けてくれると恍惚の表情を浮かべたほどだ。でも父は、とても孤独だともわたしに言った。

今父のことを考えると、わたしはわたしで悲しみを拭えない。子供の頃、わたしは父親っ子だと家族は考えようとしていたみたいだが、結局そうはならなかった。二人のあいだにはたしかに愛情が通っていたとはいえ、正直ぎくしゃくしていた。父がわたしを本当に理解していたのかどうかわからないが、それはどうでもいいことだった。皮肉な話だが、父自身はわたしという人間を推し量れないまま、父としてずっとそこにいた――この世を去るその日まで、わたしの人生の礎として。

父は移民の子として生まれ、愛情深い母親と、父親役を果たさず、果たす気もなかった父

09　父親っ子

親に育てられた。ある意味、父はワッツの男たちと同じ問題に悩んでいたのだ。父親らしいことをしてもらった記憶がないのに、どうやったら父親になれるのか？　でもその悩みは父親の代で終わった。わたしには山ほど悩みがあったけれど、父親のトラウマをこうむることはなかった。だからわたしには、彼らがどういう心境なのかわからないのだ。

父との関係は理想的なものとは言い難かったとはいえ、父がわたしを愛していたことは間違いない。しかし、その愛情は、父の感じていた強い矛盾と切っても切れないものだった。父は、成長したわたしという女性が理解できなかったし、好きにもなれなかった。うるさいし、好奇心が強すぎるし、ちっともじっとしていない。「おまえは質問が多すぎるぞ、ジョルジャ・ジーン」父はわたしによくそう言ったが、そこには笑顔はまったくなかった。わたしはいつも機嫌の悪い子供だった。反抗心が強く、怒りんぼで、挑発的。ティーンエイジャーの頃はマリファナを吸い、髪を脚まで伸ばし、ギリシャ人家族の結婚式にブラもせず、タイダイのベッドカバーをまとって出席した。その隣で、父はネクタイとスーツ姿で立っていたのだ。どうして自分からこんなにワイルドな子が生まれたのか、と父が思っていたかどうかは知らない。少なくともわたしはそう思っていた。父には距離を感じ、自分とは別の世界の人だと思っていた。けれど、もし何か危機が生じて、わたしが父を必要とすれば、必ず父は駆けつけてくれると信じていた。真夜中に車が故障したり、ボーイフレンドが泥酔して運転できなくなったりしたときに、困って電話をかける相手だった。実際、わたしが悩み、不安が募って気持ちが不安定になったとき、セラピーを予約してくれたのは父だった。セラピーというものやセラピスト（しかもこのときはユダヤ人）に頼るということが、信心深いギリシャ正教信者の父にはさぞ耐えがたかっただろう。それでも父は週一度のセッションの費用を出してくれた。「これを払うのはわたしの責任だ。問題の原因の一部は母さんと父さんにあるんだから、わたしたちが何とかする」

娘を完全には理解できないとはいえ、それでも娘を支え、自分の権威を脅かすこと（大学に行く）や信用していないこと（セラピーに行く）にもお金を出してくれる父親――これほど深い愛の形はほかにないのではないか？　わたしの選択や生き方にしょっちゅう疑問を呈しながらも、父はわたしをいつでも無条件にサポートしてくれた。父は賛成していないな、と感じることはあったけれど、それでも深く愛してくれているとわかった。

わたしが大学一年生のとき、父はガンと診断された。島細胞ガンだった。希少なガンだが、スティーヴ・ジョブズの死因もこのガンだったため、今ではよく知られている。しかし三十四年前、肝臓移植や遺伝子マッピング法はまだなく、化学療法と放射線治療が容赦なくおこなわれていた当時のことだ。一九七〇年代の腫瘍学と血液学がせいぜい提供できたものを耐え抜いた父は、本当に勇敢だった。大腸の一部と脾臓、それに膵臓の一部を取り除く大きな手術をしたが、その後の経過はあまりよくなかった。ガンはすでに肝臓に転移しており、優秀だがユーモアのかけらもなかった外科医は、身辺整理をしたほうがいいと父に告げた。父は運命に懸命に抗い、六か月間の試験的な化学療法の治験に参加し、補助として放射線療法も受けた。つらい実験的な治療に耐えたおかげで、その後四年間は元気に過ごすことができた。

父の治療が始まったとき、わたしは大学一年目の不安のさなかで、自分に自信が持てず、怯えていた。誰かの支えが必要だと思った——それもたっぷりと。わたしの第二の父親であり、知識面のロールモデルだった、大好きなおじセオ・ペペがいたけれど、わたしに必要なのは真夜中に電話で呼び出せる相手、わたしの不安や反抗心をバランスよくなだめてくれる賢者、そして誰もが持て余すわたしを諫めてさえくれる人だった。わたしには、やっていいのはここまでだ、と限界を示すフェンスが必要だった。ちょっとした精神的な戒めでは足りなかった。セオ・ペペとセア・エイドリアンは、わたしが望めばいつも豊穣の角〔古代神話における食べ物や豊かさの象徴〕みたいにわたしの心を豊かにしてくれたけれど、子供が四人もいたから、あんまり頼っては申し訳ないと心の底で思っていた。わたしには自分だけの父親が必要だった。

やがてわたしが「パパ」と呼ぶようになるジョセフ・ロズナー医師は、わたしがそれまで知っていた誰とも似ていなかった。まず、彼はたぶん、過去にわたしが出会ったどんなユダヤ人より誇り高かった（これはけっこう重要な問題だった。わたしのごく近しい家族は寛容だったが、ギリシャ系では反ユダヤ主義の人が多かったのだ）。ニューヨークで生まれ、ハーレムで育ったパパは活力にあふれ、何にでも意見があり、人を癒す言葉をたくさんかけてくれた。本当に魔法のような言葉が飛び出すのだ。「一日二十四時間、いつでも電話をかけてきなさい」そしてこれを本気で言っていた。実際に、わたしは一度夜中の三時にこれを試した。夜が更けるにつれて、わたしのデート相手がどんどん泥酔していくので、彼を置いてパーティを脱け出したかったのだ。パパは本当に電話に出てくれて、人がどう思うかなんて心配しないでさっさと帰宅し、ベッドに入って眠り、全部忘れてしまえと怒鳴った。「パーティなんてこれからいくらでもある。人生、先は長いんだ」わたしに必要だったのはこれだった。父が亡くなった日、パパとセオ・ペペがわたしを慰めてくれた。その瞬間、わたしのすべてが温かい毛布で包まれた。それでもわたしはまだ将来が不安だった。

父親に頼りたいという欲求はけっして消えるものではない。父親会の参加者たちはみなそう知っている。もちろんわたしも知っている。パパと出会って四十年以上経つが、ずっとそうだった。彼は今も、たとえ真夜中でも、その必要があれば頼ることができる父親役だ（パパはもう九十二歳なので、できるだけそういうことは控えているけれど）。考えると笑ってしまうのだが、わたしの身近な人たちは、わたしたちの関係について理解しようとするのをすでにあきらめ、わたしの人生において彼の存在がどんなに大きいか、ただ受け入れている。夫のマークは彼がわたしの一部だと知っているし、娘のシャノンは彼を祖父だと思っている。二人がそんなふうにわかってくれて、わたしはラッキーだ。わたしの過去の軌跡を知り、ほかの誰よりそれを理解している人が、少女だったかつてのわたしを覚えている人が（今もときどきそんなふうに振る舞ってしまうのだけれど）、わたしには必要だった。父親会の男たちに父親が必要なように、わたしにも父が必要だったのだ。問題は、彼らにはパパも、セオ・ペペも、父さんもいないことだ。だから別の戦略を練らなければならなかった。たがいに助け合い、とくに年長の父親が若者たちの手本になろうとすることが出発点だった。

　父親役を買って出てくれた一人は、彼自身父親を知らない、デュボワ・シムズだった。

「俺にとってはストリートが父親みたいなもんだった。いろいろと問題を抱えながら育ったよ。仲間はずれにされないように行動すること、それがまず大前提だった。つまり、まわりに合わせないといけなかったんだ。だから、でかしたと人に言ってもらいたくて、いろんな悪事に手を染める。子供の頃、父親がそばにいてくれればよかったのに、と思うよ。とくに小さいときには、家に父親がいる必要がある。父親がいなかったせいで、俺はいろんな意味で心に傷を負ったが、強くもなった。しばらくはギャング団が家族みたいなもんだった。兄弟の一人は同じギャング団にいたしな。だが、もう一人は別の道に進んだよ」

　ワッツで大人になると、デュボワは貧困から脱出するためにギャング活動を始めた。つらい話だが、それからはよくある道筋をたどることになる。金を稼ぐために違法行為に走り、刑務所行きになった。この会の多くの男たちがそうだが、デュボワも過去についてはあまり語りたがらない。古い話を蒸し返したくないのだ。たとえば若者にアドバイスをしようとするときなど、話に信頼性を持たせるために昔話を利用することはあるが、ギャングのライフスタイルを美化する気がないのは明らかだった。

「俺は収監された。矯正局の世話になったんだ」デュボワは言った。「運悪く刑務所に行かなきゃならないようなことにいくつかかかわってたんだよ。お務めをして、それから家に戻った。今考えると、ドラッグを売るとか、ギャング活動をするとか、誰もしたくてしているわけじゃないとわかる。だが、向こう側に行くこと、普通に働くってことが、本当に難しいんだ。それはギャングメンバーだけじゃない。黒人にだって大学に行って学位を取った人間はいるが、それでも仕事にありつけないんだ。俺たちは変わらなきゃいけない。だが俺の場合、そういう経験をしたからこそ、変わろうって気になったんだと思う。初めて刑務所に入ったのは二十四歳のときだ。そのあとすぐ刑務所に舞い戻った。だからよく言われるよな、何だっけ、回転ドア？　マジでそうだよ」

デュボワは生計を立てるためにドラッグを売った。それで刑務所に行き、出所してからはその後遺症とうつ病に悩まされた。「俺はよくクローゼットにこもった。人がまわりにいるのがいやで、一人になりたかった。だが立ち直るのには宗教がとても役に立った。少なくとも、精神的な病については。うつ病と宗教のおかげで、俺はいろいろなことに目覚めた」

デュボワが刑務所の回転ドアから出られなくなっていた頃、最初の子供である娘が生まれた。予定外の子供だった。「ここにいるみんなのことを考えたとき、生まれた子供の多くがただの欲望発散の結果だったんじゃないかな。俺の場合はたぶんそうだった。だが結果的に、それはそれはかわいい娘がやってきた。死ぬほど愛しているし、あの子は俺の誇りと喜びだ。それから双子の男の子、ラシードとラシャドが生まれた。二人ももちろん俺の誇りと喜びだし、心から愛している。今十歳で、どんどん大きくなってる。だが、子育ての状況は違う。娘が生まれた当時の俺と、今の俺とは別人だ。娘とは思ったようには一緒にいられなかった。

だが双子には俺の時間をすべて注ぎ込んでる。二人を支えたいんだ。今の俺は、昔は知らなかった、父親としてとても役に立つことをたくさん知ってる」

　デュボワは、黒人もラティーノも含めほかの大勢のギャングメンバーと同様に、人生のターニングポイントに立っていた。「仲の良かった友人たちの多くが暴力によって死んだ。つらいことだ。俺にとってはそれが大きな転換点だった。変わりたいと思ったんだ。死にたくなかった。そうわかったのは二十三歳ぐらいの頃、まだ子供が生まれる前だった」

　息子たちが生まれたときには、すでに自分は正しい道を歩いていると感じていた。仕事をしたい、社会に所属して、正しいことをしたいと思っていた。でも双子のおかげでその気持ちがいっそう強くなり、変わろうとする努力が加速した。「息子たちが生まれたとき、いい人間になろうという気持ちはもうあったから、すでに正しい方向には向かっていたんだ。だが、あの子たちがやってきたとき、自分磨きがはるかに速まった。俺は賢くならなきゃならなかった。読み書きを教え、普通の子供ができることを覚えさせようとしたからだ。だが、自分がこの子たちを創造しているんだと実感し、それを目撃し、家族の一員として役に立てるのは、まさに人生の喜びだ」だが、デュボワはそこで物思わしい顔になった。息子の父親役をするのは幸せなことだが、それでも疑念や不安でいっぱいだからだ。

「これは始まりにすぎない。ここはスラムだ。ここに住む男として巻き込まれないように気をつけなきゃならないことが、たくさんある。まっすぐ歩いていこうとするだけでも、ここにいるとひと苦労なんだ。そしてそれはいい父親になるための苦労だ」

デュボワにとって、大事な仕事の一つは、「ストリートから距離を置くことだ。友だちにはいいやつがいるし、離れたくないけど、できる限り近づかないほうがいい」。デュボワはどこかで幼なじみたちを裏切っているような気がしていたが、こう付け加えた。「彼らもこの会に入って、変わってくれることを祈るだけだ」彼は自分がお手本になりたいと思っている。「そうすれば、この男は変われた、もうストリートとは縁を切ったんだ、と誰かが言ってくれるかもしれない」

父親会の始まった最初の年、デュボワはプロジェクト・ファザーフッドのサクセスストーリーの一例となった。早いうちから、ジョン・キングはビッグ・マイクとアンドレと協力して、デュボワを〈ウィビルド職業訓練プログラム〉に参加させる段取りをした。これは、建設作業員のための就業前徒弟制度とも言えるものだ。プログラムを終えたあと、デュボワは仕事を探そうとし、地元情報サイト「クレイグリスト」を繰り返し閲覧したが、思わしい結果は出なかった。「なんとか仕事を探したくて、クレイグリストを見た。建設作業員の講座も修了したわけだし、みんなをがっかりさせたくなかったし、プロジェクト・ファザーフッド参加者のお手本になりたかった。結局クレイグリストでは仕事は見つからなかったが、建て直しの最中だった高校に行ってみたら、そこの建設会社が雇ってくれたんだ」作業員の一人として働けることになり、とても感謝した。「プロジェクト・ファザーフッドのみんなにはすっかり世話になった。会ではちょっとした言い争いになることもあったけど、すごく役に立ったよ」

デュボワが今挑戦しているのは、貯金して、家を買うことだ。家を持つのは彼の夢だった。父親会にいても、彼は今の自分自身に驚くらしく、こんなふうに言う。「まったく驚きだぜ、自分にこんなことができるなんて……こんなに長く仕事が続いたのも初めてだ。もう十七か月になるよ。人生でも最良の時だ。大きな目標を達成したとまでは言えないが、小さなゴールにはたどり着いたんだから」

デュボワにとっては、父親たちのお手本になることがとても重要だった。「善良な人間たちの多くはワッツから出ていってしまった。そういう連中がここに戻ってきて、自分のやり遂げた成果をここの子供たちに見せてほしいんだ。だって、このあたりにはいいロールモデルが見当たらないから」

デュボワの話を聞きながら、ワッツを去った人たちのことを考えた。この会に来ている男たちには強力なパワーがある。彼らは今のコミュニティをなんとかしたいと願っているのだ。なのに、なぜ逃げてしまう者もいるのか？　わたしの心中を読んだかのように、デュボワが言った。「ワッツにも善良な人たちはいて、おかげでバランスを保っていられる。ここには悪人しかいないと思っている人間が多いが、それは事実じゃない。俺からすれば、おかげで俺は正しい道をなんとか進むことができてるんだ。俺のまわりにいる、同じ道を歩いている善良な人たちのおかげで。人に何と言われようと、彼らも俺たちもパワーを持っていて、おたがいにそういうパワーで支え合っている」

デュボワの話を聞き、子供に対する強い責任感をひしひしと感じながら、わたしの父に立ちはだかっていた障壁はあくまで個人的なものだったのだと思い知った。ここにいる男たちには、よい父親になるというただでさえ難しい作業に、人種や貧困による困難も加わるのだ。

わたしは、作家ミシェル・アレクサンダーが著書『新ジム・クロウ法（*The New Jim Crow*）』ではっきりと書いていた、「大勢の黒人たちが」よい父親になれない理由について考え続けていた。それは責任感がないからではなく、刑務所に収監されるせいであり、しかも彼らの多くは、効果がなかったばかりか不幸しかもたらさなかった「麻薬戦争」の犠牲者なのだ。

麻薬犯罪を厳しく取り締まろうとする動きは、肌の色にもとづく不平等な量刑判決を横行させ、刑務所の過密化を引き起こしたにもかかわらず、アメリカ国内での違法な麻薬取引はいっこうに減らなかった。この事実は圧倒的で、こうした投獄のパターンが社会的なアパルトヘイトを形作ってきたことはデータから明らかだった。最初に刑務所行きになることで主流社会から経済的に隔絶されてしまう、最下層階級が誕生したのだ。〈センテンシング・プロジェクト〉（刑事司法システムにおける人種的・民族的差別問題をおもに研究および弁護するNPO）によれば、麻薬犯罪において、ラティーノや黒人には白人より厳しい判決が出る傾向がある。このパターンは、広域流通を含む重い麻薬犯罪に携わった個人の場合でも同じだ。

しかし「麻薬戦争」によるダメージ以外の部分にも、差別は広がっている。全国どの州でも、違法行為にかかわったアフリカ系アメリカ人とラティーノは、たとえ電子タグや修復的司法［犯罪の加害者や被害者、その他関係者が集まって、それぞれの受けた影響を修復・回復しようとするシステム」といった別の選択肢があっても、量刑を言い渡される傾向が強い。そのうえ、黒人やラティーノの若者は、白人の若者と比べ、より長く厳しい刑をたいてい言い渡される。だから地元の短期刑務所ではなく、長期刑受刑者が収容される州刑務所で長時間過ごす。さらには、無職の黒人男性（わたしのまわりにいる一部の人たちがその例）は、無職の白人男性より厳罰を受けやすい。前科の影響も白人と差がある。黒人やラティーノは、前科は似ていても、白人より刑が厳しくなる傾向がある。また、被害者の人種によっても差別が見られる。被害者が白人だった場合、黒人の被疑者は、黒人が被害者だったときや、白人が白人に被害を与えたときと比べて、刑が重くなりがちだ。こうした事情から、黒人男性は、家族から遠く離れた刑務所により長い期間収容され、出所許可や、保護観察および仮釈放の条件も厳しくなる。

こうした統計値を見るにつけ、ここに挙げたさまざまな障害を乗り越え、子供たちから離れず、コミュニティのお手本になろうとするデュボワの忍耐力に、わたしはあらためて驚くのだ。

10 ベビー・ママ

俺たちはみんな女がらみのトラブルを抱えてる。

――ベン・ヘンリー

二〇一一年、〈プロジェクト・ファザーフッド〉が始まって一年が経過しても、父親たちが直面している複雑な問題が次々と明らかになっていた。会に参加している男たちが妻や子供の居場所を把握しておきたければ、組織図でも利用するしかない。父親として、子供、親や親戚、それに妻かガールフレンドかベビー・ママ〔自分との子供を育てている（元）恋人〕か、いずれにせよつれあい《シグニフィカント・アザー》とで構成される拡大家族を管理しなければならないが、人生がそんなにあっさりうまくいくことはめったにない。貧困、ドラッグ、刑務所、犯罪にまつわる問題に加え、家族内のトラブルにもしばしば対処しなければならない。

裁判所命令が出されることもめったになく、父親会には子供預かり制度もないため、男たちにとって最大の問題は、時間管理だ。つまり誰がいつ誰の世話をするか、やりくりするのだ。中には、ちょっと休憩させてくれ、と思ってしまう父親もいる。「自分の責任、つまりガキたちについて考えるとき、どの子の面倒を先に見たらいいか、わからなくなるんだ」最近になって会に顔を出すようになったシャグがわたしに言った。「だから、結局どの子もあんまり見なくなるんだよ。だが、俺を本当にかっかさせるのは、ガキたちじゃなく、ベビー・ママのほうだ」

「俺も苦手だよ」ファッジが続けた。「ガールフレンドにいらいらさせられて、ちょっとムショに入ってひと休みしたいと思うことがある」

ワッツでの父親業は、わたしが思っていた以上に複雑だった。外にいるとき（刑務所の外で生活するとき）の男たちは、精神的にとにかく一杯いっぱいで、社会復帰がいっそう難しくなった。彼らの日常は両極端に振れ続ける。刑務所に入って家族から遠く離れているか、うまく対処できる人間はまずいないと思えるような、ややこしい家庭の中で右往左往するか。

そして、女たちのこともある。

男たちの妻やガールフレンド、ベビー・ママとの関係は込み入っていて、争い事や傷つけ合うようなことにさえ発展しかねない。同時に複数の女性と派手に付き合っていたりすれば、なおさらだ。「おまえと女たち全員の関係を知るには大きな地図がいるな」ボブがぼそりと言った。カイルが「四人のベビー・ママ」との関係の難しさについて訴えてきたときのことだ。

「あんまり大勢の女とかかわるなって、誰にも言われなかったのかよ、K」デュボワが口を挟む。

「そのとおりだ。対処しきれないんだから、かかわらないのがいちばんだ」サイがぴしゃりと言った。

マイクが一同に静粛を求め、「チェックイン」を始めると宣言した。チェックインとは、毎回の会合のときに始めた新しいプログラムで、参加者が簡単に自分の近況報告をし、特定の水曜日には、そのときの参加者が自分の活動の成果、残念だったこと、ジレンマなどを打ち明ける。今夜は、めったに発言しないベンが、自分が最初に話してもいいかとマイクに尋ねた。ベンの口から絞り出すような声で言葉がほとばしり出た。

「どうしていいかわかんねえんだ。考えてもうまい表現が浮かばないから、そのままずばり話すよ。二年ほど前、ガールフレンドに赤ん坊が生まれたんだ。そのことは誰も知らない。俺は誰にも言わなかったし、ガールフレンドにも人には言うなと口止めした。女房も、子供たちも、友人たちも知らない。だけど俺は大喜びだった。赤ん坊は男の子だった。初めての息子なんだ」

ここで一同がいっせいに拍手喝采した。

「息子か、そりゃすごい」

「よかったたな」

「おめでとう」

ベンは手を振ってみんなの興奮を静めた。

「だが昨夜、ガールフレンドから電話が来たんだ。彼女との連絡だけに使うプリペイドの携帯を持ってるから、電話はいつでも受けられるんだよ。最近、赤ん坊に話しかけてるのに、反応しないことが気になるというんだ。もしかして聞こえないのかも――聴覚に問題があるかもしれないとガールフレンドは思い、医者に連れていった。そしたら、医者が言うには、赤ん坊は――何ていうんだっけ――そう、自閉症の可能性がある、と」

室内はしんと静まり返った。

「どうしよう、ほんとにどうしよう」ベンの声は震えていた。「どうしていいかわかんねえんだ、まず、女房に打ち明けるべきかってことも。何かがおかしいと勘づいてはいるようだが、もし本当のことを言ったらきっと殺される。一度、一緒にいるところを見つかって、その女とは縁を切って、と強く言われたんだ。俺は約束した。本気で女房に誓ったんだ。だが約束を破っちまった。ときどき、神は浮気をしてることを咎めて、俺を罰してるんじゃないかって気がする」

「自分を責めるな」

「そうだよ、俺たちがいるじゃないか」

「大変だな。だが、事情はわかったよ」

「どうしたらいい？　普通の子だって、どうやって父親として振る舞えばいいかわかんねえってのに、子供が病気だったら……」ベンの声が小さくなって消えた。

「必要なのは、助けを求めることだ。どこかから助けてもらうんだ」

「頼れるところを探してやらねえと」

「そういうの、紹介してくれるところはないのか？」

父親の何人かが同時に提案した。そして、全員の目がいっせいにわたしに向けられた。まるでオリンピックの何かの競技みたいだ。シンクロナイズド視線。

「ドクタージョルジャリープ、あんたなら誰か紹介してくれるだろ」

「そうだよ、こいつを助けてやってくれ」

「ＵＣＬＡの医者とか」

わたしはすぐに同意し、メモを取ったが、父親たちはまだ検討を終えていなかった。これもメンバーたちの絆が強まったしるしだった。

「さあ、これでおまえもやるべきことがわかっただろう？」リーリーがまわりの父親たちを見回しながら言った。全員がうなずく。

「簡単なことじゃないよな」サイが続けた。

「マジで簡単なことじゃねえ」タイニーが重ねるように繰り返す。

「女房に話すべきだ。何もかも」

「それから、どうなったか俺たちに話せ」

「今週中にやれよ。いや、今夜にでも。それからここでどうなったか報告しろ」

男たちはみなうなずいた。アンドレがベンの肩を軽くつかんだ。ベンがうなだれて「ありがとう、みんな」と小声で言った。しかし静寂はすぐに破られた。

「俺にも話したいことがある」アーロンが勢い込んで言った。

「聞くぜ、ブラザー」

「俺が今の女房と会ったとき、小さい娘がいたんだ。俺の子じゃないが、実の娘みたいに大事に育てた」アーロンは少し訛りのある英語で慎重に話しだした。彼は数少ないラティーノのメンバーで、二週目以降、毎回定期的に会に参加している。「その娘ももう十六歳になった。すごくいい子で、俺たちの誇りなんだ。成績だってオールAだ。大学に行きたがってるよ。男どもとつるんだりもしないし」絵に描いたような娘自慢だった。だがそこで話が急展開した。

「ところが今になって、実の父親と会いたいって、俺と女房に言いだしたんだ。俺は行かせたくない。だって、もし会ったらどうなる？　相手は金持ちだし、自分の家も持ってる。だが俺に何がある？　俺はどこの誰だ？」

一同が揃ってうめき声を漏らした。エレがうなだれ、うんうんというようにうなずいた。

「そりゃつらいな」

わたしは慎重に尋ねた。「何が心配なの、アーロン？」

彼はすぐに答えた。「娘が俺よりやつのほうを好きになるのが心配なんだ。俺のことなんか、すっかり忘れちまうんじゃないか、と思ってさ」

「そんなことはないさ、アーロン。彼女はおまえの娘だ。おまえが育てたんだ。おまえを忘れたりしないよ」ビッグ・マイクが慰める。しかしほかの父親たちは曖昧な表情を浮かべていた。中には、とまどった様子で目をそらしている者もいる。みんな口には出さないが、さまざまな思いが室内で交錯していた。ここにいる男たちの多くは、服役中に自分の実の子供を「捨てて」いた。そういう子供は別の誰かが育てているのだ。

アンドレ・クリスティアンが口を開いた。

「俺も昔、女と住んでいた。だがそいつは、こんなこと言いたかないが……そいつは売女だった、ごめん」

いつも面白いと思うのだが、彼らは、いわゆる〝汚い言葉〟をわたしの前では使おうとしない。めったに「くそ《ファック》」とは言わないし、もしうっかり口にしたら、とことん謝る。人をけなす言葉もやはりけっして使わない。ただし「ニガー、マイ・ニガー」は例外で、ストリートではこれが親愛の情を示す呼びかけとなる。言葉のエチケットが議題になったことはないし、規則が定められているわけでもない。それでもビッグ・マイクとアンドレは二人とも、「悪い言葉をレディの前で使うべきじゃない」と言う。南部時代から受け継がれてきた道徳観が復活しているのだろうか。

言葉遣いについては話し合われたことがないが、会ができてまだ間もない頃、父親たちの中心グループは、開始時間を守るとか、人を敬うといったルールについては取り決めた。そういう基盤作りにもかかわらず、会の進行は相変わらずめちゃくちゃだった。順番に話すということがなかなかできず、一部の父親たちはぼそぼそと独り言を言う傾向があった。それでもみんな汚い言葉だけは使わなかった。うっかり悪態をついたりすると、必ず謝罪した。ときにはメンバーが、今から悪態をつくから謝っておく、と警告する場合もあった。

アンドレは、自分が使った言葉に明らかに居心地の悪さを感じているようだった。それから続けた。

「俺たちの子供ができる前に、彼女には三人の別の男との三人の子供がいた。だが俺は気にしなかったし、三人を実の子供だと思って育てた。ある日、娘の一人が（俺の娘だと思ってるからな）俺のところに来て、実の父親に会いたいと言ったんだ……」

「どうして？」アーロンが口を挟んだ。

「どんな顔をしているか確かめて、なぜ自分がこういう顔なのか納得したかったのかもしれない。あるいは、ただ話をして、父親と知り合いたかったのかもしれない。俺は『会いに行けよ。俺たちはここで待ってるから、もしよければ会った感想を教えてくれ』と言った。おまえもそうしたほうがいい。俺のつ、つれあいは……」アンドレはその言葉につっかかった。「行かせたくなくて、止めたんだ。俺は言った。『待て。この子の実の父親なんだ。会わせてやれ』結局娘はその男に、実の父親に会いに行き、満足して帰ってきた。今もときどき話をしているようだが、そいつのことは名前で呼び、俺をパパと呼ぶ。娘に何か必要なときには、俺が父親として何とかする。大事なのはそれだけだ」

アンドレの堂々とした姿に、わたしも驚いた。アーロンは、彼がスワヒリ語でもしゃべっているかのような目でアンドレを見て、また訴えた。「俺にはできねえ。やりたくないよ。きっと実の父親のほうを好きになって、俺を忘れちまう」

ビッグ・マイクがすばやくわたしに囁いた。「俺がやつをその気にさせる」彼のよく通る声が部屋に響いた。

「そんなことはないと、自分でもわかってるだろう？　赤ん坊のときからおまえが育てた子だ。おまえを忘れたりするもんか。おまえは最高の父親だ。テレビに出て、チャンネル7のニュースでインタビューされたアーロンはどこに行った？　ここにいる誰もが、おまえが最高の父親だとわかってる」

「ありがとう、ビッグ・マイク。そんなこと言ってもらえて嬉しいよ。すごく自信になる。俺はいい父親になりたいだけなんだ」

「おまえはいい父親だよ、アーロン」サイが強調した。「それを忘れるな」

ここから議論の方向が変わり、女性について、女がいかに男の権威を貶めるかについて、男たちは口々に言い合った。アンドレが首を振り、昔同棲していた女性の話を始めた。

「ひどい強情っ張りだった。ちゃんと話のキャッチボールができないんだ。だが、どうしても言うことを聞かないときには、金を渡さなかった。いっさいな。そうすれば俺が主導権を握れた。主導権を握るのは男でなきゃ」

主導権の問題には注意が必要だ。でも、これ以上黙ってはいられなかった。この部屋にいる男たちの多くは、二人きりでいるときにはわたしに話しかけてきて、女たちがどれだけ自分を苦しめるか訴えた。これはワッツ版のフロイト研究だ——女は何を求めているのか？

わたしは説明し始めた。「でも、女だって主導権を握るべきだと誰もがわかってる。そして、ここにいる誰もが、実際に女が主導権を握ることがあるとわかっているはずよ。わたしは女だし、その自覚がある。悪いけど、はっきり言わせてもらうね。セックスの主導権を握っているのは女よ」

男たちは全員笑いだした。

このセックス戦略は普遍的なものだ。最初の夫が共同口座を管理し、わたしのお金の使い方にまでとやかく言ってくるとわたしが愚痴をこぼすと、祖母はよく「ベッドから追い出しなさい」とアドバイスしたものだった。祖母の忠告は経験にもとづいていた。夫が深夜の共産党の集まりに出ている——第二次世界大戦前のアメリカでは、それは移民にとって危険行為だった——と知った祖母は、すぐに夫の毛布と枕をソファーに移動させた。祖父の政治活動は翌朝には収まった。

しかしアンドレはわたしの説明に別の解決策を提示した。「ああ、あんたは正しい。あの女もよくそうしたよ。毛布を剝いで、あたしに指一本触らせないと言った。だが、そんなもんはよそでいくらでも調達できるのさ」父親たちはみな笑ったが、今のアンドレの言葉には、いっさい妥協のない、人を抑えつけようとする意図が感じられた。

父親かどうかということが、主導権争いのもう一つの切り札になることも多い。ファッジがしゃべりだしたとき、彼の小さな声を聞き取るため、全員が身を乗りだした。殺人罪で十五年の禁固刑を食らい、出所してきたばかりだった。ファッジの話し方には、詩人のようなこまやかさがあった。

「俺にも付き合っていた女がいて、三人の子供が生まれた。だが、それが本当に俺の子かどうかはわからない。女は俺の子だと言い張るが、身持ちの悪い女だったんだ——悪いな、こんな言い方して」ここでもまたストリート版騎士道精神、反射的な礼儀作法だ。「ところが別れたあとも、女は子供を産んでは、出生証明書に俺の名前を書き込み続けたんだ」男たちが全員うなずいた。「俺の父親は、子供の頃そばにいなかった。だからそういうふうにはなりたくなかった。子供のそばにいてやりたかったんだ。だが、もしそれがじつは俺の子じゃなかったら？　だが俺は思ったんだ。『かまいやしない。それでも子供たちの世話をしよう』って」ファッジが力なく顔を上げた。

誰が父親か問題は、ここジョーダン・ダウンズでは年じゅう持ち上がる問題だ。ＤＮＡ鑑定は贅沢品で、公営団地の生活には、美容整形と同じくらい馴染みがない。父親を決めなければならないとして、だから何？　子供の養育費を求めるにしても、ここの男たちは使いきれないほど収入があるセレブでも何でもない。誰かを父親だと決めるのは、この男は自分のものだという、女なりの主張であり、また、子供を育てる心の支えの一つにしようという意図もあるだろう。それに、女たちは責める相手を必要としているのだ。いたずらをした子供に女たちがこうわめいているのをわたしは何度も聞いた。「ったく、あんたは父さんそっくりだよ！」

父親になるのに苦労しているというのに、自分が生物学的に本当にその子の父親なのかどうか、証拠を手に入れようとしないのは不思議な話だ。付き合っている女性の子ならどの子にも責任を感じるらしい。「不在の父親」を懸念する動きばかりが広がり、子供に対する父親側の責任感の強さについてはしばしば見過ごされるが、じつはかなり強力な感情だ。この部屋にいる男たちもそんなふうに責任を感じているのに、女たちには勝てないと思っている。リーリーの言葉を借りれば、「それでも満足しないんだ。あいつらはすべてを仕切りたがってる！」

「社会システムが女たちにパワーを与えてきた」サイが見解を述べた。「システムは若い黒人やラティーノに目を向けようとしていないといつも思う。目を向けるのは女たちのほうばっかりだ。毎日それを実感するよ。巨大なオフィスビルに行き、窓から中を見ると、いるのは女ばかりだ。仕事を手に入れてるのは女だけ。記憶にある限りずっとそうだ。だが、黒人の女たちについては別の問題もある。連中は、黒人の男は一緒に住むのに向かないと感じている。それもこれも、システムが連中にそう教えてきたからだ。まず一つは公営団地の問題。そのせいで、黒人の男が父親になれないんだ。たとえばどこかの女とのあいだに子供が三人いるとする。その女は公営団地に入れるが、父親はダメだと言われる。そこが問題なんだ。俺たちはどうやって子供を育てたらいい？　そうやって、いつもシステムが問題を生み、今の黒人の男たちの状況の原因になってきたんだ」

州の公共政策が責任感の強い父親たちをサポートせず、むしろそれを寄ってたかってつぶそうとしてきた、というサイの的確な分析にわたしは舌を巻いた。リーリーがこの方程式に歴史の話を加えた。

「俺たち男はみんな女たちと争ってきた。その歴史は有史以前の時代にさかのぼる」わたしは身構えた。男の優位性を説く、リーリーの最新の講義が始まろうとしていた。リーリーは頭がよく、進取的で、洞察力がある。そして、この部屋にいる男たちの多くと同様、頑固な性差別主義者だった。「男は昔から、心も体も女よりすぐれていた。だから女たちは対抗するためにいろんな方法を探し、何でも手当たりしだいに利用した。外見、土地、子供。そして今ようやく対等になった」

男たち全員がうなずいた。わたしは降参した。ここで争っても勝ち目はない。

わたしはファッジのことが心配だった。会合のあと、少しだけ彼に話しかけて、児童家庭サービス局のことで何か手伝えることはあるかと尋ねた。もし家庭訪問があれば連絡する、と彼は約束してくれた。外に出たとき、五人の女性グループがわたしに近寄ってきた。毎週、プロジェクト・ファザーフッドの会合のあとに、「つれあい」の一団に十分ほど責め立てられるのだ。わたしはその女性たちの格好のカモで、男たちのことで口々に助けを求められる。

「お金が必要なんだよ――」

「あの男、こっそり浮気してると思うんだ――」

「今夜は家に帰ってきてと言ってよ――」

「男たちに話してよ。あんたの言うことなら聞くからさ」女性たちの一人、ダニーゼが懇願した。父親会の男たちとのパイプ役と見なされて、わたしはとまどいを隠せなかった。

「アンソニーと話してくれない？　あんたの言うことなら聞くんだよ。家に帰ってきてって」彼女は続けた。

　アンソニーに恋人がいるという噂を彼女の耳に入れる気はなかった。わたしにもできることとできないことがあるので、あなたのベビー・ダディとは話せないし、話しても無駄だと思う、とダニーゼに言うと、あんたはいつも男たちの「肩を持つ」と非難された。わたしは誰の肩も持たないと説明しようとしたけれど、彼女は「あの人と話をして」と繰り返すばかりだった。わたしはどうすることもできず、いらいらした。

　翌日、わたしはジョーダン・ダウンズに戻り、アンドレと会った。でも今回は、男たちのことではなく、ゆうべ女たちとのあいだで起きたいざこざについて話した。女性たちの会合で何が起きているのか聞きたかった。アンドレは首を振った。

「頭に入れておかなきゃいけないのは、どっちの側も相手とどう話していいかわかってないってことだ。片方はフランス語を話し、もう一方は日本語を話しているようなもんだ。使う文字さえ違ってるってわけさ」アンドレの譬えは適切だった。「女たちとしては、男に家にいて、自分たちを支え、子供の世話を手伝ってほしがってる。心のサポートが欲しいんだ。だが金も欲しがっていて、独り占めしようとしてる。すると男のほうは、子育てサポートと金と、どっちを優先したらいいかわからない」

「でも、女性たちは、男性たちが刑務所で経験したトラウマについて、彼らがどんな目に遭っていたかってことについて、わからないのかな？　彼らは長年服役したあとで、社会復帰をしようとしている。自分自身のことさえ、持て余している状態なのよ」

「まあな。だが女たちだってトラウマを抱えている。あ、ん、た、の、ほ、う、が、よくわかってるはずだ。そうだろう？　だが、おかしいよな！」アンドレが笑いだした。

「何が？」

「俺が女側に立ち、あんたが男側に立ってる。どっちの側にもたくさん悩みが、たくさんトラウマがあり、足りないものだらけなんだ。なのに援助が行き渡らない。だからたがいに喧嘩を始める」

「そしてどちらの側でも虐待が起きる」

「ああ。男が女を殴り、女が男を殴る」

「でも誰もそれについて話したがらない」そのときいいことを思いついた。「男女が一緒にミーティングをしたらいいんじゃないかな？　二つのグループを一つの部屋に集めるの」そう提案しながら、わたしは男女が同じ部屋にいる様子を想像した。アンドレはすぐにわたしの空想を中断させた。

「今はやめたほうがいいと思う。結局怒鳴り合いで終わるよ。例の、『彼はそう言った、彼女はこう言った』ってやつだ。今プロジェクト・ファザーフッドがうまくいってるのは、自分たちだけが集まれる場所がある、不安や心配事を仲間内で話せる場所がある、と男たちが感じているからだ。みんな一緒にな。そういう一体感がようやく生まれつつあるんだ。そのプロセスに水を差すのはどうかと思う。俺も今グループ形成プロセスを学んでいるところだが、あんただってせっかくのグループ内の絆を壊したくないはずだ」

アンドレにはいつも驚かされる。彼は知的で、好奇心旺盛で、つねに学ぼうとする姿勢がある。わたしがそう指摘すると、彼はわたしの褒め言葉を軽くいなした。

「だが、今の状態を改善するには何が必要か、あんたにもわかってるはずだ。全員にとって、つまり男にも女にも子供たちにもプラスになることは何か」

アンドレが何を言うのか、うずうずしながら待つ。

「仕事と金だよ。父親たちが安定した収入を得て、子供を扶養できるようにしないかぎり、何も変わらない」

11 働くお父さん

仮釈放期間を満たすことはもちろんだが、それ以上に、就職することこそが人間の基本的欲求を満足させる。それは自足するためにも、世に貢献するためにも、家族を支えるためにも、社会全体の価値を高めるためにも、根源的な欲求なのである。仕事が見つかれば、人はコミュニティにおいてポジティブな役割を確立し、健全な自己イメージを築き、違法行為のネガティブな影響や機会から距離を保つことができる。仕事は、世界中の多くの国々で人間存在の基盤と見なされ、基本的人権と考えられている。

——ミシェル・アレクサンダー『新ジム・クロウ法：人種偏見のない時代の大量投獄（*The New Jim Crow: Mass Incarceration in the Age of Colorblindness*）』

仕事がないのにどうやって父親になれる?

——ジュアン・スコギンス

二〇一一年四月末、ロサンゼルス市長室ギャング問題担当のギレルモ・セスペデスが〈プロジェクト・ファザーフッド〉を訪れた。六月から八月にかけておこなわれる市長室発案の計画、サマーナイト・ライツ(SNL)プログラムで、参加者たちにぜひサポートをしてほしいと彼は考えていた。ギャング縮小青少年開発(GRYD)プログラムの資金援助によって、SNLは、市内でもギャング団の影響の大きい地域でソフトボール大会やバーベキュー、その他の家族向け活動をおこなう予定だ。これは、夏になると増加するギャング関連犯罪や暴力行為を防止することを目的とした、画期的な戦略だった。ギレルモはその年の計画を必ず成功させたかった。彼がSNLプログラムについて説明すると、父親たちは活気づいた。ジョーダン・ダウンズの地元会場で仕事はないか、と尋ねる者もいた。そのときの彼らは犯罪防止にはまったく興味がなく、仕事について話したいだけだった。それも当然だろう。当時のロサンゼルスの失業率は十二パーセントで、ジョーダン・ダウンズではそれが五十三パーセントに跳ね上がった。

数日後、わたしは市庁舎の二十三階で、ギレルモとワッツ地区について話をしていた。わたしたちの会話の端々に登場するあるフレーズがあり、それはロサンゼルスでは一種のマントラだった――「ワッツはほかと違う」。市長室は、「反ギャング作戦」を導入するため、ギレルモが担当するGRYDプログラムを通じて、市内各所のギャング防止介入組織に資金援助していた。この努力がギャング犯罪を減らすだけでなく、コミュニティの強化にもつながっていた。ワッツ地区は、十四か所あるギャングの「ホットスポット」の中で、反ギャング作戦を導入できるようなNPOが一つもない唯一のコミュニティだ。だからワッツ地区では、市長室みずから作戦を遂行しなければならなかった。じつはわたしは、長年ギレルモとともに活動し、民族学的調査をおこなって市長室の活動を支えてきたという経緯がある。

ギレルモは、プロジェクト・ファザーフッドでの議論に頭を悩ませていた。

「ジョーダン・ダウンズで夏の臨時アルバイト？　サマーナイト・ライツ・プログラムで？」がっかりしたように、彼は言った。「彼らにできるのは、それだけだっていうのか？それ以上のビジョンがないなんて、信じられないな。彼らは頭がいい。サマーナイト・ライツをきっかけに、もっといろいろできるはずだ」

「でも、みんな仕事が欲しいのよ」わたしは言った。「それでようやく、父親になれた、コミュニティに参加できた、と思えるの」

「それはわかるよ。だが、三か月のサマープログラムをおこなうのに、仕事を手に入れることがすべてってわけはないだろう」

じつは、父親会のメンバーの約三分の一が何かしらの仕事をしていた。しかし、あくまで給料がもらえるだけで、健康保険や年金などは含まれていない。父親たちのうち四人はストリート・インターベンショニストとして、あるいは「セイフ・パッセージ・プログラム」の一環で、ロサンゼルス市に雇われている。一人はジョーダン・ダウンズの集会所の用務員をしている。これらはみな「正規雇用」というより、市の助成や行政プログラム頼みの仕事だ。ベン・ヘンリーはロサンゼルス国際空港近くの駐車場で安定した仕事に就いているとはいえ、ほかの人々についてはみなクエスチョン・マークがつく。ＫＳＤは、それで生計が成り立っているのかどうかわからないが、とにかく自分は企業家で、公認会計士として税金のことや起業について知り尽くしていると主張する。しかし残りの人々は不定期な仕事しかしていない。事実上、会のメンバー全員が建設作業員として仕事をしたいと考えている。それができなければ、ギャング・インターベンショニストになりたいようだ。

ある日の早い時間に、わたしはいちばん親しいギャング・インターベンショニストであるケニー・グリーンとこれについて話をした。わたしたちは、セオ・ペペが義理の息子と共同経営している、サン・ペドロにあるレストラン「サンドイッチ・サルーン」でサンドイッチを食べていた。ケニーとわたしは港湾地区で最近起きたギャング抗争について話し、どうしたら暴力事件をなくせるのか考えた。二十年前、ギャングメンバーの更生に携わる牧師、グレッグ・ボイルが「銃弾を止めるには、何よりも仕事を与えることだ」と宣言したが、これが正しいことは二人とも同感だった。しかし、ギャング生活から足を洗いたがっている男たちをケニーが支えようとしても、まさにその職探しが最大の難関なのだ。

「インターベンションがそういう男たちにとって唯一の職業選択になっていることは知ってのとおりだ」ケニーがあらためて言った。「生活費のためにできることといえばそれしかないからだが、たいした稼ぎにはならない。将来を見通すことさえできないんだ」

「以前はそこで労働組合の出番だったのにね」わたしが言うと、ケニーがうなずいた。

かつては労働組合が医療補助や年金基金を通じて、ワーキングプアたちを守ったものだ。しかしギャング・インターベンショニストは、セイフティネットや身の安全とは縁のないワーキングプアの代表だった。それでも彼らにとっては、仕事があることも、自分を取り巻くプロフェッショナルな雰囲気も、ありがたいのだ。

「自分のライフプランも立てられないのに、他人のライフプランを考えることなんてできるか？　どれだけ多くのギャング・インターベンショニストが貧困のうちに生涯を終えることか。自分を埋葬する金さえない始末さ。その会の父親たちも、ギャング・インターベンショニストになりたいんだろう？　自分に向いてる仕事なんてそれぐらいしか思いつかないから」ケニーはいつも未来を、変化を心配していた。

「一ドル恵んでくれない、ケニー？」

せいぜい六歳か七歳ぐらいのラティーノの女の子が、通りすがりにわたしたちのテーブルで足を止めた。にこにこしているので、歯が何本か欠けているのがわかった。ケニーはため息をつき、財布から二ドル取り出して、「勉強頑張れよ」と言って女の子にお金を渡した。

ケニーと話をしていると、自己充足感と自尊心という相互に複雑に絡み合う問題についてい

11　働くお父さん

考えずにいられなかった。この数週間、この問題が、丸々と太ったゾウのように、プロジェクト・ファザーフッドの部屋にずっと住み着いていた。みんな働きたいのに、どうすることもできずにいた。職業訓練プログラムや即戦力セミナーに参加し、履歴書もきちんと書いた。面接の練習もした。それでも就職できないのだ。そのせいで、自分は無能だと彼らは感じていた。父親としても、パートナーとしても、男としても、不適格だ、と。

彼らの就職を阻む最大の壁は、前科《ジャケット》だった。学歴がないことに加え、前科を持っていると、なかなか職に就けないし、もし仕事があったとしても昇格できない。これがもっと大きな問題につながる。ミシェル・アレクサンダーは、著書『新ジム・クロウ法』で、こうした父親たちの日常に織り込まれた現実を浮き彫りにした。つまり、就職できないことが往々にしてうつ病と暴力に帰着するのである。彼らの多くは、十代の後半以降、悪党だの、犯罪者だの、前科者だのと呼ばれて生きてきた。予算不足のミドル・スクールに入り、名ばかりの「リーダーシップ学級」に配置させられるか、同じような別の底辺校への「転校の機会」を提示される。高校はほとんど無意味なことが多く、結局「卒業して」過密な郡刑務所や州刑務所へ行くことになる。すると彼らは二重のジレンマに直面する。教育システムから落ちこぼれたせいで知識が足りず、仕事をする力も育っていないばかりか、刑事犯罪システムにかかわってしまったことで、仕事に応募するときに〈前科〉の項目にチェックマークを入れなければならなくなるのだ。ＫＳＤのように自営を始めたくても、不可能とは言わないまでも、難題が立ちはだかる。たとえその前科が、やろうとしている仕事とまったく無関係でも、労働組合員証や仕事に必要な免許を取るのが難しいのだ。

会には、すでに二世代にわたって、人生の成功などまずありえないし、どうせ誰にも受け入れられないというワッツ独特のメンタリティに〝とらわれて〟しまっている父親たちもいる。失業は一時的なものであるはずだった。公営団地に住むのは一時的な措置だったはずなのと同じように。ところが状況は慢性化してしまった。今ではそれが常態になってしまったのだ。

父親たちの多くは、ネガティブをポジティブに変えるいつもの弁解を始める。ワッツ版「グラスに水がもう半分しか入っていない」を「まだグラスに半分も水が入っているじゃないか」に変える思考である。シャグは堂々とこう宣言する。「俺は生まれてからずっとジョーダン・ダウンズで暮らしてる。ここは愛すべき俺のコミュニティだ。定職には就いてないが、ここにいればバイトには事欠かない。配管工事をやったり、住人の困り事を手伝ったり。それで何とかやってるよ」でもデュボワはそこまで悟りの境地には達していない。会のほかの多くの父親たちと同様、怒り、自尊心を保ち、そして何より、これからどうやって生活していけばいいか不安に感じている。「俺には前科がある。何度もムショに入った俺を、誰も雇いたがらない。ジョーダン・ダウンズのことは大好きだが、それはここに縛られてるからじゃないかとときどき思う。そしてふと考えるんだ。『子供を養うことさえできないなら、どうやっていい父親になれる？』俺は仕事が欲しい。だけど誰も俺を雇ってくれない」

ギレルモと会った翌日、わたしはホームボーイ・インダストリーズをまた訪問し、若い頃の犯罪歴を抹消する法的手続きについて、調べることにした。ホームボーイ法律サービスの部長で、ロサンゼルスのギャングメンバーの非公式の肝っ玉母さん弁護士、エリー・ミラーは、わたしが前科抹消手続きについて尋ねると、笑いだした。

「あのね、できるだけかいつまんで話すけど、アメリカの法制度は複雑なの。もし手続きをしたいなら、まずその人の前科を調べて、それから訴訟事件表か逮捕記録を確認しなければならない」

わたしはここでエリーを遮った。「どうしてその必要が?」

「その人物が抹消手続きにふさわしいかどうか見極めるため。もし審理中の事件があったり、有罪が確定したばかりだったりしたときには、手続きには不適格と話して、別の方法を考えたほうがいいと助言するね」

「もし適格と判断されたら?」

「もし抹消手続きに適格と判断されたら、オンラインで所定の書類に必要事項を打ち込まなければならない」エリーは続けた。「抹消要請書、抹消命令書を用意し、検事に要請書のコピーを渡す必要がある。そして、それぞれを提出するたびに料金を払わなければならないけど、免除をお願いすることはできる。それから、有罪確定後の生活や自分がどんなふうに変わったかについて本人から話を聞き、それにもとづいて、わたしが誓約書を用意する。判事が要請を受け入れるか却下するかを決めるので、この誓約書が役に立つ。

ただし忘れてはいけないのは、犯罪歴抹消手続きは求職が目的の場合のみに有効だってこと。それで前科がきれいに消えるわけじゃない。前科があることを明かしたり、認めたりしなければならない状況はいろいろある。公職選挙に立候補するとき、宝くじに当たったとき、州あるいは地元の運転免許を取るとき……。クライアントと裁判所に行くと、ときにはわたしのほうで、判事にこの法律そのものについて、あるいは、この人物の手続きを許可するべき理由について、説明しなきゃならない。この件についてわたしに尋ねてきたのはあなたが最初じゃないけど、犯罪歴抹消手続きのことをちゃんとわかってないのは、クライアントだけじゃないのよ」

プロジェクト・ファザーフッドの参加者たちが申請しようとしないのも不思議ではなかった。わたしだって、今の会話だけでへとへとになってしまった。

次のプロジェクト・ファザーフッドの会合でも、議題は仕事だった。三か月前、ビッグ・マイクは地元のコミュニティセンターで六週間の職業訓練コースの開催を取り決め、十人の父親たちが申し込んで、受付が完了したときには大興奮だった。次回の訓練コースにはキャンセル待ちまで出て、父親会全体が希望に包まれていた。しかし希望はすぐに失望に、そして怒りに変わった。六週間後にコースが終わり、十人の父親たちは訓練をきちんと修了したものの、前科やドラッグ使用歴、そして高校卒業資格がないせいで、仕事に就けずにいた。そこでビッグ・マイクはロサンゼルス市住宅局（ＨＡＣＬＡ）とかけ合って、目標を設定した。ジョーダン・ダウンズ再開発によって生まれる建設関係の仕事のうち五十パーセントを、プロジェクト・ファザーフッドの参加者およびジョーダン・ダウンズの住民に配分してほしいと訴えたのだ。

「たぶん交渉どおりにいくと思う」彼は参加者たちに告げたが、話はそれだけではなかった。「だが一つ条件があるんだ。マリファナを吸うのをやめなきゃならない。人を雇うにあたり、先方は薬物検査を実施する。ドラッグに関しては、彼らは容赦がない。ドクタージョルジャリープ、どうやってやめたらいいいか、説明してやってくれないか？」

　わたしの話に彼らは熱心に耳を傾けた。

「いちばん大きな問題は、マリファナは半減期がすごく長いってことなの。半減期っていうのは、ドラッグの影響が体内組織に残る時間のこと。もし今夜マリファナを吸ったら、その影響が消えるまでに一か月かかる。言い換えると、今夜吸って、明日の朝検査を受けるわけにはいかないってことなの」

　この話を裏返せば別の真実が現れることをわたしとしては言うわけにはいかなかったが、大部分の父親たちはそれに気づいていたと思う。覚醒剤やヘロインは、マリファナより早く体内から排出されるのだ。父親たちの多くから、夜リラックスしたり、気持ちを落ち着かせたりするために、マリファナを吸うと聞かされたことがあった。さらに問題なのは、わたし自身、彼らの行動を実際のところ奨励していたのだ。母親になる前、わたしも同じことをしていたという意味で有罪だ。マリファナは「楽しみ」としてより安全だとずっと信じてきたから、娘のシャノンが高校生のとき、パーティに行って、もし何か楽しむとすれば、お酒よりマリファナのほうがいいとアドバイスしていたくらいだ。

にもかかわらず、もし彼らが仕事を手に入れたいなら、マリファナの使用をやめなければならない。とはいえ、困ることは困るが、大きな問題ではないと考えている父親たちが多かった。「かわりにビールを飲めばいい」ある父親はわたしにそう言った。しかし、例外が四、五人いた。もっと深刻な薬物問題を今も抱えている父親たちの存在を、わたしは疑っていた。二人については、アルコールのリハビリ施設に入っては出るを繰り返していた。

じつはほとんどの父親たちは、ハイになるためではなく、自己流の治療としてドラッグを使っていた。彼らは今まであまりにもたくさんのものを目撃し、たくさんのことを経験し、たくさんの恐怖を抱えて生きてきた。睡眠障害に苦しむ者もいれば、痛みや喪失、暴力の記憶に怯える者もいた。ギャング・ゾーンにしろ刑務所にしろ、脅しや威圧、暴力や不安のあふれる環境にいれば、薬物に頼るのは仕方のないことだとわたしには思える。ある父親は、「もし使わなかったら、四六時中悲鳴をあげていると思う」とわたしに言った。そんな暮らしをしていたら、わたしも使っていただろう。問題は、薬物検査にパスすることが雇用条件であることなのだ。

検査に合格するのが難しいだけでなく、一部の父親たちには別の壁がある。彼らは、自分は人に雇われる資格がないとストイックに考えていた。ある父親は言う。「俺は人を殺した。こんな俺を雇いたい人間なんているわけがない。どう思う?」わたしには答えられなかったが、現実的な父親たちはうなずいた。自営で仕事を始めるという気運が一気に高まっていた。

それがワッツ地区ならではの神話へと組み込まれていった――いつだって新しいことがそこに待っている、そしてワッツもその住民も活気を取り戻す。そうやってまた楽天的になれるのが、ワッツの男たち共通のもう一つの強みなのだ。

数週間後、プロジェクト・ファザーフッドの部屋は大入り満員だった。マイクは、カリフォルニア中小企業開発センターの特別プロジェクトマネージャー、テッド・ハイアットを紹介した。一同は熱心に彼の話を聞いた。ベンとサイは並んで座っていて、揃いのシャツを着た二人はまるでブックエンドのように見えた。その横にデュボワ・シムズとドナルド・ジェームズがいた。ドナルドは最近明るかった。俺の息子だとみんなに話す、甥のデショーンはジョーダン・ハイスクールのバスケットボール部のスター選手で、このところポイントゲッターとして大活躍していた。しかし今夜のドナルドは、ビジネスについて知りたいことだらけだった。

父親たちと一緒に話を聞きながら、この人たちに本当にビジネスができるかしら、とわたしは考えていた。ハイアットが自営業について説明し、どうやって起業をするか話すあいだ、男たちはしんと静まり返っていた。興味津々な一方で、すっかり圧倒されているようだった。

父親たちは何を使ってビジネスをするつもりなのか？　わたしの経験してきたことは、彼らとは遠くかけ離れていた。わたしは典型的な移民家庭で育ち、間違いなく世間で言う主流派だった。家族経営の小商いがギリシャ系コミュニティの基盤だった。祖父母の世代はもちろん、いや父母の世代でさえ、誰もが自営業者だった。それが世の中で上昇するための手段だったのだ。一部の例外を除けば、その上昇志向が少しずつ現実になり始めたのは、その次の世代（最初の移民の孫の世代）になってからだ。わたしたちは大学に行くことを期待されたとはいえ、そういう高等教育はもっと金を稼ぎ、家族経営の事業を手伝わせるためのものであり、知識を蓄え知的能力を高めることが目的ではなかった。マフィアや血生臭さをなくした『ゴッドファーザー』だ。わたしが一緒に育ったギリシャ系の男の子たちの多くが、マイケル・コルレオーネ役を演じていた。彼らはコミュニティの外でキャリアを築く夢を持ちながらも、結局は家の仕事を手伝うことになった。それがレストランにしろ、酒屋にしろ、食品卸売業にしろ。わたしのおじやいとこたちは、配達などもする酒屋を開いてひと儲けした。でもその店のルーツをたどれば、わたしの祖父のジミー・スクルンビスと大おじのピート・バラスがサウス・ロサンゼルスのワッツの隣町で開業した、二件の小さな店が始まりだったのだ。

わたしのホープチェスト〔未婚の女性が結婚に備えて衣類などを準備しておく箱〕には、お店に立つ祖父――あるいはパポウ――が写っている白黒写真がしまってある。きちんとアイロンをかけたYシャツに蝶ネクタイ、白いロングエプロン姿の小柄なギリシャ系移民であるパポウが、レジの前に立っている。祖父の食料品店は、通路の広いスーパーマーケットが誕生する前の時代のものだ。そういう〝パパママストア〟で誰もが買い物したものだった。

もう一人のパポウ、トニー・マノスは、義理の兄弟のピート・コウロスとビジネスを始めた（ギリシャ人たちは、とくに子供につける名前と手がける事業については、あまりオリジナリティがない)。トニーとピートは予言的な経営理念を掲げて、軽食堂を開いた。「スチュワーツ・コーヒーショップ：普通とはちょっと違うものをお求めのあなたに」スチュワーツの店には一族郎党が集まって、ちょっとおかしな思いがけない出来事が繰り広げられた。トニーは義理の姉妹といさかいを起こし、彼女はトニーに対して何度か訴訟を起こした。そして、映画『マイ・ビッグ・ファット・ウェディング』が風刺したことそのままに、パポウは娘たちをウェイトレスとして雇い、息子たちは自分の自由にさせた。それでも、争い事はいろいろあったにせよ、トニーが馬車馬のように働いたことは確かだ。トニーは経営より、労働に重きを置いていた。家族に伝わる伝説によると、ある朝トニーは、店に通うのに使っていたバスに乗ろうとしていたときに強盗に襲われ、頭に銃を突きつけられた。強盗は財布を出せと脅したが、祖父はこう言ったのだという。「だがあんたに財布を渡したら、どうやって仕事に行けばいいんだ?」祖父にとっては店がすべてで、頭にあるのは店を開けることだけだったのだ。

　黒人の父親たちの考え方を理解するにつけ、パポウたちとは全然違っていることがわたしにも薄々わかってきた。彼らは、新しいことをやってやろうという気概にはあふれていた。誇り高く、独立心が強く、まとまりがなかった。問題は、単純かつ純粋に、彼らの小規模ビジネスの経験とはドラッグの売買だということなのだ。ほとんどの父親たちにとっては、麻薬取引は過去の話だ。でも今でさえ、手持ちの現金が少なくなると、やはりドラッグ売買に手を出してしまう、と平気で話す者もいる。この界隈では、ある種の小遣い稼ぎ、ストリート版「アムウェイ」のようなものなのだ。（ある父親は、「ちょっと余分な金が必要なときにしかやらねえよ」と説明した。）しかし、父親たち一人ひとりと話をしてみると、一九九〇年代末に大規模ドラッグネットワークに加わっていた者もいると漏れ聞いた。そういう人たちなら起業するのに必要な、流用可能なスキルを持っているはずだ。会計係を務めていれば、帳簿の扱いも知っているだろう。会合では損益のことや、マーケティングについてさえ、長いことあれこれ話し合ったが、わたしは注意深く具体的なところには踏み込まないようにし、彼らがどんな商品を扱うつもりなのかさえ、あえて尋ねなかった。

でも、そこから先になかなか進まなかった。起業は生焼けのファンタジーのようなものだった。いっこうに具体的な計画にはならないアイデアのやり取りを聞くうちに、だんだん不満が募り、どう助けていいかわからなくなった。わたしが考えていることを察知したのか、「何か投資しろとか僕に言うなよ」と夫は冗談半分に、でも半分は警告として言った。

だからアンドレ・クリスティアンがやってきて、コインランドリーを始める計画について話してくれたとき、わたしは興奮してしまった。ジョーダン・ダウンズから一・五ブロックほど離れたところに建設中の小規模なショッピングモールがあり、しかもそれは線路の「正しい」側、つまりクリップス団の縄張りの中にある、と彼は言った。こういう話が会話の中に出てくること自体、ワッツ地区が普通と違う証拠なのだ。アンドレはとうの昔にギャングとの関係を断ち切っているのに、習慣はなかなか消えなかった。それはわたしも同じだった。わたしも頭の中でいろいろな場所を思い描くとき、線路のクリップス側かブラッズ側か必ず考えてしまう。ギャング団が休戦してもう二十年になるというのに。

アンドレはプロジェクト・ファザーフッドの父親たちを、この事業計画の共同オーナーか従業員として参加させたいと考えていた。まずは、ショッピングモールにコインランドリーを開業するための小口融資を獲得しなければならない。その場所なら、すでに常連客が見込めた。公営団地の住人で洗濯機や乾燥機を持っている者はほとんどいない。わたしはこんなこと、全然思いつかなかった。これもまた、前から感じていたわたしの感受性の鈍さ、意識の低さが表れた典型例だった。三十年前、わたしの最初の結婚が破綻し始めていた頃、祖母はわたしが訴える心配事には耳を貸さず、こうはっきり言った。「あんたは何でも当然のものだと思って受け取っている。文句を言うようなことは何にもないはずだよ。車庫には自動洗濯機も乾燥機もある。なのに感謝の一つもない」今度もわたしは自分のことで頭がいっぱいで、洗濯をするのに裏のポーチにある洗濯機を使う住人など、公営団地には一人もいないということに気づかなかった。作家のマルコム・グラッドウェルは、何かの専門家になるには一万時間の経験が必要だと言ったが、まったくもう、わたしがワッツ地区の専門家を名乗るには、はるかに長い時間がかかりそうだった。

アンドレは頭がよく、やる気もあったから、彼の事業計画は父親たちの突破口になるだろうと思った。「君だって自分で事業が起こせる」という標語が現実になるかもしれない。ところが、次のプロジェクト・ファザーフッドの会合でアンドレがこの計画を提案すると、みんな口々に懐疑的なことを言い、あからさまに馬鹿にしたりした。

「それを始めるのに、どっから金が出てくるんだよ？」

「誰に言いくるめられた？」

「プロジェクト・ファザーフッドの金をそれに使う気か？」

アンドレはかっとなった。

「どうしてそんな言い方しかできないんだ？　助け合いってことができないのかよ？　なんでたがいの腹の内を探り合うようなことばかりするんだ？　韓国人街を、韓国人の家族たちを見てみろよ。連中はみんなで一つになって、自分たちでビジネスを始め、助け合ってる。金の出所なんて、連中は気にしない。みんな、一つの鍋に金を出し合ってるんだ。ここワッツじゃ、ずっと同じやり方から脱け出せねえ」

アンドレの言うとおりだった。ワッツでは、近所で誰かが店を始めたりすると、何か犯罪で手に入れた資金が元手になっていると見なされがちだ。合法なものなど何もない。新規のビジネスを始めた者はみな、怪しい資金源から得た金を使っていると非難された。麻薬取引で出た利益を使って堅気のビジネスを始めた人々の噂をわたしも聞いたことがある。最初はわたしも、耳を貸してくれる人には、そんな考え方はおかしいと話したものだった。だって、ヽヽヽヽヽヽヽヽヽヽヽすべてのビジネスがそうだっていうの？　ロサンゼルスのギャング・インターベンショニストの中でもとくに有名だったボー・テイラーが、ガンで亡くなる前にわたしを椅子に座らせて、人生の真実について話してくれた。

「ここで何が起きていると思う？　投資をしてくれる人間など、見つかりっこない。だってそうだろう？　バンク・オブ・アメリカに行って、融資を頼もうと思うか？　ちょっとばかりヤクを売って、元手を作り、それからビジネスを始める。ここの若者たちはそうするしかないと身をもって覚えるんだよ」アンドレが事業計画を発表したあと、わたしがこの会話について会合で話すと、父親たちはみなうなずいた。

サイは知らず知らずのうちに、ボーを真似て説明した。「誰かが合法なビジネスを始めたら、その資金源にはどこか薄暗いところがあるものなんだ。あんたにはわかんないかもしれないが、ここはスラムなんだよ。絶対にわかんねえだろうな、ジョルジャ。町の別の側の出身だからな」

はいはい、そうですね、と思ったけれど、口には出さなかった。誰かが事業を始めたり、公営団地からついに脱出したりしたとき、それは努力のたまものだ、とは考えてもらえない。プロテスタント的労働倫理を正反対にした考え方だ。成功した人間は他人を踏みつけにしたか、違法なことをしたか、あるいはその両方、というわけだ。でもわたしには必ずしもそうとは思えなかった。

ビッグ・マイクは真正直に努力してレッカー車ビジネスをスタートさせ（そして再スタートもさせ）た。とはいえ、マイクがどこまで「ワッツの人間」かというと、そこは疑問だった。彼はグレープ・ストリートやカリフォルニア州刑務所で過ごした日々を誇りにしているが、いちばん大事にしているのは家族と自分自身だ。根っからの起業家で、みずから成功を勝ち取り、目標を達成したという点で、ほかの父親たちとは一線を画している。今でもビッグ・マイクはつねに資金調達のことを考えている。プロジェクト・ファザーフッドのために支援金を募ろうとしていたし、少年少女クラブを作るために補助金を申請しようと考えていた。モレーノ・ヴァレーの自宅近くで、若者たちのための新プログラムを始めたいという構想もある。多くの父親たちと違って、希望にあふれ、ビジョンを持っている。ほかの父親たちは依然として過去にとらわれ、未来に向かって進めずにいる者が多かった。

12 雇用創出

自分が誰かは関係ねえ。黒人でも、ラティーノでも、年寄りでも、若者でも、元ギャングでも、とにかく仕事が欲しいんだ。仕事を持って初めて、人間は自尊心が芽生える。

——クレイグ・マクグルーダー

仕事のことや、中断されているジョーダン・ダウンズの再開発について議論がおこなわれていたさなかに、ブラッズ団とクリップス団のワッツ休戦協定の二十周年記念行事の段取りが、地元活動家のアキーラ・シェリルズを中心におこなわれていた。父親会の参加者たちはこのイベントに対して複雑な思いだった。みんな〈プロジェクト・ファザーフッド〉のTシャツを着て出席するつもりではいたが、イベントの三日前という土壇場になっても、ギャングに関する出来事を記念するという考え方自体を疑問視する声があがっていた。

「連中がしたことと言えば、大勢の人間を殺すことだけだ」ベンが言った。

「いいか、俺たちが交渉したから、休戦協定は結ばれたんだ。それを忘れるな」ビッグ・ボブが言い返した。

「わかってるって」ベンが笑った。「だが、ときどき思うんだよ。この界隈でさ、交渉についてそんなに持ち上げるべきなのかって。なんか、暴力を認めてるようにも思えないか？俗に言う、テロリストとの交渉ってやつだ」

ベンは無意識にグレッグ・ボイル牧師とチャネリングしているかのようだった。グレッグは、休戦協定など無意味だと強く信じていた。彼はよく「ギャングたちと交渉するとき、われわれは連中に酸素を与えている」と主張した。一方、人権弁護士のコニー・ライスは、休戦協定が平和な時代をもたらすきっかけになったと信じていた。ロサンゼルスは今、四十年ぶりに犯罪率が低下しているのだ。

血で血を洗う歴史を分析するあいだも、父親たちは分断されていた。ブラッズ団とクリップス団の抗争のそもそもの原因は、クリップスのメンバーが誤って仲間を射殺し、それをブラッズのせいにしたからだと主張する者も多かった。いつものように、全員の意見が分かれたまま、何も解決しないうちに会は終了した。ただし、オリジナルのTシャツを着てイベントに出席する、ということだけは決まったのだが。わたしはなんとなく不安を抱えて記念式典に向かった。

ありとあらゆるコミュニティ・リーダーや教会およびロサンゼルス市庁の人々が集まっていた。市長室や擁護団体のいつもやり玉にあがるメンバーが一堂に会しているのは奇妙だった。地元の女性たちが参加者をチェックし、子供たちもTシャツやプレゼントを入れた袋を渡す手伝いをしていた。式典では、かつてのブラックパンサー式の装い――黒いベレー帽とミラーサングラス――の若い黒人の男女が警備（あるいは監督か、監視か、わたしにもわからなかった）に立っていた。そうしたすべてが華やいだ、でも少々緊張感のある雰囲気を演出していた。

地元の非営利社会サービス団体〈シールズ・フォー・ファミリーズ〉が、集合的効力感〔公共の利益になるように行動しようという意思で一つに結びつく、近隣住民の社会的一体感のこと〕に関するいつものお題目を唱え始めると、コミュニティの活動家レニー・ドーソンがわたしのほうに身を寄せ、囁いた。「再開発はもうやらないみたいだよ。予算がないんだ。連邦政府が手を差し伸べてくれるかどうかもわからない」

とんでもない話だが、ありえないことではなかった。この数週間、ジョーダン・ダウンズに人が出入りしては設計図や完成予想図について話をしていたが、その間わたしはずっと、どこが予算を持つんだろうと思っていたのだ。連邦政府？　官民パートナーシップ？　ロサンゼルス市住宅局（ＨＡＣＬＡ）の人々はミーティングを開き、プランを細かく見直して、契約者たちにあれこれ案を提示した。しかし、不安だし謎だったのは、こんなに経済状況が悪いというのに、資金源はどこなのか、いつ資金が届くかについて、誰も話さないことだった。『ロサンゼルス・タイムズ』紙は社説で何度も取り上げた。記者がときどき現れると、界隈で噂が広がった。たとえば『タイムズ』紙のカート・ストリーターのような記者は何度もここを訪れ、コミュニティの動静や住民感情を理解しようとした。しかし一度しか姿を見せずに、「ワッツの今の問題」について表面的な記事しか書かない記者もいた。

ジョーダン・ダウンズは、解体を待ちながらも開発が始まるのかどうかわからない、どっちつかずの苦境にあった。わたしは本当に開発がおこなわれるかどうか、悶々と考えていたが、ジョン・キングが立ち上がってスピーチを始めたので、いきなり現実に引き戻された。彼は、ワッツ地区に「大きな変化」が訪れようとしていると訴え始めた。

「われわれは人的資本に投資しているのです」彼はそこに集まっている人々に語った。「再開発が始まれば、建設業で雇用が創出されます。そして建物が完成すれば、そこにさまざまな店舗が入ってやはり雇用が創出され、自営業を営むことだってできるでしょう。コミュニティは変わるのです」

「本当にそうなると思うか？」チャブがわたしに尋ねた。式典のあと、わたしたちはなんとなくそこに居残っていた。ほかの一部の父親たちとは違って、チャブは今もジョーダン・ダウンズのギャングたちやそこでの生活、自分の過去について、気持ちを整理しようとしていた。プロジェクト・ファザーフッドの中でも比較的若く、物静かなメンバーの一人で、生まれたときからジョーダン・ダウンズで暮らしてきた。「いいか悪いかは別として、俺は今もそこの一部だと思ってる」チャブは言う。二十代半ばの彼は、今はギャング活動に背を向け、ワッツをよくしようと努力している。「俺はこの地域の両側に身を置いたことがある。最大の問題はほかに頼るものがないことで、だから生きていくにはギャングの仲間になるしかないんだ。当時のことを思い返すと、おかしな話だが、ギャング団は今よりもっと家族的で、たがいに食い物だの何だの、いろんなものを与え合っていた。俺たちは助け合っていたんだ。だからギャング活動に行きついたわけさ、終わり」

　チャブは十四歳のときに、違法な銃を所持しているのを見つかって、初めて少年司法システムの世話になった。保護観察官や警察に定期的に報告したり、家を訪問されたりしなくてはならなくなった。結局、複数の犯罪によって少年院に送致されることになったが、保護観察キャンプで長期間過ごした経験はない。大人になると逮捕されて、郡刑務所に入った。そして、ほかの何人かの父親たちと同じ心の傷を負った。郡刑務所は、州刑務所よりひどいことがあるのだ。でも、チャブは服役中もできるだけ勉強しようとした。当時の経験について、彼は考え考え、こう話す。

「ストリートとはまた違うんだ。ストリートでは友だちになりたくないようなやつが、刑務所では自分を守ってくれるブラザーになる。刑務所は人種で分かれていて、自分が属する人種グループとつねに行動をともにする。刑務所内にいるあいだは、何が起きても人種グループが後ろ盾になってくれる」

チャブの父親は深刻な薬物中毒だった。チャブはときどき父に会ったものの、ギャング団こそが父親だった。「俺は生まれてからずっとグレープ・ストリートで生きてきた。そうさ、ギャングの中に俺の家族はあった。俺という人間はグレープ・ストリートに住んでいたが、バウンティ・ハンターズにもＰＪにも家族がいる。ワッツのギャング団すべてに家族がいるが、ただギャングというつながりがあるだけでたがいに知り合いなわけじゃないし、地域でギャングは分かれている。複雑だけど、それがワッツの暮らしなんだ」

チャブにとって家族とは、生きていくための存在だった。チャブは自分がなぜ犯罪行為におよんだのか、論理的に説明する。「人は自力で生きていかなきゃならない。生きるためにやるべきことをやる。俺は真正面からぶつかっていくしかなかった。一瞬一瞬を乗り越えるため、橋を渡るため、何かが立ちはだかれば、俺はそれに取り組んだ」

チャブは十八歳のときに初めて父親になった。当時の彼は、「適切な配置」と呼ばれる、裁判所が家族のもとには戻らないほうがいいと裁定した少年犯罪者のための一種の養護施設で暮らしていた。施設を経営していた女性は、チャブが二十一歳になるまでそこに残っていいという許可を取ってくれた。ところが、本人いわく、その頃の自分は「若くて馬鹿だったから、施設を飛び出したんだ。そのとき俺は十八歳で、女のもとに転がり込んだ。そのときだよ、彼女が妊娠したのは。最初の子供だ。当時は子供なんて全然欲しくなかった。俺の子じゃないって何度も否定したが、心の底では自分の子だとわかっていた。怖かったんだよ、すごく。くそ、自分が生きていくだけで精一杯だってのに。俺には助けが必要だった。今も必要だけど」現在チャブには、別の女性とのあいだに二人目の子供がいるのだ。でも彼は少しずつ父親へと成長しつつある。「俺の父親としての毎日は山あり谷ありだ。つまり、いいときもあれば、だめなときもあり、だけどいつだって瞬間瞬間を愛おしく思ってる」

最近は彼にとってきつい毎日だった。下の娘が母親とともにベイカーズフィールドに行ってしまったからだ。「俺たち、うまくいかないんだ」彼は認めた。もう一人の娘はテキサスにいる。それでもチャブは娘たちとつながっていると感じるし、子供たちが自分を変えたと思っている。「子供がいないと、向こう見ずになっちまう。俺はマジでそうだったよ。だが、今じゃ子供たちを養わなきゃならないし、あの子たちが人生を歩んでいけるよう、俺がちゃんとお膳立てしてやりたい。だから、昔みたいに能天気に暴れて、馬鹿をやったりしない。成長して、大人の男になる潮時なんだ。自分がこの世にもたらした新しい命が、いざ独り立ちするってときに、ちゃんと生きていけるようにしてやらなきゃ。そんなふうに前向きに考えるようになったよ」

チャブは会合ではめったに発言しない。しかし、年上の父親たちを頼りにし、個人的にアドバイスを求めたりしている。「俺が精神的につらいとき、みんなが助けてくれる。俺は父親として新米だからな。どうしていいかわからない状況にぶつかることって誰にでもあると思うけど、あの会のブラザーたちは長年父親を務める中で、それぞれ違うやり方やルートで問題に対処してきた。だからいろんなことを教えてくれるし、具体的には、職探しを手伝ってくれたり、問題にぶつかったときにこんなふうに考えたほうがいいとアドバイスをしてくれたりする。俺にとっては、カウンセリングみたいなものだ」

　とくにアンドレとエレと話すと役に立つことが多いという。

「みんな同じ問題を抱えてるんだって気がするよ」チャブは言った。

　しかし、チャブが、会の父親たちと違うところが少なくとも一つはある。自分が目撃した暴力行為や経験した死について積極的に話そうとする父親たちはそう多くないが、チャブはとてもオープンだった。

　自分が経験してきたことを考えると、二十代になるまで生きられるとは思っていなかったとチャブは言う。「この式典に俺たちみんなが、出席できるとはな。何より驚くのは、俺がまだこの世にいるってことだ。子供の頃は、十八歳までには死んでるとずっと思ってた。そして十八歳になったときには、二十五歳には死んでると思った。今俺は三十四歳だが、可能性は無限なんだなって感じてるよ」

　数日後のプロジェクト・ファザーフッドの会合は、ジョーダン・ダウンズを再開発する予算がないらしいという噂でもちきりだった。ジョン・キングがすぐに、そんなのはコミュニティの一部の人間が流している根も葉もないデマだと告げた。そして、新施設のための計画を推進させるため、タウンミーティングで話をしてもらえないか、とメンバーたちに提案した。それぞれ切羽詰まっているとはいえ、父親たちは抜け目なく報酬を求めた。

　タイニーが大声で言った。「そこで話をしたら、仕事がもらえるのか？」

「誰の話をしてるんだよ、タイニー？」ロナルド・ストリングフェローが尋ねた。「あんたに仕事なんかないよ」

タイニーは父親たちの中でも年配で、視力がかなり低下していた。杖をついて歩き、そばにはいつもデュボワが付き添って、立ったり座ったりするのを手伝っていた。それだけ健康を損なっていれば、正式に障害者認定してもらえるはずだ、とわたしは思っていた。それでも彼は、その機会さえあれば女のわたしにちょっかいをかけてくるし、自分でもできる仕事を用意してくれ、と要求するのをやめなかった。

タイニーは勢い込んで言った。「もし俺たちが会議で証言すれば、みんなに仕事をくれるのか？　ジョルジャリープ、あんたがメモをとってるその紙に、障害者のための仕事と老人のための仕事ってはっきり書いておいてくれ」

公共問題が絡むときに会合でわたしが必ずしていること、それは、父親たちが感じている疑問や不満、心配など、記録しておくべきことを書き取ることだった。最近はそれがプロジェクト・ファザーフッドでのわたしの仕事になっていた。わたしはグループ・リーダーでもあり、「お母さん」でもあり、速記係でもあった。わたしは父親たちの言葉を書き取って、あとで読み上げたものだった。すると彼らがワアワアわめきだす。

「だめだ、だめだ、ダメだ！　俺たちはそんなこと言ってねえ」

あなたたちが言ったとおりに書いたのよ、なんて指摘したら最後、大変なことになる。わたしはすぐに身に沁みた。父親たちは意見を変えたとき、わたしの記録が間違っていると平気な顔で言うのだ。タイニーの最後の言葉を書き取った際には、こう書き添えた。「障害のある高齢者のための雇用創出」工事現場にタイニーができるような仕事があるかどうかは疑問だけれど。

「そうだな、タイニー」リーリーが尋ねる。「作業員の労働組合員証をチェックでもしたらどうだ？」

そんなふうにふざけながらも、要求事項についてはみんなとことん真剣だった。中でも最も重要視したのは、建設現場の仕事のうち少なくとも三分の一は、プロジェクト・ファザーフッドに現在参加しているメンバーのために確保すること、という項目だ。ジョン・キングは興奮気味に言った。「この雇用創出案を認めさせるいい機会になると思う」

「喜んで話をするぜ」

「ああ、俺たちの声を連中に届かせることが大事だ」

「俺たちの話を連中に聞かせないと」

「俺たちは誰よりこの再開発について知っている専門家なんだ」

翌週は、父親たちがタウンミーティングに出席したときの話でみんな興奮状態だった。ミーティングでは、一同が主張したい十五項目を父親たちそれぞれが一つずつ発表した。項目の中で、例えば解体作業、移転作業、有毒廃棄物の除去などを仕事として挙げ、父親たちのために必ず確保してほしいと要求した。全員、長いあいだ求めていた仕事をようやく与えてもらえそうだと楽観的になっていた。ジョン・キングが部屋に入ってきて、少し話があると言った。

「みんな、タウンミーティングではすばらしかった。そのあとおこなわれた幹部会議での結果に、君たちもきっと満足すると思う」

「つまり、プロジェクト・ファザーフッドに参加している人間のために、再開発地での仕事の三分の一が割り当てられた、ってことか?」リーリーが尋ねた。

「じつは、正確にはそうじゃない」

〝正確にはそうじゃない〟という言葉は、ワッツ地区では耳に胼胝《たこ》ができるくらい繰り返されてきた。しょっちゅう聞かれたし、そう言われたときには、誰かがひどい目に遭うということだった。そして今回の「誰か」はジョーダン・ダウンズの住民にちがいなかった。

「正確にはそうじゃないなら、正確にはどうなんだ?」

「その……仕事のうち十パーセントをジョーダン・ダウンズの住人のために確保するらしい」キングは急いで続けた。「だがよかったじゃないか。何もないよりましだ」

「なんだと?」

タイニーが金切り声をあげた。

タイニーが本気で腹を立てたときのきんきん声は、ちょっと描写のしようがない。これが警報音ならしばらくして止まり、アナウンサーが「これは緊急放送システムの試験です」と言うはずだが、残念ながらタイニーは三十秒経ってもやめなかった。彼はわめき続けていた。

「はっきりさせようじゃないか。つまり、もしここに住んでないなら、たとえ以前は住んでいたとしても、そして毎週プロジェクト・ファザーフッドの会合に出ていたとしても、仕事はもらえないってことか？」

「ああ、残念ながら」キングは答えた。「仕事がもらえるのは住民だけだ。名前が賃貸契約書にないとだめってことだ」

室内が騒然としたが、理由は明らかだった。

「俺たちはどうなる？」

「俺たちは今はここには住んでないが、毎週ここに来てるし、コミュニティを大事にしてる」

「てめえ、嘘ついたな」

「俺はコミュニティに住んでる」シャグがわめいた。「だが賃貸契約書には名前がない！」

父親会に出席している、このコミュニティで暮らす男たちの多くがそうだった。賃貸契約書に実際に名前があるのはわずか二人だけ。大部分は、契約書に名前のある女性と住んでいた。これが、ワッツの女性が最終的には主導権を持つ理由の一つでもある。男たちは契約書に自分の名前を載せられない場合もあれば、載せたくない場合もあった。縛られたくないという者もいれば、警察をはじめ当局に居場所を知られたくない者もいた（ジョーダン・ダウンズ団地に住む人々の多くから、会に出ている父親たちのうち二人は、今もときどき犯罪行為に手を出していると思うと聞かされた）。当局全般を恐れるあまり、ロサンゼルス住宅局のことまで疑っているのだ。ある父親はわたしに、「俺は、出生証明書と死亡証明書以外、どんな書類にも名前を書きたくない」と言った。

キングがみんなをなだめようとした。「わかったよ、わたしもできるだけのことをしてみる」

男たちがいっせいにしゃべり始め、とうとうビッグ・マイクがその大きな手でテーブルを思いきり叩いた。

「黙って人の話を聞け！」

ロナルド・ストリングフェローとマットを除く全員が、刑務所暮らしを経験していた。だから、コミュニティの再開発が、彼らにとって必要な、喉から手が出るほど欲しい仕事をついに獲得できる、唯一のチャンスだと思っていたのだ。コミュニティの住人や元住人の例外的な優遇を認めさせることが、彼らの切り札だった。誰も悪党など雇いたくない――そういう単純な話だった。そして父親会の男たちはみな深刻な前科を背負っている。わたしは繰り返し同じ言葉を聞いていた。「一度でいいからチャンスが欲しい」、「一からやり直したいだけなんだ」

リーリーが発言権を求めた。

「これ以上再開発を待ち続けるわけにいかないよ。ワッツにもホームボーイ・インダストリーズ（ＨＢＩ）が必要だ」彼はきっぱり言った。「どうしてここにはないんだよ？　ここの父親たちにとっては、もってこいなのに」

リーリーは正しい。ホームボーイでは、ＨＢＩ職業訓練プログラムに参加するあいだ、誰もが給料を支払ってもらえるのだ。よく考え抜かれたアイデアだった。職業訓練を受けている人たちに給料を払い、やがてホームボーイ社会的企業《ソーシャル・エンタープライズ》内に移ってそこで仕事をし、最終的にコミュニティで仕事に就く。だが、そこでつまずきがちだった。雇用者側はホームボーイの取り組みを称賛しながらも、やはり前科者を雇いたくないのだ。同様に、男たちのほうもホームボーイの安全でやさしい環境から離れたがらない。結局、彼らは彼らで施設化されてしまっているのだ。

　制度化というのは不思議な現象だ。そもそも憎んでいるものを愛するようになる過程なのだ。長期間服役するうちに、囚人は制度化される。つまり、しだいに刑務所内のルーティンに心地よさを感じるようになるのである。しばしば彼らは、そこで生まれて初めて他者にこまごまと世話をしてもらう経験をする。そこには暮らしの規律があり、ベッドがあり、食事がある。刑務所で遭遇する暴力や略奪、脅迫は、彼らがこれまで生きていた世界でもおなじみのもので、それが形を変えただけのことだ。刑務所は、グループの父親たちにとっては必ずしも見知らぬ場所ではなく、日常より好ましい場でさえある。

　だが、長く刑務所で暮らしたあと「シャバに出てきた」人間にとっては、規律のない世界は生きにくいということが、なかなか気づかれない。つまり、制度化の後遺症である。同じように、ホームボーイに参加してそのプログラムに慣れてしまうと、やはり一種の制度化が生じるのだ。わたしもＵＣＬＡの学生だったとき、間違いなくわたしなりの制度化現象が起きていた。生活の規律、学期制、新入学、冬と春の長期休暇——わたしはそれで時間を区切り、生活を理解していた。

「リーリー、そこまでしなくても、何かわれわれでできることを考えてみようじゃないか」

ジョン・キングは男たちをなだめようとした。

「あんたは俺たちにタウンミーティングへ行けと言った。俺たちはあんたの望みをかなえた。今度はあんたが俺たちを助ける番だ」ドナルドは怒っていた。「俺たちは仕事が必要なんだ」

「問題は、もう再開発には頼れないってことだ。今すぐ仕事を見つけないと」

「何かわれわれでできることを考えてみよう」ジョン・キングは繰り返すばかりだ。

おとなしくなる者はいなかった。

男たちはみな不満だった。リーリーがあたりにたち込める感情を要約した。

「ほかに何ができる？　現状を見極めなきゃならない。そして、頑張って、仕事を勝ち取らないと」

「信じ続けるんだ」

「みんなで助け合うんだ」

男たちはたがいに励まし合った。

「もっとひどいときだって、なんとか切り抜けてきたんだ」

「俺たちはワッツの出身だ。俺たちならきっとできる」

13 ビッグ・ママ

どうして俺はこだわったのか？　答えを考えるとつらい。なぜって、俺は絶対に親父みたいにはならないと、固く固く誓ったんだ。今俺は浮気をしてる。悪いことだとわかってる。俺にとっても、女にとっても毒にしかならない。だが、親父のことを考えると、俺は出ていく気になれないんだ。親父みたいにはなりたくなかったから。

——テランス・ラッセル

ビッグ・マイクは心配していた。

「わかるだろ、ドクター・リープ、俺たちはもう少し女たちの話をするべきだ。例のつれあい《シグニフィカント・アザーズ》の話を」

「そうね。わかってる」

「マジで言ってるんだ、ドクター・リープ。スウィンガー博士は、男たちは〈プロジェクト・ファザーフッド〉でもっとパートナーとの関係について議論したほうがいいと言っていた。まだ一分ぐらいしか話してないから、もっとやらないと。頼むよ、ドクター・リープ、話さなきゃ」

〝ドクター・リープ〟を続けて三回も口にしたということは、相当真剣なのだとわかった。ビッグ・マイクは、プロジェクト・ファザーフッドの議題リストの一つ、「ベビー・ママ・ドラマ」を話題として取り上げるつもりなのだ。でもいくつか問題があった。まず、父親たちに、子供の母親を「ベビー・ママ」と呼ばせたくないとマイクは主張した。

「相手への敬意が足りないよ。それにこれはギャング用語だ。そういう罠から脱け出さなきゃ」

「じゃあ、何て呼ぶの？」わたしは尋ねた。「そもそも、結婚している人がどれだけいるのか」

「一人もいないさ！」ビッグ・マイクは困ったように笑った。「年寄連中の中には結婚している者もいるが、若いやつは――誰も結婚してない。だが、女たちのことは別の呼び方をするべきだ」

「〝つれあい〟を使えばいい」アンドレが言った。「女たちはそう呼ばれたがってる」別のギャング・インターベンショニスト、ロン・ノブレットとともに、アンドレは一週おきに女性たちと会合を持っており、グループで会うこともあれば、一対一のこともあった。彼女たちの多くはアンドレに困り事を持ち込み、彼はそれをわたしのところに持ってくる。わたしに直接相談に来る女性は今はほとんどいない。リープは男のことしか助けないと思い込み、信用しようとしないのだ。こういう持ってまわったやり方は効率が悪いということが明らかになりつつあった。アンドレからわたしに話が伝わるのが遅いので、女性たちが必要とする物や情報をわたしが手に入れられる前に、問題が破綻してしまうことが多いのだ。

わたしがわざわざ言わなくても、はっきりしていた。父親たちは仕事のことで頭がいっぱいだったので、女性問題について今まであまり話してこなかった。議題リストのこの項目のことを心配するビッグ・マイクの気持ちはわたしにもわかったし、父親たちがつれあいと腹を割って話ができないことが、彼らの仕事探しの不満と関係しているのではないかとも思えた。「俺はちゃんと家族を扶養したいんだ」チャブがわたしに打ち明けたことがある。「子供を養い、ベビー・ママを守りたい。でも、仕事がなきゃそれもできない」

マイクとわたしは、つれあいの話題はできるだけ曖昧なトーンにしようということで意見が一致した。チェックインがすんだあと、マイクはみんなに告げた。「今日はまた新しいテーマについて話そうと思う。『女性との関係：どう愛するか？』だ」

このテーマについては、父親たちは言いたいことが山のようにあった。問題は、彼らはつれあいにはほとんど関心がない、ということだった。男たちが心から愛しいと思っている女性は、「お袋」だった。どんな子供時代を過ごしていたとしても、誰もが母親を理想化して語った。

「言っておくが」テランスは堂々と宣言した。「俺のお袋は完璧なヤク中だったが、俺はお袋を愛してたし、お袋も俺を愛してた」本当に驚いたのだが、室内にいる男たちは、黒人もラティーノも、誰一人として母親をけなすようなことは言わなかった。そこは心の中の安全地域、争い事ばかりの日常の中の非武装地帯なのだ。

「お袋を責めるつもりはない」テランスは続ける。「たとえヤク中だったとしても、だ。ヤクに頼らなきゃならなくなった理由があるんだ。お袋は弟が通りで車に轢かれるのを目撃した。おまけに俺は年じゅう刑務所に入ったり出たりを繰り返してた。責められねえよ。ドラッグのせいでお袋は苦しんだが、俺たちをずっと愛してくれてたのは間違いない」

「ほかの女性たちのことはどう思ってるの？　ママ以外の女性のことは？」わたしは話の方向性を変えようとした。「デュボワ、あなたは？」

「俺の女たちのことか？　どの女？」デュボワが笑う。「どこにいるのかさえわかんねえ。だが、向こうが俺をずっと追いかけてくる。俺が頼りにしてるのはお袋だ。俺がこの会に出てるのはお袋のためだ」

「なぜ？」

「馬鹿なことはやめて、ちゃんと子供たちの父親になりな、とお袋に言われたんだ。俺はどの子に対しても父親らしいことをしてこなかったから、考えを改めようとしてる。俺はたくさん間違いをしてきた。ここにいる連中の中には承知してるやつもいる。やり直したいんだよ、子供のことも、コミュニティのことも。いいお袋がいること、それが大事だ。だが今の女たちはあまりいいお袋だとは言えない。子供を愛し、大切にする、そういうママが必要なんだ。今までがどうだったのかはわからない。だが、お袋はもうずいぶん年寄りだ。七十を超えてるからな。だから昔風の考えだよ。だが、お袋がいること、そのお袋が知恵を貸してくれることで、俺は父親としてすごく助かってる」

メンバーたちはうなずいている。

デュボワは母親のことを話しながら、何がこのグループを率いているのか、無意識に明らかにしている。男たちが過去をあがなおうとしているのは、彼らの母親の働きかけも理由の一つなのだ。

> 俺はやり直したい。俺たちは間違いをたくさん犯してきた。今こそジョーダン・ダウンズを変えるときだ。そして変えたいと思う理由は俺のお袋だ。お袋をがっかりさせたくないんだ。

ビッグ・マイクはデュボワの言葉にさらにこう加えた。「おまえたちのお袋のことに加えて、デュボワ、今家族のことでいちばん問題なのは、肝っ玉母さん《ビッグ・ママ》がいないってことだ」どういう意味なのか、わたしが考えあぐねている一方で、男たちはみな、うんうんとうなずいている。

「お袋やばあちゃんたちのことさ。俺たちはビッグ・ママって呼んでるんだ、ドクタージョルジャリープ」リーリーが説明しながら、わたしにウィンクした。「賢くて、問題を上手に解決できる女たち。だから、バラクよりヒラリーのほうがいい大統領になったのに、と思うわけさ。困ったら女に聞け――女のほうが、やり方をちゃんと心得ている。ヒラリーは本物のビッグ・ママだよ」

ベンが意見を言う。「ワッツの問題は、子供たちの面倒を見てくれるビッグ・ママやばあちゃんがいなくなっちまったことだ。昔は女たちが一家の中心だった」

「そうさ、昔はビッグ・ママがコミュニティの子供たちみんなを見守ってた。自分の子供じゃなくてもな」ビッグ・マイクが続けた。

「ママ・ワシントンが延長コードを手に、グレープ通りを走る俺を追いかけまわして、あんたがあたりをぶらぶらして、悪さをしてるところを見つけたら、ぶっ叩くからねと言ってたのを思い出すよ」サイが笑った。父親たちが口々に発言を始める。

「ビッグ・ママたちが俺たちを見守り、食事を与え、躾をした。いつだってそこにいたよ」

「いったいどうしたんだ？　どうしてビッグ・ママはいなくなっちまったんだ？」

「女たちが自分勝手になったからだ！」リーリーは決めつけモードに入っていた。「今の女たち全部が全部。みんな自分のことしか考えない。子供のことも、コミュニティのことも、どうでもいいんだ。パーティがしたい、楽しみたい、そればっかりさ」

「ビッグ・ママは子供たちみんなを、そしてコミュニティのことを見守ってた。俺たち、タウンミーティングに行っただろ？　あんときビッグ・ママたちも連れてきゃよかったんだ。ビッグ・ママなら会合を思いどおりに操った」

コミュニティには何人か〝ビッグ・ママ〟がいるのに、とわたしは考えていた。とくに有名なのはコミュニティ・インターベンショニストのキャシー・ウッテンと、シスターことシンシア・メンデンホールだ。キャシーとシスターは二人とも息子をギャング抗争で亡くし、悲しみをばねにジョーダン・ダウンズとインペリアル・コーツの衝突を止めようとしてきた。しかし父親たちが話しているのは、地域の子供たち全般に目を配る、ある種の一般的母親像についてだった。男たちはコミュニティにいるビッグ・ママの役割を称賛し、自分自身の母親への深い愛情を語った。

「娘を何とかしなきゃならねえな。次世代のビッグ・ママなんだから。きちんと育てないと」ベンが提案した。

「娘をちゃんと見守ることだ――」

「娘を守るんだ――」

「娘の身に何か起きたら黙っちゃいねえ」

そんなふうに気持ちを打ち明け合うのを聞いていると、愛は世代を飛び越えて伝わるかのように思えた。

男たちは娘やビッグ・ママについて活発に言葉を交わした。彼らの気持ちや考えは、娘と母親に完全に集中していた。それでも、娘や、コミュニティの若い女性について話すとき、そこにはさまざまな感情が入り交じり、矛盾にあふれていた。ある意味、男たちが女性に対してどっちつかずな態度を取る最大の理由は娘にある。それは、彼らが娘や、姪やいとこなどほかの女性について語るときに明らかになる。男たちは、自分の娘がそうした女たちに似てしまうことを恐れているが、それでも、娘がタフなところを見せるとまんざらでもない。会合の終わり近くになって、ベンが、娘がいい子に育ってよかったと誇らしげに言い、さらに、学校で同級生の女の子を殴って停学になったと知って頭に来たし、娘を褒めたと話した。わたしは驚いて、普段はお行儀がいいベンの娘がどうして喧嘩をしたのか、考えようとした。わたしがつっかえながら考えを口にするのを聞き終えたベンは、わたしの悩みを解消することにしたらしい。

「どうしてそんなことになったのか話そう。敬意の問題なんだ」彼は言った。

「あなたの言う敬意って、理解できない。あなたはビッグ・ママには敬意を持つし、娘には敬意について教えたいと言う。なのに、子供を産んだ女性には敬意を持ってない」

「あんたにはわかんないよ、ミス・リープ」リーリーが話し始めた。

「また、あんたにはわかんないよ、が始まった！」でも今回はリーリーが正しかった。じつのところ、わたしにはわからなかった。

「今の女たちはビッグ・ママとは似ても似つかない」リーリーが続けた。「あいつらは自分のことしか考えない。ただ自分のことをしたいから、外に出る――」

「自分のことしか考えないわけじゃない女性たちを知ってるわ」

「誰だよ？」

わたしはつかのま口をつぐみ、それから、ジョーダン・ダウンズに住んでいた知人女性の話をした。

カルメンと彼女のベビー・ダディであるジェームズは、いつも衝突している黒人とラティーノもこんなふうに仲良くできたら、と思えるお手本のようなカップルだった。カルメンはヒスパニック、ジェームズはアフリカ系アメリカ人だが、二人とも家族を大事にしていた。ジェームズは、けっして家族のもとを離れず、いつも彼女と子供たちのそばにいると誓った。そうしてカルメンは矢継ぎ早に娘を二人、息子を二人産んだ。ジェームズ自身の父親は、彼が四歳のときに家を出ていった。「俺は父親のことをまるで覚えてない。自分の子供はそういう目に遭わせたくないんだ」

そうこうするうちに、カルメンは五人目の子供を妊娠した。今度も女の子だった。わたしはカルメンの妊娠を祝うパーティの準備を手伝うことになった。ワッツのすぐ近くにあるアセンズ公園に友人や家族が集まり、コンクリートのピクニックテーブルにピンクの紙製のテーブルクロスをかけ、ピンク色のお菓子やクッキーの入ったバスケットを並べた。三時間後、ジェームズの姿が見えなかったが、カルメンは「ケーキを取りに行った」と言った。夫のマークが代わりのケーキを買いに行き、わたしは必死になってジェームズにメールをした。ジェームズの身に何かあったのではないかと、カルメンはひどく心配した。

その晩、カルメンが泣きながら電話をしてきて、今すぐ来てくれないかとわたしに言った。わたしはジョーダン・ダウンズまで車を飛ばした。家のドアが開いたとき、向こう側に立つカルメンがひどく取り乱しているのがわかった。

「あのくそ野郎、浮気してたのよ。あいつがどうしてパーティに来られなかったのかわかる？　ガールフレンドと一緒にいたの。あの男、殺してやる！」

わたしは会場にいる男たちに言った。「と、まあそういうわけ。今では彼女、たった一人で五番目の子供が生まれるのを待ってるのよ！」わたしは怒鳴った。「これのどこに敬意があるっていうの？」

父親たちは全員笑っていた。わたしが激昂すると、男たちはますます大笑いした。

「ミス・リープ、あんたはあんなにたくさんの紙にあんなにたくさんの文字を書き散らしてるのに、そんなこともわかんないのか」リーリーが言った。

「おいおい、わかってるくせに。クーーッソだな」サイはさながら古代ギリシアの合唱隊コロスだ。

「なあ、男ってのは犬っころみたいなもんだ。俺たちはみんな犬っころなのさ」リーリーはわたしに向かってにやりとした。今にもわたしのほうに身を乗り出して、頭をぽんぽん叩きそうに見えた。

「わたしの夫は浮気なんかしないわ。彼を絶対に信じてる」わたしがそう宣言したとたん、男たちはまた大笑いし始め、息が継げないほどだった。

「待てよ、あんたの夫は絶対に浮気しないって言いたいのか？」

「ええ、絶対に」

「どうして？」

「そんなことするような人じゃないもの。彼はそんな人間じゃない」

「あんたたち、セックスはしてるのか？　本当にそいつは男か？」

こうして言い争っても仕方がないとわかっていた。ジョーダン・ダウンズのプロジェクト・ファザーフッドの世界では、男に女性への誠実さを求めるわけにはいかないのだ。愛と誠実さはまったく別の問題で、けっして直結しない。少なくとも一人は例外がいる——ビッグ・マイク——ことはわかっていたが、それを指摘するつもりはなかった。マイクが妻のサウナを裏切ることは絶対にないと断言できる。若い頃はマイクもほかの男たちと同じ考え方をしていたかもしれないが、今は違うはずだ。でも、男たちが真実を話しているということもわかっていた。父親たちの一人ジュリアスは六十六歳だが、先週、四十歳のつれあいが現れて、ジュリアスが「若い女」と遊びまわっているとわめいていた。だからわたしは話をカルメンに戻すことにした。

「わかった。男は犬っころで、ジェームズはカルメンを裏切っていて、彼女には間もなく赤ん坊が生まれる。じゃあ、わたしは彼女に何て言えばいい？」

「口を閉じて、その男の金をふんだくり、その情けないくそったれ野郎とのあいだには二度と子供を作らないこと」

今度ばかりはギャング流セラピーを受け入れるつもりだった。わたしにはそれ以上の解決策は思いつけなかった。

14 光明が差す

きっと、光が差し込む隙間がどこかにあるんじゃないかな。

――リーリー・スプリューウェル

二〇一二年には、〈プロジェクト・ファザーフッド〉はワッツ地区にすっかり定着した。最初から会に出席していた主要メンバーはたがいに強い絆で結ばれていた。父親たちは以前より家族とかかわるようになり、コミュニティのイベントにも参加し始めた。父親会は今や自分の日常の一部だと言う者も多かった。

そんなとき、予算が足りなくなったのだ。

プロジェクト・ファザーフッドの推進力だったハーシェル・スウィンガー博士は二〇一一

年五月に亡くなったが、そのビジョンは生き続けた。さらに運動を先に進めるため、チルドレンズ・インスティテュート社は連邦政府に資金援助を働きかけていた。支援がいつ到着するのか、いやそもそも認めてもらえるのか、まだはっきりしなかった。その間ビッグ・マイク、アンドレ・クリスティアン、それにわたしはロサンゼルス市住宅局（HACLA）に対し、三人の給料と父親会の運営費、しめて月に二千ドルという最低限の費用を用立ててはもらえないかとお願いした。ジョン・キングは咳払いをし、もごもごと口ごもりながら説明した。「局にどれくらい予算があるかわたしも知らないんだ」わたしはとっさに、自分の毎月の手当てを返上すると宣言した。キングはわたしの申し出を聞いてほっとしたように見えた。ところがビッグ・マイクとアンドレは反対した。全員の平等な待遇をめざすべき役人がわたしの提案を拒まず、損をする側のマイクとアンドレが反対するなんて、どういうことだろうとわたしは思った。それも二人はかなり激しく抵抗したのだ。

「そんなのだめだ」アンドレが言った。「いいか、お嬢ちゃん、全員がお手当をもらうか、さもなければ全員がもらわないかだ。みんな一緒に頑張ってるんだからな」

マイクはいっそう語気を強め、「だめだ」と怒鳴った。そこまで心配してくれているなんて、わたしとしても驚いた。「あんたも手当をもらわないと。あんたの娘は大学に入ったばかりだ。ちゃんともらってくれ、ジョルジャリープ。だめだ、そんなことしちゃ」

マイクについていつも面白いなと思うのは、人をフルネームで呼びたがるところだ。それは権威筋の人たちだけではない。アンドレはアンドレ・クリスティアン。わたしはジョルジャ・リープ。ただし、プロジェクト・ファザーフッドで議論をしているときは、これにドクターをつける。HACLAの役人はミスター・ジョン・キング。そして、名前を全部つなげて一つの言葉みたいに発音する。ミスタージョンキング、ドクタージョルジャリープ。

ミスタージョンキングは、わたしが手当てを返上すると言ったとき、まばたきさえしなかった。

「それは名案だ」と言って考えを巡らせる。「あなたがそうしてくれれば、プロジェクト・ファザーフッドをもう何か月かは続けられるかもしれない。だが残った金額で考えると、それがぎりぎりだ」

わたしは笑いをこらえていた。HACLAの年間予算は五億ドルにのぼる。ソファーのクッションを頻繁に変えるお金でプロジェクト・ファザーフッドをこの先数年は支援できるだろう。でもジョン・キングが悪いわけではない。アントニオ・ヴィラライゴサ元市長のもとで働いた数年間で、お役所仕事とはそういうものだと思い知った。つまり、市が予算をがっちりとつかんで離さないのだ。市庁で予算配分がおこなわれて、それがロサンゼルスの街角に下りてくるまでには、長い道のりを経なければならない。

無駄ばかりだと思えて、野党支持者になりかけたくらいだ。市に十四か所あるいわゆるギャング〝ホットゾーン〟の一つに住む百人の子供たちのために十万ドルの予算がついた、あるギャング活動防止プログラムの内容を、わたしが検討することになった。このプログラムについて記事を書いているある記者は、わたしにこう尋ねた。「子供の各家庭に一万ドルずつ渡して、ギャング活動に加わらないと誓えば、このお金を無償で提供する、と言ったほうが早いんじゃないか？」わたしは答えに窮した。そのとおりだと思えたからだ。ジョーダン・ダウンズにやってきた今、わたしはそのとき身をもって知った教訓を、一瞬忘れてしまったようだった。

プロジェクト・ファザーフッドへの支援を外部に探そうと、わたしはもう一度、市長室のギレルモ・セスペデスと会った。彼はとても同情し、市はもっといろいろな面でワッツに、中でもジョーダン・ダウンズに投資すべきだときっぱり言ってくれたが、残念なことに、渡せる予算はないという。ただ、プロジェクト・ファザーフッドを含むワッツのギャング活動防止プログラムを支援してくれそうなところを、積極的に探すと約束してくれたし、またプロジェクトにお邪魔したいとも言ってくれた。ギレルモと会ったあと、わたしは来てもらえそうな候補日をメールで彼に送り、十一月初旬と決めた。それまでには支援の目星をつけたいと彼は言った。

不思議なことに、十一月のその晩、まさにあらゆる星がぴたりと一つに重なったようだった。その日の早い時間にギレルモから電話があり、ＨＡＣＬＡ、ロサンゼルス市議会、市長室のあいだで今合意が得られたという——ロサンゼルスにおける、あまり神聖ではない政治同盟だ。お役所の専門用語はわたしにはよくわからないのだが、とにかくＰＩＬＯＴプログラムを通じてワッツにお金が入るという。〝パイロット〟といっても科学実験とは関係なく、税代替賦課金《ペイメント・イン・ルー・オブ・タックシズ》の略で、以前ある目的で分配されたものを別の目的のもと分配し直した支援金のことだという。ギレルモがメールで説明してくれた市議会の行動は、政府が認める手の込んだ詐欺みたいにわたしには思えた。でも完全に合法なのだ。とにかく、ジョーダン・ダウンズの懐にお金が入るなら、細かいことはどうでもいい。奇跡的にも、ギャング活動防止と家庭支援に加え、ジョーダン・ダウンズの「父親会」にも一年間資金援助してもらえるという。今晩プロジェクト・ファザーフッドにお邪魔します、とギレルモはメールの最後に付け加えていて、わたしは、いろいろなことがいい方向に向かいつつあるような気がして、その晩のミーティングがとても楽しみになった。

ところがそうは問屋が卸さなかった。まずわたしは交通渋滞につかまって、会に二十分遅刻してしまった。その短いあいだに、問題が起きていたのだ。室内はいつになく人で混み合っていたが、彼らがプロジェクト・ファザーフッドのメンバーでないことは一目瞭然だった。予告もなく、ロサンゼルス市警（ＬＡＰＤ）の警官たちが押しかけてきたのだ。彼らは半袖の制服姿で、無線機と武器を携帯していた。テーブル席には父親たちが座り、警官たちは会議室の壁際にずらりと並んでいた。参加者たちは誰もしゃべっていなかった。代わりに彼らは、髪をコンパクトなポニーテールにした、身長百八十センチを超えるブロンドのたくましい女警官の話を神妙に聞いていた。制服の線の数から、巡査部長だとわかった。彼女の部下たちも熱心に話に耳を傾けている。聞き手にまわった父親たちの顔には疑いと混乱の両方が浮かんでいた。わたしはビッグ・マイクとギレルモのあいだに座り、ビッグ・マイクが小声でこう囁くのを聞いた。「連中がどうしてここにいるのかわからない。こんなの、プロジェクト・ファザーフッドじゃない」わたしは身を乗り出し、止めに入ろうかとビッグ・マイクに尋ねた。彼はわたしを悲しそうに見て言った。「もう少ししたら」

部屋の反対の隅にいるジョン・キングは、クリームを舐めたばかりの猫のようにご満悦の表情だった。その日巡査部長が繰り返し口にしたメッセージは、その晩そこに来た警官たちは、コミュニティに役立つために慎重に選ばれたメンバーだ、ということだった。「みなさんのコミュニティを安全にするため」全力を尽くすつもりだし、そのためには「人を逮捕しなければならないこともある」と父親たちに告げた。

そうこうするうちに、だんだん巡査部長の話を聞いているのがつらくなってきた。彼女は善玉警官と悪玉警官の両方を体現していた。「みなさんがワッツのよき住民だということは承知しています」ちょっと待った、とわたしは思った。「でも、もし何か犯罪にかかわるようなことがあれば、法的措置が取られます」

警官の一人が立ち上がり、コミュニティを「守り、住民のために役立」ちたい、と胸を張って宣言した。ところがしばらくすると、その警官の言葉遣いが好ましくないものになり始めた。まず「まぬけ」という言葉に始まり、あれよあれよという間に罵詈雑言のオンパレードとなった。ついに「くそったれ《マザーファッカー》」まで飛び出す頃には、礼儀作法などわたしの頭から消えてしまっていた。わたしは立ち上がり、その会を始めて以来初めて、公然とその警官を睨みつけた。

「ミーティングのあいだ、わたしたちは下品な言葉を絶対に使わないように努めているんです。それから、そろそろ質問はあと一つだけにしてください。ミーティングを始めたいので」わたしは冷静に告げた。父親たちは誰も抗議しなかった。ジョン・キングが、これはコミュニティでのLAPDの新たな取り組みについて「話し合う」大事な機会なんだと訴え始めた。

「失礼ながら申し上げますが、ミスター・キング」ビッグ・マイクがついに口を挟んだ。「話し合わなければならない議題があるんです。そろそろミーティングを始めないと」

わたしはこの時点ですでに、新生LAPDにすっかりうんざりしていた。だからと言って、新たなワッツ・ギャング・タスクフォース――LAPDが主導するコミュニティ安全パートナーシップ（CSP）は意味がないとか、そういうことを言いたいわけではない。この計画そのものの価値は認めつつも、LAPDは、ワッツの中に昔からあり、しっかりと機能していたコミュニティ力に最近まで気づかなかったような感じがする。CSPができる前、LAPDはワッツを、恐怖と怒りと嘲笑を組み合わせて支配しようとしていた。文化的に多様な、今までとはがらりと変わった新世代の警官たち――寛容で、コミュニティと二人三脚でやっていこうと決意している――が現れたとしても、過去のことをけっして忘れてはならない。それに、方法は新しくなっても、やろうとしていることは同じだった――支配するのはわれわれだ。今夜プロジェクト・ファザーフッドのミーティングを乗っ取ろうとしたことを考えても、「バッジを持つ者が誰より偉い」という思考回路がすでに見て取れた。巡査部長は、自分が父親たちに話をするほどには、彼らの言葉を聞こうとしていなかった。わたしはなんだか居心地が悪かった。そんなとき、ギレルモがわたしに耳打ちした。「こういうタイプの議論は父親会よりタウンミーティング向きだ」

「あなたがLAPDを呼んだの？」これはしっぺ返しなのだろうか、と思いながら、ギレルモに尋ねた。「彼らがここにいること、わたしは全然知らなかった」

ジョン・キングは引き下がり、ビッグ・マイクがその晩に取り上げる議題を慎重に読み上げた。「父親として子供のために正しい決断をしたと、どうしたらわかるか？」

議論はとりとめなく始まった。警官がいるせいで、明らかにしらけていた。それでも話をしようとする父親たちはいたが、いつもの俺が俺がという積極的な態度は鳴りを潜めていた。デュボワがおずおずと口火を切った。「いろいろなことを慎重に考えて、それから決めたことは、正しい決断だったと思える」

「じっくり時間をかけて物事を決める。ビッグ・マイクの言う『人の話をたっぷり聞き、答えるときにはそれ以上にたっぷり時間をかける』ってやつだ」リーリーが口を挟んだ。

男たちがうなずく。

「俺たちはみんな、たがいの話を聞き、子供のために正しい行動をするように助け合おうとしてると思う」

少しずつ議論が活発になってきた。そろそろ盛り上げる頃合いだ。

「自分のつれあいについては、正しい決断をしていると思う？」わたしは尋ねた。会話がそこで突然途絶えた。わたしの質問のどこに反応して、父親たちは口をつぐんだのだろう？

部屋の真ん中で列車の脱線事故が起きたかのようだった。

　アーニーという大柄のアフリカ系アメリカ人が突然立ち上がり、警官の一人を指さした。

「おまえ、覚えてるぞ。全部おまえのせいだ。俺は何もしてないのに、突然家に踏み込んできて、俺に手錠をかけた。子供たちの目の前でな。それから留置所に入れられたんだ。気づいたときには十三年の禁固刑を言い渡されてた。何もかもおまえのせいで」警官は呆然とアーニーを見つめていた。アーニーは続けた。それは長いあいだ抱えてきた心の痛みを一気に発散する悲鳴のようなものだったが、本当にその警官だったのか、アーニーの怒りを代理でぶつけられるはめになっただけなのか、わからなかった。

「何とか言ってみろ。おまえの言い分が聞きたい。おまえはここに来て、コミュニティを助けるという。だが、今までおまえたちがやってきたことはどうなる?」アーニーの声はどんどん大きくなっていった。わたしは注意深く彼を観察し、シャツのお臍のあたりがふくらんでいることに気づいた。もしかすると銃かもしれない。話がたちまち横道にそれ、わたしは不安で今日の議題のことなど頭に浮かびもしなかったけれど、ジョン・キングがいきなり口火を切った。

「ディスカッションを始めよう。いいですよね、ドクター・リープ?」

　なぜわたしに訊くの?　キングはアーニーの腹部のふくらみには気づいていないらしい。わたしは発砲事件が起きるのが怖かった。キングは本来わたしの答えを聞くまでもなかったとは思うが、わたしは意向をうかがおうとするように大げさにビッグ・マイクに目を向け、マイクはマイクで首を縦に振った。

サイが割って入ってきて、冷静に場の緊張を緩めようとした。

「俺に言えるのは――この土地には、警官がコミュニティの人間を虐げ、子供がいる前で辱めを与えた過去があるってことだ。あんたたちがそのときの警官じゃないってことはわかる。だが、そういう過去があったってことを理解してほしい」

警官たちはいっせいにうなずいた。群衆管理をするため、動作をシンクロさせる行動だった。アーニーはくるりとこちらに背を向け、部屋から走り去った。誰もが無言で彼の後ろ姿を見守っていた。すると警官の一人が立ち上がった。韓国系のその警官は腹を立てていた。

「俺たちはここに対話をしようとやってきたのに、あの男は言いたいことだけ言って出ていった。俺の相棒は宙ぶらりんでさらされたままだ」

そこから、わたしにとっては好ましい光景が展開していった。警官たちの名札を見れば、彼らはまさにロサンゼルスの多様性を体現しているとわかる。韓国系警官の相棒はラティーノで、わたしにそっと名刺を差し出した。そこには《不適切な言葉遣いをしてすみませんでした》と書いてあった。印字された名前には、自分で描いたニコニコマークが添えられている。自分にも警察に対する偏見があったことを認めつつも、思わず噴き出しそうになってしまった。たしかにLAPDは生まれ変わったのかもしれない。

「こんなの、あんまりだと思う」韓国系の警官が続ける。「せっかく対話をしようとしていたのに、できなくなってしまった」新しくなったはずのジョーダン・ダウンズへようこそ、とわたしは暗い気分で思った。ところが室内にいる父親たちは、彼に次々に思いやりを示したのだ。

「あとであいつに話をするよ。あれはよくなかった」

「あいつはあんなことを言うべきじゃなかった。ちょっとやりすぎだったよ」別の父親も言った。どういうことだろう、とわたしは思った。彼らはＬＡＰＤの気持ちに配慮し、なだめようとしている。

わたしは室内のムードを推し量ろうとしていた。プライドの高い人類学者なら「意識調査」とでも呼びたいところだろう。父親たちは疑いと希望の入りまじった目で警官たちを見ていた。彼らは信じたがっていた――コミュニティは変われる、自分の子供は暴力のない日常を送れる、と。会合の前にデュボワがわたしにこう言ったのを思い出す。「俺はただ、平和な場所で子供を育てたいだけなんだ。子供たちには安全に暮らしてほしい」デュボワの頭にあるのは、七歳の双子のことだった。彼らにとっては、ここにいる警官たちは希望だった。

父親たちは信じたいと思いつつも、恐れていた。リーリーがおずおずと尋ねた。「あんたたちがこのあたりをパトロールするのか？」巡査部長はコミュニティにおける警察活動について長々と話したが、答えは結局、次の一言に集約された。「いつもではない」よく教育されたわれらがコミュニティ警官のときもあるが、悪党をすぐに捕まえようとする無遠慮な警官のときもある。

会合の最後に警官のティム・ピアースが立ち上がった。警官たちはみな彼に尊敬のまなざしを向けた。誰もしゃべらなかった。ピアースはそれだけの経験を積んできた男だ。妻のクリスティーナ・リパッティはLAPDに十年在籍するベテラン警官だが、二〇〇六年のガソリンスタンドでの銃撃戦で重傷を負った。それで胸から下が麻痺してしまったのだ。二人はその勇気と忍耐と献身によって、LAPDの最優秀警官として人々の尊敬を集めた。だからピアースはこの状況にも怯まなかった。そこにいる警官たちの中で、ただの警官の訓示ではなく、理にかなった説明をしたのは、彼が初めてだった。

コミュニティに暴力をもたらしているのは麻薬だ。われわれが捕えたいのは、その麻薬の売人なんだ。みんなそのことは重々わかっているだろうから、わたしから説明の必要もないだろう。麻薬こそが暴力に火をつける。われわれは、ここを君たちや子供たちのために安全な場所にしたい。そのために麻薬の売人をここから一掃しようとしているんだ。まずは連中をここから追い払う。だがそれができないようなら、逮捕することになるだろう。

父親たちは話に耳を傾けていたが、何も言わなかった。会合は終わった。
その晩の会合は人々のあいだにさまざまな感情をもたらした。一同が去ったあと、ビッグ・マイクは疲れた様子でそこに座っていた。わたしたちは話らしい話もせず、次回の会合のために簡単な打ち合わせをしただけだった。

金曜日、わたしは一日中アンドレ・クリスティアンとジョーダン・ダウンズを歩き、地元の人たちと過ごしながら、前回のプロジェクト・ファザーフッドについて話をした。彼とわたしは、警官たちが出席することについてこちらに事前に可否を尋ねるのが筋だったと思うし、少なくとも知らせておいてほしかったということで一致していたが、とにかくあれは一度きりのことだろうと考えていた。警官たちはもう戻ってこないはずだ。

でも甘かった。

ビッグ・マイクからのたっての願いで、わたしはミスタージョンキングにメールを送り、マイクもアンドレもわたしもLAPDにはもうミーティングに参加してほしくない旨を、（やや学術的な）理由の説明とともに申し入れた。ジョン・キングは了解したと言いつつも、次回以降の話として理解していると返事を送ってきた。

二晩後、集会所に到着したわたしは、前回のデジャヴを見ているような気分になった。テーブルについている父親たちを取り囲むようにして、壁沿いにずらりと立つ警官たち。巡査部長も姿を見せたが、会合が始まると部屋を出ていった。

「先週、中途半端に終わってしまった議題をあらためて取り上げたい」ビッグ・マイクが言った。「父親としてした最も難しい決断は何だったか？」

ところが彼がそう言い終わるやいなや、わたしに謝罪の言葉が書かれた名刺をくれた警官が話しだした。

「例の男の犯罪歴を調べてみたので、お話ししたいのだが――」わたしを含め、父親たち全員が唖然としてその警官のほうを見た。わたしたちの顔には一様に「あんた、何言ってんの？」という表情が浮かんでいた。無言の疑問が投げかけられたことは明らかだったので、彼は急いで言いたいことだけ言おうとした。

「先週、わたしが不当に逮捕したと言ってここを出ていった男のことだ」警官はそう言い添えた。彼は一同の反応を確かめた。

わたしは、室内にいる者全員がすでに知っていることを、この警官にわざわざ蒸し返してほしくなかった。アーニーは、この警官と対決する理由などべつになかったから逃げたのだ。勘違いだったということさえわかっていたのかもしれない。制服を着ていると、みんな同じに見えるものだ。父親たちはみな、アーニーは酔っ払いだ、あるいは頭がどうかしている、あるいはその両方だと思っていて、すぐにあの出来事のことは忘れてしまった。

ところが警官はマニラ封筒を掲げて続けた。「彼が捕まったときのことを調べてみたら、その日わたしは勤務日でさえなかった。非番だったんだよ。彼と話したかったのに、今日はいないようだ。だが、こんなふうに独り言を言っていても仕方がない。わたしは彼と話したかったんだ」

ビッグ・マイクは警官に向かって会釈をしてから言った。「ああ、わかった。いいんだ。さて、話を先に進めよう」それからとてもかしこまった話し方であらためて尋ねた。「父親としてした最も難しい決断は何だったか？」

一人が手を上げ、静かに言った。「父親としてした決断で、とても難しかったのは、こちらが口をつぐんで、つれあいに言いたいことを言わせたことだ。俺は口を閉じて、あの女が自分の気持ちについて訴えるのを聞かなきゃならなかった」

信じられない、というように、室内が静まり返った。

「わたしの夫に言ってやってくれる？」わたしは言った。全員がどっと笑い、緊張がほぐれた。

今のは嘘だ。マークはわたしの言うことをいつも聞いてくれる。家でわたしの意見が無視されることはないけれど、そうなるまでには苦労した。結婚した当初はまったく違ったのだ。じつはわたしと結婚したとき、マークはバツ三だった。たぶん三人とも不満を抱え、怒り、やけを起こしたものの、夫と妻は平等だということを最後まで彼にわからせることができなかったのだと思う。わたしも一度結婚に失敗していたから、恐れるものは何もなかった。マークを失いたくはなかったけれど、自分を失うのはもっといやだった。でもプロジェクト・ファザーフッドでは、夫にちゃんとわかってもらえない、かわいそうなつれあい役を演じることにしていた。そのほうがここでは役に立った。

ビッグ・マイクが、自分の後ろで演台に寄りかかっている警官に向かって尋ねた。「あんたはどうだい、お巡りさん？　父親としてしたいちばん難しかった決断は？」

部屋がしんとなり、頭を剃り上げた恰幅のいいその黒人警官は、威厳のある声で言った。

「わが家では、何よりまず人に敬意を持つこと、という決まりをわたしが作った。家族には、敬意にもとづいて行動させている。つまり、たがいを尊重しなければならない、ってことだ。

たとえば、娘が寝室に行くとき、息子は娘に浴室を譲る。人に敬意を払うことはとても重要で――」

「すみません、巡査さん」

そう言って遮ったのはわたしで、たちまち室内が静まり返った。先週といい、今週といい、もうこんな殊勝ぶったうわべだけの言葉にはうんざりだった。頭に来ていたし、飽き飽きだった。

「ここは、あなたやあなたの家族の人生観について話す場ではないんです。テーマは、難しかった決断についてです。決断するのが大変だったこと。彼らが話しているのは、つれあいに自分の気持ちを話させることや、子供がクスリをやっているのを発見したりしたことです。もちろんここにいるみんなだって敬意を求めているはずです」そして子供一人ひとりの部屋も、と思わず付け加えたい衝動に駆られた。「でも今は、自分にとってつらかったことを話してるんです。そういうことは何かありませんか？　心の中で何か葛藤したことが？」いばり腐った大馬鹿野郎め、と心の中で付け加える。

「だが、人を敬うことは重要だし……」警官はぶつぶつ言った。

父親たちの中に、ついにんまりしてしまわないように、口を無理に結んでいる者がいるのがわかった。

「もちろんそう思いますよ」わたしは穏やかに始めた。（そう、わたしはソーシャルワーカーとして振る舞わなければならないことを思い出した。）「でも、何か決断が難しかったことはありませんか？　敬意を払うということに関連していてもかまいません」

「そうだな……まだわからない」仮面が剝がれ、しどろもどろになりながら答える。「子供はまだ小さい。親がそういう難しい決断をする段階にはなってないんだと思う。今晩話を聞いて、学ぶつもりだよ」

この小さな勝利で満足してもよかったけれど、そうはいかなかった。

「あなたはどう、ミスター・ジョン・キング？」わたしは部屋の反対側に目を向けた。白いシャツとネクタイ姿のジョンはそこに座り、一同を見守っていた。「何か決断するのが難しかったことはない？」

神経質な笑いが漏れた。ここにいる父親たちは、彼らの怒れるパートナー、怒れるつれあい、怒れるベビー・ママには馴染みがある。だが、自分の権利を主張する怒れる白人のママを目の当たりにするのは、これが初めてかもしれない。

あとはジョン・キングにまかせた。彼はその気になった。

「娘はティーンエイジャーでね、できれば外には出したくないんだ、永遠に」

室内の男たちはみな笑いだし、うなずいた。娘には子供のままでいてほしいと願う父親たちの気持ちはどこでも共通なのだ。

「ある日娘が妻とわたしのところに来て、真っ赤な嘘をついたんだ。友だちと遊びに行くと言ったんだよ。だが本当は、娘をデートに誘った男と出かけるつもりだったのさ。くそ、完璧な演技だった。わたしにどうしろと？　結局二十ドル渡して、楽しんできなさいと言ったよ」

男たちは口々にそれに共感した。

「そういうこと、今までに何度あったことか——」

「ああ、誰もが通る道だ」

「娘が言ったことが嘘だったとわかったとき、娘がわたしたちを騙したという事実と向き合わなければならなくなった。そして、どんな罰を与えるべきか考えた。鞭打ちでもしてやりたかったが、そんなことはしなかった。だが、プロムには行かせないと告げた。どんなに娘が泣いて謝っても、決めたことを覆すわけにはいかなかった」

わたしが息をつく暇もなく、ビッグ・マイクがあのマニラ封筒を持ってきた警官に顔を向け、穏やかに尋ねた。「あんたはどうなんだ、お巡りさん？　いちばんつらかった決断は？」

警官の声がわずかに震えた。

「以前はよく友だちと遊びに出かけたんだ。酒を飲みにクラブに行ったり、ほら、ちょっと羽目をはずしに。やがて娘ができた。そのあとは、もう遊びに行けなくなった。これはつらい決断だった。遊びに行くのが好きだったし、友だちと出かけたかったから。でもそれはもうできない。娘のために、きちんとした男親になる必要があった。だが、今でも恋しくなるんだ」

室内がしんとなった。手錠を掛ける側と掛けられる側に違いはないのだ。部屋にいる男たち誰もがその警官の気持ちがわかった。部屋にいる男たちもみな友だちと遊びに行きたいと思っていた。中には、子育てよりそちらを優先した者もいた。そして、その報いを受けた。部屋の中には無言の後悔が満ちていた。

ロナルドの声で沈黙が破られた。彼は濃い紫色のキャップにサングラスという姿で、髪はドレッドロックだ。ひどく疲れて、やつれて見えた。

「いちばん難しい判断をしたのは、女房に、よその女とのあいだに今日息子が生まれたと話したときだ」

息を呑む声がして、笑い声が続いた。

「奥さんどうしたの？」わたしは囁くような声で尋ねた。

「俺と一緒に病院に来て赤ん坊とガールフレンドを眺め、彼女に言ったんだ。この子はうちに連れ帰って、あたしたちが育てる、とね」

「あなたのことを心から愛してるのね」

「ああ、そのとおりだよ」

テランスが手を上げた。

「俺たちはみんなこの会にこうして参加しているが、だからと言って、必ず胸の内をさらけ出さなきゃならないわけじゃない。それでも、これが俺たちにとっていい機会だってことは確かだ。俺たちみんなにとってな。そう考えて、俺は打ち明けたい。父親として、今まででいちばんつらい決断は、子供たちの母親と別れることだった。子供は四人いて、彼女はとてもいい母親だ。だが、俺とはうまくいかなかった。年じゅう喧嘩して、ときには殴ったこともある。この話をすることを恥じてはいないが、やったことは恥じている。だが、あのままあの家にはいられなかった。母親を俺が殴るのを、子供には見せたくなかった。俺の親父が俺たちにしてたことを、俺はやってるんだ、とも感じていた。俺は子供ができたとき、親父みたいにはなるもんか、と心に誓った。出ていきたくなかったが、出ていくしかなかった。だから、週末には子供たちと一緒に過ごすように努力してる。だがあれは今までいちばんつらい決断だった。いまだにそう思う」

室内の力関係が変わり、先週も出席していたラティーノの警官が自分の気持ちを打ち明けた。

「俺には息子が一人いる。だが、ときどき娘だったらよかったのに、と思う。これまでで難しかった決断はというと、息子に『ダメ』ということだ。息子はいろんなものを欲しがる。欲しがりすぎるんだ。息子はいつも俺にあれが欲しい、これが欲しいとうるさく言ってくる。だが、ダメと言わなきゃならないこともある。ダメと言ったら嫌われるんじゃないかとびくびくするのをやめたいんだ」

「あんたにダメと言われたら、息子さんはあんたがもっと好きになるよ」リーリーが言うと、テーブルについている男たちみんながうなずいた。

「そうだな」デュボワも賛同する。「だがまずは、ダメだということをどう伝えたらいいか知ることが先だ」

警官たちは父親たちを眺めている。

「同感《アーメン》だ」警官の一人が言った。
「ああ、同感《アーメン》」父親たちもそう答えた。

15 チェックメイト

俺たちはみんな変わらなきゃならない。態度も、信念も、行動さえ変えるんだ。だが変化には時間がかかる。

――マイケル・〝ビッグ・マイク〟・カミングス

わたしはマットの様子を知ろうとしたが、なかなかつかまえられなかった。ビッグ・マイクは、マットが下校するのを見かけると声をかけたが、ジョーダン・ダウンズの街ではマットの姿をまず見かけなかった。どうやらたいていガールフレンドと屋内で過ごしているらしい。初めてマットが父親会に参加したとき、このままではギャング団に引きずり込まれるのではないかとわたしは心配した。わたしの不安にとくに根拠はなかった。今でもマットはグレープ・ストリートや、そのメンバーたちにはまったく興味がないようだった。マットはジョーダン・ダウンズに住んではいても、そこでの暮らしには距離を置いていた。彼はパーティが好きだという話は聞いた。でも、酒を飲んだり友人たちと一緒に過ごしたりするのが目的だった。

「いいか、あいつはクスリにはまったく関心がない。金にもだ。唯一関心があるのは学校だけだ」ビッグ・マイクは言う。マットはやさしい目をしているし、振る舞いも穏やかだから、ギャングには向いていない。誰もが彼を守っている。地元のギャングたちに、誘い入れるにしろ排除するにしろ、マットに近づかないのはなぜかと尋ねたことがある。するとみんなが同じことを言った。

「いや、シカゴにはちょっかいをかけない」一人がマットをあだ名で呼び、そう言った。

「あいつは頭が切れるからな」

「あいつはジョーダンでうまくやってる。だったら、それでいいじゃないか」

「あいつはやさしすぎるし、学校の成績がいい」ブッダが嚙み砕いて言う。ブッダは、精神的にも肉体的にもそのあだ名がぴったりなギャングメンバーの一人だ。ブッダに似て大柄で思慮深い彼は、ギャングの道徳観の意外な一面を示してくれた。「成績のいいやつのことは放っておくんだ。コミュニティのために一役買ってくれそうなやつなら、俺たちはむしろ協力してやる。ちょっかいをかけないんだ。だって、そういう連中の中には大学にいくやつもいるだろう？　やつらには、できるだけのことをしてやらないと」

いつもそうだが、わたしはギャングカルチャーに驚かされどおしだ。頭がよくて、学校の成績がいい（ここがミソなのだ）者には、ある種のギャング的〝免除制度〟が働いているらしいのである。彼らは、頭がいいがギャング活動に役立つ者とはちょっと違う。黒人にしろラティーノにしろ、ビジネスセンスやストリートで生きるしたたかさがある若者が早々に地元ギャング団に引き抜かれていくのを、わたしは何度も見た。ギャングたちは才能を見抜くのがうまいのだ。今もギャングの一人として活動しているＭＢＡエリートもどきを大勢知っている。だがマットには誰も手出しをしなかった。地元ギャングたちは、彼は学者肌だとわかっていたのだ。

父親たちのあいだでも、マットは息子に見習ってほしいお手本だった。デュボワも双子の息子に「いいか、おまえたちだってマットみたいになれるかもしれないぞ。あいつは大学に行くんだ」と言っていた。マットが何回か休んだあと〈プロジェクト・ファザーフッド〉に戻ってきたとき、みんなとても喜んだ。誰もが彼を誇りにし、手放しで歓迎していることを率直に告げた。マットは会合のあいだおとなしく話を聞いていたが、最後になって、聞いてほしいことがあると告げた。

「ガールフレンドが妊娠したんだ」

父親たちは無言だった。誰もがショックを受けていた。

「確かなのか？」

「うん」

「俺たちみんながおまえの味方だ」

「うん」

「何か必要なら、いつでも言ってくれ」

「うん」

「今、どんな気持ちだ？」

「待ちきれないよ。超音波で見てもらったら、男の子だった」マットは明らかに興奮していた。みんな何と言っていいかわからなかったが、会がお開きになるとき、マットの背中をポンポンと叩き、手を貸すからなと言う者も何人かいた。

わたしは今も自分のフィールドノートを読み返し、マットのことを理解しようとしている。彼はジョーダン・ダウンズ・ハイスクールの優等生で、とくに数学と科学で好成績を残している。その成績なら、高等教育に携わる人々が放っておくはずがなかった。生物学者か医者になりたがっている、貧困地域出身の思慮深い若者の典型なのだから。すでに複数の大学が彼に関心を持ち、彼のおばのところに手紙を送っていた。わたし自身ＵＣＬＡに問い合わせをしてみたところ、大学側はとっくにマットに接触していた。

ところがマットはそのどれにも返事をしていないのだ。今彼は、妊娠中のとてもきれいなガールフレンドのことで頭がいっぱいだった。妊娠は予想外ではなく意図したもので、マットは自分が誇らしく、とても喜んでいた。わたしはそのことにとまどい、マットが父親会に戻った直後のある日の放課後、彼と個人的に会った。事前に電話で待ち合わせをしていた。マットは話がしたくてうずうずしている様子だった。彼はおばさんに育てられたけれど、わたしはそのおばさんと同じように諭し役を果たすことになった。

「あなたはまだとても若いわ」わたしは言った。「学校に、大学に行きたいんでしょう？　なぜ今子供を作ろうと思ったの？　べつに責めてるわけじゃないのよ。その理由を知りたいだけ」

マットはわたしを生真面目な顔で見た。

「子供を作ることと大学に行くことはまったく関係ないよ。俺は大学に行きたいし、彼女にも大学に行ってほしい。赤ん坊を産んだらすぐ、彼女には高校を卒業してもらいたい。だけど、今家族になりたかったんだ」

「なぜそう思うの？　わたしが母親になったのは、もっと年を取ってからよ？」ただし、それはわたしが思い描いていた将来ではなかったということまでは言わなかった。夫のマークは妻に先立たれ、幼い娘シャノンとともに残された。わたしが夫と出会ったときシャノンはまだ七歳で、彼と結婚したあとわたしの娘になった。今では娘のいない人生なんて考えられないし、実の娘のような気がしている。ここまで子供が愛しくなるなんて自分でも思わなかったから、もっと子供を作らなかったことを今では後悔している。だから、家族を持ちたいというマットの気持ちは理解できるとはいえ、もう少し待てばいいのに、とも思っていた。

「わかってるよ。だけどあんたには家族がいる。パパもママもきょうだいも。俺には家族と言える家族がいない。だからガールフレンドと家族を持とうとしてるんだ。おばさんは病気で、いつどうなるかわからない。おばさんはもう年だ。あとどれだけもつかわからないんだよ」

おばさんはおいくつなのと訊きたかったけれど、我慢した。彼らが言う「すごく年のいった」母親というのはじつは四十代だったり、「めちゃくちゃ年寄り」の祖父母が六十代だったりするからだ。「年寄り」というのは相対的な言葉なのだ。とにかく、マットがどうしてそんなに今すぐ子供を欲しがるのか、わたしには完全にはわからなかった。

翌週、プロジェクト・ファザーフッドの会合が始まるまで気を揉んでいたわたしだが、マット自身はまるで平気な様子だった。ビッグ・マイクとわたしは、次回、父親たちにはホモセクシャリティについて話し合ってもらおうと考えた。ジョーダン・ダウンズにいるゲイやレズビアンにどう向き合うかということについては、誰もが一家言あった。一般的に、この界隈の黒人たちは、男女ともに何となく同性愛を嫌悪している。ゲイの黒人男性はたいていそのことを隠し、自分たちのことを表立って何か主張することもめったにない。レズビアンのほうが比較的受け入れられているが、バプテスト派の伝統が今も受け継がれている黒人社会では、同性愛者は死んだときに地獄の業火で焼かれる罪びとだと見なされる。とはいえプロジェクト・ファザーフッドの既定の議題リストに挙げられていることもあり、質問が投げかけられた。「もし息子や娘から自分は同性愛者だと打ち明けられたら、父親としてどう感じ、どう反応するか？」

「俺なら殺す」父親の一人がごく冷静にそう言った。

わたしは愕然とした。

「何ですって？」わたしは言った。

「ああわかったよ、殺しはしないだろうが、縁を切るだろうな」

「でも、自分の息子なのよ？」

「いいか、あんたたち白人はかまわなくても――」

またサイだ。わたしは彼を無視した。

「なぜ人はゲイになると思う？」わたしは議論をかきまわして、できれば前向きな方向に向けようと思い、そう投げかけた。

「何の話かもわかってないくせに、そんなこと訊くな」

「ああ、そうだ。男が男とくっつくってことは、悪魔と手を組むってことだ。そこを理解しろ。聖書にもそう書いてある。自分の種を大地に蒔くことは罪だ、とな」

「それはホモセクシャリティのことじゃないわ」わたしは主張した。

「じゃあ何だっていうんだ？」中でも短気な父親の一人、スコーピオが立ち上がってつっかかってきた。

「マスターベーションのことよ」わたしは落ち着いて答えた。

「なんでそうわかる？」

「だって、大地に蒔くなって言ってるのよ、誰かの肛門じゃなく」

男たちがどっと笑った。

「悪いな、ドクター・リープ」ＫＳＤが言った。「だが、男と付き合う男はみんな頭がどうかしてるんだ。そういう連中はどこかに閉じ込めて、鍵を隠さねえと」

「くそ――あんなやつらは殺っちまったほうがいいんだ」

「言葉に気をつけろ」ビッグ・マイクが注意した。

いつもの父親たちから、すっかり逸脱していた。もちろんわたしだって悪態の一つや二つはつくけれど、こんなにみんなが口々にわめいたことは今までなかった。

「やつらはくそったれな変質者だ」

「刑務所の中がどんなかわかるか？　連中がどんなだったか――」

「ゲイの話なんか俺にするな。もし息子がホモだったら、やつを殺して俺も死ぬ」

これほど同性愛嫌悪《ホモフォビア》の嵐が巻き起こるとはわたしも思っていなかった。でもふと、マットが意見を言おうとしていることに気づいた。

「ちょっと静かに。マットの話を聞いて」わたしが言うと、一同はすぐにたがいにシーッと声をかけ合った。

「誰だって好きでゲイになったわけじゃない。自分で選べることじゃないんだ」マットがそう切り出したとたん、男たちがたちまち遮った。

「馬鹿な――」

「おまえは学校の成績はいいかもしれないが、何にもわかっちゃいねえ」

「おまえの考えはまるで間違ってる――」

「俺はここのリーダーの一人だ」パイレートが話を始めた。「申し訳ないが、ドクター・

リープ、あんたは間違ってる。あんたが話してるのは悪魔のことで、あんたは悪魔の味方をしてる。あれは邪悪であり、病気だ。どうしてそう言えるのかって？　連中はエイズとヘルペスで神の罰を受けた。これは啓示なんだ――神はホモセクシャルに反対してるっていうことさ。神はやつらを打ちのめし、殺そうとした。神の思し召しなんだよ。そして、すべては神の思し召しのとおりになる。ドクター・リープ、そしてビッグ・マイク、あんたたちがこんな邪悪なことを議題にしようとするなんて、信じられねえ」

わたしは思わず息を呑んだ。パイレートはわたしたちに真っ向から挑戦してきたのだ。そのあいだ、マットを守ろうとするみんなのバリアはきれいに消えた。代わりに、超保守派の政治家であり牧師でもあるマイク・ハッカビーでさえ赤面しそうなほど露骨なホモフォビア宣言と聖書の引用がおこなわれた。誰もマットにしゃべらせようとしなかった。彼はわたしを見て、呆れた表情を浮かべた。

「マットは正しい。どうしてみんな彼の言うことに耳を貸さないの？」わたしはほとんど叫んでいた。父親たちは気にせず口々に言いたいことを言っている。

「ラジオ」ビッグ・マイクが口を挟んだ。これは「話を聞け」を意味する、この界隈の符丁だ。

わたしはできるだけ早口で話した。「ゲイとストレートの人のあいだには生物学的に違いがあるという研究結果が出てるわ。マットはそれをわかったうえで話をしてるんだと思う。男にしろ女にしろ、そういうふうに生まれるの――ゲイかストレートか、選んでそうなる場合もあるのかもしれないけど。だけど、どんな子供だって、父親があなたたちみたいに振る舞ったら怯えると思うわ」

「科学者が言うことを理解する必要がある。それが真実なんだから」マットが続けた。「死んだゲイの脳みそを調べてみたら、脳の大きさや構造に実際に違いがあったんだよ」

「やつらが死んだのは、神に殺されたからだ」

「神は彼らを殺してない。誰も彼らを殺してないよ。ちゃんとわかってほしい。ゲイというのはそうなってしまうものなんだ。生まれつきなんだよ。なのにどうして責める？　聖書にもあるじゃないか。『ガラスの家に住む者は石を投げてはならない』って。みんな聖書が大好きなくせに、どうしてその教えに耳を傾けないんだよ？」マットは怒り狂っていた。彼を見つめる男たちも驚いている。マットは立ち上がり、男たちの顔を一人ひとり注意深く見た。「みんな、ものを知らなすぎる。俺を助けたいと言いながら、俺の言うことを信じない。それで、そんな馬鹿みたいなことばかり言ってる。こんなところにはいられないよ」

　マットが出ていくのを父親たちはただ見送った。

「戻ってくるさ」リーリーはみんなをなだめた。

　でもわたしにはそこまで確信が持てなかった。ビッグ・マイクは沈黙を貫き、議論には加わらなかった。何を考えているんだろう、とわたしは思った。

　翌日、わたしはマイクかマットを探して、ジョーダン・ダウンズを駆けずり回った。でもどこに行っても埒が明かず、何がどうなっているのかさっぱりわからなかった。何か隠し事があるような気がした。マットはゲイってこと？　会合が終わってから、その疑問が何度も頭をよぎった。たしかにマットは繊細でやさしい。ジョーダン・ダウンズの男たちは超がつくほどマッチョに振る舞おうとするが、マットはそうでもなかった。まだこんなに若いのに慌てて父親になりたがるのは、それが理由だろうか？　こんなふうにさまざまな問題が持ち上がっている原因について、わたしはあやふやなまま心理学的に読み解こうとしていた。いつものことながら、思った以上に単純な話だったのだが。

わたしはとうとうジョーダン・ハイスクールの正門の前に立っているマイクを見つけた。学校はまだ終わっていなかった。話をするのにちょうどいいタイミングだった。

「マットはいったいどうしちゃったの？」

ビッグ・マイクはわたしを慎重に見た。

「よし、じゃあ三時半に集会所で会おう。父親たちについて話し、それからマットについても話そう」彼は学校の中に入っていき、わたしはそこから立ち去るしかないと知った。三十分後、ビッグ・マイクが生真面目な表情で集会所に現れた。

「あんたと俺のあいだに隠し事はないよな」彼は切り出し、会議室のドアを閉めた。

「あなたから聞いた話は誰にも言わないわ、マイク。わたしは信用できるとわかっているはず」

「もちろんだ。だが、あんたはマットのことを心配してうろうろするのをやめなきゃならない。あいつは強い。だから大丈夫だ。だが――」マイクは強調するように、そこで言葉を切った。「ちゃんと言うことを聞いてくれるか？」

マイクとわたしのあいだには、それまでにずいぶんいざこざもあった。たとえば一年前、わたしたちの活動が『ロサンゼルス』誌で小さな記事になったのだが、そこでビッグ・マイクが「グレープ・ストリート・クリップス団の創設者」だと誤って紹介されたことがあった。マイクとグレープ・ストリート・クリップス団の関係ははっきりしない。彼がクリップスにいつ加わっていつやめたのか、正直よくわからない。だが、一つ確かなのは、彼はグレープ・ストリート・クリップスの創設者ではないということだ。マイクは記事によって注目を浴びたことを喜んではいたものの、ワッツでは騒動が沸き起こった。マイクとわたしは記事の正確さについてずいぶん喧嘩をした。マイクからは訂正記事を出させてほしいと頼まれたが、それは難しいと思うとわたしは告げた。わたしたちはおたがい頑固者で、言い争いをしては引き分けに終わった。

のちにアンドレから聞いたところでは、記事について腹を立てている者が大勢いたという。「どうしてよ」わたしは言った。「何を怒る必要があるの？　たった一ページの記事じゃない。たいしたことは何も言ってないわ」

「わかってないな。ワッツはほかと違うんだ」

でも今では、ワッツは確かにほかと違うとわかっている。ジョーダン・ダウンズは違うし、何より大事なのは、ビッグ・マイクがこれからわたしに言おうとしていることは、世間の常識とは違っているということだった――この話をプロジェクト・ファザーフッドの会合で話すわけにはいかない。

「ゲイやレズビアンについて、これ以上話すのはやめよう。ここの父親たちにはきつすぎる。連中も理解しようとはしているが、結局は時代遅れなやつらなんだ」

　わたしはうなずいた。

「マットは未来だ。あいつは時代遅れじゃない。あいつは将来大物になるだろうが、それには時間がかかる。そしてこの会の父親たちは、未来がだんだん近づいてきてるってことをあえて知らされたくないんだ。だからああやって自分たちの考えを押しつけて、マットを困らせる。つまりは、父親たちを怒らせないようにしつつ、マットの考え方をうまく支持してやることだ」

「でも、あなたはどう思うの、マイク？　もしブーブーがレズビアンだったら？」

　ビッグ・マイクはかなり困っていた。それは彼の様子を見れば一目瞭然だった。マイクは座ったまま、体重百三十キロ以上の巨体をもぞもぞと動かした。

「ドクタージョルジャリープ、神はすべての人間をイメージどおりにお創りになったと俺は信じている。そう信じなきゃならないんだ」

　この方向で議論をするのはやめることにした。代わりにギアを一段変えた。

「わかった。でも、このことをメンバーたちと話したらどうなる？　マットは自分の意見を言っているだけだ、とみんなにわかってもらえないかな？　べつに彼らが戦々恐々とする必要はないんだ、と」

ビッグ・マイクの表情は、言葉にできないこと、あるいは言葉にしたくないことを物語っていた。でもわたしには、彼が今何を考えているかわかった。あんたほんとに馬鹿だな、ドクタージョルジャリープ。

「いや。連中は思うだろう――あいつは年上の者への敬意が足りない、年長者の教えには耳を傾けなきゃならない、と。みんな、マットが成功するのを見たいと思う一方で、ええと、何ていうんだったか、キョーイ……？」

「脅威？」

「そう、あいつの頭があんまり切れすぎると、脅威に感じるんだ」

「だけど、みんなマットのことが好きなんでしょう？」もう一押ししてみる。

「ドクター・リープ、メンバーたちの信念を変えることはできないよ」

これは、ハーシェル・スウィンガー博士にも予想できなかった問題だろう。ワッツにおけるジェンダー観はめちゃくちゃで、矛盾している。だけど今は、わたしにも何もできなかった。

16 〈ネーション〉

四百年間アメリカのためにわれわれが汗をかき、労働し、奉仕してきた今になっても、手を携えて暮らせないというなら、人種問題を解決するには決別しか道はないだろう。

——ルイス・ファラカン（黒人活動家、〈ネーション・オブ・イスラム〉創始者）
一九九七年四月十三日、NBC『ミート・ザ・プレス』

この数週間、同じダークスーツ、真っ白なシャツ、蝶ネクタイというでたちの三人の男が〈プロジェクト・ファザーフッド〉に参加し、ただ話に耳を傾けていた。しかし、会合が終わると、集会所の外でほかの父親たちと会話した。ただし、彼らが交流するのは黒人の父親のみ。ラティーノやわたしのことは避けていた。一か月も経つと、彼らの行動が変化した。会合でも発言し、最初は何気なく、やがてあからさまに、会の方向性を変えようとした。彼らが何をしようとしているのかまだ理解しきれていなかったときでさえ、わたしはじわじわと不安を感じていた。そう思っていたのはわたしだけではなかった。ビッグ・マイクがわたしのほうを向き、尋ねた。「どうする？　あれは〈ネーション〉だ。ここに来るべき連中じゃない」もちろんわたしにもわかっていた。蝶ネクタイの男たちは、過激な黒人イスラム運動ブラック・ムスリムから派生した組織〈ネーション・オブ・イスラム〉の人々だ。

会合のあと、わたしたちは現状について話し合った。そこにはぴりぴりした空気が漂っていた。幹部チームのうち二人、アンドレとエレはブラック・ムスリムの参加を大歓迎していたからだ。わたしはとくにエレのことが心配だった。アンドレは、彼らだってさすがに会を引っかきまわしたりはしないだろうから、参加してもかまわないのではないかと言った。会に加わっているラティーノの父親たちがどう思うか、わたしは心配した。

「ネーションのことが不安だわ。彼らは憎しみを広めている」

「それは違う――」エレがたちどころに否定したが、わたしはそれを遮った。この数週間、わたしはずっと気持ちを押し殺してきたのだ。でも、ネーションが会合につねに姿を見せるようになり、わたしに対してはっきりと不躾な態度をとり始めた今、もう黙ってはいられなかった。

「エレ、一つわかってほしいことがある。もしネーションが口出しするなら、わたしはやめるわ」

エレもアンドレも口をつぐんだ。

ビッグ・マイクはわたしが話をするあいだうなずいていたが、やがて言った。「心配しなくていい。連中にここを乗っ取らせるようなことはしない」エレとアンドレもそのとおりだというようにうなずいた。ネーションと彼らがこのプロジェクトを意のままにするのではないかというわたしの不安は、一時的には払拭された。エレがマイクのことを尊敬し、心から慕っていることをわたしは知っていた。自分がどんなにマイクに頼っているか、目に涙を溜めながら話してくれたこともある。だからわたしも不安を捨てて、エレがブラック・ムスリムにはまった背景を考えなければならなかった。

エレが今も刑務所生活の後遺症に苦しんでいることはわかっていた。アンドレから、自分もエレもPTSDを患っていると聞かされていた。過剰なまでの警戒心で、日々ぴりぴりしながら過ごしているのだ。エレはまた、収監されたことで、思いがけず妻子を置き去りにせざるをえなくなったことについて、深い罪悪感を抱えていた。そんな彼の心のよすがになったのが、刑務所で知ったブラック・ムスリム思想だった。蝶ネクタイの男たちが会に現れたとき、エレは彼らを歓迎し、彼らの意見を支持した。そして、機会を見つけては、コミュニティが全体として困っているのはみんな白人のせいだと非難した。わたしはいずれエレとのあいだにいざこざが起きるのではないかと、本気で心配し始めていたのだ。

エレが父親会に加わることに反対する気はまったくなかったけれど、ある水曜日に、彼も幹部の一人になると聞かされたときには、正直不安になった。「まだ出所後、間もないわよね。早すぎるんじゃない、マイク？」とわたしは異議を唱えた。でも理解してもいた。この会に参加するだけでは、わずかなギフトカードがもらえるだけで、エレの懐に金は入らない。でも彼には仕事が必要なのだ。

服役後の社会復帰は本当に難しい。作家のミシェル・アレクサンダーによれば、若い黒人男性の三人に一人が失業しているが、高校を中退し、しかも服役した黒人の失業率は六十五パーセントにのぼるという。エレがこの失業者統計のどの部分に当てはまるのか、わたしにはわからなかったけれど、マイクが彼の再出発を助けようとしていることは知っていた。エレはなんとか暮らしを立て直して、五人の子供たちともやり直そうとしていたのだ。

エレの過去を知るにつけ、彼の人となりについてわたしの理解も深まった。彼は荒れた環境で育っていた。五歳のときに両親が離婚し、家族はあちこちを転々として、クリーヴランドで一年間暮らしたこともあった。エレが十歳のときにジョージダン・ダウンズ団地に落ち着き、エレはワッツで成長したが、高校は卒業しなかった。本人によれば「ストリートのシステムを受け入れた。ストリートの暮らしが性に合ったんだ」という。刑務所に行き、二十一歳のときに最初の息子が生まれた。ギャング活動に精を出し、ドラッグを使い、まもなく麻薬の売人をしていたときに警察に捕まって有罪となり、また刑務所に舞い戻った。

エレはグレープ・ストリート・クリップス団に入り、自分はストリートで役に立つ人間だということを証明しようと躍起になっていたときに、殺人容疑で逮捕された。しかし罪には問われずにすみ、二〇〇四年までは刑務所と無縁で暮らした。本人の話では、生まれ変わろうと思ったという。非営利組織〈ホームボーイ・インダストリーズ〉でわたしが調査していたときに知り合った多くの人たちと同様に、彼に転機が訪れたのだ。外の世界にいるあいだに、彼はじっくりと読書し、勉強し、内省した。この頃、刑務所で初めて耳にしたブラック・ムスリム思想についていろいろと読み漁り始めた。彼によれば、「四百年ものあいだ誤った教育を受けてきたこと」について、このとき考えができあがったという。「俺たちを本気で大事に思うなら、白人は俺たちを教育し、生まれ変わらせることだってできたのに、こんな団地に追いやって、派手に爆発はしない爆弾を投下した。ドラッグさ。これは戦争だよ。化学物質による戦争だ。そして学校のこともある。まともな設備さえ作らず、教育がなされてない」エレは、ワッツの若者たちの命を奪う慢性的な暴力についても考え始めた。彼は、一九九二年のブラッズ団とクリップス団の和平協定を積極的にとりもった一人で、このとき挙げた成果のことを今も誇りにしている。

「エレ・マンデラなんて呼ばれたものさ。俺たちはこのあたりで影響力を持つブラザーたちと一緒にテーブルについた。彼らを〝リーダー〟と言うつもりはない。グレープ・ストリートにはリーダーはいないからな。和平交渉のテーブルは特大級だった。団地のあちこちからギャングがみんなそこに集まったみたいに見えた。バウンティ・ハンターズも、PJも、グレープ・ストリートもその部屋にいた。たぶん各ギャング団から二十人ずつ、全部で八十人は集まったと思う。で、どうなったか？　みんなで停戦について話し合ったわけだが、あんまりスムーズで、なんでここまでこんなに時間がかかっちまったのかって気がしたよ。うまく説明できないが、俺は泣くことしかできなかった。大粒の涙がぽたぽた頬を流れ落ちたんだ、ほんとに。これまで大勢の人間が犠牲になったことを思えば、とうの昔にああしておくべきだったんだよ」

しかしエレの決意は崩れ始める。彼は〈シールズ・フォー・ファミリーズ〉で五年間勤務したが、ドラッグに手を出し、仕事に行かなくなった。そしてまた事件に巻き込まれることになったのだ。殺人容疑で逮捕されたのである。「俺はただ銃を貸しただけなんだ。ところが連中はそれで誰かを殺し、俺から銃をもらったと警察に話した。俺は殺人幇助だとか共犯だとか言われた。そんなのはありえないことなのに、俺が白人だらけの街にいたせいで、はめられたんだ。逮捕する口実をでっちあげられて、俺は殺人で起訴された。結局四年の刑を食らった」

エレのようなケースは珍しくない。父親会のメンバーたちはだいたい、どこまでも差別主義的な司法システムに抗っても仕方がないから、さっさと罪を認めて減刑の交渉をしたほうがいいと話す。エレは四年間の刑期を務め、釈放されたあとロサンゼルスに戻ってきた。一年後、今度は銃を所持していたため、保護観察中の遵守事項違反で逮捕された。「警官が俺を車に乗せて、わざわざオハイオまで連れ帰った。小さなバンで、十日かけて十二の州を横断してさ。いやはや、とんでもない経験だった。あれで俺は変わった。出所したとき、もう充分だと思った。それ以来、俺は家族を養うため、悪ふざけにも犯罪にも手を出さずにいる」

エレはワッツ連合のメンバーになり、「プロジェクト・ファザーフッドの誕生」を手伝ったという。「今俺の頭にあるのはいい父親になることだけだ。夫としてはダメダメなんだ。家族以外に三人も子供がいるからな」でも彼は子供たち全員を大事に思っているという。一番下の子供以外はみんな高校を卒業し、双子の息子は二人とも、それに娘も大学を出たし、一番上の息子は復学した。双子はフットボールとバスケットのコーチとして成功している。そして孫もでき、今はその孫たちが生活の中心だという。生まれたばかりの孫息子、マラカイは「わが家に命を吹き込んでくれた。本当に誇りに思ってるんだ。もう一人息子が欲しかったが、女房にはもう子供が産めない。するとどうだ、神があの子を授けてくれたんだ。もちろん俺の息子ではなく、孫息子だが、それでも俺のものに違いはない。俺は子供たちを、家族みんなを守らなきゃならないんだ」

刑務所時代からエレが培ってきた考えや、コミュニティに対する彼の気持ちには、ブラック・ムスリムのイデオロギーが反映されている。〈ネーション〉の思想は、会の父親たちがなぜ自分は貧しいのか、なぜ今の状況から這い上がれないのか、その原因と彼らが考えることと一致する。何もかも、ロサンゼルス市警、児童家庭サービス局、政府、そしてもちろん白人が悪いのだ。

近年、この悪者リストに新しいグループが加わった。ラティーノである。このことがプロジェクト・ファザーフッドにさまざまな問題を引き起こした。サウス・ロサンゼルスは一般に、そしてワッツはとくに、長らく「黒人コミュニティ」と認識されてきた。ところが今世紀に入って最初の十年で、人口構成が変わってきたのだ。ラティーノの家族——メキシコ人、エルサルバドル人、グアテマラ人――がどっと流入してきたことでサウス・ロサンゼルスの人種構成が変化し、ワッツ地区の中でもとくにジョーダン・ダウンズ団地では、ラティーノと黒人の家族の数が拮抗するようになった。人種間の緊張が生まれ、ときどきプロジェクト・ファザーフッド内でも黒人とラティーノがぶつかることがあったが、普段はむしろ両者が協力し合う実験場のようになっていた。ヒスパニック女性のつれあいと一緒に幼児の子育てをしている若い黒人の父親も三人いる。チルドレンズ・インスティテュート社(CII)もロサンゼルス市住宅局(HACLA)も父親会の人種構成をもっと多様化させろとうるさく言ってきた。プロジェクトが始まったばかりの頃、HACLAはワッツに住むヒスパニックの女性を一人雇って、ラティーノの父親をもっとグループに誘おうとした。最近では、ジョン・キングが会合の途中で、もしこの会を今後も存続させたいなら、別のカルチャーからも父親を連れてくる必要があると訴えた。つまりラティーノのことだとみんなわかっていた。すぐに父親たちは、どうしたらラティーノに参加してもらえるか議論を始めた。その議論の最中に蝶ネクタイの男たちが部屋から出ていったことについては、誰も何も言わなかった。

「女たちを通じて連中に話を通せばいい」リーリーが提案した。「ラティーノっていうのは、女が一家を牛耳ってるんだ」わたしは、それは黒人コミュニティでも同じじゃないの、と言いたかったけれど、言葉を呑み込んだ。

「土曜日にも集まったほうがいいかもな」アンドレが思いきって言った。

男たちは全員首を横に振った。プロジェクト・ファザーフッドは大好きだけど、特別イベントがあるときを除けば、週末まで拘束されたくないのだ。

アーロンは、当初から父親会に参加している三人のラティーノの父親の一人だ。彼は、ラティーノだけを集めた会合をやってみたらどうだろう、と提案した。「慣れるまで、別のグループを作ったほうがいいかもしれない」

「いい考えだと思うな。そうすれば、ラティーノも来やすいだろう」ジョン・キングがすぐに賛成した。

「だめだ、だめだ。それはよくない」サイがきっぱり言った。ほかの父親たちも賛同する。

「ありえねえ」

「別々のグループなんて。そんなの意味ないよ」

「それは間違ってる。俺たちは分かれていたい、と言ってるようなもんじゃないか。問題は全部そこから始まってるんじゃないのか?」リーリーが大声で反対した。ほかの父親たちは単にだめだと言うだけだが、リーリーはそうやってどんどん主張を始めた。

「ここジョーダン・ダウンズで起きている多くの問題は、黒人とラティーノが仲たがいしていることが原因だ。だから今の提案どおりにグループを二つに分けたら、問題がますます大きくなる。これはプロジェクト・ファザーフッドであって、黒人プロジェクト・ファザーフッドじゃない。みんな一つにならないと」

「みんなが一つのグループだ」サイも同意した。

〝ツイン〟と呼ばれているドナルドとロナルドのジェームズ兄弟だけが黙りこくっていた。

「俺たちはワッツ連合のプロジェクト・ファザーフッドだ」

「だが……ラティーノの父親たちが大勢集まってきたら、グループが大きくなりすぎるかもしれない」ジョン・キングが水を差した。彼はまだアーロンの提案にこだわっていた。

「それは俺たちでなんとかする。一つの大きなグループで一緒にいるほうがいい」リーリーが言い、賛同を求めて全員を見回した。父親たちみんながうなずく。グループが一つにまとまっていることが手に取るようにわかった。まさかここまでになるとは。グループはあらゆる分離主義から手を切ろうとしている。

ジョン・キングが一瞬口をつぐみ、それから新しい提案をした。

「ラティーノの父親たちにはこうして通訳がいる」彼は、脇のほうに座っているデイヴを示した。「どうだろう、ラティーノの父親たちに、会合をスペイン語でおこない、黒人の父親たちのための通訳を入れると話してみては?」

父親たちから賛成の返事が聞こえ始めた。すると、その晩初めて会合に参加した若いカルロス・エスピノサが話しだした。彼には落ち着きがあり、堂々としている。年配の父親たちはたちまち口をつぐんだ。最初は英語がたどたどしかったが、しだいに自信がみなぎり、歯切れよくしゃべりだした。

「言葉も、肌の色も関係ない。俺は来月初めて父親になるんだ。このグループのことは聞いていたけど、来るつもりはなかった。自分の力でなんとかしたかったんだ。人の助けは必要ねえと俺は言った。仕事が必要だと思ったときも、『人の助けはいらねえ。自分で探せる』と言った。だが気づいたんだ、俺には助けが必要だ、って。この会が必要なんだ。来週赤ん坊が生まれ、俺は父親になる。だけど、どうしていいかわからないんだよ」

室内の男たちは言葉で彼を包み込み、助けるよと言った。肌の色などどうでもいい。大事なのは、まだ心の準備ができていない失業中のこの若者を父親にしてやることだ。

「心配するな。俺たちが手伝う。俺たちはみんな父親としてたがいに助け合ってるんだ」

ビッグ・マイクが声をかけた。

「まかせとけ」

「わかってるって」

父親たちはいっせいにカルロスを囲み、握手をした。

リーリーが言う。「何か問題が起きたら、俺に電話しろ」

「とにかく毎週水曜にここに来ることだ」

「みんなおまえを待ってるぞ」

ここはブラック・ムスリムがやすやすと勢力を広げられるような場所ではない。ブラック・プライドやブラック・ヒストリーというメッセージだとか、白人は邪悪だという主張だとかを熱心に受け入れている父親たちが多いとはいえ、この団地界隈をはじめサウス・ロサンゼルスに住んでいるラティーノの父親たちに対して、慌てて結束して対抗しようとまでは考えていないのだ。でも、蝶ネクタイの男たちはそう簡単にはあきらめない、とわたしには直感的にわかっていた。

いずれにせよ、〈ネーション〉については気にしすぎないことにした。それより、カルロスがまた会に顔を見せてくれるといいなと思っていた。カルロスの参加申込書を読んだとき、彼の生年月日が目に飛び込んできた。娘のシャノンの二週間前の日付だったのだ。カルロスのこれまでの人生について考えると、つらくなった。

カルロスのことから、どうしてもマットを思い出した。マットはもう長いこと、会に姿を見せていなかった。ときどきビッグ・マイクを通じて、元気だというメールをよこした。そのうちわたしにも連絡すると、繰り返しマイクに言っていた。マイクによれば、彼はシカゴにいる家族に会いに行っているという。またここに来るかどうかは、マットしだいだとわかっていた。そのうち本人からわたしに報告が来ると信じていたけれど、それがいつ、どこでなのかは、彼が決めることだった。

17 地域のヒーロー

鉄で鉄を磨くようなもんだ。俺たちはここに来て、みんなの前で話をする。すると
その気持ちがまわりに感染《うつ》っていって、みんなも自分の欠点について話し始める。
虐待だの、ネグレクトだの、苦痛だの、そういうことを話すのを怖がる者もいる。
だが俺たちはその章を閉じなきゃならない。そして、その章を閉じるには、話をす
るしかないんだ。

――テランス・ラッセル

『ロサンゼルス・タイムズ』について話したいんだけど」

わたしはミーティングを始めるにあたって、自分から話題を振ってみた。三日前、
『タイムズ』紙の日曜版の一面に、プロジェクト・ファザーフッドを扱った記事が掲載され
たのだ。書いたのは、わたしがとても信頼している旧知の記者、カート・ストリーターで、
彼は会合に参加し、父親たちともしだいに親しくなって、何人かとは個人的に会ったりもし

ていた。彼の記事はよく練られ、細かいところにも配慮が行き届いていた。《全サポートグループの父そして鑑：プロジェクト・ファザーフッドの父親たちは過去を乗り越え、家族を支えようと努力を重ねている》という大見出しが躍り、写真も複数並んでいる。わたしは水曜日にその記事について話し合うのを楽しみにしていたのだ。

ところが父親たちのほうは、彼らの日常を描いたその記事について話をすることにあまり興味がないようだった。

「いいんじゃねえか」

「よかったと思う」

「でも、どんなふうに感じた？　このグループのことや、みんなでこうやって力を合わせてきたことが記事になって？」わたしは彼らが出しているサインを無視して、何もないところから無理に何かを引き出そうとした。

「言ってるだろ、いいんじゃねえかって」

「ああ、すげえよ」

それで話は終わり。

どういうことか、わたしにはさっぱりわからなかった。カートが記事を書いているあいだ、わたしたちは何度も会って話をした。記事に対する父親たちの反応を心配したからだ。みんな、グループ・ディスカッションの内容をおおやけにすることに反対するのでは？　記事には、子供の躾の仕方を変えるつもりはないと言っている父親も登場し、体罰を擁護するような発言も紹介されている。父親たちは腹を立てるか、憤慨するか、あるいは興奮するか？ところが彼らはまるで関心を示さない。わけがわからなかった。

ビッグ・マイクが引き継いだ。

「クリストファー・ドーナーについて話そう」

カートの記事が一面を飾る五日前、クリストファー・ドーナーというロサンゼルス市警（ＬＡＰＤ）の黒人元警官が山小屋で銃で自殺した。八日間、殺人犯として指名手配された末のことだった。彼は、ＬＡＰＤ史上最大の追跡劇の標的となった。全国メディアで取り上げられ、わが家でも経過を心配していたのだ。

被害者の中には、引退したＬＡＰＤの警部ランディ・クアンの娘とそのフィアンセもいた。二人は駐車場で射殺されたのだ。元警官であるわたしの夫のマークはその警部を知っていて、一緒に仕事をしたこともあった。当初は容疑者も、その動機も不明だった。

数日もすると、詳細が明らかになってきた。犯人はドーナーだった。彼は米国海軍予備役としてすぐれた働きをし、二〇〇五年にＬＡＰＤに加わると、その名声はさらに高まった。ＬＡＰＤの内部用ウェブサイトには、ドーナーが誇らしげに写っている写真がいくつもアップされている。一枚には、当時の警察長ビル・ブラットンと握手する姿があり、ドーナーが祖国のためにペルシア湾に赴くことになりＬＡＰＤを離れるという説明が添えられている。

イラクから戻ってきたあとＬＡＰＤに再度加わったドーナーは、訓練官によるパワハラがあったと訴えたが、虚偽の訴えとされ、人権保護局の聞き取り調査のあと、結局ＬＡＰＤを解雇された。彼は民事裁判所に裁定を申し込んだが、訴えは棄却された。

ドーナーは海軍に戻り、やがて二〇一三年二月一日に名誉除隊となった。二日後、駐車場で乱射事件を起こし、モニカ・クアンとその婚約者キース・ローレンスを含む四人を殺害した。被害者のうち三人は警官だった。事件の数時間後、ドーナーはフェイスブックの自分のアカウントに一万一千語の犯行声明を投稿し、不当解雇の報復として殺害を計画しているLAPDの警官の名前をすべて挙げた。

事件のあと、警察、コミュニティの活動家、ニュースメディアから大きな反響があった。たとえば、ドーナーのリストに名前があった、LAPDのフィル・ティンギリーデス警部の護衛をしてやろうと、ニッカーソン・ガーデンズのギャングリーダーたちから個人的に申し出があったという噂が流れた。人権弁護士のコニー・ライスは、『ロサンゼルス・タイムズ』紙の《クリストファー・ドーナーのLAPDに関する嘘のウェブ》と題したコラムで、はっきりと意見を述べた。ドーナーの血塗られた行為は、LAPD内の人種差別傾向を変えようとしてきた黒人〝パイオニアたち〟の顔に泥を塗ったと論じた。

ビッグ・マイクがこの話題を持ち出せばすぐに、父親たちはライスの意見に賛同するだろうとわたしは思っていた。ドーナーがアフリカ系アメリカ人としてせっかく成し遂げたことを台無しにしたことに怒り、彼がどこかの父親の娘を殺したことを蔑むものだと信じていたのだ。わたしがシャノンの身の安全を心配する気持ちを、彼らは理解してくれると思っていた。マークもわたしも娘を心から愛していると、彼らは知っているのだ。彼らの反応に心底驚いた、というわけではない。アンチＬＡＰＤという気持ちが多少はあるとわかっていた。なにしろ、ワッツは長らく警察からひどい目に遭わされてきたのだ。それでも、今回の事件に対するわたしの不安と悲しみを支持する声が口々に聞こえてくると期待していた。

「で、クリストファー・ドーナーのことをどう思う？」ビッグ・マイクが尋ねた。

「やつはヒーローだ」ドナルド・ジェームズがいきなりそう言ったので、わたしは愕然とした。

この事件に強い反発を感じていたわたしだったが、今はひどくショックを受けていた。そして、ドナルドがわたしの反応をうかがっているのがわかった。わたしは無表情を保ち、考えていた。みんないっせいに彼に反対するはず。きっと言い争いになる。

ところがまたしても、自分はまだ彼らのことを何もわかっていないと思い知らされることになった。

父親たちが口を揃えてドナルドに同調したことに、わたしはぎょっとした。アンチＬＡＰＤに賛同したことが問題なのではない。それはわたしも予想していた。要は、誰もがそう訴えたことだ。一人の例外もなく。

「やつのしたことを知ったとき、〝ブラザー〟と呼びたかったね。金でも送ってやりたかった。正しいことをしたんだから」

「やっと打倒ＬＡＰＤのために立ち上がってくれる者が現れた」

わたしはかろうじて疑問を口にした。

「あの娘さんのことはどうなの？　ＬＡＰＤの警部の娘さんのことよ。彼女は死んで当然だったとでも？　何の罪もない娘さんが犠牲に――」

「うえーんうえーん、ってか、ミス・リープ。泣くならどっかよそで頼む」

今の発言が誰のものか、確かめる必要さえなかった。ドナルド・ジェームズだ。

「ワッツでいったいどれだけ何の罪もない者が警察に殺され、犠牲になったと思うんだ」

「そうだぞ、ミス・リープ」リーリーも議論に加わった。「今回はあんたじゃなく、〝ツイン〟に賛成だ。俺たちはずっと警察に子供たちを奪われてきた。ここじゃ、何の罪もない者だっておかまいなしなんだ。黒人やラティーノの子供なら、罪があろうとなかろうと関係ないんだよ。俺たちはまだアメリカ市民として認められてない。合衆国ができたばかりの頃と同じさ。『みんなに気づかせてくれてありがとう、クリストファー・ドーナー』と言いたいね」

「ああ、そうだ」

「あいつが死ななきゃならなかったのが残念だ。死んじまったら事情がわからない。連中がみんな闇に葬っちまう」

「これまでみんな闇に葬ってきたようにな」

「そうして、俺たちには永遠に真実がわからないままだ」サイが結論づけた。

ビッグ・マイクは、議論のあいだずっと押し黙っていた。それはアンドレも同じだ。彼らは、父親たちがドーナーについて言いたいことを言うにまかせた。わたしも口をつぐんだが、体の奥で鬱憤がどんどん溜まっていった。ミーティングが終わると、わたしはマイクにもう帰ると告げた。報告会はおこなわれなかった。

家に帰りつく頃には、怒りは爆発寸前で、マークならわたしのこのやり場のない気持ちをわかってくれると思っていた。ところが、わたしがどんなに裏切られた気分か訴えだすと、マークは笑いだした。

「こんなこと言って悪いけど、それ本気？」

「え？」

「彼らがそんなふうに感じてると知って、ほんとに驚いたのか？　だって当然じゃないか！　彼らは昔のＬＡＰＤのことを思い出してるんだよ。警察長のダリル・ゲイツがコミュニティをとにかく力でねじ伏せようとしていた頃のＬＡＰＤをね。ああ、そうとも、僕もその一員だった。彼らは警察の横暴を目の当たりにしてきたんだ。彼らのほとんどがその犠牲になってきたんだと思うよ。彼ら自身でなくても、家族の誰かが。警察については最悪の記憶しかないんだ」

「でも、あんなに怒らなくても――」

そのとき気づいたのだ。わたしがいらだっていた理由は、警察のことではなく、自分やシャノンのことだった。犠牲になったのがわたしの娘でもおかしくなかったのだ。マークは退職したとはいえ、ドーナーの犯行声明に名前が並んでいた人々は元同僚だ。彼はランディ・クアンと一緒に勤務していたのだ。あれはシャノンだったかもしれないのに、父親たちは気にもしていない。

翌朝目覚めたとき、頭ががんがんした。

「あそこにもう戻れる気がしない」わたしはマークに言い、泣きだした。

「別の見方をしたほうがいいよ」彼は言った。

「別の見方って何よ？　夫が昔LAPDにいたんだから、あんたたちだって覚悟したほうがいい、そう彼らは言おうとしてた、とでも？」

「違う。君の前でそういうことを平気で言うくらい、君を仲間だと思ってるってことさ。彼らなりに、君を信用してると言ってるんだ」

今度ばかりは簡単にはうなずけなかった。

「そうは思えない」わたしはマークに告げた。


翌週は、クリストファー・ドーナーなど存在すらしていなかったかのように、会は始まった。父親たちは、結局就職できなかったことに腹を立て、怒りをじかにビッグ・マイクにぶつけた。

ビッグ・マイクとその他の父親たちの関係は複雑だった。父親たちはマイクを尊敬する一方で、疑ってもいた。ワッツはほかと違う、とわたしは思う。コミュニティは、今注目の的になっている者に対して、戦々恐々とすると同時に頼りにもしている。それがバラク・オバマにしろ、ビッグ・マイクにしろ。

マイクについては、あまりよくない噂がいろいろあった。プロジェクト・ファザーフッドの父親会の予算から金をかすめ、懐に入れているのではないか、と遠回しに疑う声もときどき聞かれる。しかし同時に、苦難を乗り越えた父親たちの手本であり、ヒーローだとも見られていた。父親会では、マイクがまるで救世主のように熱心に語りだすと、みんながじっと耳を傾ける。しかしそうした美談は、マイクがワッツはおろか、サウス・ロサンゼルスにも住んでいないという事実によって、翳りを帯びる。彼はここから九十分も離れた場所に自宅があるのだ。マイクは地元を捨てた人間だと見なされている。「パートタイムの地元民なんてありえない。ずっとここにいたほうがいいぞ」とこっそりわたしに囁く者もいる。ワッツにいるようでいて、たまにしか姿が見えないと、コミュニティを利用するだけ利用して捨てるたぐいの人間と目される。ビッグ・マイクは確かにコミュニティにいるが、そこに住んでいないため、判断が難しかった。

その晩ビッグ・マイクは、彼の陰口を叩いている者全員に対して立場をはっきりさせようと心に決めたらしい。

「俺についていろいろと噂が流れていることはよく知ってる。だから今日は全部オープンにしようと思う。俺がどんな仕事をして、どうやって収入を得ているか。俺はけっしてプロジェクト・ファザーフッドからもらう金で生活しているわけじゃない。コミュニティにたかってるわけじゃないんだ。俺はレッカー車の運転で生計を立てている。ここまでで何か質問は？」

ビッグ・マイクはゆうに三十秒は間を置き、それから続けた。

「俺のレッカー車用の免許証をみんなにまわす。俺にとっては宝物だ」

彼はわたしにピーチ色のカードを渡し、みんなにまわして見てもらってくれと言った。わたしはカードを眺めた。ロサンゼルス市が発行したレッカー車用免許だ。

「これを手に入れるために、警察委員会に何度も足を運んだ。それこそ門前払いされ続けたよ。元ギャングには免許をやれないと言われて。俺は警察委員会に繰り返し訴えて、とうとうビル・ブラットン警察長と面会できたんだ。彼は、いいからその男に免許を出せと言い、俺はついに免許を手に入れた。ブラットン警察長のおかげでな」

わたしは免許をもっと丁寧に見た。そこにはマイクの体重が百五十四キロと記載されていた（とたんに気絶しそうになった）。

「みんな気づいてるかどうかわからないが、このところ景気がよくない」マイクは笑って続けた。「ワッツではいつだってそうだが、今はとくに悪い。仕事をするには本当に大変だ。俺は個人事業主で、アメリカ自動車協会の会員になり、大勢の顧客とレッカー車の契約をしてる。そして、呼び出しがあれば、いつでもどこでもすぐに駆けつけなきゃならない。俺の一日のスケジュールはこうだ。朝四時に起きて、四時半には出かける。それからロサンゼルスに向かい、呼び出しを待つ。帰宅はだいたい夜十時頃で、何か食べてから十一時頃に寝る。そして翌日も朝四時に起きる。これが週に六日か七日続くんだ。ただし家の近くの教会に行くときを除いて。だから日曜はあまり運転をしない。

俺は先週のことを、クリストファー・ドーナーについて話したときのことを、ずっと考えてたんだ。みんな後ろ向きなことばかり言っていた。それから、今日、俺の仕事やワッツに対する思いについて話してたときも、またおまえたちは後ろ向きなことばかり言っていた。こういうのをやめなきゃいけない。みんな一つになるんだ。ワッツではいつもそうだ。たがいに攻撃し合って、一つにまとまろうとしない。今こそ変わるときだ。俺たちの組織〈ワッツ連合《ワッツ・ユナイテッド》〉が掲げる言葉どおりになるんだ——プロジェクト・ファザーフッド、ワッツを一つに《ワッツ・ユナイテッド》」

「そうだな、マイク、あんたの言うとおりだ」

「俺はあんたが大好きだ。あんたがいなかったら、どうしていいかわからない」

「一つ問題があるぞ、マイク。残念だが、俺だって自動車協会のカードを持ってる」

マイクはにっこり笑った。

18 ツインズ

ここじゃ、ほんとのことを言わなきゃだめだ。ほかにこんなにマジになってくれる人間はいないからな。

――ドナルド・〝ツイン〟・ジェームズ

蝶

ネクタイの男たちはまた現れ、そして去っていった。ブラック・ムスリムがいると、人種問題が強調されすぎて、ワッツが抱えている本当の問題が見えなくなるのが、わたしは心配だった。本当の問題――それは、世代を超えた慢性的な貧困である。このことは、二〇一二年の大統領選挙とバラク・オバマについて話し合ったときに話題になった。父親たちは、「あいつは本物の黒人じゃない」と強硬に訴えた。つまり、彼はストリート出身ではない、と彼らは言いたいのだ。まあ確かに、とわたしも思う。オバマは大学を出ているし、裕福だ――じつは父親のことを知らず、シングルマザーと祖父母に育てられたとはいえ。こういう経歴の持ち主は、黒人コミュニティに普通はいない。でもわたしは、オバマがストリート出身かどうかにかかわらず、今度の大統領選挙の焦点は人種ではない、とみんなにわかってほしかった。

「次の大統領選挙の争点はお金よ」わたしは言った。

共和党の大統領候補ミット・ロムニーが、所得税を払っていない、「自分は犠牲者だと思っている」ような、四十七パーセントの有権者は眼中にないと話している録画テープが見つかって、まだ二十四時間しか経っていなかった。

「この部屋にいる俺たちはその四十七パーセントに入ってる」サイが言った。「だが俺たちは犠牲者じゃない」

「〈ネーション〉が言ってるのはまさにそのことだ」エレが切り出した。「それについて話したほうがいい」

「俺は〈ネーション〉の話なんかしたくない。やつらは〈プロジェクト・ファザーフッド〉の一員じゃない」アンドレが言った。

「もう全部放り出そうぜ。さっさと家に帰ろう」またロナルド・ジェームズがわざとひっかきまわすようなことを言った。

〈ネーション〉は、少なくとも一時的には姿を見せなくなったが、水曜の会合には相変わらず緊張感が漂っていた。会合は今や、どちらも〝双子《ツイン》〟と呼ばれている二人の男、ロナルドとドナルドのジェームズ兄弟の存在で支配され始めていたのだ。

父親会のメンバーは全員がストリート出身だが、ジェームズ兄弟にはほかとはちょっと違うところがある。名前はいずれも平凡で無邪気だが、グループ一のトラブルメーカーなのだ。そして、双子の兄弟なのにまったく似ていなかった。

ロナルドは怒りっぽくて、下品な言葉を使い、ときには人を脅すようなこともした。つねにサングラスをはずさず、昔ながらのギャングの典型に見えた。彼はまた、コミュニティの人間死亡記事のような存在でもある。月に一度は会合に現れ、誰々が死んだと報告して、葬式とそのあと出す軽食のために金を集めた。ときにはわたしに軽食の写真を見せてくれた。あるときなど、グレープ・ストリート・クリップス団に所属していたことに敬意を表して、赤いブドウの粒で故人の名前を記したサラダが出されていた。ロナルドは地元とのつながりを大事にしてはいるが、本人はグレープ・ストリートに所属したことはない。二人とも、一九七〇年代に創設されたワッツのギャング団で、〈ピグミーズ〉と呼ばれる「ファミリー」の一員だった。今ではロナルドもストリートの〝ビジネス〟や刑務所とはすっぱり縁を切ったが、依然として破天荒で礼儀をわきまえず、いつもじっとしていない。

ドナルドは違う。ＬＡＰＤの一員みたいに身なりを整え、頭を剃り上げている。会合が終わるたびにビニール袋を取り出し、空のペットボトルを集めて、リサイクルに出して金をもらう。調子はどうだと人に訊かれるたび、「俺は恵まれてる。携帯電話も車も持ってるし、サン・クエンティンを出てこうしてぴんぴんしてる」と答える。

　サン・クエンティン州刑務所に入ったことがある人を、わたしはほかに三人しか知らない。一人は、証人が証言を撤回し、判決が無効になって、死刑囚監房から解放されたジェームズ・ホートン。残りの二人がアンドレ・アレクサンダーとエリック・ロビンソンで、どちらもまだ上訴しようとしている。サン・クエンティンは最悪かつ、だからこそ正統派の刑務所で、実際にそこにいる受刑者を訪ねてみないかぎり、どういう場所かとても理解できないだろう。それは、サンフランシスコ湾に突き出した美しい半島の先端にちょこんと建っていて、受刑者たちは潮の香りを嗅ぎ、波の音を聞くことができるし、ときには水面できらめく日差しを垣間見ることもできる。手を伸ばせば触れられそうなところにそんな美しいものがあるのは、わたしからすれば最悪の拷問だと思える。そこは一八五二年に設立されたカリフォルニア最古の刑務所だ。地価五億ドル近い土地に建設されているとはいえ、施設は受刑者であふれ返り、ひどく不潔だ。わたしは服役囚にインタビューするために何度もそこに通ったが、話を聞くあいだ、ネズミを避けるために椅子を移動し続けなければならなかった。ドナルド・ジェームズはそこからなんとか生還し、元囚人に多い精神疾患の心配はないとは思うが、だからと言って安心してそばにいられるような人物でもなかった。

　先にグループに加わったのはロナルドだった。髪をドレッドロックスにして野球帽をかぶった中年男性で、どんなときもけっしてサングラスを取らない。よく言って否定的、ひどいときはかなり挑発的な発言をすることもあるが、たいていは押し黙っている。彼が現れて数か月後にドナルドも参加し始めた。ドナルドが来た日、ビッグ・マイクはわたしに、「あいつは三十二年間サン・クエンティンにいた。いつキレるかわからない男だ」と耳打ちした。それは双子の兄弟であるロナルドも同じで、彼は室内の怒りを煽るというより、パワーを増強させた。

ドナルドはその機会さえあれば会合を混乱させ、たいていはネガティブな方向に流れを持っていこうとしたが、わたしは何となく嫌いになれなかった。自分は罪を犯したが、それは間違いではなく、責任を取ったからだ、といつも言った。見ていてあまり気持ちよくはないが、自分の悪名の高さを自慢しているようなところもあり、ワッツでどんな犯罪に手を染めたか吹聴したりした。きっと人殺しもしているだろう。だが考えてみれば、このグループで殺人の過去があるのはなにもドナルドだけではない。彼は怒り、悲しみ、希望を持ち、怯えていた。

ドナルドは、サン・クエンティンにいたときに、刑務所制作の演劇『ゴドーを待ちながら』に出演した。サン・クエンティン刑務所ほどこの演目にうってつけの場所はないと言える。なにしろそこには二十五年から無期までの刑期のあいだ、延々と時を過ごす服役囚たちが収容されているのだから。これはドキュメンタリー映画になり、ヨーロッパで高く評価された。ドナルドは、このときの収益の分け前を自分ももらえるはずだと考えていた。また、このときの経験から、サミュエル・ベケットの作品に傾倒するようになり、彼の家を訪ねるためいつかドイツに行きたいと夢見ていた。その資金を集める募金活動をしたらどうかとわたしは思っていたが、サン・クエンティンに入っていた人間がヨーロッパに行ける可能性はかなり低いとマイクに言われて、考え直した。

ある日ドナルドが、誇りと興奮がないまぜになった様子でわたしのところに来て、自分が芝居でどんな役を演じたか、詳しく話した。プロジェクト・ファザーフッドの会合が終わったとき、彼はわたしにスクラップブックを見せてくれた。そこには新聞の切り抜きのほか、サミュエル・ベケットについて、生誕地の写真など、自分で集めた情報も含まれていた。服役中に鉛筆で丁寧に記した日記、詩、メモも保管していた。わたしがそれらを見ていると、ドナルドが堂々と言った。「あの映画を作ったやつは、俺を利用して金を稼いだ。だから分け前を取り戻したい。あいつは俺に出演料を払うべきだ。ジョルジャリープ、俺に弁護士をつけてくれ」彼の日記を眺めていたわたしは、そこで手を止め、ドナルドを見上げた。一般にドキュメンタリー映画制作者の懐には利益なんてまず入ってこないのだ、というところから話をするのはやめておいた。だから、彼の言葉を待った。

「俺に弁護士をつけてくれ」ドナルドは繰り返した。

「あなたに弁護士をつけてあげられるかどうかは約束できないけど、あなたのことを相談してみることはできると思うわ」

「よかった。それで俺は金を取り返せるのか？」

「難しいかもね」

ドナルドはどこか狂気の滲む笑いを漏らした。

「あの映画を作ったやつに貸しがあるんだ。あいつは俺を利用して金を稼いだ」

　わたしはため息をついた。

「あなたのスクラップブックや資料を貸してもらえれば、知人の弁護士にそれを見せて、意見を聞いてみるわ」

「わかった。その男に訊いてくれるんだな？」

「女性よ」

　ドナルドはしばし考え込んだ。

「わかった。女だな。で、どういう女なんだ？」

「名前はエリー・ミラー。公選弁護人だったけど、その後ホームボーイ・インダストリーズの顧問弁護士になった。心から信頼している弁護士さんよ。彼女があなたにいいアドバイスをしてくれると思う」

「わかった」

「でもこの資料を見せる必要がある」

「これは俺の人生そのものなんだ。あんたがなくさないとも限らないだろう？」

　今度ばかりはツインも口をつぐんだ。わたしは慎重に考えを巡らせ、おもむろにバッグの中から財布を取り出した。

「これを借りるのに金を払うっていうのか？　ありえねえ」

「馬鹿なこと言わないで」

ツインが笑いだした。わたしは財布を開け、札入れからぼろぼろになった小さな紙片をつまみ出した。それは天使の絵を模写したものだった。

「わたしの父は三十五年前に亡くなったの」わたしは説明を始めた。

「知ってる。そう話してくれたよな」

「父はいつもこれを財布に入れて持ち歩いていた。父が亡くなった日、わたしはこれを父の財布から出し、自分の財布に移した。それからずっと持ち歩いてるの。あなたのスクラップブックや創作物を借りるあいだ、あなたにこれを託すわ。そして、あなたの宝物を返すときに、あなたもわたしの父の一部を返して。そうしておたがい信じ合う」

ツインはわたしを見上げ、うなずいた。

「わかったよ」

やがてエリーとツインは電話で話をした。彼女はドナルドに、残念ながらあなたの主張には無理がある、と告げた。わたしには直感的にわかっていたことだけれど。わたしはツインにスクラップブックと刑務所で書いたものが入ったマニラ封筒を返し、彼はすぐに、きちんと保管された父の天使を返してくれた。

数週間後、ロナルドがベビーカーを押しながら会合に現れた。四十歳になっていきなり父親になり、母親が州刑務所に行くはめになったせいで、赤ん坊の世話までしなければならなくなったのだ。

「こいつの母親はギャングの一員なんだ。頭がどうかしてるんだよ。刑務所行きになって当然だ。だがこいつは俺の息子だ。連中は施設に入れるっていうんだよ」ロナルドはわたしに言った。「まわりはみんな他人だ。郡に息子を育てさせるなんて、ありえねえ」

わたしはベビーカーから赤ん坊を抱き上げ、すぐにオムツを換える必要があるとわかった。ロナルドもうなずいた。

「そうなんだ。オムツ代がねえんだよ」

一瞬、皮肉屋になって、おやおや、赤ん坊を利用してお金をせびるとは、と思いながらも、赤ん坊を抱いたままジョン・キングを探しに行った。そして、ロナルドと話をしてと頼んだ。

でもロナルドはすでに仕事にとりかかっていた。彼はグループの父親たちに、自分の子育て論をお披露目していた。

「俺にどうしろっていうんだ？　もう少し大きくなればいい父親にもなれるが、こんな赤ん坊じゃ……」

「赤ん坊を預けられる親戚とかいないのか？」

「おまえのお袋はまだ死んでないだろう？」

「女きょうだいとか、娘は？」

男たちは自分たちなりに〝親族による子育て〟のさまざまな方法について提案した。でもロナルドは笑いだした。

「双子の兄弟に頼むよ」

父親たち全員が笑った。赤ん坊はどうなってしまうのか、わたしは心配になった。里親ではだめなの?

「一時的に、少しのあいだだけ、施設に預けるのはどう?」わたしは思いきって言った。

「これは俺の息子だ」ロナルドは引かない。「郡に息子を育てさせるつもりはねえよ」

会合のあと、ビッグ・マイク、アンドレ、ジョン・キング、わたしの四人で報告会をした。すぐに話題はロナルドのことになった。わたしは彼の経済的な問題と、ほかの子供たちの子育てにも影響が出ていることを指摘した。ジョンは、数週間前に彼にオムツ代を渡したと言った。ビッグ・マイクも金を渡したと言った。わたしも何週間か前にオムツ代をあげたと続けた。アンドレが笑いだし、続けた。「俺も薬代として十五ドル渡したよ」

「あいつ、俺たちをいいようにもてあそんでるな」ビッグ・マイクが残念そうに言った。

ロナルドはわたしたちからお金を巻き上げているのかもしれないが、これには小さな子供が絡んでいるのだ。わたしは翌週にかけてロナルドに何度か電話をかけたが、彼は出なかった。電話番号が間違っているのかも、と思ってアンドレに確認までした。翌週、ロナルドは赤ん坊と一緒に会合に現れ、状況はだいぶよくなったとわたしに言った。彼は片足を引きずっていて、痛みがかなりひどいということはビッグ・マイクから聞かされてわたしも知っていた。左脚の下のほうが動かないのだという。わたしはロナルドに言葉を返したかったけれど、何も訊いてはいけないような雰囲気があった。

数日後、ロナルドに話しかけると、彼はとつとつと自分のことを話し始めた。それは思いがけない話だった。彼は左脚を二度、それぞれ別の機会に撃たれていて、そのせいで常時痛みがあるのだという。ロナルドは自分の行動については口を濁すものの、怪我をしたときのことははきはき話した。最初は銃弾で大腿骨が砕け、二度目は膝を撃たれて、大動脈を銃弾が突き抜けた。ロナルドは膝を九十度に曲げながら、「足がこんなふうに反り返っちまったもんだから、刑務所の医務室に行ったんだが、そこの医者が元に戻そうとしたけど、俺は断った。刑務所の医者には治療してほしくなかったんだ」ロナルドが怖がるのも理解できた。ギャングたちから、郡刑務所の医師はあまり腕がよくないという話を聞いていた。医師免許を取り消されたようなやつもいる、と噂する者も多かった。郡刑務所に入ったことがある男たちは、たとえどんなに痛くても、あるいはどんなに傷がひどくても、出所するまで医者にかかるのを待つ、とみな話してくれた。

「出所すると、マーティン・ルーサー・キング〔病院〕に行き、ロング先生に手術をしてもらって、やっと足が浮かなくなった」そしてロナルドは荒れた暮らしを改め、見かけは今も強面だが、「ずっと俺を支えてくれた美人で気のいい女房」とジョーダン・ダウンズで落ち着いているという。

ところが、新しい息子が思いがけず目の前に現れたのだ。「名前はサジョン・ジェームズだが、みんなベビー・ボーイって呼んでる」ロナルドは言った。ブラッズ団の一員である若い女ギャングとの浮気によって生まれた子だ。「俺にもベビー・ママが何人もいたが、今はいい女房がいる」と言っていたのに、どうしてそんなふうに横道にそれたのか、わたしとしても理解したくて理由を尋ねると、ロナルドはこう答えた。

「俺の血だよ。生まれつきの性分なんだ。女房はそういう浮気性の男に手を焼いている。だが、人は過ちから学ぶもんだ。いや、俺はベビー・ボーイのことを過ちだって言ってるわけじゃない。あの子は宝物だよ。俺は今、いい父親になろうと努力してる。今までほかの子たちのときはうまくいかなかった。だが、この子は、俺がちゃんと父親になれるチャンスなんだ。今はベビー・ボーイが俺のすべてだよ」

ロナルドはその後の数か月、実際にも、そして比喩的にも、あちこちでつまずきながらも歩みを進めた。やがて子供の母親が刑務所から出所した。そのあとどうしてそうなったのかわからないし、ロナルドも話そうとしないのだが、とにかく赤ん坊はリヴァーサイド郡のはずれにあるヘメットという町で母親と住むことになり、母親はロナルドを子供に会わせようとしないのだという。ある日、プロジェクト・ファザーフッドの会合の前に、ロナルドは彼女と電話で話し、わたしに彼女と話をしてもらえないかと頼んできた。そのときは、受話器の向こう側からそこまで怒りをぶつけられるとは思ってもみなかったのだが。

「誰だよ、あんた?」女性は訝しげに尋ねた。疑われるときは、専門家としての自分に戻って信用してもらう。

「ドクター・ジョルジャ・リープと申します。プロジェクト・ファザーフッドのリーダーの一人です。ジェームズさんはこの会の一員なんです」

「あ、そう。それであたしに何の用?」

「ジェームズさんから、赤ちゃんのことで何かお困りではないかと聞きまして」

「何も困ってないよ」

「オムツとか、赤ちゃん用品を買うのにお金がいるのではないかと彼は言ってます」

彼女はわめいた。「あたしと赤ん坊をほっといて、とそいつに言って！　お金なんかいらないし、そいつに付きまとわれたくないんだ！　わかった？」

「はい、わかりました。もしわたしにできることがあったら、いつでもお電話ください。番号をお伝えしておきましょうか？」

一瞬そこで間があいた。

「そうだね」

わたしが番号を伝えると、彼女はいきなり電話を切った。わたしは振り向いて、ロナルドを見た。

「ものすごく頭に来てるみたいよ」

「あいつ、頭がおかしいんだ」

「お金もいらないし、あなたを子供に会わせたくないって」わたしはロナルド以上に憤慨していた。彼はほほ笑んだ。

「そのうち落ち着くさ。いつもそうなんだ」

わたしはいつでも彼をヘメットまで車で連れて行き、弁護士を雇って、父親の存在がどんなに大事か、女性に説教をしてやるつもりでいたが、ロナルドのほうはいたって冷静だった。

一週間後、彼が会合に赤ん坊を連れて現れたので、わたしは驚いて、何があったのかと尋ねた。

「ときには息子と過ごしたいとあいつに言ったんだ」

それから、まあ落ち着いて、黙って見ててくれ、とでもいうようににっこりほほ笑んでみせたので、わたしはおとなしく従った。

ロナルドは子供の養育をどうするかについてはいっさい話をしようとしなかったが、グループのメンバーたちはみんなして父親代わりとなり、ベビー・ボーイの成長を見守っていた。子供はすくすく育っていて、わたしが世話をする番になったときに何か問題はないかとこっそり調べてみたけれど、元気いっぱいだった。

ロナルドは自分の子供については何も言わないかもしれないが、彼もドナルドも、一般的な子育ての問題について、とくに躾については、どしどし意見を出した。わたしは、あなたたちの言うことはあまり健全じゃないと説明しようとするものの、そのたびに双子のどっちがどっちかわからなくなった。しまいにはあきらめて、グループのほかのメンバーたちと同じようにそれぞれを〝ツイン〟と呼ぶことにした。双子はどちらも自分の意見をけっして曲げようとしなかった。ところがある晩、児童虐待について話し合っているときに、氷河みたいに頑なだったロナルドが少しずつ動きだしたのだ。

「なぜ子供を叩く躾が逆効果になるか、説明はいくらでもあるわ」わたしは、児童虐待についてはもう百万回は注意したような気がしたが、それでもまた懲りずに注意している最中のことだった。ロナルドが口を挟んできたのだ。

「そのとおりだ。子供を叩く必要はない」

わたしは驚いて言葉が続かなくなった。ツインがわたしの味方をするとは思ってもみなかったのだ。いつもの彼ならわたしが一言何か言えば必ず反発し、それを一種の趣味にしていた。

「どういう意味だ、ツイン？」ビッグ・マイクが割り込んだ。

「俺の娘が子供の頃、文句ばっかり言っていた。ある日学校でちょっとした問題を起こし、俺は『おまえには罰が必要だ』と言って、クローゼットに入れて八時間叩き続けた」

わたしは思わず悲鳴をあげそうになって必死にこらえた。同時に、その娘が彼の家系図のどこに位置するのかについても考えようとした。そうしてわたしがまごまごするうちに、ロナルドは先を続けた。

「だがそのやり方はうまくいかなかった。やり方によって、あの子がいい子になっていたのかどうか、俺にはわからない。だが今は……最悪だ。だから今度は父親として生まれ変わりたいんだ。俺は息子を育てたい。この町のシステムに取り込まれないようにしたいんだ。俺がそばにいなかったり殴ったりすることが、その原因になったりしないようにしたい。真っ当に育てたいし、そのためなら何でもする。出ていた発疹も消えたし、だんだんよくなってきてる。俺たちは日に日によくなってるんだ」

わたしはにこにこしていた。赤ん坊がロナルドを変えたのだ。彼が息子を心から愛しているのが見て取れた。

「すばらしいわ、ツイン」わたしはつかのま、幸福に満たされた。

「だが一つ困ったことがある」

うっかりしていた。やっぱりツインはツインだ。

「何？」

「先週の会合でおもちゃをたくさんもらっただろう？　それが配られたんだが、俺の息子は一つももらえなかったんだ。ほかの子供、そう、あのメキシコ人のガキたちが二個ずつ取ったからだ。おかげでうちの子はもらえなかった」

男たちはみな首を振った。

「調べておくよ、ツイン」ビッグ・マイクがとりなすように言った。

「うちの子もおもちゃをもらいたかった」

「そりゃそうだ、ツイン。ミスター・キングに話してみるよ」

「俺の兄弟が今いいことを言ったぞ」今度はドナルドが話しだした。

これから何が起きるんだろう、とわたしは固唾を呑んだ。ツインズが何か始めると、いつもそんなふうにドキドキしてしまう。二人はプロジェクト・ファザーフッドに熱心に参加し、しばしばグループをひっかきまわすけれど、彼らが仕掛けた爆弾が触媒となって、父親たちにより深い覚醒をもたらすことも多かった。

「どうしたの？　何があったの、ツイン？」わたしは尋ねた。

　ドナルドは、彼が育てている十六歳の甥、デショーンの話を始めた。両親がどこにいて、なぜドナルドが少年を預かることになったのかはわからない。でもドナルドはデショーンのことをとても誇りに思っていた。彼はジョーダン・ダウンズ・ハイスクールのスター・バスケットボール選手で、ドナルドも毎試合、応援に行っている。

「ある日、あいつは夕食の時間に遅れ、ぶつぶつ文句を言いだしたんだ。いつ出かけていつ帰るか、いちいち俺に報告する義務はない、と。要は好きな時に遊びに行き、好きな時に帰ってきたいってわけだ。あいつはおれにギャンギャンわめき、突然立ち上がったかと思うと、つかつかと俺に近寄ってきて――」

　父親たちがいっせいに息を呑むのがわかった。デショーンはドナルドのパーソナルスペースに侵入したのだ。男同士のかかわりの中で、相手に敬意を示す彼らに共通する行動として、越えてはいけない境界線がある。礼を失するサインというのは、ギャングが使うハンド・サインと同じくらい、危険かつ、わかりにくいものだ。わたしはギャングメンバーや元囚人、その家族と話をするうちに、少しずつ彼らの暗号集を覚えていき、何が許されて何が許されないか理解した。人のパーソナルスペースを侵してはいけない。シャツを脱ぐのは、喧嘩をする用意があるというサイン。人に背中を見せてはならない――それは相手を侮蔑する最大級のシグナルだ。つまりドナルドの甥は、ドナルドのパーソナルスペースにずかずか踏み込み、ルールを無視したのである。

「俺もよくなかったんだ。なんだか刑務所に戻ったみたいな感じがしたんだよ」ドナルドは説明した。「やつの尻をひっぱたき、殴り倒してやりたくなった。で、実際にそうしちまった」

父親たちは全員うなずいた。

「俺がまだまだやる気だとわかったのか、あいつは慌てて家から逃げ出した。俺はすぐにはあいつを追いかけなかった。今起きたことをじっくり考えようと思ったんだ。だがしばらくしても戻ってこないから探しに行ったんだが、見つからなかった。一週間帰ってこなかったよ。ベッドで寝た形跡もなかった。だが、こっそり家に忍び込んで、物を食べてはいたんだ。あいつに、と思って冷蔵庫に入れておいたチキンがなくなってたから、来てたとわかった」

父親たちはしんとなった。うなだれている者も中にはいた。大人の階段を上がろうとする子供たちをどう支えればいいか、多くの父親たちが悩んでいるのだ。リーリーが口を開いた。

「十代の子供と向き合うのはしんどいよ。で、居場所はわかったのか？」

「たぶん彼女のところだろう。はっきりとはわからない。まったく、どこに行ったのやら。だが俺は、自分のしたことを反省し始めたんだ。俺のやったことは間違いだったんじゃないかと思ってね。だから精神科医のところに行った。父親になりたいのに、どうすればいいのかわからない。俺の子はあいつだけじゃなく、ほかにもいるんだ。あんたの子だと訴える女たちがいるんだよ。それが本当に俺の子かどうか、わからない。だが俺は父親になりたい。ただどうすればいいか、わからないんだ」

室内は静まり返っていた。

「ツインがこの話をここでしてくれて、とても感謝してるわ……」わたしが口火を切った。

「そうだな」

「よくやってくれたよ」

「大事な話だ」

父親たちは彼を応援してはいるが、あくまで一歩引いた位置で控えている。

「……それに、誰かに、精神科医に会いに行って、話を聞いてもらったのはとてもいいことだと思うわ」

室内はまたしんとなった。ジェフが切り出した。

「そう感じてるのはツインだけじゃない。俺には娘が二人いて、それから息子が生まれた。その息子が、ツインの子みたいに、俺のスペースにずかずか入ってくるんだ。とたんに屋根から放り出したくなるんだよ」

誰もが口々に声をあげ始めた。

「わかるよ、おまえの気持ち――」

「俺もおんなじことをしたことがあって――」

「そんなこと言っちゃだめだ。そいつはおまえの息子なんだぞ――」

ビッグ・マイクが両手を上げた。

「順番に話せ。大きな問題だってことはわかるが、発言は順番に。だが、おまえたちが話す前に、ドクタージョルジャリープが問題の原因について教えてくれる」

わたしは、会合をきちんと仕切っている管理者の邪魔をするのは気が引けたけれど、思春期の特徴について話すことにした。

「この問題の原因は生物学的――」

「ああ、わかってるって。ホルモンだろう？　やつらは発情期なんだ」デュボワが引き取った。わたしの話は「発情期」の一語でまとめられてしまった。それでも頑張って先を続ける。

「でもそれだけじゃない。心理学的な問題もあるの。それは聖書までさかのぼることができる。息子は立ち上がり、父親に挑むものなの。大人になるための関門なのよ。自分は立派な一人前の男だと、父親に認めさせなければならない。父親はそれに理解を示す必要があるの。何よりもみんなにわかってもらいたいのは、思春期を迎えた男の子には、必ず父親が必要だってこと」


一週間後、会合は先週の続きで始まった。リーリーが父親たちを代表して話した。

「あんたが先週言ったことについて、俺たちもいろいろと話したんだ」

「わたしが言ったこと？」

「思春期を迎えた男の子には、必ず父親が必要だってことさ。で、コミュニティにいる若い連中を見回してみたときに、やつらには父親がいないと気づいた。誰もやつらを気にかけない。だからやつらはストリートで好き勝手にしてる。だが、今は時代がおかしいんだ。俺たちが知っていたコミュニティじゃなくなっちまってる」

男たちみんながそのとおりというようにうなずいた。

黒人にしろラティーノにしろ、ギャングたちから話を聞くにつけ、わたしも何度も同じことを聞いた。ストリートの申し合わせや組織のシステムが崩壊しつつあるのだ。かつてギャングたちはある種のメンター制度に完全にもとづいていた。つまり、年上のギャングが年下のギャングの面倒を見て教育し、下っ端から徐々に格上げしていくのだ。これが今は機能していない。わたしは繰り返し「年長者を敬う気持ちがない」や「若い連中は人の言葉に耳を貸さない」などと聞かされた。「わしが若い頃はこんなじゃなかった」のストリート版である。メンバーたちは行動を起こそうとしていた。

「若者たちのために何かしなきゃ。みんな俺たちの息子なんだから」ビッグ・ボブが提案した。

チャブは若い父親で、彼が手を差し伸べようと考えている若者たちとそう年も変わらない。彼はすぐに会話に飛びついた。

「俺は過去から、自分の子供時代から学んだ。そして少しは年を取って、自分の子供にメッセージを伝えられるぐらい知恵もついた。いや、自分の子供だけじゃない。俺の子は娘だが、このコミュニティにいる少年たちにも、だ」

わたしは注意深く話を聞いていた。ビッグ・マイクが先導する。

「トレイヴォン・マーティンについて話したときのこと、覚えてるか？　若い連中のために俺たちに何ができるか、と俺は尋ねたよな？　もう一度尋ねよう――プロジェクト・ファザーフッドとして、俺たちに何ができるか?」

かぶせるようにして、リーリーが答えた。

「あのとき俺たちは考えた。若いやつらとグループセッションができないかって。食べ物を出して、俺たちの体験談を話して聞かせ、ためになることを言ってやるんだ」

「リーリーの言うとおりだ」KSDが割り込んできた。「若者と話をしなきゃならない。ちゃんと、だ。俺たちに話をしてくれる大人はいなかった。で、どうなった? みんな困ったことになって、郡刑務所に行った。中には州刑務所に入ったやつもいる。同じことを繰り返しちゃだめだ」

「墓も増えすぎた。墓場はもういっぱいだ。それも俺たちの子供たちで」エレはとても感情的になっている。

「若者を招くのはいい考えだ。彼らが来たいと思えるような場所、たとえば体育館とか」

デュボワは生まれながらの幹事役だが、今回もその能力をすぐに発揮した。

父親たちは熱心に計画を立て始めた。

「自己紹介をしないとな。何人かは、体験談を話してもいい」アンドレが提案する。

「連中をその気にするために、アクティビティを考えるのも一手だ」リーリーが続ける。

「カリフォルニア・アフリカン・アメリカン博物館に行こう」

「大学のキャンパスはどうだ?」

わたしは無言で、父親たちが自分の身のまわりだけではない、自分の家族だけではないところに目を向け始めるのを、惚れ惚れと眺めていた。青年行動ミーティングのアイデアがしだいに形を取り始めていた。

「ジョルジャリープ、ジョンキングを呼んできてくれ。話があると伝えてほしい」

わたしは廊下を走り、女性たちの会合に出席していたジョン・キングをつかまえた。現れたジョンに、父親たちはアイデアの概要をかいつまんで話した。ジョンはにこにこした。

「とてもいいアイデアだ。青年行動ミーティングとでも名付けよう」

「ああ。だが食べ物や何やら買い揃えなきゃならない」リーリーが切り出した。

「たぶん予算から出せると思う――」

ジョンがそう言うと、父親たちは慎重に顔を見合わせた。自分たちの知らない予算があるのではないかと前から疑っていたからだ。

「体育館をいつ使えるか、空いている日を調べてみよう。君たちにはこのことをコミュニティに宣伝してもらいたい」

「チラシを作ろう。作るのは俺たちでなんとかする。あんた、印刷してくれるかい、キング？」アンドレが尋ねた。彼がチラシ係に立候補したのは驚くことではなかった。たとえ六か月先にワッツで何かイベントの計画があるとしても、アンドレはさっそくチラシを作り始めるだろう。

「チラシを配るのは、地域に宣伝するのは、誰がやる？」ビッグ・マイクが尋ねた。

「俺がやるよ」リーリーが手を上げた。「あと、ＫＳＤとおまえ、エレで。みんなに話すよ」

「どう思う、ドクタージョルジャリープ？」ビッグ・マイクが尋ねた。父親たちの目がいっせいにこちらを向く。

「すばらしいと思う」

でも、本当に感じていることはとても言葉にできなかった。畏れ多かった。今わたしは奇跡を目にしているのだから。

バラク・オバマが若い黒人やラティーノたちが直面するさまざまな壁に対し、自分は「兄弟たちを見守る者」だと宣言する一年前に、プロジェクト・ファザーフッドの父親たちはすでにその役目を果たしていたのだ。しかも彼らは、社会政策の専門家リスベット・ショアのことなど聞いたこともないのに、彼女たちが「集合的効力感」として描くものを、身をもって証明した。

ハーシェル・スウィンガー博士が亡くなって二年近くが経とうとしていたが、このグループのこれまでの成果を知ったらどう感じただろう、とわたしはつい考えてしまう。父親たちはスウィンガーのもともとの計画をはるかに超えたところに到達していたが、まさにその前提どおりの結果を出していた――父親が役割を果たすことで、コミュニティの問題は解決し、コミュニティの力が引き出される。

19 俺たちはみな家族だ

俺たちがたがいに助け合うなんて、できっこないと言う連中が必ずいるが、そういう否定的な言葉を並べるやつこそ、何もしないものなんだ。連中がするのは人を指さして非難することばっかりで、じゃあおまえは何してんだと訊かれたら、連中はピーナッツバターを口いっぱいに頰張ったみたいにもごもご言うだけさ。

——エレメンタリー・〝エレ〟・フリーマン

その日、わたしは会合への到着が遅れた。通りがすべて、黄色い封鎖テープと黒人も白人も含めた人だかりで通れなくなっていたからだ。会合の部屋に入ると、数ブロック先でいったい何があったのかとみんなに尋ねた。するとマイクがすぐに、「誰かが保安官に殺されたんだ」と答えた。

「ブラッズとクリップスの連中がやり合って、誰かが死んだんだよ」リーリーが続けた。

「さあ、ミーティングを始めよう」ワッツでは、こういうことは日常茶飯事だ。リーリーは、ギャング抗争の詳細について話すことには興味がなかった。もう終わったことなのだ。

「事件について話したほうがいいんじゃない？」わたしは尋ねた。

「いや、UCLAのフットボールの試合に行く話がしたい」わたしの学生の一人で、〈プロジェクト・ファザーフッド〉でとても好かれている非公式会員、ケイティ・トゥルンが、きたるホームゲームの無料チケットを父親と子供たちの分、確保してくれたのだ。父親たちはそのことで頭がいっぱいだった。わたしはそういう事情を無視して、もう一度言った。

「少しは話したほうがいいんじゃないかと思う――」

ロナルドがわたしのほうを向き、言った。「わかってねえな、あんた。ここじゃ、あんなのいつものことなんだよ。白人たちのあいだじゃ違うかもしれないが」

わたしはかっとなった。

「また繰り返すの？」声が大きくなり、いわゆる金切り声になりつつあった。わたしは感情的になっていたが、ロナルドのほうは落ち着いていた。

「あんたにはわかんねえよ。ここの出身じゃないからな。スラムの人間じゃない」彼は笑った。

「また――」

ここでエレがわたしを遮った。

「かりかりするなよ」とても小さな声でわたしに言った。かろうじて聞こえた程度だったが、エレがわたしを守ろうとしていることはわかり、ふっと言葉が心に沁みた。

わたしは口をつぐんだが、傷ついているのは事実だった。

一瞬室内がしんとなった。するとドナルドが急に「我が心のジョージア」を歌いだしたので、わたしは噴き出してしまった。その後はフットボールの試合に行く計画を練ることに時間を使った。彼らには息抜きが必要なのだ、とわたしにもようやくわかった。会合が終われば、わたしは車に乗って暴力から逃げることができるけれど、彼らにはできない。ある意味、彼らはわたしよりずっと深いところでわたしたちの違いを理解していて、わたしに粘り強くそれを教え、ここでの生活がどんなふうなのか、考えさせようとしているのである。今夜彼らは、別のことを、もっとポジティブなことを考えたかったのだ——たとえば、パサデナのローズボウル・スタジアムでアメフトの試合を観る遠足について、とか。

わたしにそれを否定できるわけがない。


プロジェクト・ファザーフッドの会合の翌日の朝、ルイスが泣きながらわたしに電話をしてきた。彼は英語とスペイン語をちゃんぽんで使いながら、児童家庭サービス局（DCFS）のソーシャルワーカーが来て、三人の子供を連れていってしまったと訴えた。

「子供たちのためなら何でもするよ。あの子たちが必要なんだ、ミス・リープ」

わたしはできることをしてみるとルイスに約束し、わたしの知っている信頼できるDCFSの職員にいろいろ電話をしてみると、身体的虐待の詳細な証拠書類が存在していることがまもなくわかった。わたしはルイスに連絡し、事情を説明した。そして、そのソーシャルワーカーとも、ルイスとも会うことにした。プロジェクト・ファザーフッドの会合に来られるかと尋ねると、ルイスは恥じ入り、みんなに事情を説明してすべてが落ち着いたら戻ると話してくれ、と言った。

翌週、わたしはルイスのことをグループで話した。どうしていいか、よくわからなかった。児童虐待の問題について話をした回のことが、百年前のように思える。まだ二年も経っていないというのに。それでも、本気で古傷をこじあけたいのかどうか、自分でもわからなかった。とはいえ父親たちは熱心にわたしの話を聞き、ルイスの電話番号を尋ねる者もいた。

「いつでも会合に戻ってこいとやつに言うよ」ビッグ・ボブが言った。

「励ましてやろう」サイが言った。

「俺たちはおまえの味方だと言ってやろう」リーリーが続けた。

黒人とラティーノの分断などそこにはなかった。それに、父親たちは話題を変えようともしなかった。これも、このグループが成長した証拠だった。

「この問題について話をしたほうがいい」エレが主張した。

「一つ話したいことがある」デュボワが言いづらそうに切り出した。「ある夏、俺は親に、南部にいるいとこたちのところに送り出されたんだ。具体的にはテネシーだ。あるとき、いとこの一人が近所の家からお菓子を盗んだと言われた。本当かどうかわかんねえが。そのご近所さんがおばのところに押しかけてきて、そう訴えたんだ。俺の記憶では、おばはすぐさまそのいとこを電気コードで叩き始めた。何度も何度も、顔も、頭も、どこもかしこも」

室内はしんと静まり返った。デュボワはうなだれ、床に視線を落とした。

「誰かが駆け込んできて、おばに言った。『そんなふうに息子を殴っちゃだめだ！　頭を殴るのはいけない！』いとこは意識をなくしていて、病院に運ばれた」

「で、どうしたんだ？」サイが尋ねる。

部屋に静寂がたちこめた。父親たちは、恐れているような結末を言わせないよう、デュボワに念を送っているようにさえ見えた。

「死んだよ」

誰も何も言わなかった。わたしも言葉をなくし、みんなの発言を待った。

すると始まったのだ。

父親たちの一人が話し始めた。

「昔は、子供は叩いて育てるもんだと思ってた。だが、もうそんなことはしないと決めた。俺にとっては挑戦だ。片手を縛られて、子育てするようなもんだからな。もし子供が外に行ったら、俺も行かなきゃならないってことだ。通りをどんどん行っちまうから、俺だけ家にいるわけにはいかない。だがいい子なんだ。ちゃんと人の話を聞き、『やだやだやだ』なんて駄々をこねない。ときどき反抗を始めることもあるが、俺が厳しい顔をするとすぐにわかってやめる。手を出さなくても、口でぴしっと叱れる。怒鳴られれば、やっぱり怖いんだ。わかるだろ？　俺が大真面目だってこと、あいつにはちゃんと伝わる」

これがツイン、つまりロナルド・ジェームズの口から出てきたということが、わたしには信じられなかった。わたしはつい尋ねてしまった。

「つまり、今ではもう、ベビー・ボーイを叩いて躾けるのはあまり効果がない、そう思ってるってこと?」

「俺は二度とベビー・ボーイをぶたない」ロナルドが答えた。「俺は今あの子の成長を見守っているが、そういうことをほかの子ではまるでやらなかった。俺は別のことをしていて、子供には目が行かなかった。だが、生まれたときから赤ん坊の世話をすること……つまりだっこしてあちこち行き、ベビーカーに乗せて歩き、車に乗せて移動すること。そして、言葉をしゃべるようになるのを見守ること。何もかもが目新しかった。昔から人がやってきたことだけど、俺には目新しかったんだ。ちゃんとしなきゃな、と思わされる。しっかりしよう、と決心させられる。今までは、成長を見守るも何も、何か月も会えなくなった。俺にはもう一人、息子がいるが、九歳まではそばにいたけど、そのあと会ったのは十九歳になってからだ。俺は刑務所行きになり、そいつのママは浮気した。それで俺たちは別れた。だがベビー・ボーイのことは大きくなるまでずっと見守りたい。叩きはしないが、あれこれ話をし、成長を支えたいと思う」

父親たちはみなうなずいていた。わたしは泣くのを必死にこらえた。

「ツイン」マイクが口を挟んだ。「おまえ、いい父親になろうとしてるんだな。いや、もういい父親だ」

「俺は父親らしく振る舞おうとしてるだけだ。父親がすべきことをする。父親らしくある。父親役を務めるんだ。他人に父親役を務めさせる気はない。どういうことかわかるか？　父親が子供のそばにいて、子供も父親のそばにいる、これ以上最高なことはないよ。そして俺はそのことをここで、おまえたちみんなから学んでる。彼女からもな」ツインはわたしを指さした。「とにかくこのグループから学んでるんだ。まさに俺たちが目指してること――おたがいに学び合う、さ」

週末、わたしが留守番電話を確認していると、リーリーからのメッセージがあった。

「もしもし、ドクター・リープ。仕事が見つかった。俺、おめでとう。就職先は、ＮＰＯの〈シールズ・ファミリー・サーヴィシズ・コンプトン〉オフィスだ。仕事場に会いに来るかい？　プロジェクトについてあんたと話がしたいんだ。忙しいとは思うけど、時間があったら電話をくれないか」いつものように冗談めかしているが、それは興奮を必死に隠そうとしているからだとわかった。ビッグ・マイクからも、ジョン・キングからも、どんな就職斡旋団体からも助けを借りずに、リーリーは自分で仕事を見つけたのだ。

やっとリーリーの居場所を見つけ（あちこちに電話をかけまくったおかげ）、電話に出たリーリーに話しかける。彼はたびたび会話を中断して、電話の相手は自分を追いかけまわしているどこかの女なんかじゃない、とガールフレンドに説明しなければならなかった。わたしたちは月曜日に会うことにした。その日わたしがシールズのオフィスに到着したとき、リーリーだと一瞬わからなかった。なんとポロシャツを着て、レイバンのサングラスをかけていたからだ。かろうじてジーパンをはいていたから、完全なプレッピーには見えなかったけれど。

「どうぞどうぞ、ミス・リープ。俺のワークステーションを案内するよ」

リーリーは自分のワークスペースを示し、席に座ってパソコンを操ってみせ、目の前でわたしにメールを送った。それから自分の郵便箱のところにわたしを連れていった。そこにはちゃんと彼の名前があった。

「この仕事、すごく気に入ってる。ここでなら役に立てるし、若い連中を助けられる」

「そうね。それで、わたしに何ができるの？」

「計画を立てるのを手伝ってほしい。シールズは別のファザーフッド・グループを作ろうとしてるんだ。ジョーダン・ダウンズ以外の場所で、若い父親たちを対象に」

「どうやってそれを実現するつもり？」

「あんたをここに呼んだのはそのためさ。俺の上司にプロジェクト・ファザーフッドがどういうものか説明するのを手伝ってほしいんだ。きちんと計画を練らなきゃならない。そして、若い連中にできるだけのことをしてやりたい。学校を辞めないことがおまえたちにはいちばん大事だとわからせる必要がある。来てくれ」

やけに仰々しく、リーリーはシールズのオフィスにいる社員全員にわたしを紹介した。スタッフはみな歓迎ムードで、ＣＥＯと臨床業務部長は、わたしたちをオフィスに招いて話をしましょうと言ってくれた。ところが、彼らが始めたのはプログラムの話ではなく、リーリーについての話だった。

「ここに入ってくれた彼には、すばらしい未来が待っているでしょう」CEOがわたしに言った。

「彼にはコミュニティ・カレッジに行ってほしいと思ってるんです」臨床業務部長が続けた。「彼はワッツの誉に、ほかの若者たちのロールモデルになれる」

リーリーは話をするあいだ、ずっとにこにこしていた。

「全部やってみようと思うんだ。だからドクター・リープ、いろいろと手伝ってほしい」

それから壁の時計を見た。「もう行かなきゃ」彼はわたしに言った。「ジョーダン・ダウンズに一緒に行こう」

リーリーとわたしは集会所まで車で行った。そのあいだ、彼はずっと新グループについての自分のアイデアをべらべらしゃべっていた。開始時間には遅れて到着したので、会合はすでに始まっていた。ビッグ・マイクは携帯電話で話をしていた。レッカー車の依頼らしい。一方でデュボワが、息子の一人が喧嘩をして、敵前逃亡したと話していた。やり返せと教えなきゃならねえ、とデュボワは訴えていた。

「何ですって？」わたしはつい言ってしまった。「子供に喧嘩をさせるのはよくない。暴力行為だもの。いじめにだってつながるわ」

「ああ、ジョルジャ、あんたにはわからないよ。あんたの住んでるところじゃ、そんな目に遭ったこともないだろう」サイがまた始めた。

「住んでる場所が違うとか、そういう話は聞き飽きたわ。どうしてわたしは違うって思うのよ」わたしは尋ねた。

「全然違うさ」ロナルド・ジェームズが言う。「何か言うとき、いつもそうやって眉をひそめる。それはショックだ、って感じで」ロナルドはそう言いながら、わたしの表情を真似た。けっこう似ていたので、わたしはますます腹が立った。

デュボワさえ説明しようとした。「ジョーダン・ダウンズは違うんだ」もはや祈禱の文句のようだ。ジョーダン・ダウンズは違う、ワッツは違う。

「あんたにはわからないよ、絶対に。白人は違うんだ。もしあんたの娘さんが誰かと喧嘩したら、あんたはたぶんその子をカウンセリングに連れてくだろう。だが俺たちはそんなことはしない」KSDは現実的だった。そして正しかった。もしシャノンがいつもと違う行動をとったら、わたしはセラピストに電話をするだろう。そんなことをするのは、ミドルクラスの典型家庭を演じているのだと、自分でもどこかでわかっているとはいえ。

「なぜ何も言い返さない?」サイが尋ねた。

「考えてるのよ」わたしはなるべく正直になろうとしていた。

「あんたは今もまだカルチャーショックを受けてるんだ」ツインが続けた。「白人はみんな一緒さ」

「まず、どうしてわたしたちがみんな一緒だなんて言うの? 黒人はみんな一緒だと白人が言えば、黒人たちは激怒する。ところが今度はあなたのほうが同じことを言ってる。裕福な黒人は、裕福な白人とそっくり同じよ」

「違うな、ミス・リープ」リーリーがにやりとした。「あんたの住んでいるところの母親が、十六歳の娘が二十一歳の男と付き合っていると知ったら、警察を呼ぶだろう。だがここじゃそんなことはしない」

　このときには、すでにみんながたがいに声を張り上げていたけれど、わたしはむしろ面白がっていた。乱射事件の犯人クリストファー・ドーナーについて話をしていたときには怖かった。あのときとは大違いだ。

　ルイスが発言を求めると同時に、話題が変わった。ルイスが父親学級に参加していることをわたしは知っていた。彼のソーシャルワーカーから電話をもらい、とても協力的ですばらしいという称賛の声を聞いた。

　彼はのろのろと話しだした。

「知ってのとおり、俺は児童サービス局に通報された。だが今はカウンセリングに通い、子供とどう向き合うか、とても注意深くなっている。ところが今日、俺の息子は腕にあざを作った。シールズの社員の一人が息子の腕をつかんでひねり上げたんだ。絶対に許せない。プロジェクト・ファザーフッドにはもう戻らない。今日が最後の日だ」

　室内がにわかに騒がしくなった。

「おまえの居場所はここ《アキ》だ」ボブが言う。ルイスをこのまま行かせたくないと誰もが感じていた。

数週間前、ルイスと同じラティーノであるアーロンがわたしを部屋の隅に連れていき、ジョーダン・ダウンズには差別が横行していると訴えた。でも、ここプロジェクト・ファザーフッドにはその片鱗も見えない。

今や父親たち全員がルイスのことを考えていた。

「ここにいろよ」

「おまえは俺たちと一緒にいるべきなんだ」

「頼むから戻ってきてくれよ。来週だけでもいいから。ためしに」

ルイスは今にも泣きだしそうだった。

「俺は怖いんだ。あんたたちのことじゃない。だがジョーダン・ダウンズには、俺を脅し続けてきた黒人がいるんだ。俺は子供たちを守らなきゃならない」

「黒人とラティーノがうまくやっていくにはいろいろ問題があるんだ」ビッグ・マイクが戻ってきた。

サイが慌ててマイクを遮った。「だが、昔はもっとひどかった」

「忘れちゃいけないのは、俺たちは黒人もラティーノも関係なく、子供たちのためにできるだけのことをしようとしてるってことだ」ビッグ・マイクが淡々と言った。

リーリーがわたしを指さした。

「一人忘れちゃいけない人がいる――ミス・リープだ。俺たちはみんなそれぞれ肌の色が違う。黒、茶色、白——だがみんな一緒だ。そして、ラティーノの娘と付き合ってる黒人の若者もいる。俺たちはどうしたら平和な世の中になり、暴力を止められるか話し合っている。これがその方法だよ。プロジェクト・ファザーフッドで俺たちがしていることを見ろ。みんな一緒にここに集まってる」

「俺たちはみんなブラザーだ」ビッグ・マイクも同意した。

「わかった。残るよ」ルイスが静かに言った。「俺だって、出ていきたくないんだ」とたんにドナルドが歓声をあげた。「俺たちはおまえの家族だ！」

「おまえは俺たち家族の一人だよ」ビッグ・マイクが続ける。

父親たちが立ち上がって一人ひとりルイスに近づき、握手したり、拳を打ち合わせたり、ハグをしたりした。そうして全員がルイスを励まし、終わると席に戻った。

「ギフトカードのためにもっと金が必要だ」タイニーが切り出した。でもありがたいことに、ベンがそれを遮った。

「ちょっと話をしていいか」

「どうぞ、ベン・ヘンリー」ビッグ・マイクが促す。

「女房に子供のことを話したんだ——自閉症だとわかった、息子のことだ」

子供がいることを妻に隠しているとベンが打ち明けてから、何か月か経っていた。ちゃんと知らせろとグループは勧めたが、ベンがそのとおりにしたかどうかはあえて訊かなかった。どうやらベンの心の準備ができるまで待とうという、無言の協定がそこにはできていた。どうやらその心の準備が整ったようだった。

「女房に家を叩き出されて、俺はきょうだいの家に転がり込んだんだ」

そりゃそうだろう、というように、ここでサイがうなずいた。

「だが翌日女房が電話をかけてきて、『あたしたちでその子の面倒をみよう』と言ってくれたんだ」

「いい女房じゃないか、ベン・ヘンリー」パイレートが告げた。

「ああ。だが今度は息子の母親であるベビー・ママのほうが、子供を俺には会わせないと言いだした」

「弁護士を雇ったほうがいい。おまえには父親としての権利がある」リーリーがはっきり言う。

「そうだそうだ。ミス・リープ、こいつにあのエリー・ミラーって弁護士を紹介してやってくれ。俺のことは助けてくれなかったが、それでも優秀な先生だった」ドナルドが提案した。

わたしは、ツインが絶賛していたとエリーに伝えよう、と頭の中にメモした。

「赤ん坊は世界でいちばん大事な宝物だ。おまえがちゃんと面倒を見るべきだよ」デュボワもそうはっぱをかける。

父親たちはみな何かしらベンに声をかけ、必ずサポートすると誓った。会合が終わると、ルイスがベンに近づき、握手した。そして「大変だな。頑張れよ」と告げた。

19　俺たちはみな家族だ

一週間後、ビッグ・マイクとわたしはジョーダン・ダウンズの集会所の外に立ち、パトカーに乗ってあたりを警邏《けいら》している二人の警官が、自転車に乗った二人の若者に職務質問しているのを見ていた。わたしは不安で胸がいっぱいになった。わたしはマイクと話を始めようとしたが、マイクもマイクで、半分耳を傾けながらも警官たちの様子がやはり気になっているようだった。彼はそうして団地の横断路にいる警官と若者たちを眺めながら、何が起きているのか推し量ろうとしていた。様子をうかがっているマイクに、プランを立てる必要がある、とわたしは告げた。

二日前、黒人のティーンエイジャーのあるギャングが、自転車に乗って、グレープ通りのある家の玄関ポーチにいたラティーノの十四か月の赤ん坊を銃殺したのだ。銃弾は本来、その父親を狙ったものだった。「俺はホンダのバイクを持ってる、下手に近づくな」という文句の入った紫色のTシャツを着て、赤ん坊を抱いていたのだ。着るべきではなかった色のTシャツを着ていた若者と、射撃の下手なギャングという不幸な偶然が重なって、赤ん坊は死んだ。警官たちは警戒態勢に入り、コミュニティには緊張感が満ち、報復があるのではという噂が広まった。アンドレもわたしたちに加わり、ピクニックテーブルを囲んで、どうしたらいいか話し合った。

「悪い予感がする」わたしは切り出した。

ビッグ・マイクは手を振っていなした。

「父親会の連中を信じてないのか？」彼は尋ねた。

「わからない」大丈夫だと言ってもらいたいわけではなかった。これはわたしの正直な気持ちだったのだ。これからどうなるのか、わたしには予測がつかなかった。

「グループを信じたほうがいいよ、お嬢さん」アンドレがとりなした。でも、わたしの心は少しも安らがなかった。もしワッツが暴発したら、たぶん恐ろしいことになる。この春はとても穏やかだった。ところがこの銃撃と赤ん坊の死によって、せっかく保たれていたはかない和平が消し飛ぶ恐れがあった。

二時間後、グループは赤ん坊と銃撃の話題を取り上げた。

「何かしなきゃな」

「このままにしておくわけにはいかない」

「ラティーノの赤ん坊を黒人が殺した。これはヤバいことになりかねない。二つの違うカルチャーグループのあいだのいがみ合いを止めるため、行動を起こさないと」

父親たちがいっせいにしゃべりだした。しかし、一つはっきりしているのは、何かしなければならないということだ。

「平和行進をするのはどうだ?」デュボワが提案した。父親たちはすぐに反応した。

「ジョーダン・ダウンズから赤ん坊の両親の家まで歩こう」

「花を買うのはどうだろう」

「ほかの子供たちのためにおもちゃを買うのもいい」

「ぬいぐるみに花を添える——赤ん坊を追悼するために」

「みんなで一緒に行進したほうがいい。もっとラティーノとブラックを集めるんだ」

「なんで一緒に行進しなきゃなんないんだよ？」

「黙れ、ツイン」

「ああ、わかったよ」

「いつにする？」

父親たちは、二日後に実行すると決めた。KSDとアンドレがすでにコミュニティのメンバーを集める計画を練っている。ビッグ・マイクは、事前に先方の家族に電話をして知らせ、家の前で短い時間ではあるがコミュニティで追悼式をさせてもらえないか、尋ねることにした。

ジョン・キングは、この計画についてメディアに知らせてもいいかと訊いた。全員がきっぱり「ノー」と答えた。人の注目を集めたいわけではない。平和行進は誰かに写真を撮らせるためではなく、家族を慰めるためにおこなうのだ。

二日後、大勢の人が集会所の前で待っていた。まるでその静かな午後に、ジョーダン・ダウンズ中が赤ん坊を追悼するため集まってきたかのようだった。ビッグ・マイクとアンドレが人々に列を作らせ、芝地を進み、ピクニックテーブルの脇を通り、グレープ通りに出た。悲しみの列はそうして歩き続け、左に曲がって、家族が暮らすヒッコリー通りに入った。そして、すでに玄関ポーチに黒人もラティーノも含め近所の人々が集まっている家の前で止まった。ビッグ・マイクが白い花の花束を持ってグループに近づいた。

「わたしたちは、ジョーダン・ダウンズ・コミュニティとプロジェクト・ファザーフッドを代表し、ご家族へのお悔やみと愛を伝えに参りました」彼は厳かに言った。

「どうかお祈りをさせてください」アンドレが続けた。

父親たちは一人ひとり玄関ポーチに進み出て、花束や小さなぬいぐるみを置いていった。中には、家の前の金網のフェンスに風船をくくりつける者もいた。その家の父親が一瞬玄関ポーチから一歩前に進み出て、スペイン語訛りの強い英語で何度も「ありがとう、ありがとう、ありがとう」と言った。

今彼が目にしているのは、黒人もラティーノも一緒に赤ん坊の死を心から悼む、ワッツのコミュニティの姿だった。

20　スコットランドからの手紙

俺たちは死について話さなきゃならない。だがそうしたら、最後は何か気持ちが明るくなるような話で終わらないと。

――アンドレ・クリスティアン

一

週間の休暇期間が始まる前のプロジェクト・ファザーフッド最後の会合が近づき、父親たちは子供の名前で生命保険を申し込むことについて話をしていた。

「どうしてそんなことを?」わたしはとまどって言った。「息子や娘の名前で保険に入って、子供が死んだときに保険金を受け取るってこと?」

サイがまた始める。「あんたはスラム出身じゃないからわからねえ」

「はいはい」わたしは言った。「もういっそ『わたしはスラム出身じゃない』って書いてあるTシャツでも作ろうかと思ってる。そうすればあなたも時間の節約になるでしょ」

サイは噴き出した。

「金がないってことがどういうことかは、あんたにもわかるだろ？　あんたはスラム出身じゃないが、それほど金持ちでもない」

「ええ、そのとおり」サイのわたしへの態度が多少は改善されたのだから、喜んでしかるべきだ。

すると父親たちは、子供が死んでからも子供の世話をするにはどうするか、という議論を始めた。わたしは初めて、子供に定期生命保険をかけるのは普通のことなのだと知った。その話をもっと聞きたかったのだが、男が窓から会議室を覗いているのを見て、みんなが突然会話を打ち切った。

アンドレが即座に「話をやめろ」と命じ、誰もがそれに従ったのだ。

わたしがマイクに理由を訊くと、彼は囁いた。「あれはビッグ・デイヴだ。あいつは子供を二人亡くしたんだ」

マイクが彼を手招きしたが、ビッグ・デイヴは首を横に振った。わたしは部屋を出て、彼とつかのま話をし、会に加わらないかと誘った。彼はありがとうと言ったものの、謝ってからこう説明した。「まだその心の準備ができてない。この会合のことを聞いて来てみたが、まだ無理だ。また来るよ」

部屋に戻ると、父親たちは死について話そうとしていた。ほとんどのメンバーはその議題に居心地の悪さを感じているように見え、はっきりそう認める者もいた。

「その話はしたくない。あまりにもたくさんの死をこの目で見てきたんだ」デュボワが言った。

「誰もが死について知ってる。俺たちは死とともに生きてるからな」ＫＳＤが続けた。

「だがそういう知識を使って何かするべきだ」リーリーはみんなを励ますチアガールみたいだった。「青年行動ミーティングの立ち上げを目指すんだ」

「生きることのほうに集中しないと」

「これ以上赤ん坊を死なせないようにするんだ。平和行進はもう二度としたくない」エレがさらに加える。

父親たちは手を握り合い、祈った。この儀式は、各会合の終わりにいつの間にかおこなわれるようになった。マイクが毎週違う父親に祈りを唱えさせた。今夜彼が選んだのはドワイトだ。めったに発言しないが、真面目に会合に出席している父親の一人だった。

「父なる神よ」ドワイトは始めた。「ジョーダン・ダウンズのすべての子供たちのために祈らせたまえ。誰も若くして命を落とさないことを、誰もが末永く生き、人生を楽しみ、わが子や孫を愛せることを、御名のもとに願います。父なる神よ、アーメン」

散会したあと、ロナルドがわたしに話があるようなそぶりをした。息子に何かあったのかと不安になったが、彼はわたしにさっとチラシを差し出した。

「今度パーティをするんだ」彼は説明した。「あんたにぜひ来てほしい」

「ありがとう」わたしは驚いてチラシを見つめた。

「できれば来てほしい」わたしが笑うと、ロナルドは言った。「本気だよ」

わたしは彼をハグした。とはいえ、本人はおそるおそるだったみたいだけれど。彼が立ち去ると、アンドレとエレが来て、パーティには行かないほうがいいと言った。

「線引きは必要だ」エレが言った。

「お嬢さん、パーティには行かないほうがいい。俺のアドバイスをちゃんと聞くことだ」アンドレが続けた。

「まあ落ち着いて」わたしはアンドレに言った。「心から行きたいけれど、旅行の準備をしないと」

「どうして？」

「明日の夜、スコットランドに発つのよ」

「ああそうだった。言ってたよな。寂しくなるよ」

「わたしもよ。キルトスカートをお土産に買ってくるわ」

「やめろよ」アンドレが笑った。

旅はバケーションではなく、半分は講演旅行、半分は調査目的だった。マークとわたしは、グレッグ・ボイル牧師と、裁判の裁定がひっくり返って死刑囚監房から釈放されたジェームズ・ホートンという男性に同行した。スケジュールはとてもあわただしく、グラスゴー、エディンバラ、キルマーノックでの講演に加え、政府の各種プログラムに参加しつつ、最後にスコットランドのある刑務所を訪れることになっていた。

刑務所を訪問したときに、そこに見えるのが白い顔ばかりであることにわたしは驚いた。黒人やラティーノがいないと、その無個性な建物は、まるで地方の郊外にあるコミュニティ・カレッジか何かのようだった。いや、せいぜい精神疾患患者やホームレスの人たちの社会復帰を促す中間施設にしか見えない。しかしそこは、殺人犯や強姦犯、高レベルの麻薬犯罪者などが収容されている最厳重施設なのだ。なのに、黒人やラティーノが一人もいない。

グループの父親たちは、刑務所の人種構成には人為的なものを感じるといつも文句を言う。これも黒人を抑えつけるための白人の陰謀だというわけだ。たいていは、わたしもうなずくしかなかった。

グラスゴーに飛行機が着陸した日、人種差別を是正するうえで画期的な法である連邦投票権法の主要条項が最高裁で違憲と判断された。カリフォルニアにいるグループの父親たちはどう思うだろう、とわたしは思った。差別的な裁定であり、わたしとしては許しがたいが、父親たちはこの裁定結果について知らないし、たぶん気にもしないだろう。彼らは政治にも、世の中の主な動きにもあまり関心がない。二か月前、わたしはマーティン・ルーサー・キング・ジュニアの十五周忌に当たって、彼の「バーミンガム刑務所からの手紙」を会合で取り上げた。わたしは初めて読んだとき、その内容にすっかり感激してしまった。キングの手紙は非暴力宣言であり、文章もすばらしく、今でもアメリカの公民権運動の重要文書ととらえられている。キングはここで、不平等な法律を打破するうえでの道徳的な責任について書き、人種差別に対する非暴力運動が必要な根本的理由をみごとに示した。わたしはこの手紙について話したかったし、父親たちもあれこれ議論したいだろうと思っていた。

ところがわたしが「バーミンガム」と言っただけで、彼らは次々に口を挟んできた。

「なんでそんな話をするんだよ？」

「くそだ、それ」

「あんなやつ、ほっとけ。あいつは黒人じゃない。白人だよ。いつだって白人の肩を持ってた」

「黒人には字が読めない人間もいるってのに、あんたら白人はいつもその手紙について話したがる」

「キングのことは話したくない。もっと目の前の問題について話そうぜ」

怒りの総攻撃のなか、一人だけ抵抗する者がいた。アンドレ・クリスティアンだ。彼だけは、マーティン・ルーサー・キングについてじつは話したがっていた。一か月前、アンドレは生まれて初めて飛行機に乗り、アラバマ州モンゴメリーに行った。そこでギャング対策会議が開かれ、彼がストリート・インターベンションの講習会をおこなったのだ。彼は、マーティン・ルーサー・キングが暗殺された、テネシー州メンフィスのバルコニーにみずから立つ写真をわたしにメールで送ってきた。

「あそこはものすごい場所だ」彼はわたしに言った。「何かがある。何かを感じるんだよ。

いわば聖地だ。もし暗殺されたりしなければ、キングはどんなことを成し遂げただろう、と思う。彼という存在を恐れている人間がいたんだ」

それからどんな話が続くか、わたしにはわかった。人の心を見抜く天才であるアンドレでさえ、白人陰謀説の信者なのだ。わたしの知る黒人たちのあいだにも、この説があまりにも広まりすぎている。たとえストリートから遠くへ巣立った者でも、自分たち黒人は他人にいいようにされているという考えにしばしば立ち戻ってしまう。どこか「向こう側で」何かよからぬことが企てられている、自分たちの運命は強力な外部の力に操られている、と大勢の人々が主張する。

彼らが言うような「秘密組織」みたいなものがあるとは思わないけれど、その主張は必ずしも現実からかけ離れているわけではない。わたしだって、たとえば大富豪のコーク兄弟と共和党の関係など、いろいろな陰謀説を信じている。たしかに教育や仕事、住む場所さえ、父親たちが直面する数々の障害を考えると、本当に白人たちが、黒人が底辺から抜け出せないように策を弄しているような気がしてくる。父親たちは日常的にそういう壁と闘っている。人に手綱を握られているように感じながらも、自分で自分の人生を切り拓こうと果敢に挑戦しているのだ。そのうえ子供たちに手を差し伸べ、ジョーダン・ダウンズを守り、コミュニティを立て直そうとしている。彼らは何度もわたしに言う。「かつて俺たちはこのコミュニティを壊そうとした。今それを癒そうとしている」

癒しということが、スコットランドから帰ってきたわたしの心を大きく占めていた。

ジョージ・ジマーマンの裁判がすでに始まっていた。コミュニティの不安について考える代わりに、グループの議題は反白人感情へと流れていった。この流れは強力で、しかもどんな方向に向かうか予想がつかなかった。

「全部仕組まれてる」ドナルドがわたしに言った。「巨大な陰謀だよ。あんたたち白人の男どもは俺たち全員をぶち込もうとしてる。ジム・クロウ法について書かれたくだらねえ本なんか俺には必要ない。じかにそれを体験してるんだから」

グループの父親たちはみな、自分が刑務所で過ごすはめになったのは全部白人社会のせいだと考えていた。彼らはいつも訴えた――刑務所は「黒人とラティーノだらけ」とか「とにかくニガー、さらにニガー。黒いニガーと茶色いニガー」だ、と。

「ドクター・リープ、どうして刑務所には白人が一人もいないんだ？」

「司法システムが人種差別主義だからよ」

父親たちは全員、言葉を途中で呑み込んだ。わたしはべつに戦略としてそう言ったのではなく、本気でそう信じていた。判決に人種差別があることは、統計値が証明している。さらに、わたしは二件の死刑判決についても調べたし、アムネスティ・インターナショナルの最新の死刑に関する統計値を見たときには心底驚いた。アメリカ合衆国では、一九七七年以降、被告が死刑になったケースの七十七パーセントで白人が殺人の被害者だった。全殺人事件の被害者の半数がアフリカ系アメリカ人だったにもかかわらず、である。また、同期間内に死刑になった囚人の三十五パーセントがアフリカ系アメリカ人だった。

死刑廃止を訴えるＮＰＯ〈デス・ペナルティ・フォーカス〉は、堂々とこう訴える。「この国では、死刑がかかる裁判において、被害者と被告の人種が判決を決める重要な要素になっている」

「だから俺たちは若い連中を助けなきゃならないんだ」リーリーが断じた。

「白人に抑えつけられてばかりいられねえ」

「ああ、そうとも」

「それに、俺たち黒人の歴史は誰より古いし、偉大なリーダーたちがいた」アンドレ・クリスティアンが調子に乗ってきた。「黒人には大昔から学者やリーダーがいた。古代ギリシアなんかよりずっと前のことだ。怒るなよ、ドクター・リープ」

「怒らないわよ、アンドレ。地球上で最古の人骨が見つかったのはアフリカだと誰もが知ってる。人類はたぶんアフリカで誕生したのよ」

父親たちはわたしを不思議そうに見た。

「人類がみんなアフリカで生まれたなら、どうして肌が白いやつとか、いろいろな色の人間がいるんだ？」デュボワが尋ねた。

わたしがまごついていると、ビッグ・マイクが手を貸してくれた。

「エデンの園はアフリカにあったということがわかってる。すると、ジョルジャリープが言っていることも筋が通る。俺たちはみな神の子だ。俺たち人間はみんなアフリカから始まったんだ」

わたしはマイクに感謝するようににっこりほほ笑んだ。ビッグ・マイクはサウナとブーとともに休暇に出かけ、帰ってきたばかりで、彼という存在の大きさをひしひしと感じていたところだった。マイクがいないあいだ、わたしとエレで何とか会を運営しようとしたが、父親たちは好き勝手に発言し、議題はあってないようなものだった。会合が終わると、わたしはいつも汗だくだった。帰宅したとき、散々だったとマークに愚痴をこぼした。

「なんでそうなるのか、わからないわ」わたしはぶつぶつ言った。

マークはとたんに笑いだした。

「ビッグ・マイクには威厳がある。父親たちに秩序を与えてるんだ」マークは解説した。「みんな彼を崇拝し、彼みたいになりたいと思ってる。マイクはある意味、父親の鑑であり、兄貴分なんだ。君には才能があるけど、さすがにその役目は果たせない」

マークの言うとおりだとわかっていた。そして、自分がこのグループにできることは限られているとあらためて知ることができて、よかったと思った。わたしは父親たちのことが大好きだし、いつも心配しているけれど、彼らのリーダーではない。それはビッグ・マイクの役目だ。彼は、プロジェクト・ファザーフッドがわたしに教えてくれたことすべての生き証人だった。ワッツの問題――暴力、家庭の崩壊、行き届かない教育――の真の解決策は、コミュニティそのものから生まれる。黒人の歴史やその誇りから培われた力が最大のインパクトを持つのは、コミュニティなのだ。コミュニティの父親たちをリーダーに育てる手伝いをするのがわたしの役目なのである。

21　写真判定

たいていここに来ると、鉄板にのせられてコンロにかけられるみたいに、あれこれ言われる。だが、それで焼け焦げにはならず、はっとわれに返るんだ。ここに来るとつい反抗的な態度をとって、だんまりを決め込むんだが、結局しまいには洗いざらい打ち明けて、気持ちがすっきりする。来たときはふてくされているのに、帰るときには感謝でいっぱいだ。ブラザーたちが俺に手を差し伸べ、話しかけてくれる嬉しさ。基本、それなんだよ。

――ロナルド・〝ツイン〟・ジェームズ

二週間後、会合の一時間前に、マットがわたしのところに来て、コミュニティ・カレッジに入学すること、ガールフレンドが高校を卒業したことを報告してくれた。わたしもこれで少し肩の荷が下りた。

「やっと軌道に乗った気がするよ。じつはもっとすごいニュースがあるんだ」

「よかったわね！　で、ニュースって何？」仕事が見つかったとか、奨学金が取れたとか、夏のインターンシップが決まったとか、あれこれ想像する。わたしが空想を巡らせていると、マットから半分に折った小さな灰色の紙片を渡された。開かなくてもわかった。超音波検査の写真だ。

「あなたに持っていてほしいんだ。赤ん坊は元気で、だいたい五か月ぐらいしたら生まれる。ジャスミンは無事だよ。流産の心配はないと思う」マットは目をきらきらさせていた。わたしは彼をハグした。

「ほんとによかったわね」わたしはそう続けた。せっかくのチャンスを逃したとか、経済面はどうするのかとか、若いカップルはどこで暮らし、高校出たての子がいったいどうやって家庭と学校を両立させるのかとか、そういう話は今はなし。今はどうでもいいことだ。マットはどうしても子供が欲しかったのだし、それが実現して嬉しくて仕方がないのだから。

「で、医者が言うには、超音波写真に見えてるって――」彼は口ごもった。

「ペニスが」わたしがそれを引き取った。「男の子ね。やったじゃない！　息子が欲しかったのよね？　さあ、これでもう〈プロジェクト・ファザーフッド〉に来るしかないわよ。あなたにとっても大事なことだからね」

「ったくジョルジャは」マットは笑った。「いつだって勧誘ばっかりだ」

「みんなあなたに会に出てほしがってるの。あなたのことが大好きなのよ。しかももうすぐ父親になる」わたしはマットを慎重に見た。「あなたのお父さんも誇らしく思ったでしょうね」

「たぶんね」マットはほほ笑み、わたしは超音波写真を彼に返した。

「だめだよ、持ってて」彼は言った。「あなたに持っていてほしいんだ。おばさん代わりだから」

マットは集会所から出ていこうとして、ふと振り返った。

「わかるよね、僕がグループに入れない理由が。だけど、だからって、グループはいらないってことにはならない。父親会はここに必要だよ。ジョーダン・ダウンズのためにも、ここに住む人たちのためにもなる。どうか会を続けてほしい」

「ありがとう、マット。続けるつもりよ」

言うは易し、おこなうは難し。

マットのことが心配だったけれど、すでにテーブルについている父親たちに今は話したくなかった。彼らはもっと大きな問題について心配していた。

今夜の空気はぴりぴりしていた。誰も口には出さなかったけれど、みんながそう感じていた。多くの若い父親たちの姿が見えなかった。ワッツでは暴力事件が急増しており、ジョーダン・ダウンズはとくに物騒だった。先週からワッツではすでに四人が殺害され、このままにはしておけないことは明らかだった。

父親たちは落ち着きをなくしていた。ビッグ・マイクは栄養摂取と健康習慣を議題として取り上げようとしたが、それを邪魔する者もいた。わたしは来るのが遅れ、到着したときにはすでにディスカッションが始まっていた。わたしの遅刻が会の雰囲気をさらに悪くした。

「遅刻だ」

「ああ、あんたはいつも遅れてくる。UCLAで何か大事な用事でもあったのか？」

「出張でも行ってたのか？　いつ出張に一緒に連れてってくれるんだよ？」

「あんたの授業で講義してやりてえ」

「それで、この会に予算はおりたのか？」

ああ、やっと答えられる質問だ。

「今朝ギレルモと会ったの――」わたしが答えようとしたとたん、ドナルドが嚙みついてきた。

「つまり市役所に行ってたってことか。だから遅れたんだな」

「今朝って言ったでしょう」

ツインは二人とも急にこんなふうにいじめっ子になるので、こっちはだんまりを決め込むか、きつく言い返すか、どちらかしかできなくなる。いずれにしても、戦略的に話を進めなければならない。今はとにかくツインの攻撃を食い止めたかった。

「今朝ギレルモのところに行ったの。プロジェクト・ファザーフッドとワッツのために予算が割けないか、いろいろと検討してもらってたのよ」

「そうさ、俺たちには金が必要だ」

「会を助けてもらわないと困ったことになる」

「連中はどうしてほかの地域には手を差し伸べるのに、ワッツはちっとも助けようとしないんだ？」

ワッツの土壌に確かに存在する被害者意識の滲む言葉がまたしても並べられるのを、わたしは聞いていた。〝ワッツはほかとは違う〟。わたしにとっても、これがだんだん決まり文句になりつつあった。実際、この一言にすべてが集約されている。厳しい窮乏、機会の喪失、広がる噂話、怒り、相互監視、パラノイアなど、慢性的な貧困と社会的剝奪から来るあらゆる副作用だ。

プロジェクト・ファザーフッドはワッツの縮図である。すでに三年も一緒にいるのに、父親たちは、とくに活動資金と警察問題について、疑心暗鬼のままだ。中にはもう少し物腰が柔らかく、思慮深い者もいる。たとえばデュボワがその一人で、仕事が忙しかったり、大家族の面倒を見たりする必要がないときには、事実上コミュニティのまとめ役を務めている。

そのデュボワが、いつものおっとりした顔ながら、レーザー光線さながらの強い視線をわたしに向けてきた。

「ジョルジャリープ、これだけ監視カメラがあちこちに取り付けられてるんだから、この週末に誰が撃たれて、誰が撃ったのかを映した映像がもしあるなら、俺たちにちゃんと教えてくれてもよさそうなものだろう？」

それはさまざまな意味で答えるのが難しい質問だった。

一年前、ロサンゼルス市警（ＬＡＰＤ）が、人権団体の〈アドヴァンスメント・プロジェクト〉の協力のもと、犯罪を監視するためにジョーダン・ダウンズ団地中に監視カメラを設置したのだ。地域では暴力行為が多発しているとはいえ、この動きには反対意見が多かった。一般にアメリカ人は監視カメラに対するアレルギー反応が強い。イギリスのようには受け入れられないのだ。それでもカメラは取り付けられ、ワッツの住人たちから抗議の声があがったとはいえ、そのままになった。

だからデュボワがそう尋ねるのも当然だった。

週末、死者の出た銃撃事件が四件起き、うち一件はグレープ通りのど真ん中での出来事だった。グレープ通りは、その名をロサンゼルスでも指折りのギャング団に提供していることだけでなく、ほかにもさまざまな理由で悪名が高い。ギャング団の縄張りの境界にあるということもあって、通りにはありとあらゆる場所に監視カメラが設置されたのだ。だからデュボワは、事件のときにカメラが何をとらえたのか知りたいと主張したのである。コミュニティ内では、誰が事件を起こしたのかだけでなく、誰がそれを知っているのかということについても、不安が広がっていた。そういう情報を使ってＬＡＰＤにチクったり、あるいは現役のギャングメンバーにこっそり知らせたりすることが、誰にだってできるということこそが懸念材料だった。そしてわたしはわたしで、自分の信用問題で悩んでいた。デュボワの質問に答えられそうな人を大勢知ってはいるが、仕事上の付き合いのあるそういう人々にあえて尋ねるのは職権乱用にも思えた。それでも、情報が必要だという気持ちのほうが勝って、マークにメールを送った。さらには、市長室のワッツ地域戦略企画長のレジー・ザクリーにもメールを出した。

市長のワッツ計画を構築し監督するため、レジーとはともに仕事をし、議論した仲で、わたしの大好きな人だ。監視カメラについて彼が何か情報を持っているかどうかはわからなかったが、顔が広いし、話を聞けそうなLAPDの職員を知っているだろう。レジーと夫とどちらから先に返事が来るかはわからなかった。

マークはすぐに返事をくれた。

「もし監視カメラがあって、稼働しているなら、LAPDとロサンゼルス市住宅局（HACLA）には情報が渡るはずだ」

わずかではあるが、これは進歩だった。わたしはレジーからの返事をまだ待ってはいたけれど、グループの父親たちがあんまり騒々しいので、声を張り上げなければならなかった。

「ジョン・キングはどこ？　彼にも訊いてみないと」

「わかってる、わかってる。もうすぐ来るとメールが来た」ビッグ・マイクが答えた。

「マークの話では、カメラが稼働しているならLAPDとHACLAに映像が送られるから、彼らは事情を知っているはずだって」

わたしがそう言ったとたん、レジーからのメールが来た。《外に来てくれ。わたしはもう玄関にいる》

父親たちは大声でわめいていた。

「LAPDにカメラの情報が行ってるなら、どうして連中は何もしないんだ?」

「キングは知ってるのか?」

「LAPDのキャプテンTは知ってるのか?」

「連中は知っていても、気にしない。頭のおかしなニガーたちが殺し合いをしてるだけだってな」

わたしは立ち上がり、出口に向かったが、誰も気に留めなかった。

ただしリーリーだけは別だ。

「ミス・リープ、どこに行くんだ?」

リーリーはわたしの行動について、ちょっとどうかと思うくらい、いつも第六感が働く。ここで答えを避けるのは愚かだろう。わたしはただちに、父親たちがわたしに追随するなら、殺到する彼らに対応するのはレジーの役目だろうと考えた。

「レジーがここの玄関に来てるの。カメラについて彼に訊こうと思ってる」

「〈サマーナイト・ライツ〉の催しで仕事がもらえるかどうか、訊いてもいいか?」ドナルドの発言だ。彼はいつもチャンスを最大限利用しようとする。

父親たちは笑いだした。ちょっとした隙をついて、わたしはすかさず外に出た。

レジーは市所有のプリウスのすぐ横に立ち、首を振っていた。

「カメラは設置の角度が悪かった」彼が切り出した。

「そんなこと、彼らに言えないわ」

21　写真判定

「言う必要はないと思う」

「この仕事はミスター・ジョン・キングにまかせたほうがよさそうね」

わたしはすぐに部屋に引き返し、半分嘘をついた。

「ジョン・キングに尋ねろとレジーは言った」

それが合図だったかのように、ジョン・キングが部屋に入ってきた。わたしはビッグ・マイクに、わめき合いが始まって収拾がつかなくなると困るので、最初にこちらの懸念について伝えたほうがいいと思う、と耳打ちした。

「ミスター・キング――」

「はい」

「ディスカッションをすでに始めていたんだが、とくにこの近辺で起きている暴力事件とグレープ通りでの銃撃事件について議論していたんだ」

「わかってる。深刻な事態だ」ジョンはマイクと同様に重々しい口調で言った。

「プロジェクト・ファザーフッドのメンバー全員が知りたがっているのは、カメラはどうなってるのか、ってことだ。監視カメラはあらゆる場所にある。そこに何か映ってたんじゃないのか？」

一瞬沈黙が流れた。

「カメラは稼働していなかった」

「何だって？」

「どういうことだよ？」

「無意味なカメラだ。信号無視して歩道を渡る人間は映すのに、人が撃たれたところは録画しないなんて」

わたしはジョン・キングにお鉢をまわすことにした。彼は非難囂々を一手に引き受け、父親たちのエネルギーが枯渇するのを待った。それから続けた。

「今、どういうことなのか、カメラの管理会社に問い合わせをしているところだ。どうして週末の録画画像が一つもないのか。こんなのありえない。ワッツで事件が起こらないようにするのが目的なのに。それに、グループで話したいことがほかにもあるんだ」

父親たちは耳を澄ましている。

「われわれ住宅局の人間は、予算をもらうために市長室と懸命に交渉を続けている。プロジェクト・ファザーフッドを、そしてセイフ・パッセージ・プログラムを続けるために。そうして初めて、われわれもコミュニティのために働けるんだ」

つかのま、父親たちはカメラのことを忘れた。彼らはミスタージョンキングの言葉に集中していた。

「ミスター・キング」ビッグ・マイクが口を開いた。「いつははっきりしたことがわかるんだ？」

「わかりしだいすぐに知らせる」

「〈サマーナイト・ライツ〉で仕事がもらえるか？」

またドナルドだ。粘り強さこそが彼の真骨頂なのだ。

「確認してみるよ、ツイン。待っててくれ」

数日もすると、話がうまくまとまった。市長室とつねに臨戦態勢のＨＡＣＬＡのあいだで特別な取り決めがおこなわれ、ワッツにギャング・インターベンションを導入する目的で、二年間で二度目の住宅基金が市に「貸与」されることになった。

一週間後、わたしはギレルモのオフィスで、アントニオ・ヴィラライゴサ市長肝煎りのワッツ犯罪防止および反ギャング活動の一環である、戦略の三本柱（サマーナイト・ライツ・プログラム、プロジェクト・ファザーフッド、従来どおりのギャング・インターベンション）について、ギレルモ自身から説明を受けていた。市長はこのまま犯罪率を低く抑えておきたいのだ。すでに次期市長選を視野に入れていて、噂では、カリフォルニア州知事選にも打って出ると言われていた。

やっぱりそういうことか、とわたしは思ったが、メンバーたちはみな喜んでいた。プロジェクト・ファザーフッドはどうやら来年も継続できそうだ。わたしは余計なことは言わずにうなずいた。市庁舎の中でどんな政治がおこなわれていようと、大事なのはこのグループの活動を続けていくことなのだ。

22 俺らがおまえたちのパパになる

若い連中を注意して見守らなきゃならない。俺はそのことを考えてる。それは子供たちのためだけじゃなく、おまえたちのためでもあるんだ。連中は、おまえたちが二十五までにやってきたようなことをやっていたら、その歳まで生きられないと思ってる。連中がもっと生きたいと思うこと、そしておまえたちが子供を元気に育て、もっと生かしてやりたいと思うこと、それが今はとても大変なことなんだ。

——デュボワ・シムズ

翌週は、カメラと暴力事件の問題は一時的に棚上げとなった。もっと重要な議題が持ち上がったのだ。その晩の会合では、青年行動ミーティングの計画が練られることになったのである。

チェックインのあいだにひと悶着があった。父親たちは、彼らの大部分がかつて通った母校、デヴィッド・スター・ジョーダン・ハイスクールで今起きている出来事に、憤慨していた。一九二三年創立のジョーダン・ハイスクールは、オリンピックの金メダル選手を三人も輩出した数少ない公立高校だ。その選手の一人がかのフローレンス・ジョイナー・グリフィスで、彼女は百メートル走と二百メートル走で世界新記録を出した。卒業生には、オリンピック選手に加えて、ジャズ・ミュージシャンのチャールズ・ミンガスやNFLの花形選手ジェームズ・ワシントンなど、アフリカ系アメリカ人の著名人が大勢いる。今日に至るまで、誰もがジョーダン・ハイスクールへの母校愛を誇らしげに口にしていた。さまざまな運動部のコーチたちに対し、顧問のようなことを引き受けている父親たちも多く、非公式の応援団を結成して試合を観に行っては、輝かしい学生選手時代を懐かしんだりしている。

しかし今夜は誰もが、アメリカンフットボールのあるアシスタント・コーチのことで腹を立てていた。あんなやつ、クビにするべきだと、息巻いている。

「コーチはすばらしい男なんだ。だがあのディフェンシブ・ライン・コーチのエヴァンスとかいうやつは、四六時中、口汚く選手を罵るくせに、選手のほうには悪態をつくことも、言い返すことも許さない」そう話すのはクレイグ・マクグルーダーだ。息子のヴィクターはジョーダン・ハイスクールのスター選手だ。ヴィクター自身も子供がいるのだが、できれば大学でもプレーして、ゆくゆくはプロになりたいと考えているらしく、いったいどうやって家庭と両立させるつもりだろうとわたしは内心では思っていた。でも、高校の同級生だったジム・フォーリーのことをふと思い出したのだ。彼も十一年生のときに［日本の高校二年生と同じ］ガールフレンドのループを妊娠させてしまった。しかしジムの家は敬虔なカトリック教徒で、彼女を家に迎えて、子供の世話も手伝った。そうして、ジムもガールフレンドも高校に通い続けることができたのだ。

クレイグ・マクグルーダーは息子ヴィクターの大ファンなのだが、彼が何に腹を立てているかと言って、それはエヴァンスが、悪態をついたことを理由に選手を停学処分にしたことだった。「その選手は、ジョーダン・ハイスクールがセンテニアル・ハイスクールに負けたときに、クソな気分だと言っただけだ。学校側がエヴァンスに、汚い言葉を使ったというだけでは停学にはできないと告げると、その選手がエヴァンスの車に盗みに入ろうとしたとまで訴えたのさ」

わたしにはにわかに信じられなかった。

「でも、証拠がないでしょう？」わたしは口を挟んだ。

父親たちがみなうなずく。

「ああ、だが停学になったんだよ」マクグルーダーは言った。

「証拠もなしに、その子を非難することなんてできない。ここはアメリカよ？　有罪だと証明されないかぎり、人は無実なのよ」

わたしの言葉は、漫画のふき出しのように口から垂れ下がっていた。自分でも、なんでそんなことを言ったのかわからなかった。父親たちはどっと笑った。

「ミスジョルジャリープ――」リーリーは激しく笑いすぎて、声が裏返っていた。「そろそろ覚えたらどうだ？」

「ここがどこだと思ってるんだよ？」

「ドクター・リープがいまだにそんなことを訊くってことは、俺たちの教育が間違ってたってことだな、みんな」誰よりも笑っているのがアンドレだった。

父親たちはわたしをからかっていたのだが、わたしのほうはぞっとしていた。白人の優越感が頭をもたげ、今までそんなものの存在なんて信じていなかったのに、それが現実にあることを感じていた。白人の陰謀について、彼らがそれにどう対抗するかについて話すのを聞くと、わたしはいつも頭に来て、弁解したくなった。でも今は責められているわけではないし、言い訳する必要もないし、彼らも怒っているわけではない。父親たちは親愛の情をこめてわたしをからかっていた。それでも、彼らの言っていることは真実であり、わたしは首を横に振った。

わたしが日常の常識と考えていることを、彼らはけっして信じないだろう。わたしは泣きたくなったが、泣けなかった。自分の無知さにショックを受け、恥じ入った。彼らが笑ってくれて、ありがたかった。今はとても言葉が出てこない。

さいわい、クレイグ・マクグルーダーが続けた。

「副校長が、青年行動ミーティングを若者たちと始めたらすぐ、自分も参加したいと言っている。第一回目のミーティングはまもなくだと知らせないと」

「副校長を招くのがいいことかどうか、わからない」わたしは言った。

「いいに決まってる。もし仲間に引き込めれば、助けを必要としている若者たちを副校長がここによこしてくれる」

「そうだな。だがそいつは高校の副校長だ。ミドルスクールの子供たちにも来てもらわないと」

「副校長には来てもらおう。俺たちがやろうとしていることに協力してくれるかもしれない」

「行動ミーティングで何をするのか、まず決めないと」

父親たちはたちまち結束し、行動ミーティングの議題を考え始めた。担当もすばやく割り振られ、話し合いさえほとんど必要なかったし、口答えする者は一人もいなかった。スムーズかつ効果的にミーティングをおこなうことを目指し、みんなが一丸となっていた。ジョン・キングは、出席する若者たち全員に必ず行き渡るように食べ物を手配すると約束した。KSD、デュボワ、アンドレは出席率を少しでも上げるため、動員を担当することになった。みんな、自分たちの活動に興奮し、活気づいていた。来週、ミーティング計画の微調整をすることで意見が一致した。


一週間後、父親たちはチェックインの暇さえ惜しんで、第一回目の青年行動ミーティングの準備にとりかかった。それはすでに翌週に予定されていて、誰もがそれに集中したがった。彼らの多くは、そうやって頑張ることが自分の贖罪になると考えていた。

「昔はよく悪さをしたよ」集会所の外でわたしと二人きりで座って話をしたときに、アンドレはそう打ち明けたことがある。「自分がストリートでしたことを考えると恥ずかしくなる。このグループにいる連中はたいてい同じ気持ちだよ。だからみんな償いがしたいんだ。そして若い連中を助けたい」アンドレはやがてこの思いを会合で告白し、それに大勢の父親が続いた。

このことを最も声に出して訴えているのがサイだ。父親たちの中でも年配者として、「次世代の」若者に対する自分たちの責任について、彼はくり返し訴える。自分の子供を助けるだけでは足りない――コミュニティの子供たちを助けるのだ。それはアドバイスという形をとることもあるし、たとえわずかでもポケットに入っていた小銭を与える場合もある。プロジェクト・ファザーフッドの父親たちは貧しく、失業していて、給付金や障害者手当などでなんとか暮らしている者も多いが、地域に幼い子供がいれば声をかけ、「アイスクリームでも食べろ」あるいは「鉛筆でも買え」と言って一ドル札を渡す。一緒にジョーダン・ダウンズを歩いていたときに、サイはこれについてわたしに説明しようとした。

「自分の子供じゃなくても、子供を見かけたら手を貸そうとする。小さい子が、子供がするべきじゃないことをしていたら、その子を脇に引っぱっていき、少し話をして、その子の本当の自分ってものをわからせ、何ドルか握らせる。俺はその子を助け、俺が昔いたような世界はけっしておまえが暮らしたいような場所じゃないと教えてやるんだ。今の世の中は昔より厳しいからな」

「どういう意味？」

「昔のほうが楽だった。馬鹿な、と思うかもしれないが、そうだったんだ。昔俺がやったことを今の子供がやったら、もう二度とここで会えなくなる。だからよく考えなきゃいけない。頭を使って、いろいろなことを天秤にかける。俺は子供たちにわからせたい。『今の自分のつらい状況や問題についてどう思っているか、怖がらずにどんどん訴えることだ』と。俺は子供を見つけたら、みんなにそう伝えようとしてる。俺たちとは人種の違う、ラティーノのやつらとも、どうすればもっとうまく交流できるか、今勉強中だ」

その話をしたあと、わたしはサイに、青年行動ミーティングの準備をしている今こそ、あなたの考えを伝えてほしいと頼んだ。サイは、みんなの前ではもっとさらりとこう言った。

「若者たちに、俺たちと同じ馬鹿な間違いをさせないようにしなきゃならない」

ベンがそれを受けて続けた。

「世代から世代へと受け継がれていくんだ。俺たちは昔荒れていた。俺は実際荒れていた。俺たちより若い連中も、今そうして荒れている。連中を殴りはしない。だが、そういうことをしていれば、必ずそれなりの結果がついてくると伝えたい。しっぺ返しを食うぞ、とな。銀行強盗をすれば、どれだけ刑務所暮らしをすることになるか、計算してみるといい。ヤクを売ればどうなるか、どれだけぶち込まれるか、仲間に聞いてみることだ」

「よし」ビッグ・マイクが手をこすり合わせた。「ミーティングに来る若者たちに何を訴える?」

エレが話の舵取りをし、大事な質問を投げかけた。

「俺らの子供たちをどうやって教育システムに乗せるかを考えなきゃならないだろう。この環境で育ったら、子供たちはちゃんとした教育を受けられないままだ。あいつらにわかるのは、そのとき楽しけりゃいい、ただそれだけ。やつらは今、満足したいんだ。もし、隣に医者が住み、向かいに弁護士が住み、判事が同じ通りの奥に住んでいるような場所で暮らしてたら、俺たちの子供もそれこそが必要なことだと感じ、理解するだろう。そう、勉強することが。だが隣に住んでるのがギャング仲間だったら？　ビッグ・キラとか、ビッグ・ジョン、マッド・ドッグ、ハッスリン・ウィリー、ヤク中のダニーとか。当然ながら心に影響し、視界がかすみ、感覚が鈍る。墓場や刑務所が黒人だらけなのはそのせいさ。だから、次の世代が同じようなことにならないように、この行動ミーティングをするんだ。俺たちには、住んでる同じ通りに手本がいない。だから俺たちがなんとか手本になるんだ」

「まずは子供たちをここに集めなきゃならない」リーリーが言った。「だから俺とKSDでおまえたちをグループに分け、ジョーダン・ダウンズのあちこちにチラシを配ったり、人が見てくれそうなところに貼ったり、会があるってことを宣伝したりしてもらう。それから、マーカム・ミドルスクールに行き、子供たちを会に誘う。悪事にまだのめり込んでいない子供に来てもらいたいからな。そして母親たちに、こういう会がこれからおこなわれることを説明し、子供をよこしてもらえるか訊く」

行動ミーティングに参加すればおいしい食事が出るし、何度か来ればギフトカードだってもらえる、さらにはプロジェクト・ファザーフッドのメンバーたちと話ができる、と子供たちにどう伝えるか、そのあと話し合った。みんなアイデアにあふれ、期待でいっぱいだった。そしてもちろん、このミーティングで何ができるか、ということについてもあれこれ意見を出し合った。

「LAPDを招いたらどうだろう?」アンドレが切り出した。

「いや、このミーティングではやめたほうがいい。若い連中には。そんなの馬鹿げてる」ロナルドが反対した。ほかの父親たちもうなずいている。

「俺もキャプテンTは好きだが、まずは若いやつらと絆を作ることが先だと思う」ビッグ・マイクも意見を言った。

「うん、キャプテンTはいいやつだが、初日から警官を入れるのはやめたほうがいい。子供たちは、チクリ屋と呼ばれるのを怖がる」リーリーも加勢した。

それでもアンドレは引かなかった。

「例の〈コミュニティ安全パートナーシップ〉ではいろんなことがおこなわれてる。ポップ・ワーナー［アメリカンフットボールのユース組織］をコーチングしたり、家庭教師を呼んだり、ガールスカウトの立ち上げを手伝ったり。資金も豊富だ。彼らと組むのも一案だと思う」

ジョーダン・ハイスクールのアメフト・チームのアシスタント・コーチで、教師でもあるビリー・ウィルソンがその日は会合に出席しており、行動ミーティングへの警察の参加に断固反対していた。プロジェクト・ファザーフッドの会合に教師やコーチが来るのをわたしはいつも歓迎しているが、ことウィルソンに限っては手放しで喜ぶ気になれない。「生兵法は怪我の元」ということわざを絵に描いたような人物で、彼がアンドレの意見に強硬に反対する様子を見て、わたしはますますその思いを強くした。

「やつらと組むなんて、何を言ってるんだ。だめだ、そんなのは。今だけでなく、金輪際な。LAPDは占領軍みたいなものだ。ああ、ちゃんと現実を見る必要がある。やつらは占領軍みたいに横暴だよ。それに、われわれの若者たちについて話すとき、やつらが何て呼ぶと思う？　都市テロリストだぞ？」

「何の話をしてるんだ、コーチ？」アンドレが尋ねた。「警察だってそこまでは言わない。誰もな」

「いや、言うね。やつらはみんなそんなふうに話す」

「コーチの話を聞こうじゃないか」ドナルドが味方をした。コーチはがぜん大胆になり、続けた。

「やつらは若者をテロリストと見なし、この争いを戦争だと考えている。トップからのそういう命令なんだ」

　わたしは驚いた。こういう馬鹿げたことをべらべらと並べるのは普通はブラック・ムスリムの連中なのだが、父親たちはたいてい聞き流す。でもコーチの言葉にはもっと信頼性があった。そのうえ、ウィルソンはまったく新しい考え方をここで示した。サウス・ロサンゼルスのコミュニティでも人気の高い、ロサンゼルス市警察長のチャーリー・ベックは偏見の持ち主だ、という見解だ。父親たちは黙り込んでいたが、アンドレだけは果敢にコーチに挑んだ。

「チャーリー・ベックがそんな命令をくだすとは思えない」警察長と馴染みがあるアンドレは、ベックは南ロサンゼルスのことを気にかけていると訴えた。

わたしも思わず賛同したくなった。チャーリー・ベックはＬＡＰＤの第二世代に当たり、柔軟性のある、革新的な考えの持ち主だということを少しずつみずから世に示してきたのだ。かつてはサウスイースト署の署長を、さらには南支局担当の副局長を務め、サウス・ロサンゼルスのコミュニティと長らくいい関係を築いてきた。

だがそんなことは今や関係なかった。父親たちは反ＬＡＰＤ主義に加わることにしたらしい。

「ＬＡＰＤのキャプテンＴは白豚《クラッカー》だと思う」エレが厳かに言った。「ところで、あいつは何だ？」

「何だって、どういう意味だよ」アンドレが言い返す。

「イタリア人か何かか？　何人だよ？」

「ギリシャ系よ」

「とにかくあいつはクラッカーだ。やつらはみんなクラッカーさ。ギリシャ人だろうとイタリア人だろうと何だろうと」エレは今、地元のワルにすっかり逆戻りしていた。

「彼が何だろうとかまわないが、とにかく行動ミーティングに警官は必要ない」コーチは続けた。でもビッグ・マイクはすっかり腹を立てていた。

「エレ、クラッカーって言葉を使うな」
「何だと――」
「人を侮蔑する言葉だ。それじゃまるで〈ネーション〉だ。白人をクラッカーと呼ばせようとしてるのは、やつらだぞ」

わたしはいまだに秘密の暗号を必死に解き明かそうとしているような気分だった。またしてもグループは〈ネーション・オブ・イスラム〉に乗っ取られてしまい、わたしはいつものように憤りを感じていた。ネーションのメンバーたちは黒人の力やブラック・コミュニティのパワーについて訴えるが、その基盤となっているのは間違いなく白人への憎しみであり、黒人国家を作るという理想までしばしば掲げる。彼らの考えはわからなくもないが、現実的とは言えない。なぜなら、地に足のついた解決策ではなく、人種間の分断を説いているからだ。でも、どう言っていいかわからなかった。わたしは途方に暮れていた。

「放っておきましょう」わたしはマイクに言ったが、彼に睨み返された。マイクがわたしの頼みになど耳を貸さないことはわかっていた。

ネーションの戦略は手が込んでいた。ネーションのメンバーはいまだにときどき会合に顔を出し、白人は悪魔だ、黒人は分断を目指そうと訴え、議論を混乱させようとした。彼らは父親たちの気持ちをかきたて、会合のあと父親たちと話をした。でも、彼らがいなくなると会合は落ち着き、父親たちもコミュニティの問題に再び集中するようになる。するとまたネーションのブラザーたちが現れ、騒ぎを起こすのだ。今日は、そのネーションの役目をアシスタント・コーチが務めているのだが、わたしとしてはそちらの問題は無視するつもりだった。青年行動ミーティングの内容のほうが今は大事だ。

「なあ、ジョルジャ、あんたのことが大好きだってわかってるだろ?」エレに言われて、わたしもほほ笑んだ。

「よし、話を先に進めて、行動ミーティングで何をするかに移ろう」リーリーが主導権を握った。「エレメンタリー、経過について話してくれ」

「地域の若い連中は、俺たちを尊敬している」エレは淡々と話した。「だが、よくない意味で、だ。この会は人を殺したり、刑務所に入ったり、ギャング活動をしたりした人間の集まりだと思われていて、一部の若者たちから特別な存在と見られている。だから、俺たちはちゃんと過去について話してやるべきだ。さらけ出すんだよ。だが、この会の目的はそこじゃなく、おまえたちには俺たちみたいにならないでほしい、ちゃんと学校に行ってほしい、ってことだと説明しなきゃならない。だから、最初は前向きなメッセージで始めるべきだろう。たとえば、そこにいるコーチに、教育は重要だと話してもらう。そこから俺たちのうち何人かが経験談を話す」

「俺は自分の経験について話したい」ドナルドが名乗りをあげた。わたしは少々不安だったが、口には出さなかった。父親たちがみずから仕切ることが大事なのだ。青年行動ミーティングはすべて彼らのアイデアだった。ジョン・キングでも、マイクでも、アンドレでも、わたしでもない。大事なのは、父親たちがジョーダン・ダウンズの若者たちに真剣にかかわることなのだ。父親たちの関心はわが子から地域全体へと広がっていた。こんなに有意義で、重要なことがほかにあるだろうか？　父親たちはとくに、服役中などの理由で父親がそばにいない子供にアプローチしようとしていた。デュボアがこのことを「俺たちは、その子らの父親にもなるんだ」と表現した。

「言い得て妙だな」マイクは膝を叩いた。「それでエレ、ミーティングの流れは？」

「ええと、最初に、教育の大事さについてコーチに話してもらう。それが終わったら、俺たちのうち三人、ドナルド、リーリー、俺が経験談を披露する。反対意見はあるか？」

「異議なし」

「ないよ」

「いいと思う」


一週間後、ジョーダン・ダウンズ体育館には長テーブルがいくつか並べられ、そこに若者たちが座っていた。リーリーとKSDの勧誘が功を奏し、十一歳から十五歳までの二十人の少年たちが集まった。ジョン・キングが用意したフライドチキンを彼らが頬張ったあと、コーチが立ち上がって話を始めた。

「わたしはコーチとして知られているが、じつはネーション・オブ・イスラムの一員でもある。かのイライジャ・ムハンマドとマルコムXが率いた誇り高き団体《ブラザーフッド》だ」

わたしは悲鳴をあげたかった。そして、昔のボーイフレンドのところから勝手に拝借したあの本をどこにやったっけ、と考えていた。そこには、マルコムXと心理学者のエリク・エリクソンの対談が収録されていた。本のありかは思い出せなかったが、マルコムは、暗殺された当時には、もっと開かれた対話が必要だと考え始めていたという。イライジャを支援する勢力が黒人分離主義を唱え続けていたからだ。わたしがマルコム暗殺につながったさまざまな出来事を思い返しているあいだも、コーチはしゃべり続けていた。彼の話が子供たちにどんな影響を与えていたのかはわからない。子供たちは無表情だったので、気持ちは読めなかった。まるで、白紙のような彼らの顔に言葉が次々に跳ね返されているかのようだ。

「君たちに尋ねたい。ブラック・ネーションの力とは、世界じゅうにいる黒人たちの力とは何か？　われわれには豊かで重要な歴史がある。それを君たちにも知ってほしい。ネーションの歴史について、何か知っているかい？」

少年たちは答えない。そうしてまだ試運転段階だったコーチをビッグ・マイクが遮り、こう言った。「さあ、次の議題に移ろうか」

エレがドナルドを紹介したとき、コーチは面食らった表情を浮かべていた。ドナルドは、ギャングだった過去について、いきいきと話し始めた。

「俺は〈ワッツ・オリジナル・ピグミーズ〉団の一員だった」彼がそう話すと、少年たちの顔がようやく興味で輝きだした。

ドナルドは明るく、魅力的だった。生粋のエンターテイナーなのだ。問題は、彼がけっして教訓話をしていないところだった。ドナルドが記憶の小道をたどり、ギャング時代の冒険譚を語りだすにつれ、わたしはどんどん心配になっていった。彼の話にはほとんど後悔が感じられなかった。三十二年間サン・クエンティンで過ごしたことを話しながら、自分はそれを無事生き延びたのだと暗に訴えていた。

でも、本当に無事だったの？

ドナルドは少年たちに語る。「俺はワッツでも指折りの卑劣な悪党だった。みんなに嫌われていた。だがそれも当然だった。本当にひどいことをしてたんだ」

ドナルドは、本来顔を出すべきでない「線路の向こう側での」パーティに顔を出し、敵対するギャングに見つかった。とたんに背後からずぶりと刺され、ナイフの切っ先が腹から飛び出したほどだった。敵はそのあとドナルドの手足を縛り、さんざん苦しんだあげく確実に悲惨な死を迎えるよう、次の列車が来る二十分前に線路に放置した。三人のギャング仲間にかろうじて助けられたが、そのあとも次々に暴力事件を起こし、とうとう殺人罪で捕まって、刑務所行きとなった。

ドナルドは後悔しているというより、武勇伝を自慢していた。いったいどういうつもりなんだろうとわたしは思ったが、ふと、視点を変えてみるべきではないかと気づいた。ドナルドはもともと暴力的で、すでに無法者だった。そして三十年以上も刑務所から出られなかったのだ。

安易に改心を期待するほうが間違っているのでは？

では、ドナルドのような男がとうとう社会に出てきたとき、どう対応するべきなのか？

もしかするとワッツは、彼のような人間が生きていくことができ、理解してもらえる唯一の場所なのかもしれない。少なくとも、まったく同じとはいかないまでも、自分と似たような経験をした人間がたくさんいる場所だ。

ドナルドの話が終わりに近づくと、コミュニティ・インターベンショニストのキャシー・ウットンがわたしに近づいてきて、囁いた。「この少年たちに聞かせていい話かしら、これ？」

「そうね。ビッグ・マイクとアンドレとあとで話をするわ」

「気をつけて。ここにいる子供たちは、いつ向こう側に転んでもおかしくないの」こちらを見た彼女の目も、わたしの目も、涙で濡れていた。

キャシーはワッツ地区で、それこそ昼夜を徹してギャング・インターベンション活動に携わっている。彼女はジョーダン・ダウンズから数ブロック離れたところに住んでいるが、ドアはいつでも開いていて、来る者を拒まない。コミュニティでイベントやミーティングがおこなわれると、彼女は必ず姿を見せる。たぶんそうやって、ギャング抗争で死んだ二人の息子の死となんとか折り合いをつけているのではないか、と思う。二人の息子は、二〇〇八年、六か月間のあいだに続けざまに亡くなった。今キャシーは、末息子の代理人をしてくれるい弁護士を探している。クリスマス休暇で大学から帰郷していたところ、窃盗罪で逮捕されたのだ。「わたしたちが子供たちをちゃんと見守ってやらないと。向こうは自分たちのことをちゃんと見ていないから」と彼女が言ったとき、たぶんその末息子のことを考えていたのだろう。

　さいわい、ドナルドの話は紆余曲折の末に終わった。次に登壇したのはエレで、刑務所に入ったときの経験から話し始めた。彼は、クラッカーだの黒人至上主義だのからは距離を置き、刑務所での経験から現実にどんな影響を受けたのかという話に集中した。少年たちは魔法にかかったかのように、聞き入っていた。

「そう、俺は殺人罪で刑務所に入ったが、どうにかこうにか出所できた。だが、結局二〇〇四年にまたぶち込まれた。俺が心を入れ替えてギャング活動からすっかり手を引こうと思ったのは、リカルドという若い仲間が死んだときだ。俺はいわゆる内省ってやつを始めた。地球上のこの場所に俺がいる理由、俺は何をするために生まれてきたのか、考えた。もっと早くに考えていればよかったんだが、ちゃんと意識していなかったんだ。リカルドが殺された翌日、新聞を読んだとき、黒人男性は二十五歳になる前に死ぬのが普通だと書かれていて、ショックを受けた。当時俺には五人の息子がいたんだが、その記事によれば、その年齢を超えればもう大丈夫だというじゃないか。俺はもう二十八歳だったから、オーケーってことだ。ということは、生き延びた俺は、息子たちの死を目撃する運命なんだ――」ここでエレの目に涙があふれだした。彼の大事な信念、彼が今闘っている理由がそこにあるのだ。

　エレは慎重に説明を始めた。

「俺がどれだけ子供たちを愛しているか。みんなとてもかわいい子なんだ。それは神に感謝している。だから考え始めたんだ。『じゃあ、息子たちを守るために俺に何ができる？』と。

やがて気づいた——問題は息子たちだけじゃない。ここにいる子供たちみんなが息子と同じだ。おまえたち子供はみんな、俺の子だ」

少年たちはエレの言葉、一言ひと言に集中していた。

「俺たちはいつでもここにいると、おまえたちに知ってもらいたい。プロジェクト・ファザーフッドはおまえたちを待っている。実の父親は、困ったことになっているか、刑務所にいるか、ヤク中か、あるいは姿をくらましちまってるかもしれない。だが俺たちがここにいる。これからもずっと。俺らがおまえたちのパパになる」

父親たちは、老いも若いも、うなずいていた。

「祈りを捧げて、このミーティングを終えよう」

ミーティング終了後、若い父親たちは部屋に残り、少年たちに話しかけていた。エレは、話が長くなってしまったことをリーリーに謝った。リーリーは笑った。

「長かったのはコーチだよ、エレ」

「ああ、そうだな。あいつはあんまりよくなかった」

「まったくだ。これからは注意しないとな」

「ああ。次回は若い連中に話をしてもらおう」

23　フッド・デー

みんなで集まって、死んだ戦士たちを追悼しよう。
――リトル・ブッダ

これ以上お袋を泣かせちゃいけない。これ以上子供を死なせちゃいけない。
――ブリンキー・ロドリゲス

アンドレとわたしは、「ルイジアナ・フライドチキン」で昼食をとっていた。グレープ通りの住人の半数がここに集まって、わたしたちの話し合いの内容に聞き耳をたているのではと思うくらい、混雑していた。それは、ワッツ地区の「フッド・デー」の二週間前のことだった。フッド・デーは、「抗争」で死んだギャングメンバーを追悼する機会を作ろうと地域の人々が決め、始まったもので、いわばこの界隈にとっての退役軍人の日である。しかし、墓地で追悼式をしたりはしない。記念祭は、誰もが大酒を飲み、麻薬をやり、どんちゃん騒ぎをすることで、評判が悪かった。ギャング団のチームカラーの風船が飾られているそばには、つねに死の脅威がたち込めていた。これまでにも、記念祭で暴力事件が数々起きた過去があるのだ。

アンドレは、今年はその傾向を一新させようと決心していた。赤ちゃんから高齢者まで、誰もが参加できるコミュニティ・デーにしようと宣言するチラシの文言を考えるのを、わたしも手伝っていたのだ。彼はわたしの原稿を確認すると、イベントにはロサンゼルス市警（LAPD）も協賛します、という一言を加えた。〈プロジェクト・ファザーフッド〉が全面的に指揮を執り、〝話をひっくり返す〟――ギャング活動を称賛する日とされていたものを、ギャング抗争で命を落とした罪のない人々を追悼する日として定義し直すのだ。これまでとは雰囲気が一変し、楽しいお祭りになりそうだ、と喜んでいるコミュニティの住人も多いとアンドレは言う。それはまさに、プロジェクト・ファザーフッドがやろうとしていることそのものだった――コミュニティの傷を癒し、物事のトーンを変える。今後の計画について話すアンドレは、楽しくて仕方がないという様子だった。

ところが一週間少しして――コミュニティ・デー前の最後の週末だ――ワッツで若者が二

人、銃撃を受けた。二つの事件はほぼ一時間以内に起き、日が昇る前に二人とも死亡した。

ニュースはそこらじゅうを駆け巡り、コミュニティ・デーは中止になった。さらに住宅局（HACLA）は、プロジェクト・ファザーフッドの毎週の会合も中止にしたのだ。わたしは憤慨した。暴力にどう対処するか、今こそみんなで話し合わなければならないのに。だがHACLAは責任を回避しようとしたのだ。ビッグ・マイクかアンドレ、もしかするとわたしまでが誰かの襲撃を受け、その責を自分たちが負わされては困ると思ったのだろう。元LAPDの本部長補佐を夫に持つ、か弱い白人女性を撃とうと考えるギャングメンバーなんていない、とわたしはキングを説得しようとした。ギャングはそういう厄介事にあえて手を出すようなことはしない。警察とはできるだけかかわり合いにならないようにするものなのだ。でも話しても無駄だった。ジョンは親切だが、腰が重い。今週は、プロジェクト・ファザーフッドの会合はなくなるようだった。

それでもわたしはワッツに向かった。リーリーと仕事場で会う約束をしていたからだ。とはいえ、本当の目的は、ワッツで何が起きているのかこの目で見、地元のギャングたちと話をして、わたしに何かできないか確かめることだった。わたしはジョーダン・ダウンズまで車で行き、集会所に駐車した。公営団地はまるで軍の野営地のようだった。パトカーがあらゆる入口をふさぎ、警官は出入りする人の身分証明書を確認し、頭上ではヘリコプターがホバリングしていた。フッド・デーもコミュニティ・デーも何もなくなったが、これでは事態を鎮静化するのではなく、火に油を注ぐおそれがあった。わたしはアンドレを探してあちこち歩き、ワッツの人の群れる場所、〝仮釈放駐車場〟の外の角に立っているのを見つけた。あたりは熱気に包まれていた。「ここから離れたほうがいいぞ、お嬢さん」アンドレがわたしに言った。「暗くなると危ない。以前とは様子が変わったんだ」

わたしは耳を貸さなかった。リーリー、それにシールズのリーダーシップ・チームの面々と会うためにコンプトン通りに車で向かい、〈シールズ・フォー・ファミリーズ〉のある建物に到着した。リーリーは、プロジェクト・ファザーフッドを第二段階へ進めるため、わたしとずっと話し合いたがっていて、都合が合わずに何度か延期してもらったのち、やっとこうしてリーリーの上司たちから話を聞く機会を持てたのだ。ところが、彼らの話がちっとも頭に入ってこなかった。表の通りがどうなっているのか、気になって仕方がなかったからだ。ゆうべ、マークとわたしはジョーダン・ダウンズで起きている問題について話をした。最大の問題の一つは、インターベンショニストたちも、コミュニティの人々も、LAPDの親愛なるフィル・ティンギリーデス（キャプテンTとみんなは呼ぶ）に失望していることだった。ティンギリーデスは、紛争を解決しようとするどころか、「ノーモア・グレープ・ストリート」と鬨《とき》の声をあげたのだ。そのうえ、〈ワッツ・ギャング・タスクフォース〉の月曜日のミーティングで、彼はタイムマシンに乗って今しも一九六五年からやってきた人間みたいなことを言った。

「LAPDは全力で打倒ジョーダン・ダウンズを目指す」

一同はしんとなり、この人はいったい誰だ、いつものキャプテンTはどこに行ってしまったんだ、と誰もが内心思った。わたしは夫のマークにどういうことなのかと尋ねた。ティンギリーデスは、かつては夫の同僚だったからだ。キャプテンTの変貌には彼の過去が関係しているにちがいない、とわたしは踏んでいた。マークが制服警官組織担当だったとき、ティンギリーデスは都市警察官で、マークが指揮する騎馬隊の一員だった。マークは退職したあとはLAPDとほとんどかかわっていないが、ティンギリーデスとは連絡を取り合っていて、彼の仕事ぶりを褒めていたのだ。

「彼はすばらしい警官だが、こういうことなんだ」マークが説明した。「フィルはサウスイーストとワッツで六年以上勤務した。ほかにどんな事情があるにせよ、彼が警官として一種のPTSDを患っていることは確かだ。今頃署長になっていてもおかしくないんだよ。だが、コミュニティのために尽くし、見捨てられたと住民たちが思わないよう、寄り添おうとしている」

LAPD内の昇進システムにはあまり興味がなかった。命令権を持つ人々が客観的に物事を見ているとは正直思えないけれど、彼の意見は現実だということもわかっていた。ワッツに住む人も、そこで働く人も、それが長期におよべばいつしか必ずPTSDを患うだろう。もちろんグループの父親たちの大部分もそうだ。

それを証明するかのように、シールズでのミーティングで、リーリーはひどく落ち着かない様子だった。何が原因でも不思議ではない。仕事のせいか、家族のせいか、銃撃事件や大勢の警官のせいで自分自身のPTSDが刺激されたのか。でもミーティングが終わったとき、彼はわたしを車まで送りながら、今抱えている心配について話してくれた。

「ドクター・リープ、じつはまた裁判になりそうなんだ。しばらく刑務所に入らなきゃならないかもしれねえ」

やっぱりだ。どんな痛みも、どんな恥辱も、わたしが集めたあらゆる調査データも、ワッツでは新ジム・クロウ法が健在だと示している。

「どうしたの?」

「この仕事が決まる前のことさ」リーリーは言った。

わたしは彼が打ち明けやすいように水を向けた。「薬を売ったの?」

「たいした量じゃない。ハッパを少しと鎮痛剤を少し。金が必要だったんだよ。今は三人の息子と一緒に住んでいて、まもなくもう一人子供が生まれる。だが今は仕事がある。何もかもうまく行ってるんだ。刑務所に二年も三年も入りたくないんだよ。自宅軟禁措置ならまったくかまわない。もう悪いことには絶対に手を出さないから。足首に装置をはめたまま仕事をするのは平気だ。だが、刑務所は勘弁してほしい。もう耐えられない」

リーリーがもはや社会を脅かす存在ではないということも、刑務所から出てきたばかりで仕事がなかったときに麻薬の売人をしたのだということも、わかっていた。彼は生活をがらりと変えたのだ。今はケースワーカーとして雇用され、天職を見つけた。今日だってシールズの理事長は、彼を学校に行かせたいと言っていた。とはいえ、わたしはリーリーに逮捕について告白されて、それほど驚いてもいなかった。ほかにも隠していることがありそうだとわかっていた。無理に聞き出す気はなかったけれど、もっと早く知らせてくれればよかったのに、と叱りはした。それから彼をハグし、彼の弁護士のアール・コールドウェルにわたしに電話をするよう伝えてほしいと告げた。リーリーがわたしに隠していることも含め、事情がどうなっているとしても、わたしにできることはあるか確かめなければならない。

コールドウェルは、わたしが五回メッセージを残したあと、ようやく電話をよこした。メッセージでは、リーリーのために手紙を書くなり、証言をするなり、必要なら何でもするという提案もしていた。それでも、コールドウェルから「リーリーの真実」爆弾を落とされたときにはショックを受けた。

「いいですか、わたしとしてはできるだけのことをしたんです」彼は切り出した。それを聞いたとたん、リーリーは望ましい弁護士を雇えなかったのだと察した。「どんなに短縮できたとしても、刑期は四年、実際の収監期間はその八十パーセントでしょう。出所するには、三年少々はかかると思います」ここで言うパーセンテージには、複雑な政治や検察側の現実的なやり取りがかかわってくる。カリフォルニアの各刑務所は悲しいほどの超過状態なので、どれだけ「模範的」か否かで刑期が変わってくる。ひどく反抗的だったり妨害行動をとったりしないかぎり、収監期間は実際の刑期より短くなる場合が多い。収監期間のパーセンテージは、犯罪の重度、その人物が社会におよぼす危険度、累犯をする可能性に左右される。「前科」も刑期の計算に関わる。三振法は、再犯を少しでも減らす目的で、カリフォルニア州では一九九四年に施行された。この法律によれば、かつて重罪（ストライク・ワン）

を犯したことがある者は、前回の二倍の刑期を言い渡される。もし、すでに二度以上のストライクをとられている被告が新たに重罪を犯すと、二十五年から終身刑までの判決が下されるのだ。

リーリーはすでにストライク・ツーだった。最初は武装強盗で逮捕された。二度目は故殺罪だった。まだ赤ん坊と幼児だった二人の息子を残し、十一年間、刑務所で刑期を務めたのだ。子供たちは父親を知らずに育った。

リーリーが人生をやり直し、コミュニティを癒す手伝いをしたがっていることを、わたしは知っていた。それに、シールズ・フォー・ファミリーズに就職する前に、麻薬を売っていたことも。ただ、どの程度売っていたのかまでは知らなかった。でも今弁護士は、わたしの耳に向かって、リーリーが鎮痛剤オキシコンチンを三千錠受け取ったか、郵送したかの容疑で逮捕された、とわめいていた。コールドウェルの主張の意味が全部わかったわけではないが、正式な容疑は、大規模麻薬取引と米国郵政公社の悪用に関するものらしい。でも、三千錠という数字を聞いたとき、とたんに何も耳に入らなくなってしまった。足首に追跡装置をつけるとか、郡刑務所で短期間過ごすとか、そんなことではとてもすまない。州刑務所行きだ。

わたしにできることは何かないか、と尋ねると、弁護士は長口舌を再開した。

「わたしは二十年弁護士をしていて、その前は警官でした。それがどういうことかわからないかもしれませんが、とにかく、わたしなら昼でも夜でも、いつでも平気でグレープ通りを歩けます」

ストリートでの実績について、彼の前説が盛り上がりつつあったところで、わたしもワッツでは長いんです、と遮った。

「わかりました。とにかく、わたしはワッツで三十五年間仕事を続けている。そこで育ったんです。まあ、競い合いはやめましょう。われわれはおたがい、ワッツをよく知っている」

それで話は打ち切りという意味だし、わたしはそれでかまわなかった。ただ一つだけ最後に質問した。

「この件をいつから担当しているんですか？」

弁護士は一年以上前からだと答え、それでもうわたしの堪忍袋の緒が切れた。

わたしはすぐにリーリーに電話をかけ直した。

「一年前から容疑をかけられていて、今になってわたしに話をしたわけ？」

「悪かったよ、ミス・リープ」リーリーがつぶやく。

「謝らないで。自業自得よ。最初から話していてくれれば、何かできたかもしれない。でももうお手上げ。月曜日に審理が始まる」

その日は金曜日だった。リーリーへの答えをわたしは持ち合わせていなかった。この件がこれからどうなるか、わたしには本当にわからなかった。でもどんな結果になるにしろ、希望はあまりなかった。

月曜の朝、わたしはリーリーに電話した。弁護士のエリー・ミラーを含め、週末に相談した相手全員から同じ答えが返ってきたと伝えるつもりだった——刑務所に入る以外に選択肢はない。法廷で争っても、司法取引に応じても、結果はたぶん変わらないだろう。

リーリーは電話には出たが、声がくぐもっていた。

「今どこ？」わたしは尋ねた。

「もうここだ」声が緊張している。「法廷だよ」

「あなたはどうしたいの？　結局、助けてくれそうな人は見つからなかった。相談した人たちはみんな口を揃えて、四年は食らうと言っていたわ」

リーリーの答えを聞くのはつらかった。

「取引に応じるよ、ミス・リープ。だけど、一つ俺に約束してくれ」

わたしはリーリーが先を続けるのを待った。

「ムショに入っているあいだ、俺を助けてほしい。俺は教育を受けたいんだ。出所したとき、準備を手伝ってほしい。今までの自分には戻りたくないんだよ」

彼がこれだけ成長したのにこんな結果になってつらかったが、それでもリーリーは正しい選択をしたのだとわたしは信じていた。ただ、これからのことがとにかく考えられなかった。リーリーはどうするつもりだろう？　しかも、刑務所にいるあいだにもう一人赤ん坊が生まれるのだ。

「あなたを一人にはしないわ。約束する」

「ありがとう、ミス・リープ。あとで電話をするよ。収監されるまでに一か月ある。俺の計画について話したい」

フッド・デーが中止になったことで起きた騒動はしだいに静まり、一週間後、プロジェクト・ファザーフッドも再開された。わたしは、今おこなっている社会復帰についての研究の一環で、アセンズ公園近くのアパートに住む元ギャングメンバーにインタビューをする予定だった。この研究は、ロサンゼルス市にとってとても重要な意味を持つことになりそうだった。じつは、カリフォルニア州議会法案《アセンブリー・ビル》（AB）一〇九号により、二〇一一年、州刑務所の超過状態を解消するため、一部の犯罪者の管理が州から郡に移された。悪党がコミュニティに送られれば、暴力事件が頻発するにちがいないと予想する者も多かったが、それは避けられた。とはいえ、サウス・ロサンゼルスには依然として不穏な空気がたち込めていたのだ。わたしがアパートメントからワッツへ車で向かう途中、ニッカーソン・ガーデンズ団地の前にパトカーが何台も停まっていた。

ジョーダン・ダウンズに到着したとき、わたしはサイに何があったのか尋ねた。

「インペリアルで殺人事件が起きた。ニッカーソンのすぐ近くで」

「犯人は？」

サイが笑いだした。

「そんなこと訊くか？」

「どうせここの不良だ、なんて言うミスをしたくないから」

サイはわたしをしげしげと見た。

「そりゃ正しい。あんたはいつもフェアだってわかってる。バウンティ・ハンター・ブラッズ団だよ。やつらが関与してる、あんたら白人ならそう言うだろ？」

インペリアルでの殺人事件は、その晩の話し合いの不吉な前奏曲となった。

父親たちはティンギリーデス警部と対決したがっていた。もう何週間も前からキャプテンTについての噂が界隈を飛び交っていて、それを耳にした彼らはひどくかっかしていた。怒りの電話を何本ももらっていたわたしはアンドレに連絡を入れた。彼もやはり山ほど文句を聞かされているという。アンドレはティンギリーデス警部と妻のエマダ・ティンギリーデス巡査部長をプロジェクト・ファザーフッドの次の会合に呼ぶことにした。夫妻はLAPDサウスイースト署の警官としてこの界隈で長らく愛されてきて、住人たちは、いざとなったら二人を自分たちで、例の警官殺しクリストファー・ドーナーから守ろうと主張していたほどだ。

キャプテンTが現れたとき、サイとわたしはテーブルに着き、ニッカーソン・ガーデンズで次に何が起こるかと、まだ話をしていた。エマダは遅れてくるとわたしたちに告げたあと、キャプテンTも会話に加わった。

「連中は子供を殺した」彼は言った。

「あそこでは状況が全然落ち着かないわね」わたしたちはみな、それがニッカーソン・ガーデンズ団地とバウンティ・ハンター・ブラッズ団のことだとわかっていた。

　そこでサイが静かに話しだした。

「あそこは昔からほかのどこより暴力沙汰の多い場所だった。ジョーダンやインペリアルよりはるかに」

　新たなギャング削減戦略が導入され、コミュニティに重点が置かれて犯罪率が低下した今になっても、ニッカーソン・ガーデンズ団地では大きな変化が見られない。インペリアル・コーツとジョーダン・ダウンズで暴力犯罪が五十パーセント以上減少したのに対し、ニッカーソンではわずか三十八パーセントしか減っていない。ブラッズ団はワッツ地区でも最も危険なギャングと昔から考えられてきたのだ。しかし、今夜の議題はそれではなかった。

　父親たちが集まり、席に着く頃には、エマダ・ティンギリーデスも到着し、キャプテンTがまた話し始めた。彼はまず昨年の経過について振り返り、二〇一二年のハロウィーンをきっかけに、ニッカーソン・ガーデンズとジョーダン・ダウンズの抗争が再開されたことを指摘した。彼は慎重に死と破壊のリストを読み上げた。

「二〇〇二年から二〇一一年のあいだに、公営団地で六十九件の殺人事件が起きた。これは信じがたい数字だ。そして、二〇一一年以降、約二年間に起きた殺人事件は皆無だった。これはLAPDの功績じゃない。パートナーとして協力してくれたみなさんのおかげだ。そして、ジョーダン・ダウンズをはじめ公営団地において暴力が何をもたらすか、われわれみんなが理解したおかげだ。それは刑務所を生み出す。暴力が刑務所を生むんだ。今、再び刑務所が建設されようとしている。先週何が起きたかは知ってのとおりだ。みんな、フリップのことを覚えているだろう。彼は殺された。すると何人かが集まって、報復しようと決めた。連中はインペリアル・コーツに行き、誰かを殺した。だがやつらはあまり手際がよくなかった。一時間もしないうちに容疑者が捕まった……ここの出身者だった。よくない流れだ。それがグレープ・ストリートの人間が起こした三件目の事件だった」

父親たちはじっと耳を傾けていた。キャプテンTの言葉の端々に腹を立てた挙句、言葉も出なくなった。

「ワッツ・ギャング・タスクフォースで俺がなぜあんなことを言ったのか、話そう」キャプテンTが続けた。「『グレープ・ストリートの連中が出向いてあんなふうに人を殺したのは、これで三度目だ。だから俺はグレープ・ストリートのやつらを追う』と俺は言った。そうしなきゃ、この負の連鎖は止まらない。暴力は続き、人々が死ぬ。罪のない人たちが死ぬんだ。そしてみんなが刑務所で暮らす」

キャプテンTの正面に座っているアンドレ・クリスティアンは、ずっとプロジェクト・ファザーフッドとLAPDの橋渡し役を務め、今回のこの対話についても彼が準備した。わたしはときどき、アンドレを密告者と疑う者がいるのではないか、少なくとも警察信奉者と勘ぐられるのではないかと心配していた。でも、彼はやはり地元愛の強い男で、反論したいという思いがむくむくと頭をもたげたようだった。

「あんたが言うのは一派閥のことだ。一グループだよ。グレープ・ストリート全体がそういうわけじゃない。LAPDには悪徳警官もいるが、あんたはそんなワルじゃない。そういう見方の問題だ」

「いいか、むしろこれはグレープ・ストリートだけの問題ではない。ニッカーソンの人間がここに来て、罪のない三人の娘を追いかけまわした。だから、俺はそっちにも顔を出すつもりだ。ここのコミュニティ全体が暴力の連鎖にかかわっている。ジョーダン・ダウンズ・コミュニティだけじゃない。ワッツ地区コミュニティ全体ってことだ。だが、ここにいる全員が、今から言うことをよく聞いてくれ。俺たちみんなが協力してこの流れを止めなければ、子供たちが死ぬ」

リーリーが口を開いた。

「子供たちにちゃんと物の道理をわからせれば、つまりトラブルに近づくなと叩き込めば、二十代や三十代の連中もやめるだろう」

エマダ・ティンギリーデスがリーリーの意見に大きくうなずいた。「わたしたちはグレープ・ストリートのことだけを気にしてるわけじゃない。グレープ・ストリートを捕えに行こうとしてるわけじゃない。わかってほしいのは、ジョーダン・ダウンズ全体のことを気にしているってこと」

エマダは黒人女性かもしれないが、伝統的なLAPD制服警官とは一線を画している。彼女は、コミュニティ安全パートナーシップ（CSP）のこれまでのすばらしい成果へと、会話の方向を微妙にずらした。まあ、今のわたしは、そういうちょっとしたトリックも認めようという気分だった。実際、CSPは、LAPDやワッツ・ギャング・タスクフォースも取り込んで、ワッツ・コミュニティと奇跡とも言っていいパートナーシップを築き上げた。警察とコミュニティの関係が今までになく良好だということは確かだ。それでも、警察が外からやってきて、われわれを救出したような感じがするのは否めない。ジョーダン・ダウンズは、コミュニティの内側からリーダーシップを築き上げる必要があるのだ。

それに、LAPDが制圧的になるのが心配だった。それを体現するかのように、エマダがコミュニティとのパートナーシップに言及したにもかかわらず、フィル・ティンギリーデスはジョーダン・ダウンズに秩序を取り戻す覚悟だと言った。彼は挑むようにこう宣言した。

「将来、フッド・デーの紫色のお祭り騒ぎがここでおこなわれることはなくなる」

「だが、今話しているのはジョーダン・ダウンズのことだったんじゃないのか?」アンドレが指摘した。彼は違いをはっきりさせようとした。「グレープ・ストリートはジョーダン・ダウンズの一部であって、イコールじゃない」アンドレが話しているあいだ、わたしは彼らの固有名詞の使い方に違和感を覚えた。キャプテンTはグレープ・ストリートをギャング団の名前として、分けて考えようとし続けている。こういうアプローチの仕方が正解なのかどうか、わたしにはわからなかった。それに、先週ずっとわたしに電話であれこれ文句を並べ立てていた、室内にいる父親たちがずっと沈黙していることにも唖然としていた。まるで、キャプテンTの言うことに賛成しているようにさえ見える。

でもとうとうボブが発言し、警官たちに常識がなさすぎると訴えた。「警官たちがこの界隈にいるときにあんたはここにいないだろ、キャプテンT。連中は礼儀ってものを知らない。

若いやつらに手荒くしすぎる」

「問題はほかにもある」タイニーが声をあげた。「監視カメラがあるのに、動いてない。俺たちにだってちゃんとわかってるんだ。グレープ通りで人が撃たれたのに、カメラに映ってなかったんだぞ！　いったいどういうことなんだ？」タイニーが話しているあいだ、リーリーがわたしに目配せした。目の不自由な男がカメラについて尋ねるおかしさは、どちらの論陣にもわかっているはずだった。

キャプテンTは説明しようとした。「俺だってカメラが動いてないと知っていたら、修理したはずだよ」

でもタイニーがそれを遮った。

「じゃあ、今はもう動いてるのか？」

「いや」キャプテンTが答えた。

フィルやエマダも含め、室内にいる全員がどっと笑った。いちばん笑っていたのがエレだった。しかし笑いが収まったところで、リーリーが指摘を始めた。

「あんたたちはあのくそったれなカメラに金を注ぎ込んだ。その一部でも、コミュニティに分けてくれればいいものを」

エマダは、コミュニティにも予算は配分されていると答えたが、リーリーは引き下がらなかった。

「プログラムのことだけじゃない。人を変身させたかったら動機を与えないと。ワルになってほしくない若者たちだって同じだ。若者向けのアクティビティとかさ？　ギャングになりかけている若者たちを、チームメイトとして何かプレーさせる。みんなで一緒に刑務所に閉じ込められるより、みんなで一緒に遊ぶほうがいい」リーリーの訴えは、一か月後に刑務所に行く人間の言葉とは思えなかった。その話は、リーリーの心の準備が整ってから、本人がみんなに知らせることに決めた。でも、その日は明らかに今日ではない。

「いいか、俺たちは誰もが状況をよくしたいと考えているんだ」キャプテンTはさっきより緊張が解けたように見える。「あんたたちにもぜひ協力してもらいたい。この数年、三千件も逮捕数が減ってるんだ。三千件、これはすごい数字だ。これからもこの調子でいきたい。逮捕するなら、ドラッグをやっている者ではなく、売人だ。これは本気だ。コミュニティを大切に思っているし、変身するところをこの目で見たい」

コミュニティの変身はどうかわからないけれど、エレの変身をこの目で目撃していた。エレはキャプテンTの言葉を恍惚とした表情で聞き入り、うなずいたり、一緒に笑ったりしている。エレがそうしてティンギリーデスをうっとり眺めている一方で、デュボワがしゃべり始めた。

「いいか、あんたが俺たちを気遣ってくれてるのは知ってるが、ここに来る警官たちは住人をひどい目に遭わせてる。キャプテンT、あんたも実態は知らないかもしれないが、誰にでも起きていることなんだ。LAPDはこのコミュニティで下劣なことをしてる。それについてどう思う？」

キャプテンTが答える前に、エレが口を挟んだ。

「俺に発言させてもらっていいか？　キャプテンT、あんたが俺たちを大事に思ってるのはわかってる。問題はあんたじゃなく、あんたの前方にいる実戦部隊だ」面白いな、とわたしは思っていた。エレはがらりと変わった。エレはもう、ティンギリーデスをクラッカーとは呼ばないだろう。

「話してくれてありがとう」キャプテンTは急にぐったりしたように見えた。父親たちには満足感がうかがえる。しかし、キャプテンは部屋を出ていく前に少々アドバイスを忘れなかった。

「あんたたちが若い連中に少しプレッシャーをかける必要があると思う。俺には情け容赦のない鬼警官になることぐらいしかできない。だがあんたたちの言葉には耳を傾けるだろう。何か手を打ってくれ」

24 シュガーベア

自分自身の愛し方を覚える必要がある。

——アンドレ・クリスティアン

感謝祭の直後、セオ・ペペが亡くなった。思いがけない、急な死だった。セオ・ペペは、中年になると健康面で心配事が続いた。五十歳で心臓発作を起こし、七十歳で心臓の開胸手術を受け、七十九歳でアルツハイマー病と診断された。一族の中で昔から知性の象徴だった——ジョージ・バーナード・ショー、競馬、『プレイボーイ』誌に心酔していた——から、アルツハイマー病という診断はことさら残酷だったと思う。喜びと知識に捧げた人生だった。徐々に症状が悪化していくのは、家族としても覚悟のうえだったが、突然ひどく咳き込むようになり、物を飲み込むことも、呼吸することもできなくなった。ガンと診断され、余命数日だと言われた。長いあいだ発見されずにいた腫瘍は、おじの心臓や喉を侵し、文字どおりおじを窒息させた。

おじの葬儀の二日後、わたしは〈プロジェクト・ファザーフッド〉に戻り、事情を話した。おじが亡くなったと話すと、自然と涙があふれだした。父親たちはわたしをやさしく慰めてくれた。立ち上がってわたしをハグし、できることは何でもすると言ってくれた者も多かった。

本当ならもっと会いに行くべきだったのに、この数年はあまり行けなかった。でも、おじへの恩はけっして忘れない。思春期の頃、両親との関係がうまくいかずに心にぽっかりあいていた穴を、おじが埋めてくれた。そして、おじが亡くなった今、わたしはもう一人の父親代わりであるパパのことが心配になった。すでに九十歳になったパパは、かつてのように一日十五キロ以上歩くようなことはできなくなったけれど、今でも元気いっぱいで、急に死んじゃったりしないでとわたしが不安がると、「寿命を決める契約書にサインなんかしてないから、心配するな」と勢いよく笑ったものだった。

あまりはらはらするのはやめようとは思うけれど、パパを失いたくなかった。わたしがこの気持ちを説明し始めると、ドナルドが口を挟んだ。

「どんなに悲しいか、なんて始めるなよ。あんた、いったい何人父親がいるんだよ？　この部屋にいる男たちには、たいてい一人もいないのに」と言ってのける。

「そうだそうだ」サイが笑った。「あんたの父親たちの誰かを俺たちに分けろ」

一本取られた。返す言葉がなかった。わたしはつい噴き出した。

「どうだ？」サイが言った。「少しは気が晴れただろう？」

わたしはワッツ版愛の鞭を受け、これもいいな、とは思った。でも、芝居がかっているギリシャ風もいい。わたしは、ベストな悲しみ方を選ぶ四択問題を出されているような気分だった。（a）ギリシャ風ヒステリー、（b）アングロサクソン風禁欲、（c）ワッツ版愛の鞭、（d）それら全部、さてどれが正解？

選べなかった。できれば（d）を選び、息を潜めて、きっといいこともあるさと祈ろう。


一週間後、室内はざわざわと落ち着かなかった。会合が始まるやいなや、タイニーが、プロジェクト・ファザーフッドは自分のような人間には何の役にも立たないと訴えて、文句を並べ始めたのだ。どういう意味かとわたしが尋ねると、「障害者には何もしてくれない」と彼は主張した。ほかの父親たちはタイニーの言うことを真に受けず、わめく彼を笑った。彼らの冗談は続き、おたがいにからかい合い始めた。マイクは父親たちを集中させようとしたがうまくいかなかった。誰もがふざけモードで、注意力も散漫になり、あちこちで勝手におしゃべりをしていた。

ところが、アンドレが小型テレビにＤＶＤを挿入したとたん、おしゃべりが魔法のようにぱたりと止まった。画質が粗く、部屋の奥に座っている者にはかろうじて見える程度だったが、どうでもいいことだった。それが何のＤＶＤか、すぐにわかった。二〇一三年までの十年間にワッツで殺された人々の顔写真が並べられているのだ。

　子供、幼児、年寄り、中年女性、そして、人生が花開いたときにその命を絶たれた十代の若者たち。生年月日が写真の横に流され、わたしは急いで計算した――十五歳、十七歳、十六歳、四歳。死者たちの点呼は耐えがたかった。写真が消えたとき、一瞬静寂が訪れたが、やがて父親たちがいっせいにしゃべりだした。

「これは刺さる」

「こんなに大勢いたとはな」

「全部ワッツでの出来事だ」

「俺たちはどうしたらいい？」

「何かしないと」

　アンドレがみんなの前に立った。

「俺たちは自分に問う、『俺たちはどうしたらいい？　どうして自分や家族の命を無視できる？』と。こうなっちまったのは、助けてくれる大人の男がいなかったからだ。俺には父親がいなかった。男には父親が必要なんだ。俺は昔も、今も必要だ。そして自分を癒す必要がある。ここでは、男にとって父親が重要だと何度も話したが、自分の父親には長いあいだずっと腹を立てていた。俺を置いて出ていっちまったからだ。俺をそばで助けてくれなかったことを恨んだ。絶対に許せないと思っていた。だが、休暇のとき、ついに会いに行ったんだ。膝を突き合わせて、話をした。自分の父親に何を訴え、どう和解するか、練習しなきゃならなかった。だが今度は俺たちがコミュニティのためのよき父となり、こういう子供たちが死ぬのを食い止めなきゃならない。平和を取り戻し、維持するんだ。俺たちがいい父親になれば、仲裁人にもなれる」

室内はしんとなった。これはあまりいい兆しとは言えない。誰も平和については話したくないということだ。

父親たちは今しも画面に次々に映し出されたいくつもの顔に集中していた。KSDが死んだ赤ん坊の話を取り上げた。

「このままにはしておけねえ。子供が殺されたら、何か手を打たないと。赤ん坊殺しには青信号を出すことだ」

これでは逆戻りだ。〝青信号〟という表現は、メキシカン・ギャングからしか聞いたことがなかった。これは、人に殺しを依頼するということを意味する。ギャング・インターベンショニストのケニー・グリーンの協力のもと、トルティージャ・フラッツでメキシカン・ギャング団〈18thストリート〉のメンバーたちにインタビューしたとき、青信号の話をずいぶん聞いた。でも、黒人コミュニティでこの表現を聞いたのは初めてだった。

「子供を殺すようなやつには目に物を見せなきゃならない。間違った行動だからな」

子供を殺すのは悪いことだけど、年配の人間なら好きに殺していいというの、と尋ねたい衝動を必死に抑えた。ビッグ・マイクが私の機先を制した。

「じゃあ、赤ん坊でなきゃ殺していいというのか？」

エレが口を挟んだ。「平和をもたらすには暴力を使うしかないこともある」

父親たちがすぐに賛同した。

「そうやって初めて身に沁みるんだ」

「マルコムXもこう言った。『人を変えたければ暴力を使え』」

「連邦政府だってそうしてる。なのにどうして俺たちはだめなんだ？」

わたしは信じられない思いだったが、父親たちがたがいに暴力の福音を説教し合うのを見るうちにむらむらと怒りが湧いてきた。それはもう止められなかった。

「このグループでこんなに馬鹿げた話し合いがおこなわれるの、初めて！」

父親たちはわたしをまじまじと見た。今や誰が見ても、わたしは激昂していた。

「十二月に誰が死んだ？　ねえ誰？　赤ん坊たちのことじゃない。たぶん世界で最も重要な人物の一人よ」

「ネルソン・マンデラだろう？　ああ、知ってるよ。ドクター・リープの歴史の授業がまた始まるぞ。あいつが立ち上がったのは、ただただラグビーの試合をやりたかったからだ」

そう言ったのは、いつものように利口ぶったドナルドだ。でも父親たちが寄ってたかって彼を黙らせた。

「ドクター・リープの話を聞け」

「ネルソン・マンデラが看守たちに何をしたか知ってる？　彼を収監し、小さな牢屋に閉じ込めた人間に？　彼の妻も子供も人生もめちゃくちゃにした人間に？」

「ああ」スパイダーが口走った。「許したんだ。それから連中は彼を大統領にした。だがやつらには動機があった。南アフリカの黒人たちは蜂起しようとしていた。すべてを破壊し、白人を皆殺しにしようと考えてたんだ。だからやつらはマンデラを大統領にした。国を崩壊させないようにするには、そうするしかなかったからだ。そしてマンデラは、和平交渉をするのにどう暴力を使えばいいか心得ていた」

わたしは驚いて言葉を失った。スパイダーは南アフリカの当時の政情について、暴力の戦略的利用も含め、的確にまとめていた。

「そんなこと、どうやって知ったんだ？　そんな突っ込んだ話まで」

スパイダーは鼻高々だった。

「『マンデラ　自由への長い道』のＤＶＤが手に入ったんだ」

わたしは無表情を保った。映画は最近になって一般公開されたばかりだ。スパイダーが持っているのは海賊版のＤＶＤだろう。

「欲しいやつには、有料でコピーするぞ」

「ここでそれを言うな」ビッグ・マイクが注意した。「コピーは犯罪だ。そして、今考えなきゃならないことは一つだけ、平和を維持することだけだ」

父親たちは葛藤していた。何かしたいのに、単純な問題が立ちはだかっていた――どうしていいかわからない。

「子供たちのために、避難所を作ってやらなきゃならない」エレメンタリーがきっぱり言った。「俺たちは青年行動ミーティングを始めたが、それをこれからも続けなきゃならない。キャプテンTが若者にプレッシャーをかけろと言ったが、それじゃ足りない。影響を与えるんだ。行動ミーティングで接触するだけじゃなく、その合間にもやつらに声をかけ、話をする。俺らがおまえたちのパパになると言ったが、その約束を守らなきゃならない」

アンドレがエレに目をやり、それから口を開いた。

「そうだな、エレメンタリー、おまえの言うとおりだ。だが、あまり急ぎすぎてもだめだ。よそに影響を与える前に、俺たちは自分自身の愛し方を覚える必要がある」

室内は死んだように静まった。それは、父親たちが何かに集中するときの静寂とは違っていた。こんな静けさには覚えがなかった。アンドレの一言ですべての動きが止まった。

「俺たちはここに集まり、人のために何ができるかを話し合っている。ただ、俺たちが自分自身を憎んでるせいで、いろんなことが難しくなっている。俺たちは自分の愛し方を教わってこなかった。俺たちが話すのはこんなことばかりだ——父親がいない、平和な暮らしができない、コミュニティでとんでもないことをしてきた。何もかも、俺たちが自分を愛せないからだ。まずそのことを考える必要がある」

誰もそこからどう話を進めていいかわからなかった。

マイクがリーダーであり、彼はすぐれたリーダーがするべきことをした。人にまかせたのだ。

「アンドレ、おまえが中心になってそのことを話し合ってくれ。来週、それを議題にしよう」

きりのいいところで会合はお開きとなった。父親たちは手を握り合って、祈りを捧げた。でもわたしの心は別のところにあった。リーリーのことを考えていたのだ。出廷の日が近づいていていて、彼が会合に姿を見せないのは、プロジェクト・ファザーフッド始まって以来初めてだった。わたしの物思いを、タイニーの金切り声が中断させた。「ジョルジャ・リープはどこだ？　まだハグしてないぞ」

わたしは彼に近づいてハグし、そのうち必ず一緒に話をしましょうと約束した。彼が立ち去ると、わたしはアンドレに、タイニーの様子について尋ねた。わたしもアンドレもタイニーの健康状態を心配していた。調子がよくなさそうだったし、目もどんどん悪くなっているようだった。でも、困っているのは彼だけではなかった。基本的なヘルスケアさえできずにいる父親たちが多かった。やがてわたしたちの話題はプロジェクト・ファザーフッドの現状を振り返ることへと移っていった。開始からすでに三年以上経過していた。現在の運営資金は十月にはなくなる予定だった。はたして、プロジェクトはうまくいっていると言えるのか？　現実に即して評価をしたほうがいい、とアンドレはわたしに言った。

「普通の研究と同じ視点で考えちゃいけない。ここで何が起きたか考えるんだ。父親たちは毎週ここに来て、話し合い、計画を立てている。そしてコミュニティに戻り、それを実行している」

わたしはシュガーベアのことを考えていた。

シュガーベアはグループの中でもいちばんやる気のない一人だった。たいていは会合の途中で出ていってしまった。そのうち最後まで残るようになった。ギフトカードをもらうことも目的の一つだったが、会合で発言もするようになった。ところが最近不思議なことが起こった。彼がひと足早く会場に来るようになったのだ。椅子の設置を手伝い、すべてが所定の場所にあるかどうか確認した。今夜はさらに一歩踏み込んで、室内にいる父親たち全員にミネラルウォーターを配った。たいしたことではないと思うかもしれないが、シュガーベアは父親たちみんなの変化を象徴していた。

わたしの心を読もうとするかのようにアンドレがわたしをじっと見て、それから言った。

「シュガーベアがミネラルウォーターを配ったな」

25 あと十二日

俺にとって何が本当に役に立ったのか？　正直になること、誠実であること。もし間違ったことをしたら、俺はそれを認め、甘んじて受け入れるだろう。自分の間違いを認めまいとするより、そのほうがはるかに楽だ。

——エレメンタリー・〝エレ〟・フリーマン

一週間後、父親たちは会合で、次の青年行動ミーティングについて話し合うことになった。アンドレがわたしに入れと手招きしたが、会議室の外でリーリーがわたしを待っていた。

わたしは冗談めかして言った。「あなたに電話もしたし、メッセージも送ったし、メールも送った。なのに一度も返事をくれなかった。嫌われたのかと思ったわ」

リーリーはわたしを見て、静かに言った。「あと十二日なんだ、ミス・リープ。残るはあと十二日」

「そうね。じゃあ、いつ二人で会える？」

わたしはできるだけ淡々と対処することに決めたのだ。リーリーはわたしたちの話を人に聞かれたくないと思っている。だからよそで会うのだ。

「今度の火曜か木曜に。朝食でもどうだ？　だが、いつもみたいに何も食べないっていうのはなしだぞ、ミス・リープ」リーリーの声が大きくなったが、わたしは彼のことをグループメンバーに言うつもりはなかったし、お芝居を続けた。彼はその後、待ち合わせ場所さえみんなの前でしゃべったが、父親たちは無視した。

わたしが席に着くと、隣の席にいたエレがぎょっとしたように見えた。理由はわからない。エレとわたしのあいだには、なんとなくわだかまりがあった。わたしへの好意と、ブラック・ムスリムの教義を信奉する気持ちのせめぎ合いで、葛藤しているのだと思う。わたしは彼にとって「悪魔の白人」の象徴でもあり、二つの相反するイメージをなんとか一つにしようと苦労しているのだろう。今はとくにその葛藤が激しくなっている。というのも、息子のジャメルとの関係が悪化の一途をたどっている彼に、わたしが手を差し伸べようとしているからだ。

新学期が始まるときに、エレがジャメルを引き取ることになったのである。

「あいつのママが、もう面倒を見きれないと言いだして、俺のところに送ってよこしたんだ。

いい子なんだよ。すごく頭がよくてさ」でも、ジャメルの保護者として全面的に責任を負わなければならないことが不安らしく、わたしはそんな彼を励まそうとした。

「きっといい父親になれると思うわ、エレ。心からそう思う」

翌週、エレはジャメルを父親会に連れてきた。ジャメルはテーブルの端に座り、ぶすっとした顔で会話を聞いていた。こんなところにいたくないのだ。それはそうだろう。年の近い者は誰もいないし、何より、話し合いの内容が自分とまったく無関係なのだ。会合のあとジャメルと数分間話をしたが、彼が両親に激怒していることは明らかだった。

「俺は学校をちゃんと終えて修了証をもらい、ビジネスを始めたいんだ。そしたらここを出られる。ニューヨークに行きたいんだよ」

「ビジネスって、どんな?」

「音楽ビジネスさ。ラップをする友だちがいて、一緒にレーベルを作ろうと思ってる。いい曲を出して、金儲けをする」

よく聞く話だ。音楽とエンタメで今の境遇から脱け出し、上に昇る。今や若者たちのアイコンはNBA選手のケヴィン・デュラントやレブロン・ジェームズではなく、ラッパーの2パックやジェイ・Zなのだ。実際、今や成り上がりの手段はスポーツからラップやヒップホップへとすでに変化している。なぜなら、スラムの子供たちは、ポイントガードよりラップスターになるほうが可能性が高いと感じているからだ。スポーツ界で成功するには、体格や才能が必要だ。でも音楽にはさまざまなレベルがある。ヒップホップ・スターにならなくても、ヒップホップ・スターをプロデュースしたり、音楽エージェントになったりすることもできるのだ。若者たちは、そういう音楽業界の周辺産業に可能性を見出していた。ジャメルも例外ではない。

でもジャメルはわたしに、学校はどうでもいいのだが、本には興味があると言った。そこで次の会合のときに何冊かお勧めの本を持参した。2パックの詩の本や、ダショーン・モリスの『ワー・オブ・ザ・ブラッズ・イン・マイ・ヴェインズ』やカップケーキ・ブラウンの『ア・ピース・オブ・ケイク』といった若い黒人たちの本、それにわたしの著書『ジャンプト・イン』。一冊読んだら二十ドル渡すから、内容について話をしよう、とわたしは提案した。そうして少しお金で釣ったりもしたが、あまり期待はしていなかった。結局、本を読み終えたというジャメルからの報告は一度もなかった。やがてエレからジャメルの話をぽつりぽつりと聞くようになった。喧嘩騒ぎを何度も起こすので、学校から電話があったというのだ。最初の喧嘩騒動のときには放課後の居残りを命じられた。でも、事態はどんどん悪くなる一方だった。その後二日間の停学になり、それが一週間になった。つい最近など、ついに補導までされた。わたしはスローモーションで交通事故を見ているような気分だった。

今日、エレから新たなニュースを聞かされた。ジャメルはまた喧嘩し、ついに退学処分になったという。

ワッツに欠けている大事なものを挙げるとすれば、それはある種のプログラム、つまり慢性的にトラブルに巻き込まれる若者に確実に届くきちんとしたカリキュラムだ。ジャメルをホームボーイに送るのは難しい――ここから遠すぎるし、彼にはあまりにも異質な場所だ。ただでさえジャメルはあちこちたらい回しにされてきたのだ。それなら、ワッツの外だが、サウス・ロサンゼルス内でおこなわれている放課後プログラム〈ブラザーフッド・クルセード〉に入るのはどうだろう？　若い黒人たちに勉強を教え、上手に指導することで、学校をなんとか続けさせ、郡の保護観察システムから脱却させようとするこのプログラムは、めざましい成果を収めていた。

〈プロジェクト・ファザーフッド〉の会合が始まろうとしたとき、わたしが頭の中の予定表をぱらぱらとめくっていると、下院議員（民主党：カリフォルニア州選出）ジャニス・ハーンの事務所から派遣されてきたジョン・ジェファーソンという愛想のいい人物が、職業訓練プログラムを紹介し始めた。「ここジョーダン・ダウンズの体育館で」プログラムを提供したいという。彼には何も事情がわかっていないようだった。父親たちがブーブー文句を言い始めた。

「また職業訓練かよ」

「今まで何種類通ったことか」

「それで仕事がもらえるのか？」

「仕事が保証されるのか？」

派遣されてきた人物はしょんぼりしていた。たぶん、父親たちはぜひ訓練を受けたいと大喜びし、彼に飛びつかんばかりに感謝するものと思っていたのだろう。

25　あと十二日

リーリーはわたしをちらりと見て、うんざりした表情を浮かべた。

「俺はいろんな資格の証書が並んだスクラップブックを持ってる。それで成果は？　ゼロだよ。どの資格もまるで役に立たなかった。何度も何度も何度も挑戦して、とうとう自分で仕事を見つけたんだ」リーリーは前に立っている男に見切りをつけた。すっかり嫌気がさしているようだった。それに、今はあまり用心をする気もなくなっていた。「あと十二日だよ、ミス・リープ」彼は身を乗り出して、わたしに囁いた。「ちゃんと手配してくれよな」

リーリーはどこの刑務所に送られることになるのだろう、とわたしは考えていた。彼の弁護士からいろいろと聞き出したとはいえ、彼の服役歴の全貌はわからなかった。マイナス要素が多いことは予想できた。でも、刑務所内でキレるようなことはないだろう。彼は人と喧嘩したり、いざこざを起こしたりするタイプの人間ではない。問題は、刑務所の場所がどれくらい遠いかということだ。

「朝食のこと忘れるなよ」リーリーが言った。「『サーヴィング・スプーン』で、な」

でも父親たちはわたしたちの会話など気にも留めていなかった。職業訓練の男を部屋から追い出すことに集中していたからだ。やっと男がいなくなると、もっとはるかに興味のあることを話し合い始めた。コミュニティの若者たちである。彼らは相変わらず行動ミーティングのことで頭がいっぱいだった。

「次回は何をするか計画を立てないと」ドナルドが切り出した。

「俺たちの経験談をただべらべら話すだけじゃだめだ」エレがドナルドを睨みながら言った。

「今は黒人歴史月間だ」ドナルドが言った。「アフリカン・アメリカン博物館に連れていくのはどうだろう？」

リーリーが割り込んだ。いつもと変わらないプロジェクト・ファザーフッドの水曜日であるかのように。

「ただ博物館に連れていくだけじゃ意味がない。俺の勤めてる団体でも子供たちをあそこに連れていったんだ。すぐに飽きちゃってさ。興味がないんだ、祖先のことなんて。外に遊びに行きたがったよ。だが、そこによその団体がいてさ、彼らは宝探しみたいなゲームをしてたんだ。それぞれが、見つけなきゃならないもののリストが並ぶ小さなカードを持っていた。子供たちはみんな興奮して、展示から展示へと駆けまわっていた。ちゃんと観察して、カードの質問に答えを書いて。俺たちもそうしたほうがいい」

父親たちはみなうなずいていたが、わたしは心ここにあらずだった。

あと十二日。その言葉が頭で鳴り響いていた。

リーリーは平気な顔でしゃべり続けている。いつみんなに事情を打ち明けるつもりだろう？　わたしがつらつらと考えているうちに、父親たちの議論は思いがけない方向に向かっていた。

「別のプロジェクトの一環で、青年行動ミーティングをやりたいんだ。興行巡業するべきだと思うんだよ」ビッグ・マイクが提案した。

「どういう意味だ？」デュボワが尋ねた。

「つまり、三つの団地すべてから少年たちを集めようと思うんだ。みんな集まって行動ミーティングをするんだよ。ここで起きているいがみ合いを終わりにするには、それしかないと思う」

父親たちは唖然とした。

部屋は中央で真っ二つに割れた。わたしには断層線がぱっくりと口を開けるのが見えた。どうかしたんじゃないかというようにマイクをまじまじと見た者もいる。顔に浮かんだ表情はこう物語っていた。「何だって？　俺たちを敵の陣地へ送り込もうってのか？」父親たちがすでに中年にさしかかっていることも、ほとんど例外なく刑務所帰りだということも関係ない。分断線は引かれた。北軍と南軍のそれと同じく、容赦のない戦いなのだ。ある意味、これは大昔に戦ったそうした男たちが残した慣習だった——住む場所によってアイデンティティが決まること。父親たちには金も仕事もない。各自にあるのはストリートでの経歴だけであり、それが誇りだった。でも、マイクの言葉におずおずとうなずく者もいた。その一人がドナルド・ジェームズだった。

「俺は大賛成だ」ドナルドが話しだした。「俺がワッツ・ギャング・タスクフォースに行ったとき、エンタメ業界で財務管理をしているビジネスマンがいたんだ。その男が、ここに小さなレコーディング・スタジオを作るのに協力してくれるという。いいアイデアだと俺は思う。若者の気を引きたかったら、やっぱりスタジオだよ。若者たちが自分で歌をうたったり、場合によってはＣＤだって作れる。きっと集まるよ。どの地域のやつだろうと関係ない」

父親たちはとまどっていた。嘘だろ、という表情をしている者も一人や二人ではない。まさかドナルドが調停人になるとは、誰も思っていなかった。

「どういうことだよ?」ベンが尋ねた。

「わたしはドナルドに賛同するわ」わたしが静かに言うと、誰もが笑いだした。

「地獄の窯が凍ったのか?」サイがまぜ返す。わたしは主張を続けた。

「でもよく考えて。マイクの提案について、みんなどう思う? スタジオは長期計画になるけど、マイクのはもっと短期の計画について話しているんだと思う。それぞれの団地でミーティングをして、ほかの団地の若者にもわたしたちのミーティングに来てもらう。どうかな?」

また室内がしんとなった。

「いったい何言ってるんだよ? 線路を越えるってことか?」

「ああ、そうだ」アンドレも息を吹き返した。「これは和平の話だ。大人になるっていう話だよ。俺たちがギャング団に仲間入りしたときは、子供の頭でそう決めた。そして今自分に問いかけている——子供の頭で決めたままで行動して、自分は大人だと言えるのか?」

また静寂がたち込め、やがてKSDがしゃべりだした。

「俺はいいアイデアだと思うよ、マイク。俺たちは平和を望み、みんなで一つになりたいと話す。ワン・ワッツだ。ワッツを一つにまとめること、俺たちはそれをやろうとしている。もしそう望むなら、俺たちは本当にマジでやらなきゃならない」

ビッグ・ボブ以外の全員がどっと笑った。

「なあ、いったい何言ってるんだよ！」ボブはわめいている。「そんなことできねえ！　死ぬかもしれないんだぞ？」

「ただのこのこ行くわけじゃない」デュボワが引き取った。「何らかの取り決めをしてからだ」

「命を危険にさらすってこと、わかってんのか？」ボブはまだ言っている。「ほかの団地の若い連中は、プロジェクト・ファザーフッドのことなんか知らない。グループ・ミーティングが何かってことも。連中は銃をぶっ放す口実が欲しいだけなんだ」

アンドレは頰杖をついた。

「大丈夫、行けるさ。ちゃんと護衛もつける。何も起こりはしない」ビッグ・マイクは言った。

「誰が助けてくれるんだ？　誰が俺たちの護衛を？」デュボワは怒っているわけではなかった。純粋に具体的な段取りが知りたかっただけだ。

「マーカム・ミドルスクールの校長先生が協力してくれる」ビッグ・マイクは告げ、すぐさまデュボワが言い返した。

「へえ、学校ね。そりゃ、校内にいれば安全だろう。だが、そこまでの行き帰りはどうすんだ？」

サイはつねに斜に構えている。「地域の同意がなかったら、できっこない」

ベンは自分の兄弟の顔をじっと見た。「同意はもらえるさ。赤ん坊が死ぬところなんて、誰も見たくないんだ」

「誰か、反対意見のある人は？」エレが尋ねた。

「撃たれる可能性があるかぎり、反対する！」

「俺たちが殺されてもいいのか？」

「わかった。じゃあ、若い連中に、次の世代になっても殺し合いを続けろと教えるつもりなんだな？」アンドレが訴えた。

「トライヴォンが撃たれて、このまたがいに殺し合うことになるのか、と考えたときのこと、覚えてるだろう？　若い連中にそういうことをやめさせなきゃならない」ビッグ・マイクは今やグループに頼み込んでいた。「コミュニティを癒したいと言ってたよな？　ジョーダン・ダウンズだけじゃなく、ワッツ全体を癒さなきゃならないんだ。気に入らないやつは、出てってもらってかまわない。そうでなきゃ、ここに残り、すべての子供たちのために青年行動ミーティングの今後について話し合おう」

マイクは三十秒待った。三十秒が十五分にも思えた。誰も動かなかった。

「で、どうする？」

父親たちは現実的だった。ただインペリアル・コーツやニッカーソン・ガーデンズを歩き回って、若者に参加を呼びかける、なんてことはできないとわかっていた。そこで、まずマーカム・ミドルスクールの校長と会い、授業で会について触れてほしいと頼むことにした。

25　あと十二日

マイクは二年前から校長と懇意にしており、彼はグループに協力してくれるだけでなく、学校内でミーティングをする許可も与えてくれるはずだと信じていた。そこなら安全だからだ。

その晩プロジェクト・ファザーフッドの会合のあと自宅に車で向かっていると、アンドレから電話がかかってきた。

「今日、初めて未来に希望が持てたよ」彼は言った。でもわたしはまだ、リーリーがいつみんなに打ち明けるのか、そのことが気になっていた。

26 ドアを通り抜けて

あのドアを通り抜けたとき、俺の顔はがらりと変わる。
——リーリー・スプリューウェル

わたしはリーリーと「サーヴィング・スプーン」で会い、お別れ朝食会をした。彼はここの首領《ドン》だった。誰もが彼を知っていて、手を振ったり、テーブルまで来て挨拶したりする。リーリーは上機嫌で、数日後に休暇旅行に行く人のようだった。何を注文したらいいか——シナモン・ワッフルだ——わたしにアドバイスし、もう少し太らなきゃだめだと注意した。わたしにはもう耐えきれなかった。だんだん、白人社会に拒絶されても、それを黒人なりにいいように解釈しようとしているさまを目にしているような気がしてきた。じつはリーリーとマイクは、わたしが思っていた以上に似ているのかもしれない。どちらも、どんなにつらいときでも前向きで上機嫌だ。

「お願い、もうやめて。これ以上耐えられない」わたしは泣いていた。レストランにいる人々みんながわたしを見ていた。たぶん、リーリーが、彼に恋をしているわたしを、ワッフルを食べさせながらやんわりと断ろうとしているのだと、誰もが思っているだろう。

「おいおい、元気を出せよ、ミス・リープ。心配ない、何もかもうまくいくって」それからリーリーが身を乗り出し、ひそひそ声で言った。「だが、今の俺の状況についてはどうしても話しておかないとな」彼は、大勢の女性たちとのひどく入り組んだ関係について説明し始め、いちばん最近生まれた娘の写真を見せてくれた。レイ・リンというその赤ん坊は、一夜限りの情事でできた子だ。その一方で、酒を飲むと頭がおかしくなり、またあんたの子供が欲しいよと迫ってくる、長い付き合いの女「友だち」もいる。総計五人もの子供――全部母親が違う息子三人と娘二人――について、わたしは何も言わなかった(ほかにもいるのかどうかはわからない)。でもリーリーは笑いながら説明した。「俺の親父もここらに大勢子供がいた。血は争えないってことさ」

彼は続けた。「だが俺は、今のガールフレンドのアキーシャ(KKとも呼ばれてる)にぞっこんなんだ。刑務所から出たら、もっと真剣に二人のことを考えようと思ってる。あいつも俺を待っててくれると言ってる。そのことは心配してないんだ。話したいのはもっと別のことだ」

ああ神様、とわたしは思った。もう耐えられない。

リーリーの私生活について話を聞いていると、わたしがバルカン半島の敵対する各勢力について研究していたときのことを思い出した。四百年の紛争の歴史を持つ元ユーゴスラビアのほうが、こっちよりはるかに理解しやすい。

「俺の心配事を話させてくれ。〈シールズ・フォー・ファミリーズ〉には退職願いの手紙を書いたが、出所したらまた働かせてほしいと頼んだ。それとずっと心配してるのは、俺がシャバに出る前に、再開発が始まるのかってことだ。どうなんだろう。お役所仕事がのろのろしてるってことはわかるが、ここまで遅いのはどうかと思う」

「どうなのかしらね」わたしは答えた。「住宅局はポンコツだから。プロジェクトにとりかかってもいないし、必要な予算の最初の一部さえ手に入れていない」今リーリーに言ったことは全部事実だった。べつにオブラートにくるむつもりはなかった。再開発がいつ始まるのか、そもそも本当に始まるのかどうかさえ、わからなかった。

「途中経過が知りたい。だから、ムショに入ってもあんたと連絡を取り合いたいんだ」リーリーは実際のところ、懇願していた。

「いつ電話してもらってもかまわないわ。コレクトコールも受ける。とにかく電話して」

刑務所内で違法な携帯電話を手に入れることもできると、リーリーもわたしもわかっていた。そうやって、刑務所に入ってもわたしと連絡をとろうとしてくる者も多いのだ。ITメディアにとくに詳しいあるギャングは、わたしの誕生日にアニメーションのカードを送ってきたことさえある。

「連絡してくるのに違法な手段は使っちゃだめよ」わたしはリーリーに釘を刺した。

「心配するなよ、ミス・リープ。ムショに逆戻りはもうしたくない」

その晩の〈プロジェクト・ファザーフッド〉で、リーリーはとうとう、自分が「しばらく」よそに行くことを父親たちに告げた。全員がそれを黙って受け止め、どうしてとか何があったのかと尋ねる者もいなかった。むしろ、ごく当たり前のことのように受け入れたように見えた。会合の最後に祈りを捧げたとき、ビッグ・マイクは、新たな人生の扉を開けるリーリーに神のご加護をと唱えた。まるでリーリーは、囚人たちであふれ返る暴力のはびこる州刑務所ではなく、大学にでも行くかのようだった。

二日後、リーリーから電話があり、再勾留されるときに法廷に来てくれないかと頼まれた。わたしはインフルエンザにかかって嘔吐が続いていたが、リーリーにそう言って断るのがはばかられて、エアポート裁判所まで無理して車で向かった。リーリーは来るのが遅れていて、わたしは一時間近く待たされていた。ようやく、今向かっているとメッセージをもらったとき、わたしはその場で吐くか、彼を殺すか迷ったけれど、その後は裁判所のトイレにこもり、そうするうちに今到着したというメッセージがやっと来た。

メッセージをもらってわたしがトイレから出たときには、リーリーは裁判所のカフェテリアに落ち着いて卵を食べていて、それを彼の母親とガールフレンドのアキーシャが眺めていた。わたしは全員をハグし、出廷の時間は何時なのかとリーリーに尋ねた。

「食い終わったらすぐに行くよ」

ぐずぐずしたい気持ちはわかるけれど、遅刻して処罰されるのではないかと気が気でなかった。でもわたしは口を閉じ、それからわたしたちは上階へ上がって、リーリーの弁護士を探した。彼はすでに法廷内にいた。わたしたちは固まって座り、判事の到着を待った。

リーリーがわたしのほうに身を寄せ、判事席の脇にあるドアを指さした。

「あのドア、見えるだろ、ミス・リープ？」

わたしはうなずいた。

「あのドアを通り抜けたとき、俺の顔はがらりと変わる」

リーリーは生真面目な顔でわたしを見た。そうよね、と思う。州刑務所システムという地獄に足を踏み入れたとたん、いつものチャーミングな彼ではなくなるのだ。

「体には充分気をつけるし、できるだけ早く出てくるよ」リーリーは約束した。「あんたも体に気をつけて、俺が出所したときには仕事を世話してくれよな。もうムショはこりごりだ」

「約束するわ。でも、面会にも行くから。そのときはお母さんも一緒に連れていく」

リーリーはわたしをハグした。それから、わたしの向こう側にいる母親に言った。

「聞いたか、ママ？　ミス・リープがあんたを俺に会わせてくれるってさ」

「ああ、ありがたいことです」

判事が法廷に入ってきた。引き渡しはものの数分で終わった。リーリーはわたしたち全員に手を振り、ドアの向こうへと去った。

俺の顔はがらりと変わる。

わたしは法廷の外でリーリーの母親とＫＫと一緒に座っていた。しばらく誰も口をきかなかったが、やがてわたしが切り出した。

「何か必要なものがあったら、いつでもわたしに言ってください。わたしにつながる電話番号を全部書いて、お二人に渡しておきます」

「ありがとうございます。本当にご親切に。だけど、あなたは細すぎるねえ。どうしてそんなに細いの？」

わたしはわずか三十秒でリーリーのママが大好きになった。彼女は自尊心を保ち、取り乱さないと心に決めたのだ。

「食べるのをつい忘れちゃうんです」それは事実だった。

ＫＫが笑いだす。「わたし、食べるのを忘れたことなんて、今まで一度もないわ」

「そうだよね《アーメン》」ママが続けた。

「ほんとに電話してくださいね。わたし、リーリーのことが大好きなんです」

「あの子もあなたのことが大好きですよ」

「だから一緒に会いに行きましょう」

「ああ、そうだね」

わたしは立ち上がり、そろそろ帰りますと告げた。ママとＫＫは刑務所行きのバスが発つまで待つという。

「あなたはどうぞ帰って」KKが勧めた。「バスが出るまでもう何時間かかかるの。電話をするわ」

わたしは後ろ髪を引かれる思いで失礼した。二人はリーリーの出発を見送るのだ。


翌週わたしは、プロジェクト・ファザーフッドの会合のために車を運転しながら、まだリーリーのことを考えていた。到着したとき、わたしはとまどった。部屋に入ると、その真ん中にベンが二人の娘、アンジェラとアリエルとともに座っていたからだ。父親たちはいっせいにやいのやいのとしゃべっていて、ようやくビッグ・マイクがシーッと言って全員を黙らせ、事情をかいつまんで説明し始めた。

「お嬢さんがた、こちらはドクタージョルジャリープだ。UCLAの教授だから、問題の解決を手伝ってくれるだろう。ドクター・リープ、娘二人が停学処分になったと言って、ベンが連れてきたんだ」ビッグ・マイクはここで大げさに間を取った。「停学の理由は、二人で喧嘩をしたこと」

マイクの仰々しい紹介に警戒心が芽生え、わたしはおずおずと二人に尋ねた。「何があったの？」

女の子たちの声はよく聞こえず、ベンがこらえきれずに口を出した。

「ほんとに、どうしていいかわからないんだ。娘たちは停学だと学校から電話をもらい、二人を迎えに行って、その足でここに来た。俺にはお手上げだよ。叩いてやりたいが、それは間違いだとわかってる。だからみんなに助けてもらえたらと思って」

「何があったの？」

姉のアリエルがとつとつと話し始めた。

「この子があたしを侮辱したんだよ。あたしを馬鹿にし始めたの。だから叩いたら、向こうも叩き返してきて、止まらなくなって」

わたしは黙って座っていた。すると今度はアンジェラが自分の言い分を口にした。

「あたしが姉さんを叩いたのは、姉さんがあたしを怒らせたからだよ。すごく失礼なことを言ったの」

一瞬の沈黙のあと、父親たちが発言を始めた。今度は順番に話をした。

「話し合わなきゃだめだ」ＫＳＤが告げた。「問題は、話し合いもしないで叩き始めたことだ。そういうのは絶対によくない。たがいの気持ちをちゃんと伝えないと」

「だが何よりも」サイが続ける。「たがいを愛さなきゃだめだ。心から相手を愛すること」

二年前からこの会に出席するようになって、文字どおり一度も発言したことがなかったシュガーベアが、おもむろに立ち上がった。

「一つ忘れちゃいけないことがある。血は水よりも濃い」彼はすぐに座り、父親たちのあいだで拍手が沸き起こった。

するとドワイトが手を上げた。

「俺は小さいときに姉を亡くした。そして二年前に妹も死んだ。二人を恋しいと思わない日はないし、そばにいてほしいといつも思う。姉と話がしたいなあと心の中で願うんだ。昔は毎日話をした。もっとたがいを大事にしなきゃだめだ。いつかはどちらかが先に逝く。年を取ってからならそれに越したことはないが、それでもいなくなった姉か妹が恋しくなるはずだ……」ドワイトの声が震え始め、彼はうなだれた。

テランスがつかのまの沈黙を埋めた。

「俺も弟を亡くした。通りで車に撥ねられたんだ。ジョーダン・ハイスクールのすぐ前で。俺はけっして忘れないし、今も寂しくて仕方がない。こんな気持ち、おまえたちは望んでないはずだ。俺は弟を亡くしたことをけっして乗り越えられないと思う」

アリエルがしゃべり始めた。

「でも、この子が言った言葉に傷ついたんだよ。だって、あたしはこの子を愛してるから。なんであんなことを言ったの？　どうしてこの子はあたしを侮辱するの？」

女の子は二人とも泣いていた。

「沈黙は賢明」エレが言った。「ときには何も言わないほうがいいこともある。たとえ傷ついても、少し待ってみるんだ。黙っているあいだ、何を言ったらいいか、何をしたらいいか、考える時間ができる。それから話せばいい。すると気持ちを伝え合える」

「それから自分自身を、そしてたがいを許さなきゃいけない」デュボワが続けた。「おまえたちはまだ若い。これから成長し、いろいろ学んでいくだろう。そして、今日の出来事からも学ばなきゃならない」

わたしは自分の兄弟について考えた。よく喧嘩をしたけれど、そこにはいつも男と女の違いがあった。女の子たちはずっと泣きどおしで、泣きやむ兆しもなかった。ＫＳＤが持ってきたペーパータオルで延々と目を押さえているが、涙が止めどなく頬を流れた。

「人につけ込まれるようなことがないように注意しないとだめよ」わたしは女の子たちに告げた。「二人が喧嘩したこと、変なふうに人に知られたくないでしょう？」

「わかってるよ。学校ではみんなに笑われてたんだから」アリエルが言い、アンジェラはしくしく泣いた。

「すごくいやな気分。もう二度と姉さんをぶったりしない」

「あたしもだよ」

ベンが泣きだし、部屋を飛び出した。

「おまえたち二人のことはよく知ってるし、母さんのことも知ってる」二人のおじであるサイが言葉を挟んだ。「おまえたちがいい子だってことも」

ベンが部屋に戻ってきて、二人の娘の隣に座った。わたしは姉妹に今の気持ちを尋ねた。

「いたたまれない」

「恥ずかしい」

「パパをがっかりさせてしまった自分が情けない」

二人は立ち上がってベンをハグした。

ほかの父親たちはみな、よかったよかったというようにうなずいていたが、テランスは女の子たちにもう一言注意した。

「怒りにまかせて行動しちゃだめだ。だから今の俺たちはこんななんだ。みんな州刑務所や郡刑務所に行くはめになる。俺たちの二の舞はするな」

「あなたたちみたいな姉妹はほかにいないわ。あなたたちみたいな家族は」

わたしは女の子たちと一緒に泣いていた。

突然アーロンが立ち上がった。

「ずっと兄弟姉妹と会ってないから、なんだか会いたくなってきた。フェイスブックを開いて、何かイベントで集まっているあいつらを見ると、無性に恋しくなるんだ。また会えるようになればいいんだけどな。喧嘩ばかりしてたから、そのわだかまりがどうも消えないんだ」

「そういうときは、聖書を読めばいい」ビッグ・マイクが提案した。「聖書にはあっちにもこっちにも家族の大切さが書いてある」

でも父親たちはそこで終わりにはしなかった。彼らは将来のことまで考えていた。

サイが切り出した。「停学期間が終わって学校に戻ったら、ずっと一緒にいたほうがいい。離れちゃだめだ。おまえたちが仲良くしているところをみんなに見せるんだ」

「教務課に行って、自分たちのしたことを謝り、二度としませんと約束すること」

「申し訳ありませんとは言うな。ただ謝るだけだ。刑務所では、俺らはけっして申し訳ないとは言わない」

わたしにはその違いがわからなかったけれど、まあ、どうでもいいことだ。

アンドレが立ち上がったので、父親たちが身を乗り出した。

「俺たちはみんな、この娘さんたちにいいアドバイスをした。だが俺は、娘をここに連れてきたベンを褒めたいと思う。ベンは俺たちを信頼してくれた。だから俺たちもベンを信頼する。彼の信頼を誇りに思い、こう言いたい。ベン、娘さんをここに連れてきてくれてありがとう。とても嬉しいよ」

「さっきも言ったように、俺は娘を車に乗せて、とにかくここに来たんだ。二人には行先も、何をするかも告げずに」

ドナルドはミーティングのあいだずっと黙っていたが、ふいに口を開いて女の子たちに言った。「二人に歌をうたいたい」そして、「ユー・アー・エブリシング」をうたいだした。それがまたすばらしかったのだ。一同は曲の最後までじっと聴き入った。そして拍手喝采した。

「いいか、家族だけを信じろ。あんたたちの顔は見えないが、美しい娘さんたちだってことはわかる。ああ、わかるとも」タイニーがそう言ったとき、ベンは腕を伸ばして彼の肩をぎゅっとつかんだ。

「この夜のこと、絶対に忘れないよ」アンジェラが父親たちに言った。

「俺らもおまえたちを愛してるよ」

「俺らみんなが愛してる」

「そして、誇りに思ってるよ」

「あたしも」アリエルが続けた。「今夜のこと、忘れない」

わたしも今夜のことは絶対に忘れない。

27 ジャメル

俺が父親として知っていることは、時とともにだんだん覚えていった。だから、俺が子供たちに教えながら、子供たちも俺に教えてくれていた、そんな感じなんだ。

——デルヴォン・〝チャブ〟・クロムウェル

リーリーの最初の手紙が届いた。今週の会合で話すことができて、わたしはほっとした。先週の〈プロジェクト・ファザーフッド〉はとても重要な局面を迎えたので、今週は弛みがあるだろうなと覚悟していた。感情的に盛り上がったミーティングのあとは、どうしてもそうなりがちだったのだ。

もちろん、わたしの読みはまったくはずれた。

ビッグ・マイクが集会所の前でわたしを待っていた。

「さて、ミス・ドクタージョルジャリープ、会合の前にちょっと覚悟してくれ。じつは新しい問題が持ち上がったんだ。エレがジャメルを連れてきていて、困ったことになっている」

ジャメルについてはすでに話は聞いていたのだが、あえてマイクには言わなかった。二週間前、ジャメルが別の高校に入学したあと、わたしは〈ブラザーフッド・クルセード〉の事務局長ジョージ・ウィーヴァーに電話し、すばらしい構成で効果も高い、若者のための能力開発プログラムにジャメルをできるだけ早く参加させられないか尋ねた。プログラムはすでに始まっていたが、ジョージは親切にも歓迎すると言ってくれた。そこで、エレとわたしで書類を集めていたとき、まだ授業時間だというのに、ジャメルがロングビーチで自転車を乗り回していたことがわかったのだ。しかも、警察に呼び止められて、無断欠席チケットを切られることになったときに、バックパックの中身を検められ、「ロサンゼルス統一学区所有」と記されたビデオカメラとプロジェクターが見つかった。エレにプロジェクト・ファザーフッドに引きずってこられたときには、すでに学校でも態度の悪さが目立ち、裁判所にも呼び出されていたのである。

「あいつをどうしていいか、俺にはもうわからない」エレは、ビッグ・マイクと連れ立って歩くわたしに経緯を説明した。わたしはそれを黙って聞いていた。

「息子を迎えに来てほしいとロングビーチの警察から電話をもらって、あいつに会ったとき、俺はかっとなって本当は殴ってやりたかったし、襟首を締め上げてやりたかった。だが、できなかったんだ。あいつが小さい頃、俺は刑務所に入っていて、そばにいてやれなかった。だから俺のせいなんだ。近くにいなかった俺に、どうしてあいつを非難したり、殴ったりできる？　俺がそばにいてやれなかったせいなんだから」

父親たちは厳かにうなずいた。新ジム・クロウ法の影響を知りたければ、この情報だけで充分だった。

「俺もジャメルもみんなの助けが必要なんだ。もうどうしていいかわからない」

先週アンジェラとアリエルのときに確立したパターンにのっとって、父親たちはすぐに役目を引き受けた。

だが今回は先週とはちょっと違う。

椅子に座って涙を流し、恥じ入って拗ねている十六歳の少年。しかもさっきビッグ・マイクが彼を呼んだときは、一瞬ラリっているようにさえ見えた。だがその少年は、かつての彼ら自身だった。

父親たちは昔を思い出し、自分たちの経験を話しだした。だがそれはけっして武勇伝ではなかった。彼らの声には切迫感があった。みんなジャメルを救い、そして自分自身を救済しようとしていた。

いつもは結論にたどりつくまでに何時間もかかりそうなほどくどくどいＫＳＤが、いつになく単刀直入に言った。

「おまえは、俺たちが犯した間違いのつけを払ってるんだ」

サイがすかさず乗っかってきた。

「俺たちが街角でやってきたことすべてが、今の法律を作り、ギャングを増長させ、黒人たちが必要以上に抑えつけられる原因になった。おまえは俺たちの犯した罪を償わさせられている。俺たちのつけをおまえらが払ってるんだ。警察に見つかったら、たちまち見せしめにされる」

「サイの言うとおりだ」ドワイトが言った。「俺の息子は強盗の見張り役をした。とはいえ、強盗はやがて人質事件となり、誘拐へと発展した。おかげで息子は五年も食らったんだ。こんなふうに入口の前で立っていただけで」ドワイトは立ち上がって、息子の真似をした。「それからどうなるかはわかってた。見えてたよ。息子は結局強盗をした。それで撃たれたが、今も悪事から足を洗ってない。まだ刑務所に入っているが、全部俺のせいだ。俺のお袋は父親（なしで）七人の子供を育てた。俺は息子の父親にどうすればなれるのかわからなかったが、努力はしたんだ」

父親たちはつかのま黙り込んだ。

「いいか、おまえはそういうのがカッコいいと思ってるのかもしれない」サイが訴える。

「だが、刑務所には入りたくないだろう？　どんなにひどい場所か、おまえにはわかってない。いや、あの頃ひどかったから、少しはよくしたんだ。だが、今の刑務所は以前よりさらに悪くなった。あんな恐ろしい場所、生きて出られたらラッキーだよ」

「生きていることに感謝するために刑務所になんか行きたくないだろう？」ＫＳＤがジャメ

ルの目をしっかりと見ながら言った。「俺は何度も郡刑務所に入った。お天道様も見えないし、鳥の鳴き声も聞こえない。ようやく外に出て、朝起きたときに鳥のさえずりを聞いて、思ったよ。『もう二度とムショには入りたくない』ってな」

みんなが口々に意見を述べるなか、タイニーが手を前後に振り、水が欲しいと訴えた。父親たちは、会話を中断させずに、ミネラルウォーターのボトルを探してやれとたがいに身振りで伝え合った。

「ジャメル、おまえは俺たちより物を知っていると思っているだろう。俺たちは年寄りで、もう現役じゃない、と」アンドレが静かに言った。「だが、俺たちには知恵がある。いろんなことを見てきたからな。この部屋にいる父親たちの中には人を殺したやつもいるし、殺されかけたやつもいる。おまえにはそんな目に遭ってほしくないんだ。だからみんなを代表して訊く。おまえは何がしたいんだ？」

ジャメルは即答した。

「自立したいんだ。金を稼ぎたい。自分の力でやっていきたいんだよ」

「で、金を稼ぐためならそういう危険にもあえて飛び込むつもりなのか？」

「もちろんだ」

ジャメルが何を考えているか、父親たちにはお見通しだった。

「俺たちはそれで失敗した。人生を棒に振ったんだ」サイが低い声でジャメルに告げた。

「待つのはいやだ」

「馬鹿なことを言うな」チャブが言った。「おまえには教育が必要だ。三十歳になったときにどんなに楽に暮らせるか。その頃、友人たちはみんな刑務所にいるんだ。人生は長い。今はうずうずするかもしれないが、とにかく学校には通え。勉強してほしいんだ。俺たちはみんな学がねえ。だからおまえには学んでほしいんだよ。前に進むにはそうするしかない」

ジャメルはうなだれている。

「金儲けをするための何かいい計画はあるのか?」アンドレが尋ね、それから言った。「おまえが学校に行ったら、俺が毎週二十ドル払うよ。ただし、毎日ちゃんと報告すること。おまえがちゃんと授業に出たことを証明する先生のサイン入りの日報だ。もしかするとほかのメンバーも金を提供してくれるかもしれないぞ」

みんなの手がさっと上がった。マイクは十ドル、ベン、サイ、デュボワ、ドワイトは全員がそれぞれ五ドル。わたしも五ドル提供することにした。ビッグ・マイクが発言を記録したところ、合計五十ドルに達した。

「月に二百ドルってことだぞ、坊主」チャブが計算した。「ただ学校に通うだけで」

ビッグ・マイクはジャメルに、将来何がしたいのかと尋ねた。

「車の整備士になりたい」

「ルーファスに会わせてやるよ。あいつなら、どうしたらいいか教えてくれるだろう。もしよければ、道具を買ってやる」ビッグ・マイクはあらゆるところにコネがある。

わたしは驚いていた。これはセラピー・グループだ。ケアマネージメント・システムが成り立っている。まさにコミュニティを癒しているのだ。聖職者も、教祖《グル》も、これといったリーダーもいない。父親たちみんなでおこなっている。

「おまえには、結局刑務所にたどり着くようなことにはなってほしくない」

ビッグ・マイクがわたしのほうを見た。

「刑務所といえば、ドクター・リープのところにリーリーから手紙が来たらしい」

わたしは手紙を読み始めたが、途中で泣きだしてしまった。父親たちは驚いている。

「あんた、リーリーと一緒に法廷に行ったのか？」

「リーリーが収容されるのを見たのか。風邪を引いたんだとばかり思ってたぞ」

みんな、とても信じられない様子だった。

わたしはまた読み始め、リーリーの近況として書かれた、わたしが彼の母親を面会に連れていった話を読んだ。父親たちがとまどいの表情を浮かべたので、ママを連れていくとリーリーに約束したのだとわたしは説明した。メンバーたちは拍手を始めた。

「刑務所に面会にまで行くとは……」エレさえ驚いていた。

「そうよね、わたしはクラッカーだもの」わたしは泣き笑いしていた。「でも、あなたたちのクラッカーよ」

「ああ、あんたは俺たちの一人だ」

その瞬間ほど、そう感じたことはなかった。

わたしの人生はがらりと変わった。

彼らは仲間だ。わたしは彼らの一員なのだ。

三週間後、父親たちはまたグループセラピーをおこなうことになった。最初の二週間は、プロジェクト・ファザーフッドお小遣いプログラムが功を奏して、ジャメルもきちんと学校に通った。授業を受け、先生方も彼の出席表に励ましの言葉まで書いてくれた。父親たちがこれだけ努力しているのだから、先生方はもっと驚いてもよかったかもしれない。

ところが三週目に入ったとき、エレとジャメルが憤慨した様子で集会所にやってきた。わたしはすぐにピンときた。何かまずいことが起き、二人とも傷つき、困惑しているのだ。ところが事情を説明する前に、二人はたがいに険しい顔で睨み合いを始めたのだ。エレによれば、ジャメルが学校で喧嘩して、三日間の停学処分になったらしい。

父親たちはただちに対応の態勢を整えた。

「おまえはただでさえ今にも割れそうな氷の上にいるのに、なんでそんな真似を？」

今度のドナルドはまるで禅法師のようだ。

「なぜ喧嘩なんか？　サン・クエンティン刑務所では、すぐには手を出さない物静かな男こそが力を持っていた。あいつは何を考えてるんだろう、と誰もが思い、何をする気だろうと疑心暗鬼になる。それがパワーになるんだ。すぐにかっとなって文句をつけ、喧嘩をするようなやつは雑魚さ」

そこでエレが口を開いた。

27　ジャメル

「風に吹かれても動じずにしっかりと立つことだ」

エレは、腹を立ててはいるけれど思慮深いブッダのように見えた。子供への愛情が深すぎて自分でも怖い、そんなふうにさえ見えた。そしてその愛情を激しい怒りに隠していた。わたしはエレを感心して見ていたが、父親たちは哲学には関心を持たず、たとえばサイは喧嘩の詳細を知りたがった。

ジャメルによれば、友人の一人が侮辱され、いじめられていたので、彼がかばったのだという。サイは目を丸くした。

「整理すると、自分の身を守れないやつの代わりに守ってやったってことか？」

「だって、俺のダチだもん」

ときどき思うのだが、すべてのギャング活動やストリートでの出来事は、じつは愛情を求める気持ちを隠すカバーにすぎないのではないだろうか。でもサイを見て、思う。彼は人を殺しているのだ。それは半分は愛情、半分は怒りが発露した結果だ。この二日間、わたしはUCLAで、社会解体論、緊張理論、分化的接触理論について講義した。どれも、なぜ若者が犯罪に手を染め、刑務所システムに取り込まれることになるのかということを説明する、一般理論である。でも今、目の前にいる父親たちを眺めるうちに理解した。その根源にあるのは、男であること《マンフッド》なのだ。

ジャメルはそんな話に耳を貸す気はないだろうが、それでも父親たちはあきらめず、自分の知恵や経験を若者に話して聞かせようとした。

「お前の気持ちはわかるよ、ほんとに」サイは言った。「だが、誰かに攻撃されれば別だが、そうでもなければその場から立ち去るべきだ」

「立ち去ったほうがいい」ボブもくり返す。「おまえとは関係ないことだ」

その点に関しては、父親たちは頑として引かなかった。ジャメルに闘えと勧める者は一人もいなかった。とにかくかかわるな、と言い続けた。しかしジャメルは納得できないようだった。

「友だちがいじめられていたら、今のあなたならどうする？」わたしは尋ねた。

「同じことをするね」ジャメルは答えた。

父親たちは何も言わなかった。ジャメルの気持ちが痛いほどわかるからだ。それでもジャメルを支え、これからも小遣いを渡すと彼らは言った。

「だが、ちゃんとやり直せ」ビッグ・マイクは念を押した。

「おまえを見捨てる気はないからな」

「ああ、絶対にな」

「おれたちがあきらめる前に、おまえのほうがあきらめるぞ」

ジャメルは泣きだした。

「ごめんなさい」とすすり上げる。

「謝ることはないさ」エレが言った。「愛してるぞ」

父親たちもくり返した。「俺たちも愛してる。みんなおまえを愛してるんだ」

27　ジャメル

「何もあげるものはないが、愛だけはたっぷりあげられる」

「エレはおまえの親父だが、俺たちみんなもおまえの父親だ」

ジャメルは顔を上げた。

「俺もみんなを愛してるよ。二度とがっかりさせない」

エピローグ

〈プロジェクト・ファザーフッド〉は、トレイヴォン・マーティンが撃たれた夜から、長い時間をかけて成長した。メンバーたちは今も自分の子供を育てることに集中しているが、彼らの関心は家族を超えて広がっている。当初は個人の問題を解決することを目的に集まったグループが、社会活動への足掛かりとなったのだ。プロジェクト・ファザーフッドのメンバーたちは、ワッツをあらゆる子供と家族が安心して住める場所にしようとしている。ドラッグやギャング活動、暴力、厳しい貧困を乗り越える努力をしながら、わが子に、そしてコミュニティのすべての子供に尽くすことが、コミュニティそのものを守る大きな要因となっている。

時とともに、グループの目的は変化し、拡大していった。今では父親たちの多くが人生を立て直すことができたと感じ始めている。二〇一四年の初め、プロジェクト・ファザーフッド・ジョーダン・ダウンズのグループ活動だけでなく、メンバーやその子供たちの活動に対する助成金も大幅に増え、プロジェクトはさらにもう一年継続できそうだ。同時に、メンバーがもともと抱えていた問題も解決に向かいつつあった。アンドレ・クリスティアンは、ロサンゼルス市長室の主要ギャング・インターベンショニスト、そしてコミュニティ・オーガナイザーとなった。ビッグ・マイク（マイク・カミングス長老）はカリフォルニア平和賞を受賞し、現在、学童や学生たちを支える彼の活動に対して、カリフォルニア・ウェルネス基金からの助成金を求めている。リーリー・スプリューウェルは今も服役中で、カリフォルニアからアリゾナの刑務所へと移送された。現在も手紙や電話を通じてプロジェクト・ファザーフッドのメンバーと連絡を取り合っている。二〇一四年、〈チルドレンズ協会〉はベン・ヘンリーを三人の「今年の父親」の一人に決めた。マット・ギヴァンとガールフレンドのジャスミンにはまもなく二人目の子供が生まれる。彼はフルタイムで仕事をしながら、コミュニティ・カレッジの夜間部に通い、大学の課程をやり抜こうとしている。

青年行動ミーティングは月に一度のペースで続いており、今はまだジョーダン・ダウンズ公営団地の若者に限定されている。しかし、近くにあるエンジェルス国有林で週末にキャンプがおこなわれていて、ゆくゆくは三つの公営団地すべての若者たちが参加できるようにしていくつもりだ。最終的には、地域をまたいだ青年行動ミーティングになると父親たちは信じている。

ジョーダン・ダウンズの再開発計画もまだ続いている。ＨＡＣＬＡはまだ着工はしていないが、工事が始まったときには父親たちに仕事を割り振ると約束した。それまでマイク、アンドレ、ジョン・キングが、八人の父親に、ほかの工事現場でのフルタイムの仕事を斡旋した。

問題はまだ山積しているが、否定できない事実がある。メンバーの多くは自分の父親も知らないとはいえ、よい父親になるにはどうすればいいか、たがいに学び合ってきたのだ。新しいメンバーが入ると、経験を積んだもともとのメンバーが一人ひとりに、「俺たちが手を貸すよ。おたがい助け合い、面倒を見合うのがこのグループだ」と声をかける。

そして毎週水曜日の夜、ジョーダン・ダウンズの中心にある小部屋で、コミュニティの父親たちは今も集まり続けている。

〈プロジェクト・ファザーフッド〉ジョーダン・ダウンズのメンバー

ジョン・〝レディ〟・ベイリー、トマス・ベイリー、アンドレ・〝ロー・ダウン〟・クリスティアン、デルヴォン・〝チャブ〟・クロムウェル、エルヴォーゾ・〝レッドマン〟・クロムウェル、マイケル・〝ビッグ・マイク〟・カミングス長老、カルロス・エスピノサ、アルフォンソ・フォスター、ジャメル・フリーマン、ウィリー・〝エレメンタリー〟・フリーマン、ショーン・ファッジ、マット・ギヴァン、デヴィッド・グィザー、ベン・ヘンリー、サイ・ヘンリー、ドナルド・〝ツイン〟・ジェームズ、ロナルド・ベビット・ジェームズ、サジョン・〝ベビー・ボーイ〟・ジェームズ、ウェンデル・〝ギャングスター〟・ジェンキンス、ジョン・キング、ハーバート・デションー・カークウッド、チャールズ・〝パイレート〟・ルイス、クレイグ・マクグルーダー、ヴィクター・マクグルーダー、ヴィンセント・マクグルーダー、ドワイト・パーマー、ロナルド・パーキンス、アーロン・ピネダ、ファアン・ロメロ、テランス・ラッセル、ジュリアス・E・サンダース、オレンサル・J・サンダース、ジェローム・サンフォード、ジュアン・スコギンス、アキーラ・シェリルズ、デュボワ・〝デボ〟・シムズ、デヴィッド・スミス、テレンス・スミス、リー・〝リーリー〟・スプリューウェル、ロナルド・ストリングフェロー、ホルヘ・ビレガス、タイニー・ウォーカー、シルヴェスター・〝シュガーベア〟・ウィリンガム、キング・スパイダー・D・ウィリス、ロバート・〝ボビー〟・ウィンダム

謝辞

今でははるか昔に思えるあの夏の夜、わたしに電話をくれて、あんたは「マスター・ソーシャルワーカー」かと尋ねた〝ビッグ・マイク〟カミングスに、わたしは永遠に感謝し続けるだろう。彼や、アンドレ・クリスティアン、ウィリー・〝エレ〟・フリーマンとともに活動できたことで、自分ではとても想像しえなかった変化と希望の存在について学ぶことができた。とはいえ、プロジェクト・ファザーフッド・ジョーダン・ダウンズのメンバー全員に、わたしは大きな借りがあると言っていい。そもそも彼らがいなかったら、この本は生まれなかったのだから。ともに語り、闘い、笑い、涙を流すうちに、彼らは愛の意味を教えてくれた。この本は彼らがいたから存在し、この本の収益はすべてかのプロジェクトに帰する。それでも、彼らがわたしに与えてくれたものに報いることは、とてもできないだろう。

各会合のたびに、そして新たな助成金獲得のたびにサポートしてくれた、ロサンゼルス市住宅局のジョン・キング、ジェニファー・トーマス・アーサーズ、ジェシカ・ロペスと、キッズ・プログレス社に感謝する。このすばらしいプログラムを作ってくださった故ハーシェル・スウィンガー博士には、私たち全員から、心からの感謝を捧げたい。彼のビジョンを存続させている、アラン＝マイケル・グレーヴス、アンソニー・ヤング、そしてチルドレンズ・インスティテュート社に感謝を。

　これは、わたしがビーコン・プレス社の編集長アレクシス・リズートと作業をともにした二冊目の本だ。いや、〝作業〟という言葉はここではふさわしくない。アレクシスと一緒に仕事をするのは純粋に楽しくて、彼女はわたしのビジョンを完全な形にするのを手伝い、わたしが道に迷ったときは、正しく導いてくれた。本を作るという感傷的で、ときに困難なプロセスにおいては、彼女の知性と誠実さ、そして何よりやさしさがありがたかった。アレクシスとともに、ヘレン・アトワン、トム・ハロック、パム・マッコールをはじめとするビーコン・プレス社の全スタッフは、作家にとってはまさに夢のようなプロフェッショナリズムと協力体制を体現していた。スーザン・ルメネッロとペギー・フィールドの原稿整理は、端的に言って、みごとだった。

　本書は、ホームボーイ・インダストリーズの創始者で事務局長のグレッグ・ボイル牧師から授かった数えきれないほどの教えから生まれたものだ。およそ三十年前からわたしたちが分かち合ってきた愛と友情に永遠に感謝する。「父親の傷」とギャングメンバーにとってのその意味に最初に気づかせてくれたのは、グレッグだ。彼らはみな、それを贖おうと努めている。わたしたちはこれからもずっと彼らを愛し、大切に考えていこうと思う。

カラー・ロンパは、調査全般、コミュニティとの連絡、方針確認などを、頭脳的かつ丁寧に管理監督してくれた。彼女とローラ・リヴァスにはひっきりなしに仕事のオファーがあるので、手いっぱいになってしまわないかといつもハラハラしていた。二人がわたしに協力してくれるかぎり、チームとして子供、青少年、家族に対するケアを考えることができ、これほど幸運なことはない。さらには、ケイティー・スア、スサーナ・ボニス、チャールズ・リー、ジーナ・ローゼン、ルイーザ・ラウ、マージャン・グーダルジの知性と努力に感謝を。わたしの家族をケアし、わたしの心身の健康に気を配ってくれた、シェリル・チャールズ医師にもお礼を申し上げる。優秀なジャーナリストのセレステ・フリーモン、ギャング案件に詳しい献身的な弁護士エリー・ミラーは、わたしの心の姉妹で、二人ともどこまでもわたしにやさしく接してくれる。カリフォルニア基金のベアトリス・ソリスは、存在そのものがインスピレーションという感じの思慮深いアドバイザーで、いつもこころよくわたしに時間を割いてくれる。また、わたしをサポートし、あれこれ知恵も貸してくれた同僚たちにも感謝したい。誰よりもまず、フリオ・マルシアル、アキル・バシャール、アキーラ・シェリルズ、そしてすてきなアンジェラ・ウルフ。

キャロル・ビオンディとの絆に言葉はいらない。わたしの友人であり、共犯者であり、秘密を分かち合える大事な親友だ。わたしの人生に彼女がいて本当によかった。

ジョセフ・ロズナー医師と初めて知り合ったのは一九七二年九月十日のことだ。以来四十三年間、彼はわたしのセラピストで、恩師で、パパだ。彼がいなかったら今のわたしにはなっていなかっただろう。彼と知り合えたことに毎日感謝している。

おばのセア・アーニー（ヴァージニア・パパス）と贈り物のような時間を過ごせて、わたしは本当に幸運だ。セア・アーニーとは、父のことや、二人がともに育った当時のことを、長々と話したものだった。おばとのつながりは、いつまでも大切にしたい。

ありがたいことに、生まれてこのかた、わたしは二人の兄弟とその家族と愛情深い関係を築いている。トニーとマージー、クリスとキム、ステイシーとダニ。同時に、わたしがたくさんの愛情を注いでいるチョーズン・ファミリー（自分で選んだ家族）は、わたしの人生を豊かにし、愛と心の支えを与えてくれた。ティナ・クリスティー、ミシェル・パラ、トッド・フランク――AB、ジョーとマリンダのキブル兄妹、シェリー・ブルックス、ベン・ゴフ、ニナ・ベンド、ペニー・フラー、ラリー・プレスマン、わたしのすてきなマルシア・ペリス、アン・ヘロルド、アン・テイラー・フレミング、ケニー・グリーン、カリナ・ラーナー、ジャック・ロズナー。

UCLAのラスキン公共政策大学院と社会福祉学部の同僚たちには感謝してもしきれない。彼らがわたしにどんなに配慮してくれたことか――それだけでも世界で屈指のこの公立大学の価値と重要性を証明している。

最後に、夫マークと娘シャノンは、プロジェクト・ファザーフッドとこの本が生まれ育っていく過程をともに生きた。彼らの愛という奇跡があったからこそ、すべてが可能になったのだ。

訳者あとがき

サウス・ロサンゼルスのワッツ地区は、伝統的に黒人貧困層が暮らすいわゆるスラムで、子供が幼いうちから暴力や薬物、ギャング活動にさらされ、まともな教育も受けずに、結局犯罪行為に手を染めて刑務所に行き、貧困に陥るという悪循環が生まれている。一九六五年には、公民権運動の高まりのなか、州兵まで出動するほどの事態になったワッツ暴動が勃発し、六日間で死者三十四人、負傷者千人以上、逮捕者四千人以上という事態となった。その後も状況は大きくは変わらず、今もそこには貧困と犯罪がはびこっている。

父親が刑務所に入っていたり、家庭をかえりみなかったりして、父を知らずに育った子供が犯罪に巻き込まれ、収監されて、またその子が父親を知らずに育つ――つまり父親の不在こそがスラムにおける悪循環の元凶であると論じる、心理学者ハーシェル・スウィンガー博士が立ち上げた〈プロジェクト・ファザーフッド〉は、父親同士で助け合いながら「父親の何たるか（ファザーフッド）」を学び、家庭を、ひいてはコミュニティを癒そうとするプロジェクトだ。長年、ソーシャルワーカーとして人類学者としてギャングたちとじかにかかわり、研究を続けてきた著者は、ワッツ地区のジョーダン・ダウンズ団地で導入されることになったこのプロジェクトに、リーダーの一人として加わることになる。本書は、当初は父親としての自覚もなく、まるでばらばらだった男たちが、プロジェクトに参加する中で少しずつ成長し、やがてはコミュニティ全体の再生まで目指すようになる過程を記した感動の記録である。

アメリカ合衆国では、人種差別問題は何度も繰り返し大きなうねりとなっては社会を揺るがしてきたが、なかなか根本的な解決には至らず、現在も、二〇二〇年五月に黒人男性ジョージ・フロイドが警官の不当な拘束によって死亡した事件をきっかけに、全米に大きく広がった〈ブラック・ライヴズ・マター〉運動のさなかにあると言っていいだろう。そうした文脈の中で語られるべき本であり、もちろん読んでいくと、人種差別が根底にある根深い問題がいろいろと浮き彫りにされていることがわかり、どうすることもできないもどかしさ、憤りを感じるのだが、その一方で、ワッツの人々の中に自然に入り込んだ著者にしか明らかにできないような黒人カルチャーの豊かさ、独自性、面白さが活き活きと、そしてユーモアたっぷりにあっけらかんと描かれていて、じつに楽しい。翻訳に当たって、そういうところをなんとか汲み上げようと腐心したつもりではあるのだが、はたしてそれができたかどうか。

本書の肝は、白人でしかも女性である著者がプロジェクトに入り、ある種〝部外者〟としてプロジェクトを眺めつつも、〝当事者〟として深くかかわり、一緒に泣いたり笑ったり怒ったり、おろおろしたりしている点だろう。「スラム出身じゃないあんたにはわかんねえよ」と何度も言われながらも、ひょっとすると誰より、参加者一人ひとりの事情や人となりについて知っていたのかもしれない著者。彼女の存在が触媒となって、このプロジェクトが成功に導かれたのでは、とさえ思える。この「あんたにはわかんねえよ」はあらゆる差別の温床となる〝断絶〟に共通する物言いであり、ここにいかに橋渡しをするかに、解決の糸口があるような気がする。本書の中にそのヒントが見つかるだろう。

もう一つ興味深かったのは、読んでいると、常識的な「家族観」や「ジェンダー観」のようなものが根底から覆される点だ。コミュニティでは、子供ができてもたいてい結婚せず、母親（ベビー・ママ）が主体的に子育てをする（それも父親不在の原因だろう）ことやDVの問題もあるが、男尊女卑的な考えが根強いことに驚く。以前、あるアメリカ人著者によるフェミニズムの本を読んだときに、黒人社会では、人種問題があまりにも大きいためにジェンダー問題がないがしろにされがちだと論じられていたことを思い出した。ただ、「どんなに崩壊した家族にも家族としてのパワーがある」という考え方にこそ、さまざまな問題への光明があるとわたしは感じた。現在も〈プロジェクト・ファザーフッド〉プログラムは、全米各地のさまざまな団体によって導入されている。

著者のジョルジャ・リープはサウス・ロサンゼルス出身の人類学者、ソーシャルワーカーで、カリフォルニア大学ロサンゼルス校（ＵＣＬＡ）で社会福祉学の修士号を、心理人類学の博士号を取得。現在はＵＣＬＡの社会福祉学部で非常勤教授を務めており、ギャング問題の専門家として国際的に知られている。著書に『*Jumped in: What Gangs Taught Me About Violence, Drugs, Love, and Redemption*（飛び込んでみる：暴力、ドラッグ、愛、償いについてギャングが教えてくれたこと）』（二〇一三年）がある。

最後になりましたが、熱心に作業に当たってくださった晶文社編集部の葛生知栄さんに心より感謝いたします。

二〇二一年五月

宮﨑　真紀

ジョルジャ・リープ

Jorja Leap

カリフォルニア大学ロサンゼルス校（UCLA）
社会福祉学部の非常勤教授。
人類学者でありソーシャルワーカーとしても活躍している。
専門領域はギャング文化、暴力、危機対応の心理学。
ギャング・コミュニティを調査した著書に
“Jumped In: What Gangs Taught Me About Violence,
Drugs, Love, and Redemption”がある。
サウス・ロサンゼルス出身。

宮﨑真紀

みやざき・まき

英米文学・スペイン語文学翻訳家。
東京外国語大学外国語学部スペイン語学科卒業。
おもな訳書に、スザンナ・キャハラン
『なりすまし　正気と狂気を揺るがす、精神病院潜入実験』（亜紀書房）、
ガブリ・ローデナス
『おばあちゃん、青い自転車で世界に出逢う』（小学館）、
カルメン・モラ『花嫁殺し』（ハーパーコリンズ・ジャパン）、
メアリー・ビアード『舌を抜かれる女たち』（晶文社）など多数。

プロジェクト・ファザーフッド
アメリカで最も凶悪な街で「父」になること

2021年7月25日　初版

著者

ジョルジャ・リープ

訳者

宮﨑真紀

発行者

株式会社晶文社

東京都千代田区神田神保町1-11　〒101-0051

電話(03)3518-4940(代表)・4942(編集)

URL　https://www.shobunsha.co.jp

印刷・製本

株式会社太平印刷社

ISBN978-4-7949-7273-6　Printed in Japan

子どもを連れて、逃げました。 西牟田靖

妻子に去られた著者は自らの過去を振り返りながら、困難な状況を生き抜いた16人のシングルマザーたちの声に耳を傾け続ける。それは彼の救済へとつながっているのだろうか。現代の家族と離婚の姿を立体的に描く、迫真のルポルタージュ。

話し足りないことはない？ アンナ・フィスケ

対人不安や孤独に悩む、年齢も性別も異なる6人の男女。家族や会社の同僚たちとの関係、アラフォーの恋、街中でのパニック発作……日常を繰り返し、週ごとのセラピーで心の内を打ち明けあう。孤独を抱えて生きる人たちが、話すことで癒されていく回復の物語。

男子劣化社会 フィリップ・ジンバルドー／ニキータ・クーロン

ゲーム中毒、引きこもり、ニート……いまや記録的な数の男たちが、社会からはじかれている。「男らしさ」や「男の役割」が変更を迫られるなか、先進国共通の問題に解決策はあるのか？　行動心理学、社会学、生理学の成果などを駆使しながら、その変化を検証する。

トランプがはじめた21世紀の南北戦争 渡辺由佳里

2016年11月、メディアや専門家の予想を大きく覆し、アメリカはトランプを選んだ。ここから世界はどうなるか。日本にはどのような影響があるのか。予備選からはじまる長い選挙と、この一大イベントから見えてくるリアル・アメリカのレポート。

家出ファミリー 田村真菜

貧困と虐待が影を落とす過酷な家庭環境に育った10歳の少女は、突如母と妹と三人で野宿しながら日本一周の旅に出ることに。襲い掛かる様々な困難に立ち向かうサバイバルの日々を経て、成長した彼女が見出した道とは？　渾身の自伝的ノンフィクション・ノベル。

子どもの人権をまもるために 木村草太 編著

「子どもには人権がある」と言われるが、ほんとうにその権利は保障されているか。子どもたちがどんなところで困難を抱え、なにをすればその支えになれるのか。現場のアクティビストと憲法学者が協同して編んだ、子どもを支えるための論考集。